www.bbulmedia.com

그대는 별

그대는 별

반 해
장편 소설

DAHYANG
ROMANCE STORY

Contents

비서실의 문을 열기 전, 한준은 미간에 골이 패도록 인상을 구기며 발치로 한숨을 쏟아 내었다. 자연스럽게 손에 악력이 가해져, 들고 있던 신문의 중간 부분이 구겨졌다.

그래도 분노가 조절되지 않고 오히려 더욱 기승을 부리자, 그는 한 번 더 크게 숨을 들이쉬었다. 문을 노려보는 시선은 따갑기 그지없었다.

재완은 지금쯤 이 방 안에서 말단 여직원과 노닥거리고 있을 것이다.

퇴근 직후 30분. 그가 전무이사실에 남아 잔무를 처리하는 그 시간 동안, 비서인 재완은 평소 은밀하게 눈길을 주고받던 여직원을 불러와 시시콜콜한 잡담을 나누는 것이다.

그러다 마음이 맞으면, 보고도 하지 않고 퇴근을 하여 곧장 호텔로 가기도 한다. 한준이 멀리서 직접 목격한 것만 세 번이니, 보이지 않는 곳에서는 얼마나 바람을 일으키고 다닐지 뻔했다.

물론 아무리 고등학생 때부터 단짝이었던 재완이라 해도, 비서의 사생활에는 철저히 무관심했다.

회사 내의 질서와 직원들의 정서에 직접적인 피해가 가지 않는 이상은, 들이대며 잔소리를 할 수 있는 도덕적 잣대도 없다. 그렇게 습관처럼 여직원들과 하룻밤을 보내면서도 어찌 된 일인지 회사 내에 소문 한 점 없던 탓이었다.

하지만 오늘처럼 한준의 분노를 살 만한 케이스라면 얘기는 달라진다. 지시를 내린 사항에 대해 재완은 소홀했고, 그 여파가 지금 들고 있는 이 신문에 고스란히 드러나 있었다.

어떤 일에서든 져 본 적이 없었고 실패해 본 적 없는 류한준의 자존심에, 얇지만 분명한 금이 간 순간인 것이다.

"우리 은채는 웃는 게 아주 예뻐."

한준이 문손잡이를 비틀자 틈새로 재완의 목소리가 작게 건너왔다. 시선을 드니 의자에 앉은 재완이 제 무릎 위에 여자를 앉힌 채, 그녀의 얼굴 가까이에 입술을 대고 있었다.

재완의 와이셔츠 단추 세 개가 풀어져 있고 여직원의 민소매 블라우스도 아랫단이 삐죽 흘러나온 걸 보니, 벌써 진도가 반쯤 나간 모양이다.

한준이 아예 안쪽으로 몸을 들여 벽에 기대고 섰는데도, 두 사람은 전혀 눈치채지 못한 채 추태를 계속 이어 가고 있었다. 한준은 재완이 여직원의 불룩한 가슴선에 느끼한 시선을 꽂는 것을 싸늘하게 응시했다.

"정말요, 윤 비서님?"

"음. 마치 더운 여름 하늘에 시원하게 내리는 장마 같달까? 보고 있으면 시원해지고 아주 청량해져. 하하하. 이 오빠 오늘 제대로 센티해지네?"

"아잉. 윤 비서님은 어쩜 그렇게 감성적이세요? 보기와는 정말 달라요."

"우리 은채 보기에 이 오빠가 어떤데?"

"소도둑같이 생겼잖아요. 호호호."

"하하, 하하하. 우리 은채, 얼굴만 예쁜 줄 알았는데 이제 보니 개그감도 뛰어나네?"

민소매 아래로 드러난 여자의 팔을 재완이 손가락으로 툭 치며 멋쩍게 웃어 댔다. 실소를 넘어서서 한숨이 터지려 했다. 이쯤 되니 한준은 이들의 추태를 좀 더 지켜보고 싶어졌다.

노닥거리는 재미가 절정에 달했을 때, 그 순간을 무참히 깨 버리는 것도 충분히 분노를 푸는 방법이 되리라.

"농담이에요. 그런데 있잖아요. 전무님과 윤 비서님은 동갑내기 친구 사이시잖아요? 전무님은 모든 여자들이 인정하는 최고의 남자거든요. 비주얼부터 시작해서 부족한 걸 찾는 게 힘들 정도로 완벽한데, 윤 비서님은 틈이 많아도 너무 많아 보인달까."

"하, 하하하. 그건 우리 은채가 아직 사람 보는 눈이 없어서 그런 거야. 우리 은채, 올해 스물여섯이라 했었나? 이 오빠는 서른셋이거든. 물론 전무님도 서른셋이지."

재완은 헛기침을 하며 목을 가다듬은 뒤 말을 이었다.

"하지만 이 오빠의 서른셋 인생은 전무님의 서른셋보다 훨씬 가치가 있다고 말할 수 있어. 사람은 진흙탕에서 뒹굴어야 비로소 세상을 보는 눈이 깊어지고 커지는 법이거든. 그런 의미에서 이 오빠는 세상을 아주 잘 안다고 할 수 있지."

"세상이 어떤데요?"

"음. 요지경? 하하하하."

"요지경 같은 소리 하네."

한준의 모난 음성이 불쑥 끼어들자, 재완과 여자의 놀란 듯한 시선이 동시에 몰려왔다. 잠깐 비서실에 싸늘한 적막이 감돌았다.

문 앞에 선 이가 서승그룹의 전무이사임을 알아챈 여직원이 먼저 후다닥 재완의 무릎에서 내려왔다. 그러고는 귀까지 붉어진 얼굴을 얼른 숙이며 참담함이 묻은 입술을 짓씹는 것이 보였다.

곧이어 재완이 야속한 표정을 적나라하게 드러내며 의자에서 몸을 일으켰다. 한준은 여직원을 지나 재완에게 눈길을 꽂았다.

"볼썽사납군. 셔츠 단추나 채우지 그래, 윤 비서?"

재완은 한준의 지적에 셔츠 단추를 만지는 둥 마는 둥 하며, 옆에 서 있는 여직원의 팔을 툭툭 쳤다. 어서 나가 보라는 의미임을 알아들었는지, 여직원이 손으로 옆얼굴을 가린 채 책상을 지나 폴

짝꿍짝 뛰쳐나갔다. 그녀가 나가자마자 재완이 일그러진 얼굴을 들고 한준을 쳐다보았다.

"내가 이 회사를 당장 때려치우든가 해야지, 진짜."

"그 말 벌써 5년째야. 이번엔 믿어도 돼? 사직서는 고딕체로 타이핑해. 지난번처럼 흘림체는 질색이야."

"그래. 내가 이번에야말로 확실하게 때려치울 테니까 두고 봐. 부하직원의 사생활이나 엿보고 엿듣는 전무 놈한테 내 남은 인생을 바칠 수는 없지."

"그러니까 고딕체로. 오케이?"

재완은 틈이 보이지 않는 한준과의 대화를 잠시 끊고는 허탈한 표정으로 숨을 몰아쉬었다.

회사 안에서 볼썽사나운 꼴을 연출한 건 자신이면서, 제 발 저린 탓에 괜히 막가는 것도 한계가 있었다. 사직서로 협박하는 것 역시 이제 습관이 되어 한준이 녀석에게 먹힐 리 없다.

그러니 이제는 한 발자국 뒤로 물러나서 이 녀석의 뒤틀린 심사를 어루만져 주는 게 다음 순서였다. 그래야 이 녀석이 목격한 조금 전의 장면에 대해 최소한 변명할 여지라도 있으리라.

"아까 그 여직원은 봐줘. 내가 꼬드겨서 따라온 거야. 그 여잔 아무 잘못 없다고."

재완의 기세는 한풀 꺾였지만 말의 뉘앙스가 어딘가 묘한 불편함을 느끼게 했다. 한준은 눈썹을 치켜 올렸다.

"지금 여자를 두둔하는 건가? 여자라면 책상 위의 흔한 볼펜 취급도 하지 않는 네가?"

"마음껏 비아냥거려. 그런데 나, 여자를 볼펜 취급한 적은 없어, 이 자식아."

잠시 발끈할 뿐 시선을 아래로 내리까는 모습이 확실히 지금까지와는 달라 보였다. 머릿속 기억을 뒤져 봐도, 여자와 노닥거린 후의 일반적인 재완의 모습이 아니었다. 재완은 지금 부끄러워하고 있는 것이다.

"뭐야. 진짜 사랑이라도 하는 거야, 윤 비서?"

"그래! 이 자식아! 그렇다. 어쩔래?"

"내가 어쩌고 말고 할 게 있나. 그 귀찮은 걸 왜 하려는지 모르겠지만 그건 네 사정이고, 내 사정은 달라. 내 눈에 띈 이상 책임을 물어야겠어. 너는 너대로, 여직원은 여직원대로."

"피도 눈물도 없는 자식. 친구가 이제 제대로 분 냄새도 좀 맡고 사랑도 좀 하겠다는데 그게 그렇게 고깝지? 응?"

"그러게 시킨 일은 확실히 마무리를 했어야지. 내 화가 어디로 튈 줄 알고 게으름을 부리는 거지? 간도 커, 윤 비서."

한준은 이죽거리며 쥐고 있던 신문을 책상 위에 툭 던지듯 내려놓았다. 재완의 시선이 그것을 따라갔다.

"운소의 [스타]. 그 그림을 찾으라고 분명히 지시를 내렸지, 지난주에. 그런데 우리보다 한발 앞선 곳이 있어. 어떻게 생각하지?"

재완은 한준의 야멸친 말을 들으며 구겨진 신문을 바르게 폈다. 몇 차례 눈을 굴리지 않아, 한준이 지금 화가 나 있는 이유를 짐작하게 하는 부분을 발견했다.

『업계 1위 예담 갤러리. 운소 김미현 작가의 유작 [스타]의 행방에 한 발 다가서다.』

기사의 헤드라인 아래에서 예담 갤러리의 대표가 환하게 웃고 있었다.

기사의 내용은 현재 국내에서 주목받고 있는 작품인 고(故) 김미현 작가의 생전 마지막 그림 [스타]를 예담 갤러리에서 찾을 수 있을 것 같다는 것이었다.

10년 전 작고한 운소 김미현 작가의 모든 작품들은 현재 가치를 매길 수 없을 정도로 고가에 거래되고 있었는데, 작고하기 직전의 마지막 작품이라고 알려진 [스타]만은 현재 그 행방을 알 수 없는 상태다.

살아생전 사생활이 완벽하게 베일에 감추어졌던 사람이라 그림을 찾을 수 있는 정보나 단서가 워낙 미미했다.

그 때문에 [스타]는 운소의 여타 작품들에 비해 월등히 높은 가치와 가격이 제시되고 있으며, 업계 전체가 이 그림을 찾는 것에 혈안이 되어 있었다.

한 달 전에 오픈한 서승그룹 산하 류(流) 갤러리의 대표직을 겸임하게 된 한준에게 [스타]는 꼭 손에 넣어야 할 물건이었다. 그의 부친이자 서승그룹 회장인 창수가 어떤 마음으로 그에게 갤러리 대표직을 맡겼는지 잘 알기 때문이었다.

그래서 바로 그것을 재완에게 지시했건만, 정작 선수는 다른 곳에서 치고 말았다.

"회장님은 왜 하필 네 녀석한테 전무이사도 모자라 갤러리 대표직까지 하사하신 거냐, 대체. 이러니 내가 발이 네 개라도 모자라지. 안 그러냐?"

"인정에 호소해 봤자 달라질 건 없어. 넌 상사의 지시에 소홀했어."

오만하기 짝이 없는 존재가 부드러운 음성과는 달리 야비한 미소를 입에 무는 것이 보였다. 재완은 그런 한준에게서 시선을 떼어 낸 후 고개를 위로 쳐들고는 후우, 한숨을 쏘아 올렸다.

말싸움은 포기다. 일에 지독히도 미쳐 있는 한준이지만, 이런 것이 이 녀석의 방식인 것을 이제는 안다. 몸으로 체득했고 머리로 학습했다.

한준은 당장 해결해야 하는 일 앞에선 물불 따위를 가리지 않았다. 스스로 장사꾼이라고 말하고 다니는 한준에게 있어, 일이라는 건 곧 시간과의 싸움이었다.

오늘 할 일을 절대 내일로 미루지 않는 것. 예를 들어 지시에 소홀한 비서를 나무라기 위해 사적인 애정 행각이 벌어지고 있는 장소에 아무렇지도 않게 불쑥 난입하는 것처럼 말이다.

그런 한준의 스타일에 이제 재완도 완벽하게 익숙해졌다. 지금의 이 원망은 여직원을 향한 미안함에서 비롯된 것일 뿐, 재완은 사실 그 누구보다 한준을 전적으로 믿고 따르고 있었다.

재완은 한준의 불도저 같은 성격을 좋아했다. 유학을 마치고 돌아와 처음 몸담았던 서승호텔에서부터 지금까지.

그는 옳다고 믿는 일이면 결정하는 것에도 신속했고, 결정을 했다면 주저하지 않고 밀고 나갔다. 그리고 대부분 그것은 백발백중 한준의 예상과 맞아 들어갔고, 회사에 큰돈을 벌어다 주었다.

그 결과 지금의 한준은 어디에서나 인정받는 그룹의 후계자가 되었다.

괴로울 땐 고함을 지르고, 눈물이 날 땐 울고, 힘이 없을 땐 쓰러지고 마는 자신과는 달리 한기가 느껴질 정도로 차갑고 건조하며 생각을 절대 드러내지 않는 한준의 성격은 아주 가끔 밥맛 떨어지게 할 때가 있지만 말이다.

이 녀석의 피는 아마도 파란색일 것이다. 피의 온도 또한 빙점 이하일 것이다. 재완이 아는 한준은 그랬다.

"24시간 안에 [스타]를 찾아. 장물시장도 상관없어. 어떤 수단을 동원해도 용인할 거다. 그러면 너의 은채, 모른 척해 주지."

이것이 바로 류한준식 거래 매뉴얼이다. 하나를 주면 하나를 받는 것. 재완은 한준의 입가에 묻은 희미한 웃음기를 바라보았다. 그러다 문득 한준이 자신을 잡아먹는 상상을 하고는 도리질을 치며 마지막 발악을 했다.

"야비한 놈. 사람 감정 가지고 협박이나 하다니. 네가 그러고도 전무냐? 그러고도 수많은 직원들을 거느리는 오너가 될 자격이 있다고 생각해?"

"넌 이런 방식이 아니면 분명히 게으름이나 피울 테니까. 안 그래? 그리고 장사란 원래 이런 거야, 윤재완."

"그래, 이 장사꾼아. 평생 일만 하다 늙어 봐라. 그때 가서도 이렇게 잘난 척만 할 수 있는지 두고 보자고."

워낙 사적인 자리에서 서로가 서로를 놀리고 면박을 주는 것에 익숙한지라, 한준은 재완의 악담을 흘려들으며 재차 확인만 받을 뿐이었다.

"24시간이야. 넘기면 재미없어."

한준은 구시렁거리는 재완을 뒤로하고 그곳을 나왔다. 긴 복도를 걸어 나가는 동안 생각의 결은 자연스럽게 그림에 맞추어졌다.

조건을 내걸어야 빨리 움직이는 재완의 성격을 건드리긴 했지만, 그가 어떤 단서도 없이 그림을 24시간 안에 찾을 거라는 부분에 대해선 회의적이었다. 그러니 차선책을 생각해 두어야 하지만 이 역시도 안갯속이다. 한준은 걸음을 느리게 끌다가 멈추어 섰다.

복도의 창밖으로 고개를 돌렸다. 7월 초의 끈적끈적한 열기가 도시를 적시고 있었다.

어둠과 빛의 경계에 서 있던 저녁이 열대야를 맞이할 채비를 끝냈다. 고단했던 하루가 식지 않은 땀과 함께 또 한 번 저물어 간다. 이렇게 반복되는 하루지만 매시간을, 매 순간을 기억하려 하고 의미를 두려 했다.

어쩌면 그가 영영 누리지 못했을지도 모를 시간들.

앞으로도 누릴 수 있을 거라 장담할 수 없는 시간들.

늘 오늘이 마지막인 것처럼 살아야 하는 시간들.

하여 이 시간들을 선물해 준 부모님을 위해 최선을 다할 생각이었다. 맡기신 일이라면 종류를 불문하고 무조건 성공시키는 것. 지금은 그것만이 중요했다.

더욱 뚜렷해진 어둠을 응시하던 한준은 잠시 후 발길을 이어 갔다.

7월을 맞이한 지 며칠이 지난 도로는 뜨겁게 이글거렸다. 발자국을 뗄 때마다 몰려드는 습한 기운 때문에 몸은 이미 땀으로 만신창이가 되었다. 턱까지 흐르는 땀을 손등으로 닦아 낸 유림은 잠시 걸음을 멈추었다.

그리고 적당히 그늘진 곳을 찾아 햇빛으로부터 몸을 숨겼다. 편의점 오전 아르바이트를 끝내고 구입한 몇 개의 아이스크림은, 비닐 봉투 안에서 이미 다 녹아 버렸을 것이다.

"하아……."

한 달 전에 이사 온 이곳은 다세대주택이 즐비한 골목이 미로처럼 엉겨 있었다. 텁텁한 바람마저 외면하는 후미진 데라 길을 익히는 데에 족히 일주일은 걸렸다.

얼기설기 연결된 전선이 파란 하늘을 가려 버리고 구석구석에 아무렇게나 쌓인 쓰레기가 신선한 공기의 유입을 방해하는 동네.

밤이면 어디서 나타난 건지 술주정꾼들의 고성방가가 잠을 깨우고, 반복되는 오르막과 내리막이 절로 피곤을 느끼게 하는 동네지만 그런 건 아무래도 상관없었다. 이번만큼은 오래 머물 수 있었으면 좋겠다.

유림은 알이 굵은 안경을 손가락으로 살짝 들어 올려 콧등에 맺힌 땀방울을 걷어 냈다. 그러곤 안경을 고쳐 쓴 후 다시 뜨거운 햇빛 아래로 나섰다.

이제 오후에 있을 커피숍 아르바이트 시간까지는 수진과 함께 방에서 아이스크림이나 빨며 노닥거릴 생각이었다. 점심으로는 국수를 해 먹자고 할까, 제법 진지한 고민도 동반되었다.

하지만 그녀의 고민은 몇 걸음 채 떼기도 전에 굉장한 방해물에 의해 막혀 버렸다. 유림은 모퉁이를 돌자마자 들려오는 수진의 목소리에 본능적으로 몸을 반쯤 숨겼다.

"진짜 왜들 이러세요? 유림이는 몇 달 전에 딴 곳으로 떠났다니까요."

붉은 벽돌집 담벼락 뒤에 숨은 유림은 고개만 빠끔 내밀었다. 안경 뒤에 감추어진 그녀의 커다란 다갈색 눈동자가 위험을 감지한 듯 출렁거렸다.

그녀의 월세방이 있는 주택의 대문 앞에 예의 그 사람들이 와 있었다. 검은 승용차의 번호판은 이제 그 숫자도 외울 지경이었다.

수진은 예전처럼 그들에 맞서서 열심히 유림을 못 본 척해 주고 있었다.

한마디로, 이번만큼은 이곳에서 오래 머물고 싶다는 그녀의 바람이 또 한 번 암초에 부딪힌 것이다. 유림은 입술이 아릴 정도로 사리물었다.

"저 이제 유림이랑 안 살아요. 몇 번을 말해야 알아들으실 건데요? 걔 딴 데로 갔다구요."

"그러니까 우리가 방 안을 좀 확인해 봤으면 하는데요. 조수진 양."

문영그룹 회장의 비서인 전 실장이 수진의 앞에 나섰다. 말투는 점잖았지만 태도는 늘 그랬듯 강압적이었다.

"이거 가택침입죄인 거 아시죠? 자꾸 이러시면 저 경찰에 신고합니다. 거짓말 아니에요. 우리 주인집 할머니가 얼마나 까칠하신 분인지 직접 대면해 보실래요?"

수진이 허리에 손을 척 올리곤 씩씩거리며 쪽문을 지켰지만, 전 실장이 고갯짓을 하자마자 달려든 두 명의 건장한 남자들 앞에선 속수무책이었다. 남자들이 집에 들어가기 위해 밀치는 바람에 수진은 바닥에 나가떨어졌다.

"아악! 이 사람들이 진짜! 날도 더운데 확 열받게 하네?"

넘어진 수진이 비명을 지르자, 유림의 두 발이 순간적으로 움찔거리다가 겨우 고정되었다. 지금 저들 앞에 모습을 드러낸다면 지난 일 년 동안 도망 다닌 노력이 무색해지고 말 것이다.

유림은 수진이 엉덩이를 털고 일어나는 것을 안타까운 얼굴로 지켜보고 있었다. 자취방으로 올라간 남자 둘을 노려보다가 다시 전 실장을 향해 고개를 돌린 수진은, 멀리서 보아도 부아가 치민 듯해 보였다.

"약소하지만 상처 치료하십시오. 그리고 늘 하는 말이지만……."

전 실장이 안주머니에서 꺼낸 하얀색 봉투를 내밀며 말하자, 수진이 그의 말을 중간에서 잘랐다.

"유림이한테서 연락 오면 당장 연락 달라구요? 아서요, 아저씨. 몇 달 동안 겪어 보시고도 몰라요? 난 아저씨한테 유림이 연락처를 팔아넘길 만큼 지조 없는 사람이 아니랍니다."

"그래도 연락을 기다리지요."

"그만큼 하셨으면 된 거 아니에요? 싫다는 애를 왜 자꾸 데려가려 하시는 건데요. 그쪽 세계에선 사람을 이렇게 함부로 다루시나요?"

수진이 심각하게 물었지만 전 실장은 대답 없이 남자 둘이 내려오는 것을 쳐다만 보고 있을 뿐이었다. 남자들 중 한 명이 전 실장을 향해 고개를 가로젓자, 그가 알겠다는 듯 잠시 참담한 표정으로 입맛을 다시더니 수진의 손에 봉투를 쥐여 주었다.

"그럼 가 보겠습니다. 조수진 양. 오늘 죄송했습니다."

유림은 숨을 죽이고 전 실장이 그 말을 남긴 후 남자 둘과 함께 승용차에 올라타는 것을 응시했다. 죄송하다고 말했지만 저들이 언제 또 이곳을 찾아와 수진을 볶아 댈지 알 수 없었다.

차가 빠져나갈 때까지 기다리던 유림은 차가 보이지 않자, 골목을 내달리기 시작했다. 바스락거리는 비닐 소리가 고막을 쟁쟁하게 울렸다.

"어? 왔니?"

하얀 봉투를 손에 쥐고 난감한 얼굴로 서 있던 수진은 다가온 유림을 향해 고개를 돌렸다. 고개를 끄덕인 유림은 수진의 팔에 생긴 흉터에서 피가 흐르고 있는 것을 발견했다. 수진의 팔을 들어 이리저리 살피는 안경 너머의 눈길이 세심했다.

"많이 다친 거야?"

"뭐야, 다 봤어? 너 또 숨어 있었겠네."

"숨는 건 이제 프로야. 흠…… 흉터가 깊네. 나 커피숍 알바 가기 전에 병원 다녀오자."

"병원에 갈 필요가 뭐가 있냐. 네가 의산데. 그리고 별로 다치지 않았어. 덕분에 이거 받았으니 퉁치면 돼."

수진이 당당하게 봉투를 스윽 내밀자, 유림은 심란한 표정을 지어 보였다. 수진은 지금까지 전 실장이 주는 돈 봉투를 꼬박꼬박 받아서 써 왔다.

유림의 행방을 알려 달라는 조건을 달고 받은 돈이지만 단 한 번도 유림을 그들에게 팔아넘긴 적은 없다. 단순하게는 십년지기의 깊은 우정이었으며, 복잡하게는 유림의 살아온 삶이 측은해서였다.

재벌가의 숨겨진 사생아.

뒤늦게야 극비리에 유림을 찾아 나선 문영그룹 집안의 불순한 의도.

그들을 피해 일 년째 도망 다니고 있는 그녀.

덕분에 유림은 얼마 전에 레지던트 생활을 끝낼 수밖에 없었다.

"더운데 수고했어. 올라가서 아이스크림이나 먹자, 수진아."

시력이 맞지도 않는 두꺼운 안경을 쓴 채로 자신을 가리고 살아 가고 있는 유림이 불쌍해서, 수진은 그 사람들이 준 돈을 절대 마 다하지 않았다.

유림과 고기를 사 먹기도 했고 생활에 필요한 물건들을 구입하 기도 했다. 그 집안 때문에 유림이 포기한 부분들에 대해서, 이렇 게라도 보상을 받는 것이 현명하다 여겼기 때문이다.

하지만 보무당당했던 걸음은, 집 안에 들어서자마자 힘이 다 빠 져 버렸다. 유림은 좁은 방과 주방이 살림 집기들과 옷가지들로 엉망이 된 것을 보며 아까보다 더 구겨진 기분이 되었다.

습관처럼 청바지 뒷주머니에서 립글로스를 꺼내니 수진이 흘깃 돌아본다. 유림은 립글로스의 뚜껑을 열고 그것을 입술에 발랐다. 습기가 많은 계절에도 입술이 트는 이상한 체질을 가진 유림이, 긴장을 하거나 당황할 때 나오는 버릇이었다.

"회를 쳤네. 회를 쳤어."

수진이 자조하며 털어 낸 한마디에, 유림의 멍한 머릿속이 그제 야 현실과 맞물렸다. 그들이 어떤 짓을 저지르고 갔는지, 마치 생

23

생한 범죄의 현장을 들여다본 기분이었다.

립글로스가 묻은 입술을 두어 번 뻑뻑 문지른 유림은 허리를 숙여 난장판이 된 바닥을 치우기 시작했다.

"진짜 질긴 놈들이지 않아? 나 같으면 포기해도 벌써 포기했겠구먼. 일 년째 징글징글하다 정말."

"미안해, 수진아. 민폐도 이런 민폐가 없구나."

"그렇게 말하지 마. 민폐는 나도 너한테 끼치고 있으니까. 솔직히 말해서 내 주제에 이런 자취방을 어떻게 구할 것이며, 마음 편히 알바나 하면서 어떻게 살아갈 수 있겠어."

수진이 어울리지 않게 보조개까지 패며 웃어 보였다. 공무원 시험을 준비하며 틈틈이 하는 아르바이트로 강원도 산골에 혼자 계신 어머니를 돕는 효녀가, 그것으로도 모자라 친구에게 위로까지 전하고 있었다.

하지만 말 그대로 위로일 뿐, 그것이 유림을 향한 걱정과 염려의 또 다른 얼굴이라는 걸 모르지 않았다.

방을 대충 치우고 점심으로 국수까지 해 먹고 나서야, 두 사람은 방바닥에 등을 붙일 수가 있었다. 각자 아이스크림을 하나씩 입에 문 채로, 다리를 들어 올려 발바닥을 벽에 붙였다.

차르르르 돌아가는 선풍기가 머리칼이며 옷자락을 가볍게 흔들고 있었다. 한차례 폭풍이 지나간 방 안은 그렇게 잠시 고요를 맞이했다.

"그 사람들 말이야. 수일 내로 또 올 것 같지?"

그러나 그 고요도 오래가지 못했다. 침묵을 견디지 못한 수진이 한숨을 쉬며 넋두리처럼 물어 오자, 유림은 먹었던 국수가 갑자기 소화가 덜 된 느낌이었다.

"그렇겠지. 지금까지 그래 왔으니까. 나는 또 도망을 다니겠지. 스펙터클하게."

"저 사람들 정보력 끝내주지 않냐? 우리 구로동 월세방에 살 때 제일 처음 찾아왔었잖아. 내 이름까지 아는 거 보고 와아, 대단한 사람들이구나 싶더라."

"그 사람들이야 주변 사람만 조종하면 알아내는 거야 어렵지 않을 테니까."

"너 그러지 말고 아예 외국으로 나가지 그래? 2년 동안 레지던 트 생활하면서 모아 둔 돈이랑 엄마 그림 팔아서 저축한 돈도 있잖아. 이렇게 눈에 맞지도 않는 안경까지 써 가면서 숨고 또 숨고, 도망치고 또 도망치고. 지겹지 않아? 언제까지 이럴래?"

"그 사람들이 포기할 때까지."

안경 속 유림의 눈동자는 천장에 고정되어 있었다. 파리똥이 주근깨처럼 묻은 형광등 덮개를 의미 없이 쳐다보고 있으니, 옆에서 수진이 고개를 돌려 쳐다보는 것이 느껴졌다.

"뭐? 너도 생각해 봐. 그 사람들이 너를 포기할 것 같아?"

"무슨 일이든 끝이란 건 있어. 내가 끝내지 않으면 그 사람들이 끝내겠지. 그리고 외국으로 나가는 건 싫어. 내가 모르는 사람들 사이에서 내가 하지도 못하는 언어로, 내가 먹을 수도 없는 음식으로 살아간다는 거 끔찍해. 사람들 사이에서 이방인이 되는 건 지금까지로 족해. 어디에서든 이렇게밖에 살아갈 수 없다면 여기가 좋아."

"그럼 차라리 대놓고 그 회장이라는 작자를 찾아가는 건 어때? 또 알아? 그 집에서 너를 찾는 이유가, 네가 생각하고 있는 그게 아닐 수도 있잖아. 진심으로 바람둥이로 날렸던 과거를 반성하고 혈육을 찾고 싶어 하는 거라면?"

"그런 사람이라면 엄마를 꼬드기지도 않았을 테고 나 같은 존재를 만들지도 않았겠지. 그리고 아주 오래전에 나를 찾았겠지."

"대체 무슨 목적으로 너를 찾는 건지 알 수가 없어."

"그러니까 웃기는 거지. 마약 상습 복용으로 잡혀간 큰아들에, 미국에 있는 아방궁이 들켜 버린 큰사위에, 작은딸은 또 논문 표절이라지? 그룹 이미지가 말이 아니야. 그런 상황에서 갑자기 나를 찾겠대. 그 목적이 뭘지 감히 짐작할 수도 없어서 겁이 나. 확실한 건 그들에게 잡히면 그때부턴 내 인생이 내 인생이 아니게 된다는 거야. 엄마가 그랬으니까."

평소와는 다르게 말이 많아진 건 조금 전의 상황 때문이리라.

그들에게 잡히지 말아야 하는 이유를 스스로에게 다시 한 번 납득시키고, 문영그룹의 회장이 개자식이라는 사실도 한 번 더 인지하면서, 나아가 수일 내로 도망을 가야 한다는 당위성을 새기려는 것이다.

도망가야 한다. 또다시. 그리고 그건 어려운 게 아니다.

3년 동안 암 투병을 하던 엄마는 죽기 직전 유림에게 유품을 남겼다. 여류 화가로서의 엄마는 꽤 저명했고 능력이 있었던 것 같다.

엄마가 죽고 나서, 공부하고 살아 나가기 위해 장물시장에 내다 팔았던 그림 몇 점은 입에 풀칠만 할 정도의 값만 받았다. 엄마가 얼마나 유명한지, 엄마의 그림이 얼마나 가치가 있는지 알았다면 좀 더 머릴 굴려 흥정이라는 것도 했을 것이다.

엄마는 유림이 아주 어렸을 때부터 그녀가 어떤 존재인지 각인시키려 했다. 문영그룹의 피가 몸속에 반쯤 흐르고 있다고 버릇처럼 말씀하셨다.

하지만 정작 그런 엄마는 그 집 사람들의 방문을 두려워했으며, 돈 봉투를 가지고 온 사람들이 다녀갈 때마다 고열로 쓰러지곤 했었다. 엄마는 쓰러져서도 유림을 낳게 해 준 남자가 단 한 번이라도 찾아와 주기만을 하염없이 바랐다.

그런 엄마가 죽은 후 모든 것을 잊고 사는 것만이 해답이었다. 문영그룹이니 뭐니 애초에 있지도 않은 일이었던 것처럼, 엄마가 암 확진을 받았던 순간에 되기로 결심한 의사라는 꿈만 좇으면서. 그렇게 평화롭게 살면 잘 사는 거다, 생각하면서 살았다.

하지만 정확하게 일 년 전부터 그 평화는 깨지기 시작했다. 문영그룹 쪽에서 자신을 찾는다는 소식을 접한 순간, 마음보다 몸이 먼저 도망을 쳤다.

현재 문영그룹이 사실상 역대 최대 위기라는 뉴스의 보도들은,

도망가는 발길에 더욱 힘을 실어 주었다.

이 동네에서 저 동네로, 다시 이 동네로. 도망의 동선은 넓고 다양했다. 그리고 며칠 내에 다시 그녀의 두 발은 다른 동선을 찾고 있을지도 모른다.

유림은 아이스크림을 문 채로 고개를 돌려 벽에 비스듬히 걸려 있는 그림을 보았다. 암 투병을 하던 엄마가 마지막으로 그린 작품이 허접한 싸구려 액자에 끼워져 있었다.

엄마의 유품 중 하나인 셈이다. 커다란 외눈박이 남자의 얼굴. 하나뿐인 동그란 눈 속에는 동공이 아니라 까만색 별이 큼지막하게 그려져 있다. 그리고 별을 박은 그 눈은 웃고 있었다.

외눈박이인데도 웃고 있는 남자.

어딘가 기형적인 느낌이 물씬 났지만, 유림은 엄마가 이 그림을 유독 아꼈다는 사실을 잘 알고 있었다.

유림의 시선이 그림의 하단으로 옮겨 갔다. 엄마의 투박한 글씨체가 남자의 턱 부근에 있다. 유림은 글씨를 소리 내어 읽어 보았다.

"운소. 스타."

"우리 아들 얼굴을 회사에 와야 보는구나."

서승그룹 회장실의 한편, 접견실에 회의 테이블이 아닌 식탁이 차려졌다. 한 달에 한 번 있는 가족 외식이 오늘은 한준의 형편에 맞추어 회장실에서 열린 것이다.

초빙된 요리사가 내어놓은 음식은 점심 식사로 즐기고 말기엔 지나치게 양질의 것이었고, 창수와 은희는 내내 만족스러운 표정이었다.

"죄송합니다. 대신 와인은 어머니가 좋아하실 만한 걸로 골라 봤어요. 드세요, 어머니."

한준은 미리 준비해 온 와인을 은희의 잔에 채워 주었다. 아들의 얼굴을 자주 보지 못한다는 투정이 와인 한 잔으로 무마될 것 같지는 않지만, 어쨌든 은희의 표정은 금세 풀려 버렸다. 와인을 한 모금 머금은 은희가 슬쩍 한준을 보았다.

"넌 안 마실 거지?"

"네. 오후에 회의가 있습니다."

"넌 어쩜 네 아버지 젊으셨을 때보다 더 독하게 일을 하니. 따로 나가서 사는 것도 마음에 안 들어 죽겠는데 이젠 회사에 와야만 얼굴을 볼 수 있을 지경이라니. 여보, 한준이한테 갤러리까지 대체 왜 맡기신 거예요? 그룹 일만 해도 충분히 바쁘고 벅찬 애한테."

표정이 풀렸다는 건 아무래도 오산인 것 같았다. 은희는 한술 더 떠 창수를 향해 투정의 화살을 날리기 시작했다. 난감해진 한준이 창수의 잔에도 와인을 채우자, 창수가 잔을 든다. 평생을 그룹을 위해 바친 손은 어느새 주름으로 굴곡져 있었다.

"갤러리는 단순히 사업적인 측면만 보고 시작한 게 아니야. 이제 문화생활에도 깊이 들어갈 준비를 해야지. 갤러리는 시작일 뿐이야. 그러니 가장 유능한 사람을 책임자로 앉히는 건 당연한 거야."

차분해서 오히려 더 중후함이 느껴지는 목소리 톤이었다. 한준이 봐 온 창수는 어떤 일에서든 한 번도 흥분한 적이 없었다.

말로 앞서 나가지도 쉽게 후회하는 법도 없었다. 천천히 사고하고 느리게 말을 내뱉지만 통찰력이나 감각은 젊은 사업가 못지않아, 한준 또한 배우는 점이 많았다.

하지만 최근의 창수는 어딘가 불안정해 보였다. 창수 자신은 나이가 들어서, 라고 말을 하지만 한준이 느끼는 이유는 다른 데에 있었다.

"부담되냐, 한준아."

"아닙니다. 갤러리는 주말에 출근하여 업무를 보면 됩니다. 아직 작품을 보는 눈을 갖추지 못해 큐레이터인 박 실장이 대신 고생을 좀 하겠지만요."

"그거야 그 사람 일이니 고생이라고 하긴 뭣하지. 어쨌든 결과를 봐서 머잖아 지방에 두 군데 더 오픈할 생각이니 추진해 봐. 널 믿는다, 한준아."

믿는다는 말 뒤에 느껴지는 묘한 회한. 한준은 물끄러미 창수의 옆얼굴을 보았다. 회사 내에서 한준의 입지를 위협하는 친인척을 경계하며 한준에게 확실한 후계자 자리를 물려주려 하시는 거다.

고개를 끄덕이는 것으로 대답을 대신한 한준은 창수를 따라 나이프와 포크를 들었다. 스테이크를 썰어 가는 손짓은 매우 단정하고 기품이 있었다.

"어머. 이것 좀 봐, 한준아. 네 아버지랑 너 바질 이파리 싫어하는 거 어쩜 이리 닮았다니. 신기해라."

은희가 접시 한쪽에 장식용 바질 이파리를 모아 둔 한준의 접시와 창수의 접시를 가리켰다. 아이처럼 은희가 까르르 웃었다. '부자(父子)가 닮는 게 뭐 대수라고.' 라며 창수도 맞받아친다.

한준은 가까스로 입꼬리를 올리며 웃을 수 있었다. 창수의 말과는 달리 전혀 닮지 않은 부자. 한준은 지금 옆에 앉아 있는 부모님과 자신이 피 한 방울도 섞이지 않은 타인이라는 사실을 알기 때문이다.

한준은 태어나자마자 이 부부에게 입양되었다. 물론 이 사실은 창수와 은희, 그리고 한준과 재완만이 알고 있는 극비 사항이었다.

아이를 낳지 못하는 창수가 은희와 상의하여 나름대로 고급 유전자를 갖고 태어난 한준을 선택했고, 그날부터 그의 인생은 궤도를 달리하게 되었다.

창수와 은희를 당연히 친부모라 여기며 살아왔던 한준이 고등학교 1학년 때 두 사람의 대화를 엿들은 순간, 그의 인생은 다시 한번의 궤도를 바꿨다.

방황한 시간 동안, 같은 반이었던 재완과 속을 터놓는 벗으로 발전하게 되었다. 재완은 부모님이 이혼하고 아버지의 회사가 추락하면서 학교를 못 다니게 될 처지에 놓였지만, 한준의 도움으로 무사히 졸업할 수 있었다.

그렇게 재완과 함께 우여곡절을 겪은 후 정신을 차리고 보니, 자칫 나쁜 쪽으로 흘러갈 수 있었던 그의 인생이 무사한 것에 감사하게 되었다. 그를 입양한 부모님의 의도와 목적이 무엇이었든, 한준은 최선을 다해 그것에 부합하는 삶을 살 것이라 다짐했다.

대외적으로 한준은 서승그룹의 유일한 적자이자 단 한 명의 후계자였다. 하지만 이 후계 구도를 흔드는 위협을 받고 있었다. 최근 한준의 작은할머니 쪽에서 의문점을 제기해 왔기 때문이었다.

처음에는 한준이 부모 중 어느 쪽도 닮지 않았다는 말을 우스갯소리로 하시더니, 이윽고 은희가 배불러 있던 열 달 동안 누구도 집을 방문하지 못하게 한 것을 콕 집어내었다.

작은할머니는 은희더러 배불러 있었던 것이 맞느냐고 실실 웃는 낯으로 몇 번이나 물으시곤 했다.

창수와 은희는 아흔이 다 된 작은어머님이 치매가 온 것 같다고 그쪽 집안 가족들이 하는 얘기를 들은 적이 있었다. 그래서 그저 작은어머님의 작은 횡포가 큰일로 번지지 않고 무사히 넘어가길 바랐다.

불행한 건 한준이 이 모든 사실을 알고 있다는 것을 창수와 은희는 모르고 있다는 점이었다.

"아들아."

뿌리가 깊은 나무도 세월을 반복적으로 맞으면 쓰러지기 마련이다. 창수의 뚝심 역시 작은 할아버지네의 공격 아닌 공격에 언젠가 쓰러지고 말 것이다.

"네, 아버지. 말씀하십시오."

"네 엄마와 나는 끝까지 네 편이다. 당연한 거지만. 이걸 말해 주고 싶었어."

"걱정 마십시오, 아버지."

그러니 지금 한준이 걷고 있는 이 길은 언제 끝날지 알 수 없는 것이었다. 지금 누리고 있는 것들은 내일 당장 그의 손아귀에서 빠져나갈 수도 있다. 그것을 아는 창수는 지금 한준에게 도움을 요청하고 있다.

도와 달라고, 회사를 지켜 달라고, 어떤 일이 있어도 그 자리에 있어 달라고 온몸으로 말하는 중이었다. 그리고 한준은 당연히 아버지의 뜻에 발을 맞출 생각이었다. 모른 척, 두 분의 아들로 살아가고자 했다. 그것은 보은이었고, 대답이었고, 존경이었다.

화이트와 블랙 투톤이 전체적으로 조화를 이루고 있는 전무이사실의 벽면과 유리창 사이의 모서리 부분에는 다이아몬드 형태의 거울이 부착되어 있었다. 식사 후 회의까지 모두 끝낸 한준은 그 거울 앞에 서서 넥타이를 고쳐 매고 있었다.

오늘 하루 내내 보이지 않고 있던 재완이 지금 회사에 도착했다고 연락을 보내 왔다. 기대하지도 않았던 성과 때문에 지금부터 꽤 바빠질지도 모르겠다.

"유후!"

넥타이의 매듭을 조이고 있는데 노크도 없이 들어온 재완이 거울에 비쳤다. 한 손에 파일을 들고 놀리듯 흔들어 보인다. 한준은 거울 속의 재완에게 시선을 박은 채 매듭을 완성했다.

"용케 24시간을 딱 맞추었군."

"당연하지. 내가 네 밑에서 묻히는 경향이 있어서 그렇지, 밖으로 나가면 꽤 쓸 만한 머리야."

재완은 파일을 한준의 책상으로 휙 날려 놓고는 기다란 소파에 냅다 몸을 맡겼다. 다리가 소파 팔걸이를 넘기고 아래로 축 늘어졌다. 수고를 했으니 이 정도 무례쯤이야 네가 감수해야 한다는 투다.

한준은 재완을 무심하게 훑고는 책상으로 돌아가 파일을 집어 들었다.

"주 중에는 그룹 본사에 출근, 주말에는 갤러리에 출근. 아주 일주일 내내 출근 도장이 남아나질 않는구나. 여름휴가도 없이 좀 너무한다 싶지 않냐? 류 전무?"

"글쎄. 넌 일 년 내내 휴가 중 아닌가?"

"그렇게 말씀하시면 섭섭하지요, 전무님. 저는 전무님의 비서로서 업무에 태만한 적이 결코 없습니다. 저를 모략하지 마시지요."

"모략이라니 사실인데…… 민성대학병원?"

파일을 들여다보며 재완의 투덜거림에 별 의미를 두지 않고 대답을 이어 가던 한준은 어느 부분에서 미간을 좁혔다. 파일은 오늘 내내 재완이 뛰어다닌 결과물이 요약되어 있었다. 현재 [스타]의 실소유주의 신상에 대해서 말이다.

한준은 파일에서 시선을 떼어 내고 재완을 보았다. 부연 설명을 필요로 하는 듯한 표정에 그가 으스대며 말했다.

"그림의 주인이 그 병원에서 일하는 의사라고."

"자세히 말해."

"아, 자식이. 찍하고 얘기하면 척하고 알아들어야지. 에…… 그러니까 내가 또 발이 마당이잖냐. 그걸 유용하게 쓰기로 했지. 먼저 서울 시내에 있는 장물 취급소를 쫙 수배했어. 장물시장도 뒤져 보라고 네가 말했잖아? 딱 여섯 군데를 돌았는데 마지막 여섯 번째에 행운의 여신이 살짝 웃어 주더군. 3년 전에 김미현 화가의 다른 그림을 거래하러 온 여자가 있었다는 거야."

"그래서?"

"뭐 거래자 보호원칙이 어쩌고저쩌고해서 절대 신상을 가르쳐 줄 수 없다더군. 하지만 나는 절대 굴하지 않았지. 네가 수단을 가리지 말라는 말도 했고 해서 그 자리에서 딱 삼백을 내어 놓았어."

"간은 작은데 손은 큰 놈이었군."

"어쨌거나 삼백 덕분에 그놈이 딱 두 가지를 불더라니까. 하나, 그 당시의 거래자가 김미현 작가의 딸이었다는 거."

"딸?"

"그래. 딸. 바로 그 딸이 민성대학병원에서 레지던트로 일하고 있단다. 우린 찾아가기만 하면 되는 거쥐이."

혓바닥을 굴리며 우스꽝스러운 발음을 선보인 재완은 다분히 들뜬 얼굴이었다. 한준이 내린 지시를 완벽하게 수행했다는 데 대한 자부심이리라. 재완이 들뜬 기분에 취해 있거나 말거나, 한준은 다시 파일로 시선을 내렸다.

김유림. 민성대학병원 심장내과 레지던트. 28세.

돈을 들여 빼낸 정보니 아주 틀린 건 아닐 것이다. [스타]도 이 여자가 소유하고 있는지는 확실하지 않지만 최소한 조사해 볼 가치는 있을 거라 판단했다.

"운소의 그림을 기껏 장물시장 따위에서 거래를 했다니 딸이 정상은 아니군."

한준이 파일에 시선을 둔 채 혼잣말을 이어 가고 있는데, 시야 앞으로 재완의 손바닥이 다가왔다.

"삼백 내놔. 내 피 같은 돈이야. 서승그룹 전무께서 설마 비서의 일용할 돈을 꿀꺽하진 않겠지?"

"네 정보가 맞는지 아닌지 아직 확실한 건 없어. [스타]가 무사히 내 손안에 들어올 때까지 기다려."

"나쁜 자식. 삼백 투혼을 불사른 나한테 그렇게 냉정하기냐? 24시간이야. 넘기면 재미없어."

재완이 한준이 했던 말을 그대로 흉내 내며 눈에 힘을 주었지만, 한준은 대화의 화두를 다른 곳으로 옮겨 버렸다.

"윤재완."

"왜에?"

"내가 낸 숙제를 이렇게까지 열심히 해 왔던 적이 없었던 것 같은데. 역시 여자 때문인 건가?"

허를 찔린 건지 재완의 기세가 그제야 한풀 꺾이기 시작했다. 재완은 눈에 준 힘을 풀지 않는 대신, 눈빛에 원망의 기색을 담아 한준을 노려보았다. 하지만 그것도 이내 스르르 엷어져 간다.

"안 만나 줘."

"누가?"

"안 만나 준다고. 나의 은채가. 거들떠도 안 본다고. 나의 은채가!"

"잘됐군. 준비나 해."

"뭘 준비해? 어딜 가는데?"

한준은 윗도리를 걸치며 떨떠름하게 서 있는 재완의 어깨를 툭 쳤다.

"돈 벌어야지?"

차는 서울 한복판의 8차선 도로 위로 접어들었다. 목적지는 민성대학병원. 내비게이션의 목소리조차 늘어지게 만드는 늦은 오후의 무더위가 바깥으로 흘러가고 있었다.

운전대를 잡고 있는 재완의 표정은 이미 해탈한 상태였다. 파일을 한준에게 전달할 때부터 오늘 남은 일정은 파란만장할 것이라

예감했던 탓이다.

재완은 아까부터 룸미러로 한준을 흘깃 보곤 했다. 창밖만 고집하고 있는 한준의 표정이 어딘가 굳어 있었기 때문이다. 물론 평소에도 감정을 밖으로 드러내는 녀석은 아니지만, 지금은 어쩐지 굳어 있는 얼굴에 어둠까지 더해진 것 같았다.

재완은 외부의 일을 끝내고 회사로 돌아왔을 때 회장님의 비서실장으로부터 들은 이야기를 떠올렸다.

"오늘 회장님하고 식사했다며?"

차 안에 끼인 무거운 적막을 걷어 낸 재완의 음성에, 한준이 입을 떼었다. 시선은 여전히 차창 밖에 둔 채였다.

"그래."

"일하는 시간 좀 줄여서 자주 본가에 들러. 일전에도 사모님 너만나러 회사에 나오셨다가 그냥 돌아가셨잖냐."

"재완아."

"왜, 류 전무."

한준의 목소리가 전에 없이 낮아 재완은 잠시 긴장했다. 회장님과의 자리에서 무슨 대화가 오고 간 것일까.

"내가 회장님께 얼마나 더 많은 것을 드릴 수 있을까."

딱히 대답을 바라고 하는 질문은 아닌 것 같았다. 하지만 아버지라는 단어 대신 회장님이라는 말을 고른 걸 보니, 지금 한준의 마음이 얼마나 헐벗겨져 있는지 알 것 같았다.

"너무 수고하지 마라, 친구야. 급하게 가려고 하지도 마. 내가 보기엔 한준이 네 녀석, 누구보다 열심히 살고 있으니까.”

그래서 나름대로 진심을 꺼내어 내보이자 한준이 고개를 돌려 룸미러를 보았다.

“여자한테서 차인 놈이 하는 말치곤 상당히 허세 끼가 있군. 감동받을 뻔했어, 윤 비서.”

다른 누군가가 들었다면 조롱으로 알아들었을 것이다. 진심 어린 친구의 충고를 비난하는 무례한 사람이라고도 여겼을 것이다.

하지만 한준이 내뱉은 가시 같은 말 뒤에 ‘고맙다.’ 라는 한 마디가 깔려 있다는 것을 재완은 알고 있었다. 그래서 한준의 비아냥거림에, 똑같은 수준의 비아냥거림으로 맞설 수가 있었다.

“이왕이면 사랑이라는 말로 대체해 줘. 놓치기 싫은 여자였어. 난 한 번 빠지면 아주 무섭게 빠진다고. 알잖아. 그래, 이렇게 예를 들어 볼게. 네가 지금 [스타]에 집착하는 거랑 비슷하다고 보면 돼.”

“같은 선상에 놓을 수 없지. 난 경제적이고 넌 하찮아.”

“사랑이 하찮다고? 전무님아. 사랑은 말이야. 그렇게 쉽고 만만하고 발아래 깔아뭉갤 만한 감정이 아니야. 미소로 시작해서 눈물로 끝나는 거, 그게 사랑이야. 사람들은 마지막에 눈물을 흘리지 않기 위해서 죽도록 아프면서도 사랑을 지키는 거고. 물론 넌 죽었다 깨어나도 이해 못 하겠지만.”

“비꼬는 건가?”

“아니지. 충고하는 거지. 훗날 네가 진짜 사랑을 하게 될 날이 올 지도 모르니까."

재완의 말은 묘한 울림을 남겼다. 어쩌다 대화의 맥락이 '사랑'의 정체성으로 옮겨 갔는지 모르겠지만 한준은 얼마쯤 불편한 심정으로 다시 창밖을 보았다. 코웃음 치며 속에 말을 가만히 삼켰다.

사랑이라니.

말도 안 되는 소리.

☆ ★ ☆

"연락 좀 자주 해. 몸은 떠났어도 마음은 아직도 레지던트일 거 아냐?"

심장내과 의국의 치프가 된 아정이 유림의 품에 두꺼운 책 두 권을 안겼다. 유림이 병원을 그만두지 않았다면 지금쯤 3년 차가 되어 아정의 직속 후배가 되어 있을 것이다.

말없이 웃는 유림의 눈동자로 허한 공간이 생겨났다. 온갖 그리웠던 것들로 가득 채워진 주변을 차마 둘러볼 엄두조차 나지 않았다.

커피숍 아르바이트를 하는 도중, 유림이 쓰던 책을 발견했다며 시간이 되면 가지러 오라는 아정의 연락이 아니었다면, 이 병원에 다시 발을 들일 일은 없었을 터였다.

다시 돌아오고 싶은 공간에서, 다시 돌아올 수 없는 현실을 재차 깨닫고 싶지 않아서였다.

"네. 선배."

겨우 끌어낸 간단명료한 대답조차 힘들었다. 그렇게 엉망이 되어 버린 유림의 심정을 알 길이 없는 아정이 그녀의 어깨를 쓰다듬었다.

"여전히 아까워, 네가. 여건이 괜찮아지면 다시 시작하도록 해. 알았지?"

"네."

"같이 저녁이라도 먹어야 되는데 어쩌지? 의국 들렀다가 응급실에 내려가 봐야 하거든. 네가 전화하자마자 곧장 달려올 줄은 몰랐어."

"괜찮아요, 선배. 일 보세요. 저도 돌아가 봐야 해요."

"그래. 다음에 꼭 보자."

짧은 인사를 건넨 후 아정은 의국으로 돌아갔고 유림은 승강기 쪽으로 걸음을 옮겼다. 가슴에 품은 책 두 권이 흘러내리지 않도록 팔로 꼭 감싼 채였다.

사실 이 책들은 이제 유림에게 불필요한 물건에 가까웠다. 그럼에도 불구하고 굳이 병원에 온 이유는, 낯익은 풍광들을 다시 한 번 눈에 넣고 싶어서였으리라.

소독약 냄새와 환자복을 입은 채 오가는 사람들, 링거 스탠드가 질질 바닥을 끄는 소리, 다급히 뛰어가는 간호사, 코드블루를 외치는 스피커 속 음성까지. 몸과 머리가 기억하고 가슴이 느끼는 장면들이 하나씩 떠오르기 시작했다.

그리웠다. 그 사람들이 병원까지 들이닥치지만 않았어도 지금쯤 그녀는 이곳 어딘가에서 환자들과 함께였을 것이다.

유림은 북받치는 감정을 추스를 길이 없어 1층에 도착한 승강기에서 도망치듯 내렸다. 접수와 수납을 위해 대기 중인 사람들로 북적대는 로비를 되도록 빨리 통과하려 했다.

습관처럼 안경을 고쳐 쓰고 추억과 이별하기 위해 발걸음을 재촉했다. 하지만 현관 정문 옆 키가 큰 나무 화분을 지나치던 그녀의 발길을, 누군가의 커다란 목소리가 방해했다.

"김유림 선생님!"

돌아보니 레지던트 시절 중환자실에서 자주 보았던 간호사가 그녀를 부르고 있었다. 사람들 사이에 섞여 있었지만 간호사가 보내오는 반가운 미소를 유림은 단박에 알아보았다.

인사하려고 그러는 건가, 의구심이 생기려던 찰나 간호사 옆에 정장 차림의 남자 한 명이 서 있는 것이 보였다. 얼굴이 아래위로 긴 멀대같이 생긴 남자가 가늘게 뜬 눈으로 그녀를 보고 있었다.

순간적으로 그녀의 주변 공기가 달라졌다. 정장 차림의 남자가 주는 이미지가 유림에게는 결코 달갑지 않았기 때문이다.

"송아정 선생님을 뵈러 오셨단 얘기 들었는데 아무리 찾아도 보여야 말이죠."

남자에게 잠시 양해를 구한 간호사가 유림의 곁으로 다가와 호들갑을 떨며 말했다. 유림은 잘 지내냐는 인사 대신 자연스럽게 경계의 벽을 치며 물었다.

"저를 왜요?"

"저기요! 이분이세요. 김유림 선생님요."

간호사는 유림의 질문에 대답하지 않고 멀대 같은 남자를 향해 손을 흔들어 보였다. 유림의 안색이 순식간에 창백해졌다.

"저분이 김유림 선생님을 찾으시더라구요. 무슨 그룹에서 나온 사람이라던데요? 대체 그런 데서 선생님을 왜 찾는 걸까요? 그리고 선생님이 오늘 병원에 잠깐 들른 걸 어떻게 딱 알고 온 건지……."

간호사의 뒷말은 이미 귓전에서 잘게 흐려졌다. 유림의 고막을 강타한 건 단 한 가지였다.

무슨 그룹…….

'잡혔다.'

경직되었던 두 발이 그 사실을 인지한 순간, 돌연 속도를 빨리했다. 다급히 돌아선 그녀는 '어머, 선생님!' 하며 자신을 붙잡는 간호사의 손길을 뿌리친 후 곧바로 내달렸다.

남자가 쫓아오는지 어떤지 뒤돌아 확인할 겨를도 없이 정문을 통과하여 병원 앞마당을 가로질렀다. 폐부 깊숙이 들이차는 숨이 간헐적으로 토해졌다. 고통스러운 호흡과 뜀박질이 동시에 이어졌다.

머릿속에는 어서 빨리 도로로 나가 택시를 잡아야 한다는 생각뿐이었다. 그래서 앞마당 한편에 있는 주차장에서 남자가 이쪽으로 나오고 있는 것을 확인하지 못했다.

성큼성큼 다가온 남자의 큰 걸음에 의해 자신이 거의 다 따라잡히고, 동시에 손목이 낚아채였다는 사실도 처음에는 깨닫지 못했다.

"아악!"

남자가 손목을 거칠게 움켜잡는 바람에 유림의 몸이 순간적으로 앞으로 쏠렸다가 뒤로 후퇴했다. 그 반동 때문에 안고 있던 책 두 권과 안경이 바닥으로 떨어졌다.

유림은 알이 통째로 테에서 빠져나가 뒹굴고 있는 안경을 눈 끝으로 주시했다. 붙들린 손목에서 통증이 느껴진 건 그때였다.

잡힌 걸까.

낭패감에 입술이 더욱 말라붙는 것이 느껴졌다. 립글로스. 절박하게 그것을 원하고 있는데 머리 위로 굵은 저음이 떨어졌다.

"김유림 씨?"

불신 섞인 눈을 하고 고개를 들었다. 미미하게 남아 있는 불그스름한 태양빛을 등지고 선 남자가 섬뜩할 정도로 차가운 눈을 하고 그녀를 내려다보고 있었다.

손목이 잡힌 여자에게서 가느다란 떨림이 전해졌다. 겁을 집어
먹은 것이 분명한 커다란 눈동자가 속절없이 흔들렸고, 하얗게 각
질이 일어나고 있는 입술 역시 긴장으로 메마른 것이 보였다.

한준의 한쪽 눈썹이 절로 일그러졌다. 이렇게 보니 방금 재완이
전화로 말한 내용이 모두 사실 같기도 했기 때문이다.

김유림을 찾았지만 병원 밖으로 도망쳤다고. 이유를 모르겠지만
확실히 도망을 쳤다고. 그러니 안경을 쓴 여자가 냅다 달리는 게
보이면 잡으라고. 한준은 여자가 자신의 손아귀에서 벗어나려 손
목을 비틀 때마다 더욱 힘을 가했다. 어쨌거나 지금 놓쳐 버리면
두 번의 기회는 오지 않을 터였다.

"이거 놔요."

하지만 여전히 이 여자가 도망친 이유를 모르겠다. 마주해선 안 되는 일생일대의 원수라도 만난 것처럼 이글대는 눈빛으로 그를 쳐다보는 이유도 알 수 없었다. 경계의 벽을 높이 세운 채 상대방을 할퀴려 하는 여자는 격랑에 휘말려 있는 듯했다.

"이렇게 도망을 갈 이유는 없을 것 같은데."

그래서 나름대로 목소리를 부드럽게 끌어내니 여자의 눈빛이 아까와는 다른 의미로 흔들리는 것이 보였다. 자연스레 손의 악력이 조금 줄어들었다.

"로비에서 봤던 사람과 일행입니다. 잠시 얘기를 나누었으면 합니다만."

그의 말 한마디에 거칠었던 유림의 숨결이 아주 잠시 박자를 되찾았다. 유림은 좀 전까지 얼굴에 올랐던 극도의 긴장감을 싹 지우고 그를 빤히 쳐다보았다.

남자의 내리깐 눈빛에서 기묘하고 생경한 느낌을 받았다. 지금까지 그녀를 찾아온 문영그룹 사람들과는 확연히 다른 분위기가 남자한테서 풍겼다. 지시를 받는 사람의 다급함이 아니라, 지시를 내리는 사람 특유의 오만과 여유가 느껴졌던 탓이다.

"놓으라고 분명히 말했어요."

그러나 유림은 어느 쪽이든 이런 상황은 달갑지 않아 경계를 풀지 않았다.

"제가 무슨 일로 당신을 찾아왔는지 궁금하지 않습니까?"

"아뇨. 전혀요."

"흐음. 그 대답은 유감이지만 곧 알고 싶어질 겁니다."

"이봐요. 이거나 얼른 놓으⋯⋯."

남자의 거만한 표정이 재수 없어지려던 찰나, 그의 어깨 너머로 누군가가 뛰어오는 것이 보였다. 아까 로비에서 보았던 멀대다.

"헉헉헉! 아니, 무슨 여자가 그렇게⋯⋯ 달리기를⋯⋯ 헉 헉⋯⋯."

"일면식도 없는 사람한테 이렇게 무례해도 되는 거예요? 어서 이거 좀 놓으시라구요."

유림은 겨우 뛰어온 멀대가 숨이 넘어가든 말든 한준을 계속해서 노려보았다.

한준은 그녀의 이해할 수 없는 경계심에 혹여 재완이 있는 건 아닌지 의심하며 돌아보았다. 여자의 외모는 재완이 충분히 혹할 법했기 때문이다.

"무슨 짓을 한 거냐, 윤 비서."

"나 아무 짓도 안 했어. 아니, 안 했습니다, 전무님. 이분이 저를 보더니 그냥 냅다 뛰었다구요. 그게 왜 제 잘못입니까? 안 그래요? 김유림 씨? 제가 그쪽한테 뭐 잘못한 거 있어요?"

재완은 한준이 한 질문 속에 든 의미를 파악하곤 방방 뛰며 부정했다. 붕 떠 버린 상황이 애매하게 된 가운데, 유림은 마음을 차분히 가라앉혔다. 확실히 이 두 사람은 문영그룹 쪽 사람들이 아니라는 확신이 든 것이다.

"어쨌든 이거나 놓으시죠? 지금 이 말 네 번째예요."

유림이 도도하게 턱까지 치켜 올리며 요구하자 한준은 손에 준 힘을 천천히 풀었다. 본격적인 거래에 앞서 어쨌든 이 희한한 분위기를 풀 필요가 있었다.

유림은 손목이 자유로워지자 허리를 구부려 책과 안경을 주워 올렸다. 삐져나온 알을 제대로 끼워 맞춘 후 황급히 코에 걸쳤고, 두 남자의 시선이 어떤 색을 띠고 있든 관심을 끈 채 돌아섰다.

하지만 곧장 등에 꽂혀 든 남자의 질문이 유림의 당당한 발걸음을 방해했다.

"김미현 작가님의 따님 되시죠?"

하마터면 '그런데요?' 라고 대답하며 그를 향해 돌아설 뻔했다. 아직 저들의 정체가 뭔지도 모르는 상황에서 성급한 태도를 취할 필요는 없기에, 못 들은 척 다시 발길을 이어 갔다. 그러나 몇 걸음 채 떼기도 전에 남자가 옆으로 다가왔다.

"얘기 좀 할 수 있겠습니까."

"사람 잘못 찾아오셨어요. 저는 그런 사람 모릅니다. 그럼."

"그럴 리가. 분명히 걸음을 멈춘 것 같은데."

한준은 유림이 어깨를 움찔하는 것을 놓치지 않으며 그녀의 얼굴로 시선을 옮겼다.

코에 걸쳐진 안경을 보며 고개를 비스듬히 기울였다. 보는 사람이 현기증을 일으킬 정도로 두꺼운 안경알 너머, 그녀의 커다랗던 다갈색 눈동자는 온데간데없었다.

왜 굳이 이런 안경을 쓰고 다니는 건지…… 이해할 수 없는 점

투성이인 그녀를 향해 주머니에서 꺼낸 명함을 내밀었다.

"류한준입니다."

유림은 내밀어진 명함을 얼떨결에 받아 들었다.

서승그룹 전무이사

류(流) 갤러리 대표

류한준

그의 화려한 외모에 걸맞은 명함 속 이력이었다. 순간적으로 든 안도감에 길게 숨을 내쉬었다. 문영그룹에서 나온 사람이 아니라는 사실만으로 이 순간에 감사할 이유는 충분했다.

"김미현 작가님의 유작 [스타]를 소유하고 계시죠? 제가 구입하고 싶습니다. 김유림 씨가 원하는 가격에 맞춰 드리죠. 얼마든지."

그가 자신을 찾아온 목적이 뚜렷해지자 유림은 그제야 냉정해질 수 있었다. 엄마의 다른 작품들에 한해서 구입을 희망하며 연락을 취해 온 사람들이 있었고, 유림 역시 경제적으로 어려울 때에 장물시장을 통해 작품들을 거래한 적이 있었다. 그러나 [스타]는 아직 수면 위로 띄운 적이 없었다.

그 작품을 그녀가 소유하고 있다는 사실을 그가 어떻게 안 건지는 모르겠지만 아직은 팔 마음이 없었다. 엄마의 작품들에 대단한 애정이나 유대감을 가지고 있는 건 아니지만, 남아 있는 유일한 작품이라는 사실이 번번이 발목을 붙든 것이다.

"그럴 생각 전혀 없어요. 앞으로도 없을 겁니다. 일부러 수고해서 찾아오셨을 텐데 죄송하네요. 그럼 안녕히 가세요."

유림이 미련 없이 그 자리를 떠나는 동안, 한준은 멀어지는 그녀의 뒷모습을 의미심장한 눈빛으로 응시하고 있었다. 그런 사람은 모른다며 발 빼더니 오래가지 않아 사실을 인정해 버리는 그녀가, 비웃어 주고 싶을 정도로 단순해 보였기 때문이다.

하지만 단순한 사람들이 의외로 고집스러운 경우가 많아, 설득하는 것이 쉽지 않을 수도 있다. 그러니 지금부터는 인내심의 대결이 될 것이다. 어느 한쪽이 지쳐 나가떨어질 때까지.

"예쁘장하게 생겨 가지고 의외로 철벽 치네. 저 팽팽 돌 것 같은 안경은 또 뭐야."

뒤에서 다가온 재완이 넋두리처럼 내뱉다 한준을 쳐다보았다. 한준의 시선은 유림에게서 떨어지지 않고 있었다.

"어쩔 거야? 이대로 포기?"

"내가 계획한 일을 포기하는 거 봤어?"

"아뇨, 전무님. 그런데 설마 나한테 미남계를 쓰라거나 뭐 그런 걸 시킬 건 아니지? 아서라. 난 합법적이고 건전한 방식을 추구하는 편이야. 모로 가는 건 사절이니까 행여 그런 걸 시킬 생각이라면 꿈 깨."

"시동이나 걸어, 윤 비서."

재완의 시답잖은 말을 끊은 한준은 서둘러 뒷좌석에 올라탔다. 투덜대던 재완이 젠장 젠장을 연발하며 핸들을 잡을 때, 한준은

이미 다음 계획을 잡아 가고 있었다. [스타]를 손에 넣을 방법 말
이다.

차는 곧장 병원을 빠져나가 인도를 걷고 있는 유림을 발견하여
방향을 같이했다. 유림이 탄 버스를 뒤따르고, 정류장에서 내린 유
림의 보폭을 서행으로 따라잡으며, 마침내 그녀가 시내에 있는 커
피숍 안으로 들어가는 지점에서 멈춰 섰다.

한준은 커피숍 안에 들어선 유림이 카운터로 들어가 직원과 웃
으며 일별하는 것을 유심히 지켜보았다. 책 두 권을 적당한 곳에
놓아둔 그녀는 직원 전용 앞치마를 착용한 후, 빈 커피 잔을 치우
기 시작했다. 무척 일상적이며 거리낄 것이 없는 모습이었다.

"의사가 왜 커피숍 알바를 하지?"

한준의 머릿속에 든 의문을 재완이 입 밖으로 꺼내 주었다. 한
준은 유림에게 눈을 둔 채 미간을 잠시 좁혔다가 다시 폈다.

병원에서 이유 없이 도망친 것부터 시작해서 납득할 수 없는 아
르바이트까지. 중요한 거래를 할 상대방에게 석연치 않은 구석이
많았지만, 어차피 길게 갈 인연은 아니다.

"어떻게 할 거야? 들어갈 거라면 주차장 좀 찾아보고."

"됐어. 오늘 저 여자의 태도로 봐선 예담 측에서 접근해 와도
기꺼이 뿌리칠 기세니, 며칠간은 동정만 살펴도 될 거야. 일주일
안에 계약서에 도장을 찍게 만들지."

"하! 저 넘치는 남자의 자신감 봐라. 너무 기고만장한 거 아냐?"

"출발이나 하지."

이 거래가 과연 가능할까, 의구심을 품는 재완에게 한준은 회사로 돌아갈 것을 지시했다. 그리고는 커피숍 안 유림에게 다음 만남을 기약하며 한쪽 입꼬리를 비스듬히 비튼다.

아지랑이처럼 피어오르고 있는 대지의 열기 사이사이로 그녀가 흐려졌다 선명해졌다를 반복했다.

☆ ★ ☆

아침부터 내린 비는 저녁이 다 되어서도 그치지 않았다. 최소한 이틀을 더 내릴 예정이라고 보도된 빗소리가 벌써부터 귀를 아프게 했다.

땀이 흐르더라도 맑은 날이 좋다고 생각하며, 유림은 커피숍 창문 밖 거리를 무료하게 내다보고 있었다.

날씨 때문에 커피숍은 들러 주는 이 하나 없이 적막했다. 카운터를 맡은 또 다른 아르바이트생은 꾸벅꾸벅 졸고 있었고, 내부에 흐르고 있는 유명한 미국 가수의 댄스곡은 지금의 분위기와는 확실히 전혀 어울리지 않았다.

유림은 음악을 바꾸어 볼 생각으로 자리에서 일어나 카운터 뒤쪽으로 돌아 들어갔다. 오디오가 설치된 선반에 다가간 그녀는, 문득 옆에 놓인 의과 서적 두 권을 보며 미간을 일그러뜨렸다.

"아, 맞다."

어제 아정으로부터 받은 책을 이곳에 두고 챙겨 가지 않았던 것을 기억하며 혀를 찼다. 모두 병원에서 맞닥뜨린 그 남자 탓이다. 그가 정신을 쏙 빼놓아 버려 챙겨야 할 것들을 챙기지 못했기 때문이다.

남자를 떠올리니 불현듯 책에 끼워 둔 명함도 생각나 그것을 꺼내 보았다. 고급스러운 황금색의 문양 위로 남자의 압도적이고도 높은 지위와 명성이 흘러가고 있는 듯했다. 새삼스러운 기억이 머리를 헤집었다.

'이렇게 도망을 갈 이유는 없을 것 같은데.'

그 남자가 보기에도 도망가는 것으로 보였던 걸까. 처음 보는 남자 앞에서 모든 것이 발가벗겨진 기분이었다. 잠시 움찔거렸던 것도 그 때문이었을 것이다. 더는 바닥칠 것도 없는 자존심이 꿈틀했지만 부인할 수 없는 단어였다. '도망'은.

갑자기 스스로의 모습이 한심해졌다. 꿈을 좇아 1분 1초를 아껴 가며 살아가야 할 나이에, 뒷걸음질 치기에 여념이 없는 자신이 미련스러워 견딜 수가 없을 지경이었다.

유림은 바지 주머니에서 립글로스를 꺼내었다. 그것을 아랫입술에 가져가 살짝 바르고 있는데 커피숍 정문에서 딸랑딸랑 방울 소리가 들려왔다.

"어서 오세…… 어?"

"유림아."

우산 꽂이에 우산을 넣고 고개를 든 이는 수진이었다. 유림은 립글로스를 다시 주머니에 넣은 후 수진에게 다가갔다. 반소매 티셔츠가 흠뻑 젖어 있는 것을 손으로 털어 주며 물었다.

"네가 이 시간에 웬일이야? 지금 PC방에 있어야 할 시간 아냐?"

"나 잘렸어."

"뭐?"

수진이 배시시 웃으며 백수 선언을 하자, 유림은 황당한 얼굴이 되어 눈썹을 찡그렸다. 갑작스러운 상황에 뭐라 반문할 생각도 하지 못하고 있는데 수진이 알아서 테이블을 향해 걸음을 옮겼다.

"우선 아이스티 한 잔 만들어 주라. 아주아주 차갑게 해서."

그러고 보니 좀 전에 커피숍에 들어올 때부터 수진의 안색이 어딘가 어둡다고 느껴졌었다. 유림은 힘없이 의자를 끌어당겨 앉는 수진을 걱정스레 보다가 카운터로 향했다.

아이스티를 만들어 수진의 앞에 놓자 놀랄 틈도 없이 단숨에 들이켜 버린다. 3분의 1만 남겨 둔 수진은 이번엔 얼음덩이를 입안에 넣고 와작 깨물기 시작했다. 유림은 수진의 맞은편에 앉았다.

"왜 잘린 건데? 너 거기 근무시간도 알맞고 해서 최소한 일 년은 넘기겠다고 좋아했잖아."

"그랬지."

"실수한 거 있어?"

"아니."

"그럼? 사장한테 밉보였어?"

"아니."

"그럼 뭔데."

수진은 대답 없이 모서리가 녹아 둥근 모양으로 변한 얼음조각을 입안에서 이리저리 굴렸다. 유림에게 사실대로 털어놓아야 하나 말아야 하나 갈등하는 동안, 얼음조각은 더욱 덩치가 줄어들었다.

마음이 무거워지는 만큼 입도 무거워져선, 수초간 테이블이 침묵으로 뒤덮였다. 하지만 염려가 묻은 친구의 진심 어린 눈빛을 마주했을 때, 수진은 어쩔 수 없이 오늘 있었던 일을 모두 입에 올려야겠다고 생각했다.

"그 사람들이 PC방까지 찾아왔었어. 문영그룹 전 실장 말이야."

"뭐?"

허벅지에 올려놓은 유림의 손이 절로 꾹 쥐어졌다. 수진이 얼음을 깨어 먹으며 무심한 듯 내뱉은 말이라 더욱 당황스러웠다.

"오늘 집에서 나올 때부터 나를 미행했던 것 같아. 갑자기 PC방에 들어와서는 네가 어디에 있는지만 말해 주면 조용히 나가겠다고 협박 같은 걸 하더라구. 모른다고 계속 잡아뗐더니 우리 사장님 사무실에 들어가더라?"

"……그래서?"

"10분 정도 지났나? 사장님이 나오시더니 나한테 그만두는 게 좋겠다고 하시더라고. 아마도 전 실장이 봉투 같은 걸 찔러줬겠지. 그러니까 이를테면, 협박 아니겠어? 그렇게 계속 입 다물고 있다간 평생 백수 노릇 못 면하게 하겠다는."

"……그게 다 사실이야?"

"응. 너도 조심해. 오늘은 내가 걸려서 다행이지만 내일은 네가 걸릴 수도 있어. 쥐도 새도 모르게 너를 차에 태울 수도 있다구. 그쪽 사람들, 마음만 먹으면 사람 하나 찾아내고 숨기는 건 일도 아닐 거 아냐. 물론 넌 다행히 잘 숨어 다니고 있지만."

유림은 습관처럼 안경을 고쳐 썼다. 그녀의 표정에는 긴장감이 역력히 드리워졌다. 생각이 막히다 못해 뒤죽박죽으로 엉겨들었다.

급기야 수진에게까지 불똥이 튀어 버려 막다른 골목에 다다라, 갈 길을 잃은 기분이었다. 유림은 의자를 밀치고 자리에서 벌떡 일어났다. 얼음을 입에 머금고 있던 수진의 놀란 시선이 따라왔다.

"왜?"

"더 이상 안 되겠어. 내가 직접 만나야겠어. 거기 찾아갈 거야."

"켈룩! 켈룩!"

다분히 비장했던 유림의 표정은 수진이 잔에서 입을 떼어 내고 기침을 하자, 황망한 그것으로 바뀌어 갔다.

"너 미쳤냐? 약 먹었어? 네가 가면? 그 사람들이 네가 하는 말을 차분하게 전부 다 들어주고, 아 우리가 잘못했구나 열심히 반성하고, 네가 무사히 돌아갈 수 있도록 차에 기사라도 붙여 준대?

지금 눈에 불을 켜고 너를 찾고 있는 인간들이?"

단 한 번의 숨도 내쉬거나 들이켜지 않은 채 수진이 장황설을 퍼부었다. 막 나가려 하던 모난 심정이 수진의 말에 가까스로 이성을 붙들었다.

유림은 다시 의자에 무너지듯 앉았다. 야속한 것은 수진이 아니라, 이럴 수도 저럴 수도 없는 사면초가의 상황이었다.

"미안해. 수진아."

"너 그러다 그 말 입버릇 되겠어. 미안하다는 말."

"벌써 된 것 같아."

미안한 마음에 포기하듯 쓰게 웃는 수진의 미소조차 마주할 수 없었다. 둘 중 하나가 지칠 때까지 도망 다닐 거라던 호언장담은 친구의 허한 마음 앞에서 차츰 빛을 잃어 가기 시작했다.

그렇게 손쓸 도리도 없이 무너져 가고 있는데, 수진의 얼굴에 다른 종류의 우울함이 번지기 시작했다.

"이 상황에…… 엄마까지 아프셔."

"뭐? 어디가…… 어떻게?"

어쩌면 그때 예감한 건지도 모른다. 더는 수진과의 동행이 불가능하리라는 사실을. 긴 시간 옆에 머물러 준 친구의 배려는 이쯤에서 그만 받아야 한다는 사실을.

수진은 '별건 아냐.' 라고 얼버무렸고 유림은 고개를 끄덕였지만 한동안 내려앉은 침묵은 제법 무겁게 다가왔다.

지쳐 가고 있는 걸까.

유림은 언제까지 이어질지 알 수 없는 이 상황에, 늘 긴장한 채 지내야 하는 일상에, 단 하나뿐인 친구의 허허로운 웃음에, 정통으로 맞고 쓰러지기 일보 직전이었다.

"비는 언젠가 그치겠지만 젖어 버린 네 마음은 언제쯤 마를까."

수진의 혼잣말 같은 위로에 울컥하는 심정이 된 유림은 창밖으로 고개를 돌렸다. 의도하지 않은 한숨이 몇 차례 이어졌다. 내리치는 빗줄기로 뿌예진 바깥이 그녀의 앞날처럼 불투명해 보였다.

☆　★　☆

"지금 간다고? 김유림을 만나러 지금 가겠다고?"

재완이 눈을 치뜬 채 물었다. 옷을 모두 챙겨 입고 마지막으로 파일에 꽂힌 서류를 챙겨 보던 한준이 고개를 끄덕이자, 재완의 이맛살이 더욱 깊게 패였다.

"오늘은 불금이야. 게다가 지금은 퇴근 시간이라고. 주말 근무도 모자라서 이젠 연장 근무까지 시키기야? 안 해!"

재완이 짜증스레 툭 내뱉자 서류에 묻혀 있던 한준의 시선이 그제야 들렸다. 한준은 회전의자를 좌우로 돌리며 들고 있던 파일의 끄트머리를 책상에 툭툭 쳤다. 무언의 재촉인 셈이다.

"안 가겠다는 거야?"

"우리 은채랑 만나기로 약속 잡아 놨다고. 오늘은 나한테 중요한 날이야. 반드시 솔로 탈출하고 말 거라고."

그러고 보니 오늘의 재완은 아침부터 다분히 들떠 보이긴 했다.

오전 회의 때에 문건을 바꿔 올려놓는 실수를 저질러 한바탕 잔소리를 들었으면서도 실없이 웃고만 있었다. 만나 주지도 않는다는 은채라는 여직원을 위해 재완이 오늘 얼마나 공을 들였을지는 충분히 짐작이 가능했다.

귀찮은 거라곤 직접 운전을 해야 한다는 점뿐이니, 오늘은 친구의 연애 사업을 위해 기꺼이 인정을 베풀어도 좋을 것이다.

"가 봐, 그럼."

"정말? 그래도 돼? 전무님아? 나 정말 가도 되는 거지? 이거 꿈 아니지?"

"대신 내일 아침 일찍 갤러리로 출근해. 다시 말하는데 일찍이야."

"아, 자식이. 하여간 깔끔하게 딱 떨어지는 법이 없어요."

재완은 이 와중에도 단서를 달아 버리는 한준을 향해 혀를 차면서도 이미 몸을 뒤쪽으로 한껏 기울인 상태였다. 한준이 금세 마음이 변하여 다른 지시를 내리기 전에, 어서 이곳을 떠야 한다는 생각으로 손을 허리 뒤로 가져가 문을 딸깍 열었다.

하지만 재완이 몸을 채 돌리기도 전에 또랑또랑한 구둣발 소리가 먼저 들려왔다. 발소리는 이곳 전무이사실 안쪽으로 다가오고 있었다.

"……어 ……이게 누구시더라? JS몰의 마스코트, 영은 씨가 아니십니까."

재완은 전무이사실에 들어선 여자를 향해 기계적으로 외쳤다. 말 그대로 정형화된 인사였다. 갑작스레 맞닥뜨린 영은에게 뭐라 말을 해야 할지 몰라 무턱대고 튀어나온 말이었다.

재완은 그렇게 말하면서도 뒤에 있을 한준을 의식했다. 대체 이 여자, 무슨 일로 여기에 온 거지?

"잘 있었어요, 재완 씨? 2년 만이죠, 우리?"

"하, 하하하. 그러네요. 미국에서 아예 돌아오신 겁니까?"

"네. 얼마 전에 귀국했어요."

깊게 보조개가 팰 정도로 영은이 웃자 등을 덮는 굵은 컬의 머리칼이 잘게 흔들렸다. 짙은 화장이 주는 화려한 이미지는 예전과 다름없었고, 원피스와 립스틱, 손톱의 색깔을 맞추는 센스도 여전했다.

온통 붉은색으로 휘감은 영은은 존재만으로도 주변을 압도했다. 언제 어디에 서 있어도 눈에 띄는 분위기의 여자. 한때 한준과 약혼할 뻔했던 그 여자가 2년 만에 다시 나타난 것이다. 예고도 없이.

"아, 그렇군요. 아우~ 우리 영은 씨는 언제 봐도 아주 그냥 훈훈하십니다."

"고마워요. 비서실에 아무도 없기에 그냥 들어왔네요. 실례인 줄 알면서도."

"미인이 하는 실례는 실례가 아니라 호강이지요. 아, 그런데 어쩌나. 우리 전무님이 곧장 출타를 하셔야 해서."

재완은 슬쩍 고개를 돌려 한준의 눈치를 살폈다. 한준은 머리 뒤로 손깍지를 낀 채 여유롭게 두 사람을 응시하고 있었다. 회전의자가 좌우로 왔다 갔다 할 때마다 삐걱 소리를 내었다.

마침내 회전을 멈춘 한준이 영은에게서 시선을 떼지 않은 채 재완에게 말했다.

"나가 봐."

"아, 예. 전무님. 그럼 전 이만 퇴근하겠습니다."

재완은 한준과 영은, 두 사람 사이에 감돌고 있는 사나운 공기를 느끼며 문 뒤로 몸을 감추었다. 재완이 사라지자 사무실 안은 한동안 적막이 내려앉았다.

한준은 허공에 고집스레 머물러 있는 영은의 시선이 이쪽으로 돌려지자, 그제야 뒷머리를 누르고 있던 손깍지를 풀었다.

"앉아도 돼?"

"좋을 대로."

한준의 무성의한 대답은 영은의 자존심을 얼마쯤 무너뜨렸다. 여전히 그에게서 풍기는 한기에 질려 아주 잠시 이곳에 온 걸 후회했지만, 이왕 들인 발이니 목적은 달성하고 가야 할 것 같았다.

그래야 2년 전에 받은 수모와 상처가 조금이나마 덜어질 것 같았다. 아직도 류한준이라는 남자 때문에 든 가슴의 멍이 남아 있었다.

영은이 소파에 앉으니 한준이 의자를 틀어 몸을 일으켰다. 큰 키의 그가 소파로 다가오자, 예상치 못하게 영은의 가슴이 다시 뛰어 버렸다. 그의 움직임 하나, 시선 한 점에도 떨리던 과거로 돌아간 것 같아 영은은 순간적으로 당황했다.

짧게 커트 된 스포츠머리, 반듯하게 누운 눈썹 아래 사람의 심연까지도 훤히 들여다볼 것 같은 깊고 날카로운 눈동자, 무겁게 닫힌 입술, 이지적으로 각진 턱 선.

어느 것 하나 사랑하지 않았던 것이 없던 그의 얼굴을, 영은은 매우 오랜만에 바라보고 있었다. 모진 마음을 먹고 찾아왔는데 막상 그의 얼굴을 대면하자, 굳게 잠근 가슴이 속절없이 무너지려 했다.

"난 녹차로……."

"3분 주지. 그 안에 하고 싶은 말 하고 나가."

한준이 그녀의 말을 차갑게 끊었다. 영은은 그가 기다란 다리를 꼬는 것을 지켜보다가 내심으로 숨을 들이켰다. 머리 위로 찬물이 확 쏟아지는 기분이었다. 그는 이렇게 냉담한 사람이었음을 다시 상기하게 된 것이다.

류한준이라는 사람은 업계 1위였던 그녀의 부친 회사인 JS몰이 동종 업계에 예상치 않게 등장한 신생 회사 때문에 업계 3위로 내려앉자, 오가던 약혼 얘기를 없던 걸로 돌렸던 남자다.

JS몰은 심각한 적자 퍼레이드를 이어 갔고, 한준 쪽에선 출혈을 감수하면서까지 약혼과 결혼을 성사시킬 필요가 없었던 것이다. 그녀의 부모님은 한준의 앞에서 어쩔 수 없이 그 사실을 인정해야만 했다.

그리고 영은은 곧장 미국으로 떠났다. 약혼이 무산되고 난 후 한준에게 했던 고백은 깡그리 짓밟히고 외면당했다. 약혼을 위해 소개받았을 때부터 그를 남몰래 흠모해 왔던 오랜 순정이 난자당한 순간, 영은에겐 떠나는 것 외엔 다른 선택권이 없었다.

그는 그런 사람인 것이다. 정략으로 시작한 관계니 끝도 단호하고 깔끔했다. 그 과정에서 영은에겐 있었던 '진심'이 한준에겐 단한 순간도 없었다. 물론 그것에 대해 한준이 물어야 할 책임은 없었다. 감정은 오로지 영은만의 것이었다.

약혼을 무산시키는 자리에서 그가 부모님께 내뱉은 말들을, 그녀는 아직도 잊을 수가 없었다.

"황송하네. 나한테 3분이나 주고. 그런데 딱히 할 말은 없어. 그저 한준 씨가 궁금해서 온 거야. 잘 살긴 하나, 잘 먹긴 하나, 여전히…… 재수가 없나."

"넌 상황 파악이 빠른 편이니 궁금한 건 벌써 해결이 됐겠군. 잘 살고 잘 먹고 있지. 재수가 없는 것도 조금 전에 확인했을 테고. 다른 궁금한 게 더 있나?"

진심으로 피곤했다. 한때 얽힐 뻔했던 여자와 마주하고 앉아 있을 만큼 한준은 여유가 없었다. 그녀가 어떤 마음으로 이곳에 찾아왔든, 그에게 영은은 지나간 스케줄 표 속의 동그라미에 불과했다.

"아니. 그 정도면 됐어. 한준 씨 말대로 다 확인이 됐어. 아주 잘 지내고 있네. 다행히도."

"그러면 우리 볼일은 이걸로 끝?"

"그런데 말이야, 한준 씨. 난 왜 자꾸 당신한테 한 방 먹여 주고 싶은 걸까. 미국에서 지내는 내내, 그리고 돌아오는 비행기 안에서도 계속 당신의 얼굴을 주먹으로 때리는 상상을 했어. 웃기지?"

한준은 영은이 말끝에 미소 짓는 것을 보았다. 흐뭇해서 짓는 미소가 아니라 허허로운 분위기였다. 그녀의 눈빛에선 2년 전의 일에 대한 잔상이 느껴지는 것 같았다. 영은의 시간은 여전히 그때에 머물러 있는 듯했다.

앞서 나가지 못하고 정체되어 있는 사람 특유의 야속함이 느껴진다. 무너지는 회사와 부모님, 파탄이 나 버린 약혼, 설 데 없었던 그녀가 쫓기듯 미국으로 나가 버린 데 대한 원인을 전적으로 한준에게 돌리고 있었다. 어리석게도.

"설마 아직도 나한테 미련을 두고 있는 건가?"

"그런가? 그럴지도 모르지. 그때와는 다른 마음으로 한준 씨를 만나는 상상을 내내 하긴 했어. 말했잖아. 주먹으로 갈기고 싶다고."

"못 보던 사이에 저렴해졌어, 진영은. 끝난 인연에 집착하는 거 보기 좋지 않아. 사람이 저렴해지기 시작하면 그때부터는 사정없이 바닥을 기는 법이야. 나를 한 방 먹이고 싶은 거라면 네 감정부터 깨끗하게 청소하고 와."

영은의 눈빛이 짧게 흔들렸다. 마음을 비우고 오라는 말에서, 그녀를 향한 한준의 꾸지람을 읽었기 때문이다. 화살을 그에게 겨누고 있는 것을 벌써 알아챈 걸까. 흔들린 눈빛을 추스를 새도 없이 한준이 다시 몰아붙였다.

"내가 너와 침대에서 뒹군 적이 있었던가?"

"……뭐?"

"아니면 사랑을 말한 적이 있었나?"

"류한준!"

"난 내 옆에 사람을 둘 때 원칙이 있어. 마음이 움직이든지 몸이 움직이든지, 하물며 돈이 움직이든지. 넌 그 기준에서 모두 탈락이었고."

영은은 굴욕적으로 일그러진 아랫입술을 깨물었다. 비참하게 가라앉은 마음을 정리할 새도 없이 소파에서 몸을 일으켰다. 그를 의식하고 차려입은 원피스나 화장이 거추장스럽게 느껴졌다.

또 한 번의 모욕적인 상황 앞에서, 영은의 화는 주체할 수 없을 정도로 깊어져 갔다.

"나 며칠 전부터 예담 갤러리 기획실장으로 출근하고 있어. 다 잊고 다른 일을 할까 했는데, 당신이 이번에 갤러리 대표직도 겸임하게 되었다는 얘길 들어서 말이야. 미대를 졸업한 게 이럴 때 도움이 될지 몰랐어."

그래서 폭탄을 던지듯 내뱉고 말았다. 그가 순간이나마 불쾌해하는 모습을 보고 싶어서. 저로 인해 혼란해하는 얼굴을 짧게나마 보고 싶어서.

"잘됐군. 새로운 일을 하게 되면 잡념도 사라질 테니. 그런데 그게 나와 무슨 상관이실까."

하지만 그는 일말의 흔들림도 없이 무감했다. 여전히 차갑기 그지없는 눈빛을 한 채였다.

"그냥. 얘기를 해 주고 싶더라구. 그때…… 한준 씨가 우리 부모님한테 마지막으로 했던 말이 걸렸던 모양인지. 시간 뺏어서 미안. 이제 갈게."

한준은 소파에서 일어나 돌아선 영은의 뒷모습을 주시했다. 물결치는 긴 머리칼에서 그녀가 지금 얼마나 분노를 참고 있는지가 훤히 읽혔다. 문을 열기 전, 영은이 돌아보았다.

"당신도 [스타]를 찾고 있다지?"

대답을 기다리지 않고 영은은 사라졌다. 한준은 한쪽 눈썹을 비튼 채 낮게 실소를 흘렸다. 신문에서 보았던 예담 갤러리. [스타]. 진영은.

그를 건드리려는 것이리라. 심기를 불편하게 만들고 싶어 하는 것이리라. 그가 반응을 보여 주길 원했겠지만, 영은은 한준 쪽에서 공격해야 할 이유도 없고 재미도 없는 상대였다. 대신에 그는 기억을 헤집어 2년 전 자신이 영은의 부모님께 했던 말을 떠올렸다.

'진영은 팀장은 이제 저한테 가치가 없습니다.'

약혼 무산 소식을 전하며 그 비슷한 말을 했던 것 같다. 그때나 지금이나 달라질 건 없는데 영은의 표정은 한에 사무쳐 있는 사람

66

같았다. 한준은 어깨를 으쓱하며 몸을 일으켰다.

어차피 두 번 볼 상대는 아니다. 자존심이 강한 사람이었으니 과거에 당한 모욕을 못 잊고 한 방 먹이러 온 모양인데, 자신은 영은의 샌드백이 되어 줄 생각은 전혀 없었다.

그는 그가 가진 원칙대로 행동했고 말했고 정리했을 뿐이다. 거기엔 누구도 토를 달 수가 없었다.

가방을 들고 나가려다 멈춰 선 한준은 창밖으로 고개를 돌렸다. 빗줄기가 제법 가늘어진 바깥에는 푸르스름한 저녁 빛이 감돌고 있었다. 김유림은 지금쯤 커피숍에서 아르바이트를 하고 있을 것이다.

민성대학병원에 전화해 본 결과 작년에 레지던트를 그만두었다고 했으니 지금은 확실히 아르바이트를 하고 있는 것이 맞을 터였다. 이해할 수 없는 일이지만 상식을 벗어난 사람들도 간혹 있으니까.

한준은 나가는 발길을 서둘렀다. 열심히 아르바이트를 하고 있을 그의 '밑천'을 향해서.

☆ ★ ☆

"유림 씨, 전화 왔어요."

테이블을 치운 후 쟁반을 들고 카운터로 돌아온 유림에게 동료가 고갯짓을 했다. 카운터 위에 놓아둔 그녀의 핸드폰이 몸을 떨어 대고 있었다.

액정에 뜬 수진의 이름을 본 순간 가슴이 서늘해졌다. 어제 수진이 아르바이트를 잘린 후부터 지금까지 유림의 신경은 상당히 예민해져 있는 상태였다.

유림은 핸드폰을 쥐고 카운터 안쪽 구석으로 자리를 옮겼다. 통화 버튼을 누르자마자 비명처럼 들려온 수진의 목소리가, 커피 머신의 윙 하는 소음에 겹쳐졌다.

— 유림아. 큰일 났어. 그 사람들이 거기로 갔어. 너 어서 도망가. 어서!

"그게 무슨……."

나가는 말소리가 하마터면 카운터 안을 뒤흔들 뻔했다. 유림은 얼른 입 주변을 손바닥으로 막고 속삭였다.

"그게 무슨 말이야?"

— 전 실장이 주인집 할머니한테 찾아가서 우리 방을 빼라고 압력을 넣었어. 전세금 돌려줄 테니까 내일 당장 나가 달래. 그것보다 중요한 건 할머니가 전 실장 그 사람한테 거기 위치까지 알려주셨어. 네가 일하는 커피숍 말이야.

어쩌면 예감했을지도 몰랐다. 어제 수진이 아르바이트를 잘린 시점부터 지금까지, 도무지 안정이 되지 않던 가슴이 오히려 차분해진다. 한계까지 내몰린 사람이 가질 수 있는 건 오기뿐이었다.

— 유림아, 듣고 있어? 우선 빨리 거길 나가서 딴 데로 가 있어. 통화는 나중에 하자. 얼른!

수진은 저 할 말을 끝내고 서둘러 통화를 마쳤다. 핸드폰에선 뚜뚜 하는 신호음만 이어질 뿐이다. 아마도 수진은 짐을 싸기 시작했을 것이다. 다시 도피 생활을 시작하기 위해 준비하려 할 것이다.

　고개를 돌려 바깥을 보았다. 통유리창 너머 비에 온통 젖어 버린 시내를 응시하는 눈이 다급하다. 마음은 한결 차분해졌지만 여길 나가 어디로 가야 할지 막막한 가운데, 유림의 한숨은 끝없이 흩뿌려졌다.

　그러던 어느 순간 그녀의 시선이 눈에 띄게 흔들렸다. 유림은 커피숍 앞 도롯가를 보며 자신도 모르게 터져 나오려 하는 비명을 손바닥으로 틀어막았다. 눈에 익은 차가 도롯가에 정확하게 멈추어 선 것을 발견한 탓이다.

　조수석에서 먼저 우산을 든 전 실장이 내리는 것이 보였다. 그는 빗속에서 고개를 쳐들고 커피숍의 간판을 확인하고 있었다.

　유림의 발길이 절로 뒤를 향했다. 발바닥이 땅에 질질 끌리고 손은 잡히는 모든 것을 스치듯 훑고 있었다.

　생각나는 거라곤 탈의실 옆에 있는 후문뿐이었다. 그쪽으로 나가면 건물 뒤편 골목과 연결이 된다. 저들의 눈에 띄지 않고 달리다 보면 택시를 잡을 수 있는 곳에 다다를 수 있을 것이다.

　생각을 정리한 유림은 앞치마 차림 그대로 쪽문을 통과했다. 동료가 무슨 일이냐고 물어 왔지만 마땅한 대답을 찾을 수 없었다.

　동료 아르바이트생과의 이런 식의 작별은 벌써 다섯 번째다. 이렇게 예고도 없이, 과정도 없이, 불쑥 치러지는 이별은 이제 지긋지긋한데도 어쩔 수 없이 똑같이 반복되고 만다.

유림은 서글픈 얼굴로 골목을 달렸다. 비가 몸으로 달려들었고 안경으로 물기가 흘러내렸다. 얼굴이 순식간에 젖어 들었고 발이 무거워졌지만, 지금쯤 커피숍 안으로 들어온 사람들이 쪽문으로 나와 그녀를 뒤쫓고 있을 것이다.

멈출 수 없는 발길이 단조롭지 않은 빗줄기 속을 타닥타닥 뛰었다. 그렇게 차오르는 숨을 누르고 두 블록쯤 뛰었을 때, 갑자기 오른쪽 골목에서 검은색 승용차가 다가와 그녀의 진로를 방해했다.

"꺄아악!"

놀라 발길을 멈춘 유림은 상체를 구부린 채 귀를 틀어막고 비명을 내질렀다. 놀라기도 했지만 분명 전 실장 일행의 차라 여겼기에 낭패감에서 터져 나온 것이었다.

"숨을 곳이 필요한 것 같은데."

하지만 빗소리와 함께 귀에 스며든 음성은 짐작과는 달랐다. 유림은 숨을 고른 후 천천히 시선을 들었다. 창문이 내려간 운전석의 그 자리에는 생각지도 못한 남자가 앉아 있었다.

류한준.

며칠 전 병원 앞마당에서 만났던, [스타]를 구입하고 싶다며 화려하기 이를 데 없는 명함을 건네주었던 그가 거짓말처럼 그곳에 있었다.

"도와 달라고 말해요, 김유림 씨."

한준은 유림의 뒤, 골목 끄트머리를 응시하다가 그녀에게로 시선을 옮겼다. 조금 전 커피숍의 반대편 도롯가에 차를 세운 후 그가 보았던 광경은 실로 어리둥절한 것이었다. 차에서 내려 커피숍에 쳐들어가는 몇 명의 남자, 그 전에 이미 자취를 감추어 버린 그녀.

[스타]의 실소유주인 그녀를 눈앞에서 놓치게 될지 몰라 무작정 차에 다시 올라 따라오긴 했으나, 빗속의 그녀는 더없이 지쳐 보였다. 운 좋게 맞이하게 된 기회를 한준은 절대 놓치고 싶지 않았다.

"도와 달라고 말 안 할 겁니까?"

그는 다 본 것일까. 그녀가 숨을 곳이 필요하다는 것을 아는 걸 보니, 어쩌면 처음부터 다 지켜보았을지도 모르겠다.

호의 따위 필요 없다고 단호하게 거절한 후 가던 길을 가야 옳았지만, 지친 몸과 마음이 그의 제안에 절로 이끌리고 있었다. 그가 모습을 드러내었을 때, 저도 모르게 안도했던 이유를 합리화시키기 위한 핑계가 필요했다.

피곤하고 충분히 지쳤다. 아무도 찾을 수 없는 곳으로 가서 긴 잠을 자고 싶었다. 불면으로 고통받았던 지난날들에서, 그 까맣던 터널 안에서 걸어 나오고 싶었다.

"타도 돼요?"

이끌리듯 묻자 그가 고개를 끄덕였다. 유림은 망설임 없이 뒷좌석에 올라탔다. 쾅, 하고 닫히는 문소리가 그녀의 삶을 또 한 번

바꾸게 될 것을, 그때는 알지 못했다.

유림은 시트 깊숙이 몸을 묻었다. 방향제의 청량한 향이 퍼지는 차 안에서, 그녀는 매우 오랜만에 편히 눈을 감을 수 있었다.

"어디로 가는 거죠?"

시동을 다시 걸기 전, 그녀가 물어 왔다. 한준은 룸미러에 시선을 고정시켰다. 물방울이 덕지덕지 묻은 그녀의 안경이 가장 먼저 시야에 잡혔다.

"어디로 가면 좋겠습니까."

"되도록 멀리요. 누구의 눈에도 띄지 않는 곳에."

전혀 건조하지 않은 목소리. 처연하게 일그러진 그 목소리가 그를 향해 절박하게 하소연하고 있었다. 한준은 입꼬리를 비틀며 핸들을 꺾었다. 창백한 낯빛이 도드라져 보이는 그녀의 얼굴에서 시선을 뗀 후였다.

"여기가 어디죠?"

얼마를 달렸는지 짐작도 할 수 없었다. 체감으론 5분도 안 잔 것 같은데 핸드폰의 시계는 밤 여덟 시가 지나 있었다. 비는 그쳤고 밤이 짙은 어둠의 장막을 펴 놓았다. 유림은 그가 차 문을 열어 주는 바람에 얼떨결에 내렸다.

"배가 고플 것 같아서. 여긴 적당한 자격이 있어야 드나들 수 있는 곳이랄까. 서울은 아니니 안심해요. 그 사람들이 절대 찾을 수 없는 곳입니다."

그의 말에 유림은 갑자기 현실을 인식하곤 가슴이 뜨끔해졌다. 그러나 눈앞에 보이는 높은 건물을 발견했을 때, 사방에 드문드문 보이는 주황빛 가로등을 보았을 때, 더는 가슴 조일 필요가 없다는 사실이 뚜렷하게 느껴졌다.

도롯가에 위치한 이곳은 레스토랑 같았다. 건물에서 퍼지기 시작한 파란색의 네온 불빛이 앞뜰을 가득 차지했고, 가로등 아래마다 고급 승용차가 주차되어 있었다.

비 온 뒤의 여름 풀벌레 소리가 기승을 부리는 이곳에서, 유림은 비로소 모든 불안감을 내려놓을 수 있었다. 오랜만에 누려 보는 마음속 평화가 시장기마저 채근하는 듯했다.

"가죠."

그는 말 한 마디 없이 그녀를 이끌었다. 로비를 통과하여 엘리베이터에 오를 때까지도 침묵은 계속되었다.

"묘한 우연이지만 나쁘지 않군요. 어쨌거나 나는 지금 김유림 씨한테 잘 보여야 할 상황이니."

승강기 안에 들어서자마자 유림은 벽에 등을 기대었다. 습관처럼 터진 한숨을 무마하며 그의 말에 고개를 살짝 들었다. 반대편 거울을 통해 그를 쳐다보았다.

거울 속에서 그의 빤한 시선과 닿았다. 유림은 목으로 침을 넘겼다. 그 사람들한테 쫓길 때와는 다른 의미로 가슴이 뛰었다. 어쩌면 끝을 알 수 없는 이 지루한 상황에서 한 발짝 벗어날 수 있을지도 모르겠다는 생각이 문득 들었기 때문이다.

[스타], 그를 수식하는 화려한 이력, 그와 그녀 자신의 간절함.

그런 것들을 적절하게 섞으면 되지 않을까. 어쩌면…….

꼭대기 층에 도착한 승강기에서 내리니, 그곳에는 작은 룸이 있었다. 한가운데에 고급 대리석 테이블이 있고 양옆으로 의자가 놓여 있었다.

파란색의 조명등은 기하학적인 디자인을 이루며 테이블 위를 비추었고, 아치 문양의 창문 밖으로 어두운 하늘이 드리워져 있었다. 완벽한 고급 밀실. 유림은 새삼 이 남자가 그녀가 사는 곳과는 다른 세계에 사는 사람이라는 것을 실감했다.

한준은 유림을 테이블로 안내한 후 벽에 부착된 인터폰을 통해 음식을 주문했다. 경황이 없을 그녀에게 취향을 묻는 대신, 이 레스토랑에서 가장 보편적으로 판매되고 있는 요리를 부탁하고는 테이블로 돌아갔다.

"배가 고플 텐데 많이 먹어 둬요. 집으로 돌아간 후엔 오늘 먹은 음식이 그리워질 겁니다."

먼지 한 점 없는 대리석 테이블에 시선을 두고 있던 유림이 고개를 들었다. 그는 당당해 보였다. 얼마나 높은지 짐작할 수도 없는 저 위의 세상에서, 거칠 것 없이 쭉 뻗은 고속도로를 달려온 이답게 자신만만해 보인다.

그것은 언제부턴가 삶에 소심해지고 주눅이 들어 버린 그녀 자신의 모습과 대비되었다.

하지만 움찔한 건 그것 때문이 아니었다. 집으로 돌아간다. 그 말 한 마디에 시계가 다시 두 시간 전으로 돌아간 듯했다. 불안감이 가슴을 무겁게 짓누르기 시작하자, 유림은 바지 주머니에서 립글로스를 꺼내어 입술에 천천히 발랐다.

순간적인 충동이 용기를 부추겼다. 지금이 아니면 드러나지 않을 용기가, 그녀의 안에서 자연스럽게 튀어나오려 했다.

"묻고 싶은 게 있어요."

"뭐죠?"

"엄마의 그림이 그쪽한테 절실하게 필요한가요? 있으면 좋고 없어도 상관없는 그런 물건이 아니라, 정말로 간절하게 필요로 하시는 건지 묻는 거예요."

한준은 립글로스가 발린 그녀의 입술을 제법 세심하게 관찰했다. 메말라 까칠해 보이는 입술은 어느새 반들반들한 윤기로 뒤덮였다. 습관인가. 희한하군.

"그게 왜 궁금하죠?"

"엄마의 그림을 놓고 그쪽과 거래를 하고 싶어서요."

"거래?"

무심하게 대꾸하던 한준이 그 부분에서 눈을 치뜨며 물었다. 예상치 못한 전개에 그의 머리가 빠르게 계산기를 찾아 나섰다. 그녀가 말하는 거래가 일반적으로 말하는 돈이 오가는 거래가 아님을 간파했기 때문이다.

"제가 제시하는 조건을 받아들이시면 그림을 대가 없이 드리겠어요."

"조건이라. 그렇다면 그림은 뇌물입니까?"

"선물이라고 해 두죠."

"선물에 의도가 있으면 그건 뇌물이나 마찬가지죠. 뇌물입니까?"

재차 묻는 입술이 차갑다. 그의 번뜩이는 눈빛에 유림은 잠시 소름이 돋았지만 막다른 골목에 가로막힌 자신의 현실을 정확하게 인지했다. 더는 출구가 없었다.

"어떤 쪽이든 상관없어요. 제 조건만 받아들이신다면."

"조건이 뭔지 물어도 됩니까. 예감으로는 쉬운 건 아닐 것 같은데요."

"받아들이신다고 약속 먼저 하셔야 해요. 그 전엔 말씀드릴 수가 없어요."

"말, 해야 할 텐데요. 당신이 내걸고자 하는 그 조건을 받아들일 수 있는 사람은 당신 주변에 나뿐일 테니까. 뇌물이란, 더 절박한 쪽에서 유일한 상대에게 제공하는 겁니다."

한준은 그의 입을 먼저 열게 하려는 그녀의 완강한 태도를 가볍게 제압했다.

이런 종류의 대화는 익숙한 것이었다. 설사 그가 불리한 위치에 있다고 해도 교묘하게 빠져나가 갑의 위치에 설 수 있었다.

게다가 지금은 그녀가 적잖이 절실해 보이니 어쩌면 생각했던 것보다 더 쉽게 그림을 손에 넣을지도 모르겠다. 한준은 다시 한 번 못을 박았다.

"나는 지시를 받는 사람이 아니라는 뜻입니다, 김유림 씨."

오만한 미소가 그의 입가에 걸리는 것을 유림은 말없이 지켜보았다. 상황이 묘하게 흘러 그녀가 더 매달리는 처지에 놓이게 되었지만 상관없었다. 지금은 그를 놓칠 수가 없었다.

그녀는 안경을 벗었다. 파란빛 아래에서도 감출 수 없는 하얀 얼굴이 가늘게 경련했다. 안경 뒤에 숨어 있던 커다란 눈이, 처음부터 시력이 나빴던 게 아니라는 듯 아름답게 빛을 내며 그를 응시했다.

"그림을 드릴게요. 대신, 저를 보호해 주세요."

3
모호한 결정

주현은 VIP병실에 들어서자마자 에어컨의 온도를 조절했다. 추위를 잘 타는 남편의 체질을 고려하여 땀이 흐르지 않을 정도로 맞추어 둔 후 집에서 가지고 온 찬합을 테이블에 내려놓았다. 가사도우미 신씨가 특별히 솜씨를 부린 두 가지 죽이 식기 전에, 남편을 깨워야 했다.

사흘 전에 입원했지만 저녁 식사는 병원식이 아닌, 집에서 따로 만들어 온 음식으로 요기를 하기 때문에 주현의 하루는 늘 이곳에서 끝난다. 딱히 피곤할 것도 없지만 마냥 늘어지도록 편한 것도 아니었다.

언제나 마음이 문제였다. 큰아들과 큰사위, 그리고 작은딸로 줄줄이 이어진 흉사(凶事)에 남편은 충분히 지쳐 쓰러질 만도 했다.

남편이 아니었다면 주현 자신이 쓰러졌을 것이었다.

하지만 그 엄청난 일들을 덮겠다고, 다른 일을 벌이는 남편의 모습은 살아오면서 본 가장 흉악한 것이었다.

"흐음."

남편을 깨우려다 말고 멍하니 앉아 있는데 기척이 들렸다. 주현은 남편인 영호가 잠에서 깨어 눈썹을 일그러뜨리는 것을 무감하게 지켜보았다. 어지러이 널브러진 링거 줄을 정리하며, 주현이 소리를 냈다.

"죽 가져왔어요. 잡수시고 주무세요."

영호는 눈을 뜨고 다시 숨을 길게 내쉬었다. 며칠 동안 밤잠을 설쳤던 탓인지 초저녁을 이용해서 잠시 붙인 눈이 제법 가벼워졌다. 상체를 일으키고자 고개를 드니 주현이 일어나 침대 끝 레버를 돌린다. 상반신이 반쯤 일으켜 세워졌다.

"전 실장은? 아직 안 왔나?"

쉬어 버린 영호의 목소리가 칼칼하게 흘러나왔다. 주현은 울컥하여 남편을 잠시 노려보았다. 이 상황에서도 전 실장만 찾는 그가 한심해 미칠 지경이었다. 남편이 일 년 전부터 무슨 일을 꾸미고 다니는지 모두 아는 까닭이었다.

"네."

"핸드폰 좀 줘 봐."

"식사부터 하세요."

"핸드폰 먼저 달라니까!"

역정을 내며 소리치는 영호가 못내 원망스러웠지만 주현은 테이블 위에 놓인 핸드폰을 건넬 수밖에 없었다.

혈압이 더 상승하지 못하게 조심하라는 의사의 특별 지시도 있었거니와 늦어도 다음 주부터는 회사에 출근을 해야 했기 때문이다.

영호가 전 실장의 번호를 누르려는데 기다렸다는 듯 노크 소리가 들렸다. 영호와 주현의 시선이 한꺼번에 병실 문 쪽으로 쏠렸다.

"회장님."

"왔군, 전 실장."

문을 열고 들어온 이는 전 실장이었다. 비를 맞았는지 어깨와 소매 부근이 흠씬 젖어 있다. 서둘러 영호에게 다가선 전 실장이 잠시 난처한 얼굴로 주현을 쳐다보았다. 자리를 피해 달라는 뜻이리라. 주현은 돌아서서 병실을 나섰다.

그녀가 병실에 다시 돌아온 건 전 실장이 나간 후였다. 남편의 얼굴은 굳어 있었다. 오늘도 전 실장이 가져온 소식이 마음에 들지 않는 모양이다. 주현은 짐짓 모른 척하고 찬합을 펼쳤다.

"죽 드세요. 전복이 싱싱해요."

"입맛 없어. 치워."

"점심도 반쯤 거르셨잖아요. 어서 체력을 회복해야 회사 일도 하실 거 아니에요?"

나가는 음성이 얼마쯤 날 서 있었다. 그녀가 그러거나 말거나 잔뜩 굳은 얼굴로 생각에 잠겨 있는 영호가 이윽고 한숨까지 쉬었다.

남편이 내쉬는 한숨의 의미를 주현은 누구보다 잘 알고 있었다. 이미 황폐해져 남은 게 없는 가슴이지만 남편의 얼굴을 볼 때마다 그 회한은 더욱 짙어졌다.

"그거 그만하세요."

울컥해져 쓸데없이 용기를 내고 말았다. 결혼 후 지금까지 남편이 하는 모든 일에 대해서 간섭한 적도, 관심을 둔 적도 없었지만 이번은 이야기가 달랐다.

"뭘 말이야?"

"그 여자 딸아이 찾는 거요."

주현이 서슴없이 대답하자 영호가 눈썹을 일그러뜨렸다. 아내가 그 사실을 어떻게 알게 되었나 하는 것보다, 앞으로 시시콜콜 아내의 눈치를 봐야 한다는 점이 못내 거슬려 헛기침을 토해 냈다.

"제가 모를 줄 아셨어요?"

끔찍했던 지난날들. 주현은 자존심을 미처 챙길 여력도 없이 정신없이 흘러간 지난날들을 떠올리며, 목구멍이 떨릴 정도로 흥분했다.

전도유망한 미래를 포기하고 부모님의 뜻에 따라 남편과 결혼하여, 내내 순종적으로 살아왔던 그녀 자신의 모습이 못내 치욕스러웠다.

"도대체 그 아이를 찾아서 어쩌실 참인데요? 우리 딸과 아들, 사위도 제대로 단속시키지 못한 주제에 그 아이까지 데려와 뭘 어쩌실 건데요? 세상이 우리를 어떤 눈으로 보겠냐구요. 당신, 나한테 이렇게까지 해야 돼요?"

"당신은 입 닫고 가만히 있어. 당신한테도 결과적으로 좋은 일이 될 테니까."

"외도해서 낳은 자식을 찾아와 천하에 알리려고 하는데, 그게 나한테 좋은 일이 된다구요?"

"그 아이는 외도해서 낳은 아이가 아니야. 당신이 낳은 아이야."

"……뭐라구요?"

영호는 단호한 얼굴이었다. 주현은 아연하여 말을 채 잇지 못하고 입술을 달싹거렸다.

"아주 어렸을 때 잃어버린 아이를 지금에야 찾은 거지. 우린, 지금까지 그 아이를 찾기 위해 평생 마음고생을 한 부부가 될 거야. 대충 감동적인 스토리를 만들어서 여론을 움직이면 돼."

"당신……."

"그 후부터는 탄탄대로야. 그 아이는 LK호텔 둘째 아들과 결혼을 하게 될 테니까. 이미 얘기가 오가고 있는 중이야. LK호텔만 잡으면 급한 불은 끌 수 있어. 당분간 언론이나 국민들 시선도 그 아이한테로 옮겨 갈 거고. 그 사이에 급한 것부터 처리해야지."

영호는 잠시 숨을 몰아쉬었다. 뻐근한 가슴께를 손바닥으로 지그시 누르고 아내를 쳐다보았다.

"그러니까 당신은 이번 일에 나서지 말고 가만히 있어. 내가 선장인데, 배에 구멍이 뚫렸으면 적당하게 조치를 해서 뭍으로 우선 옮겨 놓아야 할 것 아닌가. 그래야 제대로 수리를 할 수가 있지.

시기를 놓치면 바다에 가라앉는 건 시간문제야."

"그 아이가…… 그렇게 한대요? 당신 뜻을 따라 결혼을 한대요?"

"머리가 컸을 테니 내 뜻대로 움직이지 않을지도 모르지. 결혼을 안 하겠다면 돈 몇 푼 쥐여 주고 외국으로 보내면 돼. 계산이 빠른 아이라면 그게 남는 장사라는 걸 알게 될 테지."

문영호텔 대표이사였던 큰아들이 몇 달 전 마약 복용 혐의로 체포되는 바람에 호텔 내 혼란스러운 분위기가 극에 달해 있었다.

아들을 야단하고 탓하기 전에 호텔부터 재정비해야 했다. 호텔만 수습되면 그 뒤의 일은 자연스럽게 무마가 될 것이다. 그 아이, 유림을 찾을 생각을 한 것은 막바지에 몰린 그로서는 어쩌면 당연한 선택이었다.

멍한 눈으로 있던 아내가 무너지듯 의자에 주저앉았다. 영호는 덤덤하게 죽 그릇을 앞으로 당겨 왔다. 경련이 이는 손으로 수저를 들며, 내일은 전 실장이 숨통을 트이게 해 주었으면 좋겠다고 생각했다.

☆ ★ ☆

한준은 그녀가 내려놓은 안경을 잠시 주시하다 시선을 들어 올렸다. 그녀는 미동도 없이 앉은 채 그를 마주하고 있었다. 한준은 방금 그녀가 했던 말을 곱씹어 보았다.

'저를 보호해 주세요.'

커다란 다갈색의 눈동자는 대범한 척했지만 묘하게 어그러지고 있었다. 그녀가 내민 조건이 어이가 없는 종류의 것이라는 사실에, 아주 잠시 재완의 정보가 잘못된 게 아닌가 생각했으나 곧 실소가 흐르는 입매를 굳혔다.

이 여자가 이제부터 그를 상대로 무슨 말을 하나, 두고 보자는 심산이었다.

"내가, 당신을?"

의자에 등을 기댄 채 한준이 묻자, 그녀의 대답이 곧장 돌아왔다.

"네."

"재미있군요. 생각지도 못한 조건이라……. 당신이 말한 보호라는 것이 정확하게 무슨 의미인지는 모르겠지만 여러 면에서 내 흥미는 충분히 끌었어요. 좀 더 설명해 줄 수 있겠습니까?"

나른하게 퍼진 눈빛, 그러면서도 중심을 잃지 않는 초점, 말 중간중간에서 느껴지는 엄청난 위압감.

그의 모든 것들이 유림에게 부담으로 작용했다. 그에게 털어놓고 도움을 구하는 것이 현명한 것인지 몇 번이나 머리를 굴려 봤지만, 그녀가 할 수 있는 더 이상의 선택이 없었다.

유림은 목을 가다듬었다. 제법 길지도 모를 이야기를 준비하면서, 덤덤해지려 애썼지만 일그러지는 마음은 어쩔 수가 없었다.

"엄마에 대한 이야기예요. 그리고 저에 대한 이야기이기도 하구요."

그렇게 운을 떼는 유림의 눈빛은 벌써부터 회한으로 가득했다. 수진 이외에 누구에게도 말하지 못했던 이야기를 그에게 전하면서, 그녀의 마음은 참담할 정도로 가라앉았다.

엄마인 미현의 과거사부터 최근 문영그룹의 전 실장 측에서 그녀를 찾아 나선 것까지, 한 줄도 빠뜨리지 않았다. 그에게 무언가를 요구하기 이전에 그녀 자신이 솔직해야 한다고 판단했기 때문이다.

하지만 기나긴 이야기를 끝내고 가라앉은 심정을 추스를 새도 없이 그의 표정을 바삐 확인했을 때, 유림은 어딘가 초점이 어긋나고 있다는 것을 깨달았다.

비스듬히 고개를 기울인 채 그녀를 응시하고 있는 그의 눈빛이 불쾌하게 여겨진 탓이었다. 확실히 불쾌했다. 그리고 어쩌면 그 불쾌함의 이유는…….

"지금 했던 말이 꾸며 낸 것이 아니라고 장담할 수 있습니까?"

그의 얼굴 가득 퍼져 있는 불신의 표정 때문이리라. 탐문하는 듯한 시선, 노골적으로 깔린 조소, 멸시 같은 것이 그녀를 덮쳐 왔다. 그 아래에서 작고 초라해지는 기분이 되어 입술을 사리물었다.

"네."

짧지만 확실한 대답. 한준은 의자에 몸을 기대었다. 내리깔린 시선에는 좀 전까지 들었던 호기심 따위는 모두 사라진 상태였다.

비아냥거림 가득한 입매가 절로 끌려 올라가 기묘하게 일그러졌다.

한준은 유림이 했던 말을 처음부터 끝까지 믿지 않고 있었다. 김미현이 문영그룹 회장의 내연녀에 눈앞에 있는 그녀가 사생아라니. 받아들이는 것을 떠나 애초에 성사될 리 없는 관계인 것이다.

한준이 아는 문영그룹 회장은 자신의 것을 지키기 위해서라면 가족의 희생도 강요하는 사람이었다. 불륜이라는 것을 저질러 스스로 낙오될 위인이 아니다. 자신이 만든 테두리 안에서 법과 규칙을 모두 만든다.

그런 지나친 엄정함 때문에 자식들이 반항감에 삐걱거려 회사의 이미지에 치명타를 입긴 했지만, 만약 그 사람이 회사의 이미지 회복을 위해 무언가를 한다면, 차라리 경쟁사에 대한 루머를 퍼뜨릴 것이다.

자신의 치부를 까발리는 동정론을 펼치는 게 아니라.

그녀가 문영그룹의 비서실장인 전호성 실장의 존재를 알고 있는 건 의외였지만 깊은 관심을 기울인다면 충분히 파악할 수도 있는 부분이다. 그러니까 이건 절대 일어날 수 없는 종류의 일인 것이다.

안간힘을 쓰며 표정 관리를 해 봤자, 그녀가 자신을 상대로 사기를 치고 있다는 사실에는 변함이 없다. 목적이 무언지 알 수는 없지만 감히 그를 상대로 말이다.

"혹시 [스타]에 대해 문의해 오는 다른 사람들한테도 이런 조건을 걸었습니까. 일일이 사연을 풀어 놓아 가면서?"

그녀에게 투자했던 시간이 아까웠지만 [스타]에 대한 끈을 놓칠 수는 없었기에, 거래의 조건을 다른 방향으로 틀어야 했다. 한준의 물음에 담담한 그녀의 목소리가 돌아왔다.

"아뇨. 그쪽이 처음이에요. 그리고 마지막이 될 거예요."

"마지막?"

"네, 마지막. 더 이상 그쪽 같은 그런 눈빛을 감당할 수가 없을 것 같아서요."

"내 눈빛이 어떠하기에?"

"제 말을 믿고 있지 않잖아요."

말끝에서 그녀의 허탈감이 느껴졌다. 야속하다는 눈빛도 가감 없이 드러냈다. 감정을 숨길 줄 모르는 여자는 그렇게 뾰족해진 심정을 그에게 마구 전하고 있었다.

적당히 가면을 쓸 줄 알고 적당히 감정을 조절할 줄 아는 그와는 달리, 그녀는 한심해 보일 정도로 쉽게 눈에 읽힌다. 그래서인지 건드려 보고 싶어졌다. 깨끗하고 투명한 물에 진흙을 투척하고 싶은 유치한 마음이 의도치 않은 질문을 던지게 했다.

"문영그룹의 호적에 들어가면 최소한 지금보다는 생활이 윤택해질 텐데요."

"학습 효과 때문이에요. 저는 엄마처럼 살고 싶지 않거든요."

한준은 곧게 뻗은 눈썹을 비틀었다. 부연 설명을 원한다는 뜻을 알아챘는지 유림이 말을 이었다.

"화가로서의 엄마는 사랑받는 사람이었지만 인간으로서의 엄마는 환영받지 못한 존재였죠. 그 집 사람들이 가끔 다녀갈 때마다 병원에 실려 가기 일쑤였고 늘 주변의 눈치를 보며 주눅 든 채 살았으니까요. 암에 걸려 돌아가셨는데 어쩌면 그 스트레스가 주원인이었을 거예요."

말을 하다 보니 울컥해졌다. 유림은 아까보다 더 절실해져 가는 마음을 다독이기 힘들었다. 거친 숨을 한 번 몰아쉬자 그가 계속하라는 듯 고개를 끄덕이는 것이 보였다.

"엄마의 인생은 엄마의 것이 아니었어요. 나는 그렇게 살기 싫어요. 나는, 내가 원하는 삶을 살 거예요. 내가 있고 싶은 곳에서, 하고 싶은 일을 하면서 사랑하고 싶은 사람과 함께요. 그래서 그쪽이 필요해요."

그가 자신의 말을 온전히 믿고 있지 않다는 걸 알면서도 간절한 건 어쩔 수 없었다. 말을 하는 내내 표정 변화 한 점 없는 그가 밉고 답답했지만, 누군들 이런 이야기를 처음부터 전폭적으로 신뢰해 줄까.

그래서 그를 대하는 동안 진심이어야 한다고 생각했다. 온전한 납득과 이해를 바라기보다 진심을 가지고 절실하게 대한다면 믿어 줄 거라고.

"내가 거절한다면?"

그러나 그는 여전히 싸늘했다. 냉기 어린 말투가 유림의 가슴을 할퀴고 지나갔다. 갑자기 머릿속이 텅 비어 말문이 막혀 버린 그녀는, 잠시 후 다시 입을 열었다.

"[스타]가 그쪽한테 절실한 물건이 아니었나요?"

"물론 절실하죠. 하지만 그런 위험 부담을 떠안을 만한 가치가 있는가, 고려를 해 봐야겠군요. 문영그룹의 사생아를 보호해야 한다, 라. 내키는 조건은 아니니까. 부담스러운 뇌물은 끝이 좋지 않은 법이죠. 물론 이 모든 말은 지금 당신이 한 말이 사실이라는 가정하에 하는 겁니다."

"제 말을 안 믿으시는군요. 그렇죠?"

유림은 재차 확인하듯 물었다. 그의 대답을 듣는 것이 두려웠지만 생각을 정리하기 위해선 빠른 결단이 필요했다.

그가 대답 대신 고개를 끄덕인 순간, 유림은 핏, 실소를 물다가 숨을 내쉬었다. 역시 이 방법은 무리였던 거다. 지친 마음에 쉽고 편하고자 했던 게 도리어 발목을 아프게 부여잡고 말았다.

"표정이 왜 그따위실까? 내가 넘어가 주지 않아서 당황하셨나?"

조소를 하며 묻는 말조차 살벌하기 짝이 없다. 유림은 참혹하게 일그러진 입술을 짓씹으며 고개를 똑바로 들었다.

"사람한테 상처를 주는 것에 일가견이 있으시네요. 류한준 씨는."

한준은 고개를 기울이며 턱을 굳혔다. 눈에 띄게 창백해진 그녀의 안색보다, 그녀의 말 한마디가 더 신경이 쓰였다.

상처? 무엇이?

자신의 상처조차도 없는 듯 까맣게 덮고 살아왔기에 타인의 상처를 들여다볼 줄 모른다. 아니, 애초에 알려고도 하지 않는다는 것이 옳을 것이다.

감정적으로 사는 건 사절이었다. 그것은 결국 스스로를 나약하게 만들며 의지를 무너뜨린다. 타인의 시선에 비치는 자신은 적어도 미약해 보여선 안 되었다.

한준은 그렇게 살아왔다. 훗날 그룹 내 입지가 불안하게 흔들릴지도 모를 순간을 대비해서 일찌감치 가슴을 버렸다. 무시당하지 않기 위해 그가 먼저 타인을 무시할 것이고, 내려오지 않기 위해 그가 먼저 타인을 끌어내릴 것이다.

그런 그였기에, 지금 그녀의 모습은 속이 부대낄 정도로 상당히 불편했다. 정말로 상처를 받은 듯한 텅 빈 표정, 공허한 눈동자. 위선이나 가식이 아닌 순수하게 절망한 그녀의 모습이 한준의 심기를 뒤틀리게 한 것이다.

한준이 그렇게 불쾌해하고 있는 사이, 유림이 의자를 뒤로 빼고 몸을 일으켰다. 그녀가 이 거래를 무산시킬 거라는 것을 한준은 본능적으로 알아챘다.

"마음이 바뀌었어요. 그쪽과는 거래 안 할래요. 이만 일어날게요."

"그 엄청난 비밀을 나한테 다 쏟아 내고도 나와의 거래를 포기하시겠다? 내가 당신의 비밀을 어찌 이용할 줄 알고? 거래의 내용을 다른 걸로 바꾸어 계속 이어 가는 게 좋지 않겠습니까?"

"사실이 아니라고 생각한다면서요. 그렇다면 누구한테 발설하든 그쪽만 미친 사람이 되겠죠."

"미친 사람이 기꺼이 될 수도 있을 텐데요?"

"그럴 수도 있겠죠. 그런데 그쪽은 아닐 거예요. 자기보다 낮은 곳에 있는 사람을 이용할 것 같지는 않아요. 그래도 굳이 미치시 겠다면 어쩔 수 없죠. 사실 아무 상관없어요, 이제."

그녀의 눈빛은 텅 비어 보였다. 한준은 자리에서 일어나 인사도 없이 나가는 그녀의 뒷모습을 가만히 응시했다.

유림이 남기고 간 말은 한준의 심기를 묘하게 긁어 댔다. 그녀 는 나가고 없는데 좀 전보다 더한 불쾌감이 머리를 지그시 눌러 왔다. 그 불쾌감을 가려 주기라도 할 듯 유림이 앉았던 자리에 놓인 안경이 보였다.

한준은 팔을 뻗어 그것을 끌고 왔다. 알이 두꺼운 안경을 이리 저리 돌려 보았다. 아무리 다급해도 시야가 흐릴 텐데 안경을 두고 나간 이유는 한 가지 뿐이리라.

한준은 눈앞에 안경을 대어 보았다. 예상대로 도수가 전혀 없다. 일부러 끼고 지낸 것이다. 한준은 안경 모서리를 테이블에 툭툭 치며 생각에 잠겼다.

유림은 안경을 가지고 나오지 않았다는 것을 도롯가에 나와서야 깨달았다. 신호가 흐르고 있는 핸드폰을 귀에 댄 채로 돌아서서, 레스토랑 빌딩을 올려다보았다. 비가 그친 후의 습한 대기에 눅눅 한 땀이 이마로 흘러내렸다.

마치 그를 보는 듯, 유림은 치뜬 눈으로 레스토랑 전체를 훑었다. 안경을 가지러 돌아가진 않을 것이다. 그와 다시 마주하여 마음을 다치지 않을 것이다. 그렇게 마음을 다잡았지만 미련스레 굴러가는 눈동자는 여전히 레스토랑에 박혀 있었다.

— 유림아!

유림의 야멸친 눈빛은 수진의 다급한 목소리가 건너온 후에야 스르르 풀렸다. 시선을 내려 도로를 응시하며 택시를 찾아 헤맸다.

"너 지금 어디야?"

— 나 집 근처 모텔에 와 있어. 갈 만한 곳이 없더라구. 넌 어디야? 괜찮은 거지? 목소리 들으니 별일은 없는 것 같아 다행이네.

"위치를 자세히 말해 줘. 곧 갈게. 우선 만나서 얘기하자, 수진아."

유림은 수진으로부터 모텔의 위치를 전해 들은 후 택시를 잡아 탔다. 되도록 빨리 이곳을 떠나야 레스토랑에 둔 미련을 걷어 낼수 있을 것 같았다. 택시 안에 흐르고 있는 에어컨의 냉기에 오한이 일었다.

가슴께를 두 팔로 감싼 그녀는 차창 밖으로 고개를 돌렸다. 스크래치를 긁듯 획획 지나가는 밤 풍경 속 불빛을 멍한 눈으로 보았다. 격랑이 일고 있는 가슴을 어찌할 새도 없이 눈물이 솟구치려 했다.

유림이 가슴 아파하는 건 조롱하는 듯한 그의 눈빛이나 사슬처럼 묶어 오던 말들 때문이 아니었다. 그런 것들이야 그 순간만 견디고 지나가면 그만이다. 그녀가 이렇게 무너진 건 전혀 다른 데 서였다.

그것은 그녀가 사생아라는 사실이 다른 이의 입에 의해 드러났다는 것이었다.

문영그룹도, 수진도, 그녀 자신도 알고 있으면서도 지금껏 일부러 입에 올리지 않았던 단어를, 전혀 다른 사람의 입을 통해 전해 들으며, 유림은 자신이 정말로 감추어져야만 하는 존재라는 것이 실감이 되었기 때문이었다.

제삼자를 통해 확인 사살을 당해 버린 셈이다.

그녀의 출생이 어떤 종류의 것인지.

유림은 물기가 맺힌 눈을 감고 피식 쓰게 웃었다. 코끝이 매섭게 당겨지고 눈가가 뜨거워졌다. 택시를 타고 수진에게 가는 동안 목울음을 참느라 가슴이 다 시릴 지경이었다.

그렇게 괴로운 시간이 흐른 후 수진이 머물고 있는 모텔방 앞에 도착하자, 유림은 휘청거리며 벽에 몸을 기대었다. 수진이 문을 열지 않았다면 아마 그 자리에 주저앉았을 것이다.

"왜 이렇게 다 죽어 가? 안경은 얻다 버리고 온 거야?"

허옇게 떠 버린 유림의 얼굴을 보고 놀란 수진이 물어 왔다. 그녀는 커피숍 앞치마를 여전히 두른 채로 선 친구의 모습을 보며 지체 없이 손을 잡고 안으로 이끌었다.

방 안에 들어서는 동안, 유림은 작은 짐 가방 두 개와 [스타] 액자를 스치듯 보았다. 소파에 앉히려는 수진을 저지하며 짐 가방

두 개 중, 자신의 것을 열어 의과 서적 안에 꽂아 둔 통장과 인감을 꺼내었다.

류한준, 그 남자와의 거래가 틀어진 후부터 줄곧 머릿속에서 떠나지 않았던 생각 하나가 있었다. 아니, 생각이 아니라 자각이라 해야 맞을 것이다.

어디로 도망가도 무슨 짓을 해도, 그녀는 문영그룹의 일가에 묶여 평생 그림자처럼 살았던 엄마의 인생을 반복하게 될 것이다. 결국 지금 유림은 그들의 손바닥 위에서 흔들리고 있는 마리오네트 인형에 불과한 것이다.

그렇게 될 바에야 차라리 정면으로 부딪쳐 보는 게 낫지 않을까. 그들에게 끌려가든 거기서 살아 나오든, 한 번쯤은 몸부림이라는 걸 쳐 봐야 하지 않을까.

"고생했겠구나. 혼자서."

유림은 수진의 손을 잡고 소파에 앉았다. 지친 몸을 묻기엔 지나치게 딱딱한 소파에서 유림은 친구를 향해 부드럽게 웃어 주었다.

"짐 싸는 덴 프로야 이제. 그리고 너나 나나 짐이 별로 없잖아. 그건 그렇고 지금까지 어디에 있었던 거니?"

"……그냥 누굴 좀 만났어."

"누구를?"

수진이 물었으나 유림은 대답하기를 주저하며 머뭇거렸다. 그의 삐딱하게 기울어진 시선과 조소가 스치듯 떠올라 유림은 미간을 찡그렸다. 한 마디 한 마디, 칼처럼 쑤셔 대던 말들도 생각나 목을 달구자, 유림은 헛기침을 하며 수진을 보았다.

"수진아."

"그래. 말해."

"우리 이쯤에서 찢어지자."

난데없는 선언에 수진이 잘못 들은 양 고개를 갸우뚱하자, 유림은 얼른 통장과 인감이 든 봉투를 그녀의 손바닥에 놓았다.

엄마의 그림을 팔고 남은 돈의 대부분이 든 통장이었다. 당분간 수진이 새로운 곳에서 생활할 수 있는 비용은 충분히 될 것이다.

"넌 이제부터 네 갈 길을 가. 그동안 너한테 민폐 끼친 게 큰데 겨우 이걸로 무마하려는 날 용서해 줘."

"야. 김유림."

"네가 무슨 말을 하든 내 생각은 변함이 없어. 더는 누구한테 폐 끼치기 싫어. 내 말대로 해."

유림이 덤덤하게 말하는 동안 수진은 내내 손바닥에 놓인 통장을 내려다보고 있었다. 이 돈이 어떤 종류의 것인지 잘 아는 것처럼, 이것을 건네며 찢어지자고 말하는 유림의 마음이 어떤 건지도 잘 알고 있었다.

"우선 엄마 병원에 모시고 가. 그러고 나서 네가 가고 싶은 곳에 가서 마음껏 알바하고 공부도 해. 시간이 좀 흐르고 어떤 식으로든 안정이 되면 너한테 연락할게. 그전엔 나 찾지도 말고 연락

할 생각도 마."

서운하다 싶을 정도로 유림은 단호해 보였다.

아까 통화한 후부터 이 결정을 내리기까지 친구에게 분명히 어떤 사건 같은 것이 있었던 듯싶지만 수진은 더는 묻지 않기로 했다. 어차피 시기의 문제지 유림과는 헤어져야 할 거라고 생각하고 있었기 때문이다.

수진은 쓸쓸하게 뇌까렸다.

"냉정하다, 너."

"그러니? 뭐, 미친 여자처럼 실실거리는 것보다는 낫잖아."

"괜찮은 거지?"

유림의 마음을 들여다보기라도 한 듯 수진이 걱정스레 물었다. 유림은 고개를 끄덕였다.

"당근. 이런 결정을 내린 건 내가 앞으로 어떻게 될지 모르기 때문이야. 길이 불투명해서 자빠질지도 모르는데 거기에 너를 끌어들일 순 없잖아."

"그래. 알았어. 찢어지자. 하지만 이건 안 돼."

수진은 유림보다 더 단호한 표정으로 통장을 그녀에게 되돌려 주었다. 그러곤 얼떨결에 그것을 받아 든 유림이 다른 말을 꺼내기 전에 얼른 몸을 일으켰다.

"저녁밥 먹으러 나가자. 너 아직 안 먹었지? 나도 배고파. 유림아. 우리 오늘 소주도 한잔 걸쳐야지?"

유림은 수진이 먼저 앞서 현관으로 나가는 것을 물끄러미 보다가 뒤늦게 소파에서 일어났다. 그리고 현관으로 나서기 전 수진의 짐 가방을 열어 통장을 고이 넣어 두었다.

고등학교 때부터 제 몸처럼 붙어 다녔던 단 하나의 우정에게, 가능한 한 가장 쓸모 있고 필요한 것을 주고 싶었다.

현관에 나가 신발을 신으며 벽면에 붙어 있는 거울을 보았다. '빨리 나와, 유림아.' 라는 수진의 재촉을 뒤로하고 삐죽삐죽 흐트러진 머리칼을 정리했다. 끈을 풀고 손가락 빗질로 머리칼을 다시 모아 올려 단정하게 묶었다.

안경이 없어 한결 또렷해진 시야에 그 어느 때보다 어두운 그녀의 얼굴이 있었다.

다음 날 오전 동안 유림은 수진을 버스 터미널까지 배웅하는 것에 시간을 썼다. 유림은 어제 묵었던 모텔에서 며칠 더 지내기로 했고, 수진은 고민 끝에 강원도 집으로 잠시 가 있다가 다시 다른 곳으로 나가기로 했다.

휴가철이라 그런지 인파로 들썩이는 터미널에서 수진을 보낸 유림은 한동안 허한 마음으로 버스 정류장에 앉아 있었다.

유림은 바지 주머니에서 꺼낸 립글로스를 입술에 바르고 난 뒤 무의미한 눈짓으로 여기저기를 둘러보았다. 한낮의 폭염에 가려진 사람들의 무표정과 가지를 늘어뜨린 가로수들, 눅진하게 스며드는 더운 바람을 지나 그녀의 생각이 모아진 곳은 하나였다.

'문영그룹의 사생아를 보호해야 한다, 라. 내키는 조건은 아니 니까.'

예기치 않게 그의 말이 떠올랐다. 어젯밤 술에 취해 잠들던 순 간에도 문득 스쳐가던 그 말이 아직도 뇌리에 남아 있었다.

반항하듯 유림은 몸을 벌떡 일으켰다. 이럴 시간이 없다. 서둘러 움직이지 않으면 마음이 약해지고 말 것이다. 두려워하면서 망설 이면서, 또다시 뒷걸음질을 치게 될 것이다. 유림은 다가오는 택시 를 향해 손을 뻗었다.

그녀를 태운 택시는 30여 분 후 문영그룹 본사에 도착했다. 현 관을 지나 1층 로비에 들어선 유림은 토요일이라 한산한 로비를 여기저기 헤집다가 좌측에 있는 안내 데스크를 발견하고 그곳으로 다가갔다.

천연 대리석 바닥을 걸을 때마다 맑고 뚜렷한 소리가 고급스럽 게 울렸다. 유림이 다가가자 검은색 유니폼을 입은 두 명의 여자 직원이 잘 훈련된 미소를 건네 왔다.

"안녕하십니까, 문영그룹입니다. 무엇을 도와 드릴까요?"

"문영호 회장님을 뵈러 왔습니다."

유림의 거침없는 대답에 생글거리던 여직원 두 명이 일제히 미 소를 거두고 그녀를 재차 쳐다보았다. 그중 한 명이 유림의 아래 위를 티 나지 않게 훑어 내린 후 물었다. 다시 미소를 묻힌 얼굴이 었다.

"죄송하지만 오늘은 토요일이라 출근을 하지 않으셨습니다, 손님."

"그럼 집 주소라도 알려 주세요."

"혹시 선약이 되어 있으십니까?"

"아닌데요."

"회장님은 선약이 되어 있지 않으면 만나 뵈실 수가 없습니다. 지금이라도 약속을 잡으시면 제가……."

"댁에 전화 넣어 주세요. 제 이름을 들으시면 당장 달려오실 겁니다."

유림이 도전적으로 말하자 여직원들이 난감한 얼굴로 서로를 마주 보았다. 눈빛으로 의견을 교환했는지 아까 유림을 훑었던 직원이 나서서 입을 열었다.

"아…… 죄송합니다, 손님. 회사 규정상 그 부분에 대해서는……."

직원은 그 와중에도 입술 선을 길게 늘이며 규칙에 대해 설파하기 시작했다. 그녀들이 하는 말의 요지를 채 파악하기도 전에, 유림의 뒤쪽에서 저들끼리 작게 속삭이는 말소리가 흘러갔다.

"회장님 말이야. 대정종합병원 특실에 입원해 계시다며?"

"그래? 며칠 전에 쓰러지셨다더니. 휴우…… 회사가 어찌 돌아가는 건지 원."

유림은 고개를 틀어 뒤쪽을 흘깃 보았다. 남자 직원 두 명이 로비를 지나 승강기 쪽으로 걸어가고 있었다. 남자들의 대화를 듣지 못했는지, 데스크의 두 직원은 여전히 비장한 얼굴로 규정을 설명하고 있었다.

"알았어요. 안녕히 계세요."

유림은 직원의 말을 끊고 돌아섰다. 정지된 화면처럼 시야가 바깥에 고정되었다. 생각을 정리한 유림은 지체할 것 없이 로비를 나섰다.

☆ ★ ☆

— 문영그룹 회장한테?

한준은 귀와 어깨 사이에 핸드폰을 끼운 채 가방을 정리하고 있었다. 토요일이라 저녁 시간 회의를 위해 재완을 갤러리에 보냈는데, 조금 전 부친으로부터 연락을 받았다.

문영그룹 회장의 병문안을 대신 가 달라는 전언이었고, 한준은 갤러리에 들르기 전에 병원에 들를 생각이었다.

"음. 들렀다가 바로 갤러리로 갈 테니까 대기하고 있어."

— 뭐, 그 영감 한 번은 쓰러질 때 됐지. 요즘 골치가 좀 아프겠어?

"끊어."

'빨리 와!' 라는 재완의 절규를 끊어 버린 한준은 문득 가방 안을 주시하며 핸드폰을 내려놓았다. 가방 안에서 꺼낸 것은 유림의 안경이었다.

어젯밤 그녀가 두고 간 것을 별생각 없이 주머니에 넣었던 것을 상기하며, 천천히 의자에 등을 기댔다. 안경을 손가락 사이에 끼우고 이리저리 돌려 보면서 떠올린 건, 텅 비어 가던 그녀의 얼굴이었다.

공교롭게도 잠시 후 그가 만날 상대가 문영그룹 회장이다. 그녀가 했던 말을 여전히 믿지 않고 있지만, 묘한 우연이 껄끄럽긴 했다.

[스타]를 아직 포기하지 못했기에 언젠가 다시 만나야 할 그녀가, 문영호와의 대면 내내 떠오를 것 같았기 때문이다.

생경한 불편함을 느끼게 했던 그녀와의 대화, 상처로 일그러졌던 여자의 안면, 크고 투명한 눈동자로 마음이 하고 싶은 대로 살거라던 여자. 그 여자가 문영호와의 대화 사이에 문득문득 끼어들 것이 뻔했다.

"골치가 아프군."

한준은 의자에서 몸을 일으켰다. 안경을 양복 주머니에 넣는 손길은 메말랐고 건조했다. 한 톨의 감정도 들어 있지 않은, 딱딱하기 그지없는 눈빛은 섬뜩할 정도로 차가웠다.

[스타] 인수 프로젝트의 첫 단추를 다시 끼워야 하는 시점에서 한준은 머릿속을 새롭게 정비해야 했다.

그 길로 회사를 나와 대정종합병원에 도착한 한준은 넓은 로비를 가로질러 승강기 쪽으로 다가가고 있었다. 링거 스탠드를 끌며 오가는 환자들과 간호사, 의사들이 시야에 올랐다가 사라지기를 반복하던 즈음, 누군가가 다가와 알은척을 했다.

"류 전무님 아니십니까."

한준은 고개를 돌렸다. 눈에 익지만 기억에는 없는 얼굴이 그를 향해 정중하게 인사를 하고 있었다. 한준이 고개를 비스듬히 기울이니 상대가 그제야 제 소개를 했다.

"문영호 회장님의 비서실장 전호성입니다."

"아, 네. 그렇군요."

소개를 받고 나서야 한준은 일 년에 서너 번 회의 장소에서 스쳐 지나치곤 했던 것을 기억해 냈다.

문영호 회장의 최측근이자 그의 일거수일투족을 함께하는 사람. 그것을 깨달은 것과 동시에 유림의 말이 떠오른 건 결코 의도한 바가 아니었다.

전 실장 주도하에 문영그룹에서 그녀를 찾고 있다는 말이 머릿속에서 툭 튀어나온 건 실로 갑작스러운 일이었다.

"혹시 저희 회장님을 뵈러 오셨습니까?"

전 실장의 사무적인 질문이 유림을 떠올리고 있는 한준의 머릿속을 깨웠다. 한준은 고개를 끄덕이며 대답했다.

"네. 아버님의 부탁을 전해 드릴 겸 들렀습니다."

"예."

"지난 달 전경련 회의 때는 뵙지 못했던 것 같습니다. 제 기억이 맞다면요."

"예. 요즘 회장님께서 따로 내린 지시 사항이 있어서 조금 바빴습니다."

한준은 한쪽 눈썹을 지그시 끌어 올렸다. 전 실장의 답변이 껄끄러워서였다.

"저는 원무과에 들렀다가 올라가겠습니다. 전무님 먼저 올라가 계시지요."

전 실장이 다시 한 번 정중하게 고개를 숙인 후 돌아섰다. 한준은 곧 사람들 속에 묻힌 그의 뒷모습을 한동안 주시하다 무언가 명쾌하게 해결되지 못한 찝찝함을 안고 승강기에 올랐다.

12층 특실병동에 도착한 승강기에서 내려 문영호가 입원해 있는 병실까지 걷는 동안, 여러 단서들을 조합해 보았다. 유림의 말들, 안경, 그리고 조금 전 만났던 전 실장까지.

안개 너머에 있는 무언가가 걸려 개운치 못한 기분으로 고개를 드는데 시야에 무언가가 들어왔다. 문영호의 병실 앞 복도에 우두커니 서서 병실 문을 바라보고 있는 여자. 옆얼굴이지만 기억이 선명한 그녀는 유림이었다.

한준은 걸음을 우뚝 멈추고 그녀를 응시했다. 시야가 탁 트일 정도로 환한 조명 빛 아래에서 그녀는 손바닥으로 입을 틀어막고 울고 있었다.

울음을 목으로 넘기느라 고개가 연신 뒤로 젖혀진다. 울다가 지쳐 금세 무너지고 말 것 같은 그녀에게서, 한준이 무의식적으로 떠올린 건 한 가지였다.

상처.

저런 거였나.

꺼져 가는 빛, 윤곽이 뚜렷해져 가는 슬픔.

의도치 않게 그녀의 내밀한 면을 보았다는 생각에 어제 느꼈던 불편한 감정이 다시 밀려왔다. 그것은 귀찮은 일에 말려들게 되었다는 깨달음보다 더 빠른 속도로 그의 발길을 재촉했다.

잠시 후면 전 실장이 도착할 것이다. 그녀가 했던 말의 사실 여부를 떠나 최소한 자신의 눈앞에서 볼썽사나운 꼴이 벌어지는 것이 탐탁지 않다. 단지 그것뿐이었다.

한준은 큰 걸음으로 유림에게 다가갔다. 구둣발 소리가 쩡쩡 울리는 동안에도 그녀는 슬픔에 갇혀 기척을 느끼지 못한 듯했다.

유림의 앞에 선 한준은 주머니에서 안경을 꺼내어 그녀의 코에 걸쳐 주었다. 발개진 눈동자가 두꺼운 안경알에 가려졌다. 한준은 유림이 무슨 상황이 벌어진 건지 채 깨닫기도 전에 그녀의 손목을 잡고 이끌었다.

잡힌 손목이 아려 왔다. 비상구로 향하는 복도를 끌려가다시피
하며, 유림은 인상을 썼다. 코에 걸린 안경은 떨어질 듯 말 듯 덜
렁거렸고 이미 눈물은 말라 버린 후였다.

문영그룹에서 이 병원까지 오며 쌓인 감정이, 병실 문 앞에서
폭발하듯 터진 건 그녀로서도 의외였다. 병실 문만 열면 되는데,
열고 들어가 내가 왔으니 어디 당신 마음대로 해 보라고 큰소리치
면 되는데, 어째서 눈물이 먼저 나 버려 주춤하게 된 건지 알 수
없는 일이었다.

그의 구둣발 소리가 거칠어질수록 회색빛 정장에 고급스러운 주
름이 깊게 졌다. 병실 앞에서 손목을 잡은 이가 류한준이라는 사
실을 안 유림에게, 두 가지 감정이 흘러들었다.

하나는 어제의 원망이 되살아난다는 것이었고, 다른 하나는 그럼에도 불구하고 안심이 되었다는 거였다. 안심이 되었다. 그가 병실로 들어서려 하는 자신의 발길을 막아 줘서.

"이거 좀 놔요."

유림은 그 이율배반에 치가 떨리면서도 자존심을 구기고 싶지 않아 짐짓 단호한 태도를 취했다.

"이것 봐요. 류한준 씨!"

잡힌 팔목을 비틀며 반항을 한 그녀는, 한준이 비상구 계단 쪽 모퉁이를 돌아서야 풀려났다. 한준이 조명조차 들지 않는 어두컴컴하고 좁은 구석으로 유림을 밀어 넣은 것이다.

벽에 등이 부딪혀 통증이 전해 오자 유림은 코끝에 대롱대롱 매달린 안경을 냅다 벗어 버린 후 눈썹을 일그러뜨렸다. 그를 올려다보는 눈빛이 야멸치다.

"우리 거래는 어제부로 끝난 거 아니었어요? 나한테 왜 이래요?"

"난 끝났다고 말한 적 없는데. 거래의 내용을 바꾸자고 했었지."

한준은 치뜬 눈으로 자신을 쏘아보고 있는 그녀에게 되도록 명확하게 답을 짚어 주었다. 결코 다른 이유가 있어서가 아니라고, 아직 깔끔하게 해결되지 못한 거래를 위해서라고. 자신에게 답하듯 유림에게 답했다.

"그럼 순전히 그림 때문에 지금⋯⋯."

"당연. 그 이유 말고 내가 당신의 손목을 잡을 이유가 있을까."

가까이에서 올려다본 그는 위화감이 들 정도로 선이 굵은 미남자였다. 사람들 속에서도 단연 눈에 띄고 말 것 같은 외모는 어둑함 속에서도 수려해 보인다.

가지런히 누운 눈썹 아래 다갈색 이채를 띠고 있는 눈동자와 높게 뻗은 콧날, 남자답게 각진 턱 선까지. 아마도 수진이 보았다면 황홀경에 빠져 정신을 차리지 못했을 것이다.

하지만 유림은 그의 화려한 외모 뒤에 숨어 있는 정반대의 모습을 발견하고야 말았다. 티가 나지 않지만 뚜렷하게 느껴지는 빈정거림, 여전히 입가에 묻어 있는 조소, 불쾌감을 느끼게 하는 눈빛.

유림의 시선이 그의 눈으로부터 어깨로 떨어졌다. 그리고 꾹 말아 쥔 주먹을 다시 폈다. 그가 연민을 느낀 게 분명하단 기대감이 실망으로 바뀌었다.

"[스타]를 두고 금전적으로 거래를 할 게 아니라면, 좋아. 당신 말대로 해 주죠. 당신이 말하는 보호라는 게 구체적으로 어떤 건지 말해 보겠어요?"

"이미 늦었네요. 나를 믿지도 않는 사람과 더는 마주하면서 얘기 나누고 싶지 않아요."

유림은 앞을 막고 있는 그를 외면하며 몸을 틀었다. 옆에 난 공간을 통해 빠져나가려는데, 그의 왼쪽 구둣발이 그녀의 운동화 앞을 막고 섰다.

"과연 그럴까? 지금쯤 전 실장이 병실로 올라오고 있을 텐데?"

"상관없어요. 어차피 그 사람들과 대면하려고 온 거니까."

"아, 그렇군. 제가 굉장히 실례했군요."

한준은 웃으며 구둣발을 치워 주었다. 스쳐 지나가는 그녀의 어깨가 가슴팍에 닿았다. 비누 향 같은 것이 머물다 사라지고 그녀의 걸음은 이미 저만치 모퉁이 앞까지 이르러 있었다.

한준이 그녀를 잡지 않은 건, 그녀의 속내가 훤히 들여다보였기 때문이다. 바보처럼 표정에 마음을 다 드러낸다. 한 번만 더 붙잡아 달라고, 그러면 당신이 하자는 대로 하겠다고.

그러니 그가 애써 붙들지 않아도 잠시 후 그녀가 돌아볼 것이다. 한준은 입술 끝을 끌어 올리며 유림을 쳐다보았다. 예상대로 그녀의 발걸음은 모퉁이 앞에서 정확하게 멈추어졌다.

"뭐, 할 말이 더 남았나?"

유림은 어깨를 떨었다. 돌아보지 않아도 그의 얼굴에 퍼져 있을 비웃음이 예상되었다. 짐작건대 저 남자는 지금 그녀를 마음껏 깔아 보고 만만하게 여기고 있을 것이다.

그럼에도 불구하고 유림은 한 발짝도 더 나아갈 수가 없었다. 보무도 당당히 그를 외면했지만, 이 모퉁이를 돌아 나가면 두 번 다시 그녀에게 기회는 없을 거란 생각이 걸음을 방해했다.

한 번만 더 붙잡아 주지. 그러면 못 이기는 척 그를 따랐을 텐데. 알량한 자존심을 챙기기 위해, 그가 내민 손을 내치고 제 발로 문영그룹에 들어가려 하고 있다니……

"제 말을 믿지도 않으면서 거래를 하려는 이유가 뭐죠?"

돌아선 유림이 물끄러미 그를 보며 말했다. 짐작처럼 남자의 낯빛에 어린 짙은 냉소가 그녀를 지레 떨리게 했다.

"물론 여전히 믿지는 않지. 그런데 당신 말의 진실 여부와 상관없이 믿지는 장사 아니라는 결론에 도달했어요. [스타]가 먼저 내 손에 들어온다면."

"그 사람들이 찾지 못하도록 몇 달간만 저를 숨겨 줘요. 몇 달이면 그 사람들도 잠잠해질 거예요. 잠자고 공부할 수 있는 곳이면 어디든 상관없어요. 단, 되도록 그쪽하고 가까운 곳이었으면 좋겠어요. 나한테 무슨 일이 생기면 그쪽이 곧장 달려올 수 있게."

유림은 여전히 저를 믿지 않고 있다고 당당하게 말하는 그를 향해, 막혀 버린 목구멍을 억지로 열었다. 이미 구겨질 대로 구겨진 자존심이다. 제 한 몸 챙기는 것이 급선무였고 그것을 위해서라면 방법을 가리지 않을 것이다.

"그래 줄 수 있어요?"

되물었지만 그는 대답이 없었다. 마치 머릿속에 든 생각과 감정이라는 걸 절대 드러내지 않겠다는 투다.

그가 잠시 후 고개를 끄덕이자 유림은 그제야 두 다리에 잔뜩 들어가 있던 힘이 스르르 풀리는 것을 느꼈다. 지루한 싸움의 종착지에 선 기분이었다.

"경기도 양평 별장, 제주도 별장. 그것도 아니면 발리나 이태리에 있는 별장도 괜찮겠군. 그것도 싫다면 한적한 곳에 있는 아파트를 구해 줄 수도 있지. 선택은 당신이 해요."

"그쪽한테서 먼 곳이네요, 모두."

의도치 않게 그 말이 처연하게 흘러나왔다. 유림 자신도 놀랄 정도로 그에게 기대고 싶어 하는 본심이 노골적으로 스며 있었던 것이다.

그는 아까처럼 말이 없었다. 그녀를 빤히 응시하는 눈빛은 흔들림 없이 고정되어 있었다. 시선을 떨어뜨린 유림이 그의 생각을 읽는 것을 포기하며 비참해지는 기분을 느끼고 있던 순간, 정수리로 굵은 목소리가 떨어졌다.

"갑시다, 그럼."

병원을 나온 후부터는 모든 것이 빠르게 진행되었다. 우선 한준은 문 회장의 병실에 잠시 들른 후, 유림과 함께 모텔에 들러 그녀의 짐과 그림 액자를 차에 모두 실었다. 그런 다음 그녀를 데리고 온 곳은 그의 고급 빌라였다.

주로 톱 연예인이나 최상위 부유층 16세대만이 살고 있는 빌라는 8층짜리 건물로 주차장부터 엘리베이터, 그리고 출입문으로 이어지는 복도까지, 모든 시스템이 각 세대별로 독립적으로 설계되어졌다.

출입 카드가 없이는 주차장이나 엘리베이터를 사용할 수 없으며, 외부인이나 외부 차량은 반드시 관리실에 신고를 해야 한다.

세대별로 가사도우미나 특정인들은 이미 신고가 되어 있어 자유롭게 드나들 수 있으며 그 신상이 무척 꼼꼼하게 기록되어 있었다. 그러니 이곳은 그녀가 원하는 가장 최적의 장소인 셈이었다.

유림은 거실 바닥에 가방을 내려놓고 고개를 들었다. 크고 화려한 압도적인 빌라의 내부에 절로 턱이 떨어졌다. 샹들리에 세 개가 가지처럼 뻗어 있는 천장은 지나치게 높아 흡사 궁궐의 그것을 연상케 했다.

거실 한편에 있는 대리석 계단은 주위가 선명하게 비칠 정도로 투명했고, 소파 아래 깔린 초록색 카펫은 보는 것만으로도 아늑해진다.

입구에 들어서자마자 센서에 의해 작동된 에어컨 때문에 방금 막 들어왔는데도 덥거나 습한 기운이 전혀 느껴지지 않는다. 저가 살아온 곳과 판이하게 다른 세상에, 유림은 새삼 그가 어떤 위치에 있는 사람이라는 것이 와 닿는 느낌이었다.

"나와 가까이에 있을 수 있는 곳은 저기뿐."

한준이 손가락으로 2층을 가리켰다. 그 모습이 마치 저 공간에서 한 발짝도 움직이지 말라는 모종의 지시 같아 얼마쯤 굴욕적이긴 했만 개의치 않기로 했다.

"괜찮겠어요? 그쪽……."

굉장히 예민해 보이는데, 라는 말을 차마 끌어낼 수 없어 유림이 얼버무렸다. 기실 그의 개인적인 생활공간에서 지내게 되리라곤 생각지도 못했기에 이런저런 걱정과 부담이 왔다 갔다 하고 있는 것도 사실이었다.

"숨는 장소로 최적이지. 안 그래요, 김유림 씨?"

"그건 그렇지만 죄송하고 또 부담……."

"당신에 대한 신상 파악은 모두 끝냈으니 이 집에서 허튼짓은 하지 않는 게 좋을 겁니다. 아, 물론 문영그룹과 관련된 건 아직 보류지만. 그리고 부담은 갖지 않는 게 좋아요. 당신과의 계약서에 분명히 명시할 테니까. 이 일로 인해 벌어질 모든 것에 대한 책임은 김유림 씨의 몫. 이. 라. 고."

또렷한 발음이 귀를 넘어 심장까지 아프게 찔러 왔다. 은근한 협박과 여전한 불신이 그와 자신의 사이에 가로 놓인 듯했지만 이젠 상관없었다. 이런 곳이라면 불안에 떨지 않고 편한 잠을 이룰 수가 있을 것이다. 단 몇 달만이라도 말이다.

"고마워요. 앞으로 조금 이기적으로 살 생각이라서 다 받을 거예요. 몇 달만 신세 질게요. 그렇게 오래 걸리지 않을 거예요. 허튼짓은 절대 하지 않아요. 돌아가신 엄마를 걸고 맹세해요."

"그런 맹세 따위는 필요 없지. 당신은 어차피 내 시야 안에 있게 될 테니까. 그리고 내가 있는 동안에는 없는 듯 지내도록. 내가 이곳에 없어도 되도록 2층에서 내려오지 말았으면 해요. 내 흔적 이외의 것을 보는 건 아직 익숙하지 않으니까."

"걱정 마세요. 저도 공부할 게 널렸거든요. 병원에 다시 돌아갈 생각이라서요."

다분히 들뜬 마음이 그의 한기 들린 말들 때문에 서서히 정상으로 돌아왔다. 무안해서 얼마쯤 퉁명스럽게 내뱉은 유림은, 그가 턱짓을 하는 것을 보았다. 2층으로 올라가 보라는 의미일 터다. 간단한 턱짓 한 번이 제법 굴욕적이었지만 유림은 꾹 참고 짐 가방을 들었다.

한준은 쭈뼛쭈뼛 그녀의 어색한 발길을 주시하다가 거실 벽에 세워 둔 액자로 시선을 돌렸다. 낡은 신문지로 아무렇게나 포장이 된 액자로 두어 걸음 다가서선, 기다란 손가락으로 신문지를 쓸었다.

의도치 않은 긴 한숨이 공기를 적셨다. 갤러리의 몸집을 부풀려 줄 물건을 보며 흡족한 마음보다는, 감추어 두었던 회한이 앞섰다.

매 순간, 매시, 매일을 이렇게 열심히 살아가다 보면, 언젠가 그의 실체가 다른 이들에게 적나라하게 드러나는 순간이 온다 해도 무너질 일은 없을 것이다. 부모님이라는 바람막이 없이 홀로 벌판에 서게 된다 해도, 그다지 춥지 않을 것이다. 손가락은 다시 주먹 속에 감추어졌다.

그는 2층으로 고개를 들어 올렸다. 높은 난간에 가려 그녀의 모습은 보이지 않는다. 눈동자를 굴려 헤집듯 찾았지만 유림은 시야에 들어오지 않았다. 그녀의 이름을 부르는 대신 한준은 핸드폰을 꺼내어 익숙한 번호를 눌렀다. 2층에 박혀 있는 시선을 거두지 않은 채 입을 열었다.

"나야. 지금 빌라로 와."

"그게 정말이에요, 실장님? 류 갤러리에서요?"

오후 회의를 준비하던 기획실 차장 동연이 크게 낙담한 얼굴로 되물었다. 외근을 나갔다가 방금 도착한 영은의 얼굴도 마찬가지로 허탈한 표정이었다. 패배를 인정하는 입맛이 썼다.

"그런 것 같아요, 동연 씨. 우리가 한발 늦은 거예요."

"하아. 설마 류 갤러리 쪽에서 이렇게 빨리 손을 뻗어 올 줄은 몰랐는데요. 그룹 전무씩이나 되는 사람이라 다른 건지 추진력 하난 대단하네요. 그새 [스타]를……."

"그쪽 대표가…… 그럴 만한 사람이잖아요."

담담한 척했지만 문드러지는 속내는 어쩔 수 없었다. 한준의 얼굴을 떠올리니 일그러진 속내가 더욱 무너졌다.

운소 김미현 작가의 유작 [스타]의 행방을 수소문하기 위해 장물 시장까지 은밀히 뒤진 후였다. 다행히 딸의 신상을 알고 있다는 장물아비를 만났지만, 이미 누군가가 정보를 빼 갔다는 소식을 접한 것이다.

장물아비가 묘사한 인물은 한준의 비서인 재완과 흡사했다. 한준 역시 [스타]를 찾고 있다고 했으니 그림은 이미 그의 손에 넘어갔을 터였다.

영은은 손바닥으로 이마를 쓸어 올린 후 길게 한숨을 뱉었다. 잘근잘근 씹히는 아랫입술이 아릿했다. 서류를 챙기다 말고 동연이 물어 왔다.

"[스타]는 이대로 포기해야겠죠?"

"그 사람 성격상, 한 번 물어 버린 이상 도로 뱉어 내진 않을 거예요. 그래도 혹시 모르니까 가을 정기 전시회 때까진 주시해 보죠."

"우리가 실수한 거예요. 그룹 사업만 해 왔던 사람이라 우물 안 개구리인 줄 알았죠. 이쪽 돌아가는 판세를 제대로 읽어 내기도 전에 나가떨어질 줄 알았는데. 역시 독하고 집요한 사업가라는 세간의 평이 맞긴 맞나 봐요."

"돈 되는 일이면 기가 막히게 발동하는 촉이 있는 사람이죠. 그래도 너무 걱정 마요, 동연 씨. 우린 지금껏 해 왔던 대로만 하면 돼요."

기획실장으로 발령받은 후 처음 준비하는 기획전이었다. 다시 돌아온 한국에서, 더구나 그와 같은 업계에서 나란히 출발하는 시점에, 통쾌하게 이겨 내고 싶었다.

보란 듯이 이겨 싸늘하게 일그러지는 그의 얼굴을 보고 싶었다. 하지만 앞서 나간 욕심이 발목을 잡아 버렸다.

"힘내세요, 실장님. 요즘 촉망받는 신진 작가들이 많아요. 우린 그쪽이나 파 보자구요. 점심도 못 드셨을 텐데 얼른 드시구요."

"알았어요, 동연 씨."

축 늘어진 어깨만큼 나가는 대답도 짧고 간결했다. 동연이 나간 후 영은은 걸음을 옮겨 커피머신이 있는 선반으로 향했다. 식사는 커녕 과일 한 조각도 넘길 수 있을 것 같지 않아 커피 한 잔으로 점심을 때우려는데 노크 소리가 들렸다.

"우리 딸, 점심도 안 먹고 일할 것 같기에 왔지."

하얀색에 가까운 머리칼이 먼저 보였다. 주름진 얼굴에 쓸쓸한 미소가 눈에 들어온 건 그 후였다. 영은은 며칠 만에 만나게 된 아버지를 향해 환하게 웃어 보였다.

"아빠! 어떻게 오신 거예요?"

"지금 점심시간이지?"

"네."

"우리 딸이랑 오랜만에 점심이나 같이 먹을까?"

경환이 찬합이 든 도시락을 영은을 향해 흔들어 보였다. 좀 전까지 그녀의 얼굴에 가득했던 그늘이 금세 사라졌다. 영은은 다가가 경환의 팔에 팔짱을 끼며 부러 새치름하게 대꾸했다.

"다이어트 시작했는데 어쩔 수 없지. 나가요, 아빠. 앞마당에 벤치가 있어요. 거기가 시원해요."

사무실을 나가는 발걸음이 한결 가벼워졌다. 머릿속에 든 무거운 생각들이 아주 잠시 쓸려 나가는 듯했다.

부모님은 현재 사업을 접은 후, 경기도 외곽에 작은 집을 짓고 텃밭이나 일구며 사는 평범한 사람이 되셨다. 매달 꼬박꼬박 입금되는 연금과 딸이 보내 주는 생활비에 의지하며 사시는데도, 이렇게 살아 보는 것도 재미지, 하신다. 통한에 찬 어조로 말이다.

"엄마가 싸 주셨구나?"

영은은 경환이 펼쳐 놓은 찬합 속 반찬을 보며 빙긋 웃었다. 갈치구이, 계란말이, 과일이 든 샐러드와 불고기에 오이냉국까지. 그녀가 좋아하는 메뉴들로만 구성된, 완벽한 엄마표 도시락이었다.

영은이 젓가락 한 벌을 경환에게 들려 준 후 저도 식사를 시작했다.

"아까 사무실에 막 들어갔을 때 얼굴이 좋지 않아 보이더구나. 무슨 일 있니? 잘 안 풀려?"

젓가락질을 시작한 지 얼마 되지 않았을 때, 경환이 물어 왔다. 영은은 고개를 들고 아버지를 보았다. 조금은 진지해진 표정이 딸의 마음 밑바닥까지 들여다보고 있는 듯했다.

"아뇨. 그런 거 없어요."

"아빠 눈은 못 속여. 안 그래도 하나뿐인 딸, 미국에서 돌아온 지 얼마나 되었다고 독립한답시고 따로 사는 것도 불안해 죽겠는데. 가끔 만나는 자리에서까지 거짓말은 하지 마라, 영은아."

조용히 파고드는 아버지의 말에 영은은 젓가락을 놓았다. 그러고는 준비해 온 물컵을 들며 쓰게 웃었다.

솔직해지는 건 어렵다. 더구나 가장 속마음을 숨기고 싶은 상대에게 진심을 꺼내어 내보여야 하는 것은 무척 힘든 용기를 필요로 한다는 걸, 지난번 한준을 만났을 때 깨달았다. 하지만 아버지의 순수하게 걱정하는 얼굴 앞에서까지 가면을 쓸 수는 없는 노릇이었다.

"제가 욕심이 과해서 그래요. 천천히 가면 되는데, 빨리 도착해서 내 뒤에 따라오는 사람을 놀리고 싶은 마음 때문에요."

물을 한 모금 마신 영은은 컵을 내려놓은 후 아버지의 얼굴을 다시 마주했다. 텅 비어 가는 얼굴로 보일까 봐 일부러 입술 끝을 올렸다.

"내가 당했던 것만큼 대갚음해 주고 싶어서 그래요. 누군가가 무너지는 걸 보고 싶다는 나쁜 생각이 자꾸 끼어들어서 요."

"그건 잘못된 생각이야. 그런 마음으로 일을 하다간 네가 먼저 지친다. 엄마나 아빠는 네가 때 묻지 않은 성공을 하길 바라고 있어. 그리고 가능하다면 결혼이라는 성공도 함께 하기를 바라."

결혼, 이라는 말을 올리며 아버지는 얼마쯤 짓궂게 웃으셨다. 영은은 딱히 대꾸할 말이 없어 다시 젓가락을 들었다. 가만히 입속으로만 그 단어를 곱씹어 본다.

결혼.

한때는 현실이었지만 지금은 꿈조차 꿀 수 없는 단어다. 미워하는 마음 끝에 아직도 남아 있는 미련을 알기 때문이었다.

정원의 형태로 가꾸어 놓은 갤러리 앞마당에서 풀벌레 소리가 요란하게 날아들었다. 잠시 들었던 서글픈 마음을 추스른 영은은 다시 얼굴을 펴고 반찬을 집어 들었다.

☆ ★ ☆

"내가 들은 얘기가 모두 사실이야? 어? 류 전무?"

도어록이 풀리자마자 재완이 현관문을 밀치고 들어왔다. 한준은 손목을 들어 올려 시계를 보았다.

갤러리에서 이곳 빌라까지 오는데 최소한 40분 남짓 소요되는 평소와는 달리, 재완은 오늘 10분이나 앞당겨 초고속으로 날아왔다. 오는 동안 통화했던 내용 때문이리라.

한준은 바지 주머니에 손을 찔러 넣은 후 소파에 몸을 묻었다. 편한 옷으로 모두 갈아입은 후였다.

2층으로 올라갔던 유림은 그의 지시에 따라 얼굴도 목소리도 내보이지 않고 있었다. 사람이 한 명 더 있다는 실감은 결코 들지 않을 정도로, 빌라는 평소처럼 조용하고 적막했다.

"앉기나 해. 호들갑 떨지 말고."

"내가 평소에 정리 정돈을 열심히 하는 편은 아니지만 지금 이 이야기는 정리는커녕 사실인지 아닌지도 종잡을 수가 없다. 운소의 딸 김유림이 문영그룹 회장의 숨겨진 사생아라고? 그 여자가 지금 이 집에 있다고? 넌 그 여자를 당분간 데리고 있을 거라고? 내가 얘기한 게 다 맞나?"

재완은 한준의 맞은편에 앉으며 핸드폰을 통해 전해 들은 내용을 그대로 읊어 댔다. 믿기지 않는 사실에 일의 순서조차 정리가 안 되고 차후 대책 역시 떠오르지가 않는데, 당사자인 한준은 놀랍도록 담담해 보였다.

도통 무슨 생각을 하고 있는지 알 수가 없다. 그래서 늘 답답해하며 사고 치는 쪽은 재완이었다. 재완은 한준이 소파 너머로 시선을 던지는 것을 보며, 그 시선을 따라가 보았다. 벽에 비스듬히 세워 둔 액자가 보인다.

"걸러서 믿어. 아직 확실한 것도 아니니까."

한준은 [스타]에 시선을 둔 채 입을 열었다. 그러자 재완이 돌아보았다.

"그게 무슨 뜻이야?"

"김유림이 문영그룹 회장의 사생아건 아니건 그건 중요한 게 아니라는 말이야. 내가 할 일은 그 여자의 부탁을 들어준 후 그림을 갖는 거야."

"아니. 그림을 갖는 것까지는 좋다 이거야. 근데 그 여자를 왜 네가 데리고 있냐고. 그 말이 사실이라면 그 여자, 시한폭탄 아냐? 만에 하나 이걸 문영그룹 쪽에서 알기라도 해 봐. 그렇게 찾고 있던 딸을 서승그룹 전무가 숨겨 놓고 있었다는 걸 그쪽에서 알게 되기라도 하면……."

"말을 똑바로 해야지, 윤 비서. 그렇게 찾고 있던 딸이 그림을 미끼로 서승그룹 전무의 집에 며칠 머물러 있었다. 알겠어?"

"그거나 이거나 뭐."

"여자가 안정이 되면 내보낼 생각이야. 시한폭탄 같은 건 나도 흥미 없어."

한준이 짚어 준 말의 오류를 되새기며 불만스럽게 구시렁거리던 재완이 고개를 번쩍 들었다. 한준이 무슨 생각을 하고 있는지 그 끄트머리 정도는 알게 된 탓이었다.

"이 자식 봐라. 인정머리 없는 자식. 아무리 상황이 이렇게 되었다고 그림까지 받아 놓고 내쫓아? 그걸 돈으로 환산해도 억 단위는 족히 될 텐데?"

"당연히 그에 합당한 대우는 열심히 할 생각이야. 하지만 거기까지. 설마 내가 정체도 불분명한 여자와 한집에서, 그것도 오랫동안 지낼 수 있을 거라고 생각하는 건 아니겠지? 난 자선 사업가가 아니야."

그건 그렇지, 라는 수긍이 입 밖으로 튀어나오려 했다. 확실히 녀석의 성격에 맞는 종류의 일은 아니었다. 차라리 돈이나 다른 물질이 오가는 거래였다면 깔끔한 처리가 가능했을 터다. 근거가 불분명한 존재를, 이렇게 애매한 상태로 옆에 두는 건 한준의 방식이 아니었다.

재완이 난감한 얼굴이 된 채 딱히 대답하지 못하고 있는 사이에, 한준이 2층을 올려다보았다. 조금 전까지도 보이지 않았던 머리칼이 난간 위로 삐죽 솟아 있었다. 그 머리칼은 한준이 눈을 깜빡하는 사이에 조금 더 높이 올라왔다.

"내려와요."

큰 울림이 거실을 가득 메웠다. 한준의 시선을 따라 재완도 2층을 올려다보았다. 머리칼의 미동이 계단에 접어들더니 이내 유림이 모습을 나타내었다.

재완이 작게 입술을 오므려 휘파람 소리를 내며 한준을 되돌아보았다. 좀 전까지 한준과 실랑이를 벌였던 일이 신기루처럼 사라졌다. 안경을 쓰지 않은 그녀의 수려한 이목구비를 보면서, 전혀 다른 종류의 의구심이 들기 시작한 것이다.

이 두 사람, 한 공간에서, 괜찮을까.

"인사해요. 아, 이미 구면이던가?"

그의 요구에 따라 1층으로 내려온 유림은 지난번 병원에서 보았던 멀대 남자의 너머로 기다란 다리를 꼰 채 앉아 있는 한준을 바라보았다.

왜 이 사람에게 인사를 시키는 걸까, 의아함이 불쾌감으로 번져 가는 순간이었다. 설마 이 사람에게 다 털어놓은 건가. 그녀의 비밀이 어떤 종류의 것인지 잘 아는 그가 설마……

"당신의 사연은 다 알고 있으니 아닌 척 고고하게 굴 필요는 없는데."

유림이 악수를 위해 내밀어진 재완의 손을 보는 둥 마는 둥 하고 있는데, 한준이 다그쳤다. 그녀의 얼굴에 싸한 기운이 스쳤다. 불쾌감이 현실이 되어 버린 것이다.

"비서 윤재완입니다. 지난번에도 느꼈지만 정말 아름다우십니다. 시간이 되시면 서울은행 나무 아가씨 선발대회에 한번 나가 보심이."

"김유림입니다."

재완이 농을 던졌지만 유림은 결코 웃어 줄 수가 없었다. 내밀어진 손을 잡고 악수를 하면서도 신경은 온통 한준에게 가 있었다. 유림의 심기가 불편한 것을 눈치챈 재완이 머쓱하게 웃었다.

"하, 하하하. 이런. 분위기가 무척 살벌하고 애매한 게 참 좋습니다. 이런 분위기에는 그저 술이 최고죠. 맥주 어때요? 제가 나가서 사 올까요?"

"그만 가 봐. 내일 아침 회의 있는 거 잊었어?"

한준은 재완의 흥을 끊은 후 소파에서 몸을 일으켰다. 예쁜 여자만 보면 발정하는 녀석의 호들갑에 같이 장단을 맞춰 줄 생각은 전혀 없었다.

예쁜 여자……. 한준은 문득 고개를 슬쩍 틀어 유림의 옆얼굴을 응시했다. 잔뜩 말라 버린 작은 입술로부터 시선을 올리려는데 재완의 풀 죽은 목소리가 끼어들었다.

"그 회의, 꼭 해야 할까?"

"당연."

의도치 않은 방향으로 흘러가려던 생각을 끊어 낸 한준이 선을 긋고 말하자, 재완이 허탈해하며 인상을 썼다.

두 사람을 향해 굿 나이트, 바이바이, 씨 유 어게인, 같은 잡다한 인사를 떠들썩하게 남긴 재완이 떠난 후, 거실엔 예의 적막이 다시 찾아왔다. 한준이 현관 앞에서 재완을 배웅하고 돌아서자, 유림의 굳은 얼굴과 마주하게 되었다.

"내 얘길 왜 함부로 다른 사람한테 퍼뜨리는 거예요? 허락하지도 않았는데?"

그녀의 목소리는 낮았지만 격앙되어 있었다. 치뜬 눈빛 속에 든 불쾌한 기분이 한준에게까지 이르렀다.

아직 재완과의 돈독한 관계에 대해 잘 모르는 유림으로선 충분히 기분 나쁠 만한 일이지만, 그런 것까지 염두에 둘 만큼 그녀를 배려하고 싶지는 않다.

이 일에 있어 갑의 자리는 철저하게 그 자신이어야 했다. 한준은 한쪽 눈썹을 끌어 올리며 대답했다.

"알아 두면 좋을 텐데요. 내가 24시간 옆에 붙어 있을 수 없다는 거 잘 알지 않나?"

"이것 봐요, 류한준 씨."

"보기엔 경박스럽겠지만 입은 무거우니 안심해요. 내가 지시하지 않는 일은 하지 않는 녀석이니까."

한기 들린 말을 내뱉곤 유림을 지나치기 위해 걸음을 옮겼다. 막 어깨가 스칠 무렵이었다. 속삭임에 가까운 말이 사이에 놓였다.

"그쪽만 있으면 돼요."

한준의 걸음이 느려지다 이내 멈추어졌다. 살짝 눈을 돌리자 액자에 꽂혀 있는 그녀의 시선이 보였다. 동시에 아까와는 달리 번들번들해진 입술도 보인다. 그녀의 손에는 예의 립글로스가 들려 있었다.

"다른 누구도 필요치 않아요, 난."

차분하게 가라앉은 음성이 오히려 예민하게 들렸다. 외로움을 아는 사람만이 보일 수 있는 밑바닥이 그녀의 목소리에서 느껴졌다.

누군가에게 도움을 갈구하는 것조차 힘에 겨워서, 결국 혼자서 부대낄 수밖에 없는 존재. 한준은 유림에게서 자신의 모습을 들여다볼 수 있었다.

"이건 오늘부터 그쪽 거예요. 계약서든 뭐든 알아서 작성해서 주세요. 도장 찍어 드릴게요."

한껏 가라앉아 있던 유림이 목소리를 밝게 바꾸고 그를 흘깃 돌아보았다. 한준이 그녀와 시선을 마주한 채 물었다.

"그림 속 남자의 이름이 스타인가?"

"존 L. 스타. 캐나다 사람이죠. 실제 외눈박이는 아니에요. 이 사람은 공예가인데 작품들이 하나같이 기괴하거나 이질적이어서 사람들로 하여금 거부감을 일으키게 했대요. 가령 사람의 심장을 고철로 형상화해서 거기서 실제로 피가 나오게 한다든가, 그런 식이죠. 그래서 어떤 전시회에도 작품을 걸 수가 없었대요. 업계에서도 당연히 하수 취급을 당했구요. 제 추측이지만 스타가 사람들 사이에 섞일 수 없는 것을 외눈박이로 표현하신 게 아닌가 해요."

그녀의 설명은 느릿했다. 추억인지 기억인지 모를 것에 심취한 눈빛 또한 허해 보였다. 한준은 유림이 말을 이을 수 있도록 고개를 끄덕여 주었다.

"스타가 공예를 그만둘까 하던 어느 해, 여름휴가차 스페인에 들렀대요. 빌바오 지역에 구겐하임이라는 미술관이 있는데, 거기 구석진 곳에 자기 작품이 전시되어 있어서 놀랐대요. 알고 보니 수년 전에 대가는 받지 않아도 좋으니 전시만 해 달라고 보냈던 작품이었던 거예요. 그 작품은 큰 별 한 개가 심긴 화분이었어요. 그 뒤로 그 사람은 모든 작품에 별을 꼭 집어넣었어요. 생각지도 못한 좋은 일이 또 생길까 싶어서. 그 얘길 잡지에서 읽고 난 뒤 엄마도 그렇게 가끔 그림에 별을 그려 넣곤 했죠. 좋은 일이 생길 것 같다며."

"그래서 좋은 일이 생겼나?"

"돌아가셨잖아요. 그게 좋은 일이죠, 엄마한텐. 나도 언젠가 견딜 수 없을 정도로 힘들고 팍팍해질 때, 별을 쳐다보려구요. 좋은 일이 생길지도 모르잖아요."

그녀가 쓰게 웃었다. 좋은 일은 절대 생기지 않을 거라는 걸 알기에 지을 수 있는 헛웃음이다.

말없이 물끄러미 쳐다만 보는 한준의 시선을 느꼈는지, 그녀가 '그럼.'이라는 말로 어색한 마무리를 지었다. 2층으로 올라가는 발소리가 사각사각 들려왔다. 돌아선 한준은 난간 위로 그녀의 모습이 보이지 않을 때까지 그 자리에 서 있었다.

☆ ★ ☆

뜨겁지만 기분 좋은 햇살이 뺨 위를 굴러다니고 있는 것을 깨달은 순간, 유림은 어렵게 정신을 붙들었다. 아직은 무거운 눈꺼풀을 겨우 들어 올린 그녀는 천장에 매달린 샹들리에를 보며 고개를 갸웃했다.

저건 못 보던 건데, 싶어 설마 아직 꿈을 꾸는 중인가 하는 의심이 현실과의 경계를 왔다 갔다 했다. 한동안 그렇게 눈만 껌뻑이던 유림은 갑자기 이불을 확 밀치고 상체를 벌떡 일으켰다.

"헉!"

그제야 깔끔해진 의식 속으로 모든 현실이 뚜렷하게 섞여 들어

왔다. 이곳은 그의 빌라고 그녀는 어제부로 동거 중인 민폐녀다.

유림은 부스스 헝클어진 머리칼을 손가락으로 매만진 후 책상 위 시계를 보았다. 오후 두 시. 또 한 번 경기를 일으킬 뻔했다.

"세상에. 두 시라니. 미쳤어. 미쳤어."

허겁지겁 침대에서 내려왔다. 살면서 이토록 긴 잠에 빠져든 건 처음이었기에 스스로가 무안해질 정도였다. 습관처럼 안경을 찾던 유림은 책상 위에 아무렇게나 내던져져 있는 그것을 집어 올렸다. 코에 걸치는 대신 이리저리 둘러보았다.

이제 이것을 걸칠 필요가 없다.

이곳에서 그녀는 더 이상 두려워하지도, 그녀가 아닌 척 가면을 쓰지 않아도 된다. 그러하기에 매우 오랜만에 깊고 편한 잠에 빠져 버린 것이리라.

유림은 안경을 제자리에 둔 후 책상 위 창문을 활짝 열었다. 아까보다 더 뜨거운 태양빛이 직사하여 잠시 눈살을 찌푸렸다가 폈다. 열기가 집어 삼킨 도심이 한눈에 잡혔다.

"여름휴가다!"

창틀에 팔꿈치를 괴며 그렇게 중얼거렸다. 아무도 볼 수 없고 들을 수 없는 그녀만의 공간에서 무언가 좋은 일이 생길 것 같다는 허황된 희망을 품고, 이 여행이 여름휴가라 단정 지어 버렸다.

한결 기분이 좋아진 유림은 땀이 묻은 옷을 벗고 반바지와 반소매 티셔츠로 갈아입은 후, 머리를 끌어 올려 묶었다. 그리고 방을 나섰다.

방문을 닫는데 무언가가 발치에 걸렸다. 카드 키 아래 흰 메모지가 바닥에 놓여 있었다. 유림은 상체를 구부려 그것을 주워 올렸다. 카드 키는 어제 빌라에 들어올 때 한준이 이용했던 것과 같은 것으로 생각되었고 메모지는…….

『이걸로 엘리베이터와 현관문을 이용하도록.』

간결했다. 흐트러짐이 없는 글씨체가 그와 닮았다. 앞뒤 없이 필요한 내용만 적어 놓은 것도 그와 닮았다. 그가 출근을 준비하면서 그녀의 방 앞까지 왔었을 거라 생각하니 갑자기 명치끝이 뜨거워졌다. 정말로 보호라는 것을 받고 있는 듯한 묘한 기분이 든 탓이었다.

메모지를 곱게 접어 바지 주머니에 넣은 후 1층으로 내려간 유림은 방금 막 현관에 들어서고 있는 누군가를 발견하곤 걸음을 우뚝 멈추었다.

"엄마야!"

흠칫하며 어깨까지 들썩일 정도로 놀라 두어 걸음 물러섰다. 50대 중반으로 보이는 여자가 두 손에 묵직한 비닐 봉투를 들고 다가오고 있었다. 그녀가 넉넉한 풍채에 걸맞은 사람 좋은 미소까지 곁들인 채 유림을 향해 인사를 건네 왔다.

"안녕하세요."

"……예. 아, 안녕하세요. 저, 저는 이 집 소, 손님……."

누군지도 모르는 여자에게 어떻게 인사를 해야 할지 몰라 얼버무렸다. 자칫 한준에게 피해가 갈까 싶어 재빨리 '손님'이라는 단어를 섞었으나 여자는 오히려 덤덤해 보였다.

"아, 손님이세요? 편히 지내다 가세요."

"예? 아, 예."

유림은 옆으로 스쳐 지나가는 여자를 눈 끝으로 좇았다. 차림새나 어투로 봐선 한준의 가족은 아닌 것 같다는 결론에 도달하긴 했지만, 여전히 경계는 풀지 않았다.

주방에 들어선 여자가 비닐 봉투 안에서 채소와 반찬거리를 꺼내는 것을 지켜보던 유림이 그녀에게 천천히 다가갔다.

"식사 준비하세요?"

확인하듯 묻자, 여자가 고개를 들고 웃었다.

"네. 매일 오후에 들러서 저녁 식사와 다음 날 아침 식사까지 준비해 두고 간답니다. 저 말고 청소하시는 분도 격일로 들르신다고 알고 있어요."

"네. 집안일을 봐 주는 분이 많네요."

"이런 데 사는 사람들이야 다 그렇죠, 뭐. 저희 같은 사람들은 이 빌라에 누가 사는지도 몰라요. 그저 업체에서 소개받고 제 시간에 일하러 오고 한 달 후에 월급 받고. 그게 다죠."

여자의 말은 유림을 적잖이 안심시켰다. 이곳에 누가 사는지도 모르니, 최소한 자신으로 인해 한준이 피해 입을 일은 없겠다 싶어 길게 안도의 숨까지 들이쉬었다.

"그런데 어쩌나. 2인분을 준비해야 한다는 얘긴 못 들어서 늘 하던 분량대로 준비했는데."

"아니에요. 괜찮아요, 아주머니. 하던 대로 하시면 돼요."

난처해하는 여자에게 유림은 손사래를 치며 부담을 덜어 주었다. 괜찮다는 뜻으로 활짝 웃어 보이기까지 했지만 돌아선 표정은 얼마쯤 씁쓸했다.

그가 자신의 식사까지 책임질 의무는 없다. 1층과 2층을 분리시킨 것처럼 생활도 분리되어야 옳다. 없는 듯 지내 달라 했으니 마땅히 그래야만 했다. 그런데도 서운함 같은 것이 꾸역꾸역 올라오는 이유를 알 수 없었다. 서운했다. 착잡할 정도로.

저녁 7시가 되자 유림은 한창 몰입하고 있던 해부학 책에서 눈을 떼어 냈다. 허기가 속 쓰림으로 번져 가는 중이었다. 뭐라도 먹어야 할 것 같아 의자를 밀고 일어나서, 한준이 퇴근해서 들어오기 전에 간식거리라도 사올 생각에 현관을 나섰다.

한준이 두고 간 카드 키를 이용하여 승강기에 올랐다. 세대별로 승강기가 따로 있는 터라 부담이 없다. 보호라는 건 역시 이런 곳에서 이루어져야지, 라며 주린 배를 움켜쥐면서도 흡족하게 웃었다.

1층에 도착한 승강기는 황금색의 용 문양을 두 갈래로 천천히 갈라놓으며 바깥세상을 보여 주었다. 문이 열리는 속도에 맞추어 유림도 앞으로 다가갔다. 적어도 고개를 들고 로비를 보기 전까지,

그녀의 마음은 느슨하게 풀어져 있었다.

갑자기 숨이 멎는 듯했다. 풀어졌던 끈이 순식간에 긴장으로 휩싸여 단단하게 조여들었다. 로비의 바깥, 어슴푸레 퍼진 저녁 빛 사이로 전 실장이 보였다.

몇 번이나 눈을 껌뻑이고 확인을 해 봐도, 문지기처럼 지키고 서 있는 이는 전 실장이 분명했다. 고개를 틀면 금세 마주칠 것 같은 거리에서, 유림은 자신도 모르게 뒤쪽으로 물러났다.

전 실장이 돌아보기 전에 다시 문을 닫아야 한다는 생각에 팔을 뻗어 더듬거렸다.

손끝에 닿지 않는 버튼을 원망하며 아랫입술을 깨물었다. 경직된 몸이 말을 듣지 않아 아찔하게 당황한 순간, 거짓말처럼 한준이 엘리베이터 안으로 들어섰다. 뚜벅뚜벅 걸어 들어와 그녀의 앞을 가로막는다.

전 실장이 순식간에 시야에서 가려졌다. 억눌린 숨을 터뜨릴 새도 없이 유림이 고개를 들었다. 심연보다 더 깊은 눈빛으로 그녀를 내려다보던 그가 손을 등 뒤로 돌려 버튼을 눌렀다.

5
서툰 도발

한준이 전 실장을 발견한 건 빌라 건물의 주차장으로 들어가기 위해 서행을 할 때였다. 그는 빌라 정문 앞에 주차를 한 채 차 밖으로 나와 도로를 살피고 있었다. 누가 봐도 명백히 이 빌라를 방문한 사람으로 보였고, 그렇다면 한준 자신을 찾아온 것이리라.

전 실장을 발견했을 때부터, 한준의 머릿속엔 이미 유림이 들어와 있었다. 전 실장이 유림이 이곳에 있다는 사실을 알 리는 없겠지만 어쨌든 지금으로선 접점이 유림뿐이었다.

그 생각을 하면서 쓴웃음을 흘렸다. 그녀가 했던 말을 뿌리째 불신하고 있으면서 어째서 전 실장과 유림을 겹쳐서 생각하고 있는지.

고개를 저은 한준은 지하 주차장에 차를 주차한 후, 건물 외벽을 돌아 전 실장이 서 있는 곳까지 도착했다. 그를 발견한 전 실장이 잠시 당황하는 듯하더니 이내 정중하게 인사를 해 왔다. 한준은 느긋하게 고개를 끄덕인 후 입을 떼었다.

"혹시 저를 만나러 오신 겁니까."

"정말 죄송합니다, 전무님. 늦은 시간 실례인 줄 알면서도 이렇게 폐를 끼치게 되었습니다."

"흐음. 이곳에서 전 실장님이 기다리고 있다는 연락은 받지 못했는데요."

"누구를 통하거나 전화로 드릴 이야기가 아니라 부득이 직접 찾아오게 되었습니다. 정말 죄송합니다. 부디 너그러이 이해해 주십시오, 전무님."

전 실장은 죄송하다는 말을 입에 달면서도 표정은 연신 초조해 보였다.

"무슨 일입니까."

"예. 다름이 아니라…… 새로 맡게 되신 갤러리에서 고 김미현 작가의 그림을 찾고 계시다고 들었습니다. 저의 지인이 청담 갤러리에서 일을 하는데 함께 식사를 하는 자리에서 뜻하지 않게 듣게 되었습니다."

조금 뜸을 들이며 꺼낸 얘기는 예상대로 유림에 대한 것이었다. 한준은 바지 주머니에 손을 깊게 찔러 넣은 후 고개를 끄덕였다.

"그런데요?"

"혹시 그림의 주인과 접촉이 되셨는지요."

"그걸 내가 왜 밝혀야 합니까?"

"아, 그게……."

전 실장이 쉽게 말을 잇지 못하고 얼버무렸다. 사실이었나. 그녀가 했던 말이, 문영그룹과 관련된 이야기들이 모두 사실이었던 건가.

의혹이 스쳤지만 한준은 표정을 바꾸지 않았다. 사실이라 해도 혹은 사실이 아니라 해도 변하는 건 없다. [스타]는 그의 손에 들어왔고, 그녀는 때가 되면 제 발로 이곳을 떠나게 될 것이다.

그녀를 보호한다는 계약 내용은 그녀가 이곳에 머무는 동안만 이행하면 될 일이다.

"물품 거래 시, 정보 보안 조항이라는 게 있습니다. 따라서 저로선 어떤 것도 말씀을 드릴 수……."

말이 중간에서 딱 멈추어졌다. 전 실장의 어깨 너머 로비 안, 승강기가 하강하고 있는 것을 발견한 탓이었다. 한준의 눈썹이 일그러졌다. 가장 왼쪽의 승강기니 그의 것이 확실했다. 유림이 내려오고 있다는 뜻이다.

"……없습니다."

말을 맺은 한준이 다시 시선을 내려 전 실장을 응시했다. 전 실장의 얼굴에 퍼진 난처한 표정이 주름살을 덮었다. 잠시 생각을 하던 전 실장이 다시 입을 열었지만, 한준에게 다급한 건 다른 것이었다.

"전무님. 그렇다면 부탁을 좀……."

"그 부탁, 들어드릴 수도 없습니다. 어떤 종류의 것이든. 그럼."

걸음을 옮겼다. 타닥타닥, 바닥을 타고 울리는 구둣발 소리가 귀에 쟁쟁했다. 전 실장이 보기 전에 엘리베이터 속 유림을 숨겨야 한다는 생각이 발길을 재촉했고, 그것은 엘리베이터가 1층에 도착한 후에도 마찬가지였다.

땡 하는 소리와 함께 문이 열리고 그 문이 완전하게 열리기 직전, 한준이 올라탔다.

멍하니 굳어진 얼굴로 선 유림의 앞에 바짝 다가선 건, 결코 의도한 것이 아니었다. 최대한 전 실장의 시야로부터 가려지게 할 생각이었지만, 이렇게 가슴팍에 닿은 그녀의 젖가슴이 뭉개질 정도로 가까이 붙을 이유는 없었다.

고개를 들어 올린 그녀의 눈동자는 이미 출렁이고 있었다. 본 것이다, 전 실장을. 한준은 손을 뒤로 돌려 숫자 버튼을 누른 후 입을 열었다.

"무슨 생각을 하고 있지?"

적요가 깨진 순간, 유림도 퍼뜩 정신을 챙겼다. 전 실장 때문에 당황한 낯빛을 숨기려 했지만, 헤집는 듯한 그의 눈빛에 묶여 몸이 더욱 굳어 버렸다.

지나치게 가까웠다. 들숨과 날숨이 서로에게 빠르게 흘러들 정도로 가까운 지척의 거리. 익숙하지 않은 감각이 정수리를, 등골을, 손끝을 가득 데웠다. 유림은 자신도 모르게 혀로 입술을 축였다. 그와 얽힌 시선을 풀지 않은 채였다.

"당신은 전 실장을 봤어. 그리고 날 의심하고 있지. 내가 전 실장한테 당신 얘기를 하지 않았을까, 그렇지?"

당황은 했지만 그를 의심하지는 않았다. 의심할 새도 없이 다가와 그녀의 심장을 주물러 놓았으면서 이렇듯 놀리고 조롱하다니……. 유림이 눈을 치떴다.

"의심 같은 거 안 했는데요. 제 발 저리시나 봐요?"

"그럴 리가. 난 보호자로서 성실히 책임을 다하고 있는데, 섭섭하군."

"조금…… 떨어져 줄래요? 더워요."

시선을 돌리지 않고 부탁하는 유림의 앞에서, 한준은 그제야 두 걸음 뒤로 물러났다. 그녀와의 사이에 좁은 공간이 놓였다.

반소매 티셔츠로부터 시작하여 짧은 반바지를 입은 하체까지, 그의 시선이 유림을 스윽 훑었다가 다시 올라갔다. 말라 버린 입술을 앙다무는 그녀를 보며 핏, 실소를 물었다.

"그 차림을 하고 어딜 가려던 길이었지?"

묻는 목소리가 낮았다. 그의 눈이 닿은 맨살 위로 갑자기 한기가 느껴졌다. 별안간 스며든 묘한 분위기가 말문을 잠시 방해했지만, 유림은 헛기침을 하며 대화의 흐름을 바꾸었다.

"말이 짧아지셨네요. 우리가 안 지 얼마나 되었다고 벌써 반말이신가요?"

"불쾌하다면 당신도 반말해."

디링.

나는 그쪽처럼 무례하게 살아온 사람이 아니라고 탁 쏘아 주고 싶었지만, 때마침 승강기가 도착하여 대화의 맥을 끊어 놓았다. 유림은 한준을 빠르게 스쳐 지나가며 새침하게 내뱉었다.

"배가 고파서 뭐라도 좀 사 먹으려고 나온 거예요."

한준은 앞서가는 그녀의 뒤를 따르며 아까처럼 한쪽 입술 끝을 비싯 끌어 올렸다. 알아채기도 힘든 흐릿한 그 미소가, 매우 오랜만에 만들어진 것이라는 사실을 그는 깨닫지 못하고 있었다.

탁. 탁. 탁. 탁.

한준의 기다란 손가락이 식탁을 규칙적으로 두들겼다. 씻고 옷을 갈아입은 후에 식사를 위해 자리에 앉았지만 한 숟갈을 뜨고 수저를 모두 내려놓은 상태였다.

배가 고파 뭐라도 사 먹으러 나왔다던 그녀는 2층으로 올라간 후 모습을 보이지 않고 있었다. 없는 듯 지내 달라던 그의 말을 아주 잘 실천하고 있는 셈이다.

문득 도사리고 있던 불편한 마음이 드러나려 했다. 당분간일 테지만 누군가와 함께 있다는 사실이 신경을 예민하게 건드렸던 것이다.

그녀가 배가 고플 거라는 짐작이, 꽤 불편하게 그의 뇌리에 스치고 있었다. 느릿하게 한숨을 흘린 한준이 다시 수저를 들려는데, 그녀가 2층에서 내려오는 소리가 들렸다. 아무렇지도 않게 밥을 뜨는 동안 발소리는 더욱 가까워졌다.

"지금쯤 전 실장님은 돌아갔겠죠? 저 잠시 편의점에 갔다 올게요. 안 내려오려 했는데, 미안해요."

"식탁에 앉지."

돌아서려는 그녀를 한준이 불러 세웠다. 유림은 걸음을 멈추고 그의 옆얼굴을 쳐다봤다. 짧은 반소매 티셔츠에 간편한 면바지, 그리고 머리칼은 자연스럽게 이마를 덮고 있어, 평소의 날 선 분위기가 전혀 느껴지지 않는다.

저 남자에게 저토록 부드러운 분위기도 있었나. 쓸데없는 곳에 생각이 뻗치려 하자, 유림은 입을 열며 그 생각을 차단시켰다.

"아니에요. 제가 먹으면 그쪽 몫이 모자랄 거예요. 아주머니가 1인분이라고 하셨거든요. 저는 좀 있다 다시 나가서 라면 먹고 올게요. 그러면 돼요. 신경 쓰지 마세요."

"앉으라니까."

한준이 그녀를 보며 완강한 어조로 말했다. 유림은 곤란한 얼굴로 아까 승강기 안에서 했던 말을 후회했다.

배가 고프다는 말을 괜히 해선 이런 난처한 상황을 만들어 버리다니. 폐가 되는 게 싫어 유림은 어떻게든 변명을 만들어 보려 했지만, 주린 배가 식탁을 보자 날뛰었다.

못 이기는 척 하는 수 없이 말 잘 듣는 아이처럼 들어가, 여분의 밥그릇에 밥을 담고 수저를 챙겨 그의 앞에 앉았다.

"전 실장, 그 사람이 무슨 일로 여길 온 거죠? 그쪽한테 온 거 맞는 것 같은데요."

말없이 내내 식사에만 열중해 있는 그에게 유림이 물은 건 밥을 두어 번 떠먹었을 때였다. 숨 막히는 침묵을 걷어 내어 볼 생각으로 물었지만, 아까 전 실장을 보았을 때부터 걱정하고 있던 부분이었다.

"별일 아니니 신경 끄지. 당신 일로 나와 작당 모의 하러 온 게 아니라는 뜻이야."

그는 대수롭지 않게 말했다. 그녀의 존재가 그에게 대수롭지 않다는 뜻이리라. 그러니 언제든 이 남자는 그녀를 내칠 수 있을 것이다. 그녀의 믿음과 그의 생각이 크기가 같을 수는 없을 터였다.

"건너편에 도서관이 있는 걸 봤어요. 내일 오후엔 도서관에 있을 생각이에요. 책 빌릴 것도 있고 자료 찾을 것도 좀 있고 해서요. 아무래도 그쪽한테 얘기해 두는 게 낫겠다 싶어서."

"전화번호는?"

"누구 거요?"

"당신 거."

"핸드폰은 있지만 쓰지 않아요. 이유는 잘 아실 거예요. 그리고 빌라와 도서관을 벗어나진 않을 거예요. 약속해요."

한준이 슬쩍 시선을 들어 올려 그녀를 응시했다. 전 실장의 말과 그녀의 말. 취합해 보면 그녀가 문영그룹의 사생아라는 건 사실일 거라고 결론을 짓고 있었다.

문득 마음이 가는 대로 살고 싶다던 그녀의 울먹거림이 떠올라 한준은 쓰게 웃었다. 기괴한 삶의 모습에 쓰러지고 남몰래 아파하는 건 자신뿐만이 아니었다고, 누군가가 위로해 주는 듯했다.

"전 실장이라는 사람이 왜 그쪽을 찾아왔는지 더는 묻지 않을게요. 대신에 그쪽에 대한 내 믿음을 깨지 말아 줘요."

"무슨 뜻?"

"그쪽은 언제든 마음만 먹으면 나를 궁지에 몰아넣을 수도 있겠다는 생각이 갑자기 들었거든요. 나는 보다시피 가진 패가 이제 없어요. 그쪽, 류한준 씨뿐이에요. 그런데 당신은 나 몰래 할 수 있는 일이 너무 많아요. 힘의 균형이 이미 깨진 지 오래지만 그럼에도 불구하고 그쪽을 믿어요. 이건 우리가 두 번째 만났을 때부터 그랬어요."

그녀가 또다시 속내를 투명하게 내보였다. 거리낄 것이 없이, 거칠 것도 없이.

"그쪽에 대한 고마움은 평생 잊지 않을 거예요. 그러니까 나한테 아무 짓 하지 말아 줘요."

"바라는 게 많은 사람은 피곤해. 조용히 머물다 떠나."

냉정한 말투와 표정이 유림의 목소리를 기어들어 가게 했다. 유림은 시선을 떨어뜨렸다. 그의 차가운 태도보다 더 마음을 무겁게 한 건 조용히 머물다 떠나라는 말이었다.

그에겐 어차피 부담스러운 존재일 수밖에 없다는 사실이 다시 한 번 일깨워진 순간 미안함에 젖은 입술이 한숨을 내쉬었다. 하얗게 각질이 일어난 입술을 혀끝으로 축였다. 다시 숟가락을 들려는데 한준이 말을 걸어 왔다.

"입술은 왜 항상 그 모양이지? 설마 몹쓸 병이라도 있는 건가? 전염 같은 게 되는?"

의심의 눈초리를 하고 보는 그를 유림이 날카롭게 쏘아보았다.

"그런 거 아니거든요?"

"어쨌든 별스럽군."

"왜 이런지는 저도 몰라요. 어렸을 때부터 항상 입술이 이래요. 엄마도 제가 언제부터 이랬는지 잘 기억을 못 하시더라구요. 엄마 말로는 애정결핍이래요. 사랑하는 남자를 만나서 키스를 받으면 촉촉해질 거라고."

말을 하고 보니 우스워져선 유림은 자신도 모르게 쿡쿡거렸다. 그런 날이 오긴 올까, 라는 막연한 기대감이 아니라 절대 오지 않을 거라는 확신 때문이었다.

하지만 그 짧은 웃음이 식탁의 분위기를 차갑게 얼려 버렸다. 그가 인상을 쓰고 쳐다보고 있었다. 식사 중간에 시끄럽게 굴지 말란 뜻인가. 머쓱해져 헛기침으로 어물거리던 유림은 그의 눈치를 슬쩍 보며 숟가락 가득 밥을 퍼 담았다.

식사 시간이 숨 막히는 침묵과 함께 흘러갔다.

☆ ★ ☆

주현은 영호의 이마와 뺨을 닦아 준 수건을 들고 욕실로 들어갔다. 모레면 퇴원이 가능하다는 의사의 말은 어떤 위로도 되지 못했다. 혈압도 떨어졌고 당 수치도 정상으로 돌아갔지만 못난 생각들로 일그러진 남편의 머릿속은 그대로였기 때문이다.

흐르는 수돗물 아래 손을 밀어 넣으며, 주현은 몇 갈래로 갈라지는 마음을 애써 다독였다. 이 전쟁 같은 삶에 언제쯤 평화가 찾아올까, 생각하면서.

"죄송합니다, 회장님. 서승그룹 류 전무 측으로부터 어떤 말도 듣지 못했습니다. 거래자 보호 규정이라는데 유림 양과 접촉이 되었는지 아닌지, 판단이 되지 않습니다."

약간 열린 욕실 문틈 새로 언제 들어왔는지 전 실장의 음성이 흘러들었다. 그 음성은 무척 낮고 은밀했다. 주현은 수돗물을 틀어놓은 채 문가로 다가가 바깥에 귀를 기울였다.

"분명히 접촉은 했을 테지. 청담 갤러리 정 대표가 그런 소문을 잘 줍는 사람이야. 그 아이가 그 여자의 그림을 모두 가지고 있었을 테고."

"류 전무님의 평상시 성격을 보면 접촉을 했다 하더라도 절대 입을 열 것 같지는 않습니다, 회장님."

"타협이라는 걸 모르는 자이긴 하지, 류 전무는. 허허. 미리 알았다면 며칠 전 병문안을 왔을 때 눈치라도 떠봤을 텐데."

남편의 허탈한 웃음에는 아쉬움도 진하게 섞여 있었다. 주현은 턱을 굳혔다. 서승그룹 류 전무라면 서승그룹 류창수 회장의 아들로서 그룹의 후계자다.

이번에 갤러리를 따로 맡았다는 얘길 지난번 모임에서 얼핏 들긴 했다. 서승그룹 회장의 사모는 그 얘길 하면서 무척 고무되어 있었다. 부럽다는 생각보다 자신의 신세에 대한 한탄이 먼저 든 걸 보면, 자신의 자존심도 어지간히 바닥을 친 상태인 것 같았다.

주현은 고개를 젓고 생각에 잠겼다. 어쨌든 류한준이 갤러리 업무 때문에 김미현의 딸과 만났고, 그 딸이 현재 어디에 있는지 알고 있을 확률이 높았다.

그런 이유에서 지금 남편과 전 실장도 류한준을 중심에 두고 대화를 하고 있는 게 아닐까.

"며칠 동안 류 전무에게 미행을 붙여 봐. 워낙 철두철미한 자라 틈을 보일까 싶지만 그거라도 해 봐야지."

"알겠습니다, 회장님."

전 실장이 인사를 끝으로 병실을 나가자, 이번엔 주현이 욕실을 나섰다. 모른 척 수건을 걸어 두고 가습기를 작동시켰다. 그리고 저녁 식사를 막 끝낸 후라 과일을 꺼내기 위해 냉장고로 다가가며 무심코 입을 열었다.

"서승그룹 류 전무가 이번에 갤러리도 맡아서 한다죠?"

말 그대로 무심결이었다. 적어도 남편이 듣기에 그래야 했다. 사과 두 개를 꺼낸 후 돌아서는 주현의 얼굴은 평상시로 돌아가 있었다.

"좀 전에 욕실에서 얼핏 들었어요. 전 실장과 하신 얘기."

"어디까지 들은 거야?"

"서승그룹. 류 전무. 갤러리요. 왜요? 딴 거 또 있어요?"

접시와 과도를 준비하며 슬쩍 남편의 얼굴을 엿보았다. 의심과 꿍꿍이로 점철된 낯빛. 그 낯빛에는 그녀가 과거 사랑했던 남자가, 이제는 없다.

"이리저리 주워들은 건 많아. 아무튼. 그런데 그건 왜?"

"그래도 서승그룹 일인데 창립 전시회 때 한번 가 봐야죠. 언제쯤 하려나."

"지금 집안 꼴이 이 지경인데 한가하게 그런 데나 가서 노닥거릴 기분이 나나?"

"집안 꼴이 이러니 더 얼굴을 내비쳐야죠. 속이 문드러져 나가도 대외적 체신은 지켜야 하는 게 우리 같은 사람들 아니에요?"

주현이 쏘아 올리자 영호가 홧김에 대꾸를 하려다 말고 입을 다물었다. 유림이 제 뜻대로 선뜻 잡히지 않는 것만으로도 머리가 부서질 지경인데 여편네라는 사람은 저 즐길 궁리만 하고 있으니 동상이몽이 따로 없다.

"신문이나 가지고 와."

영호가 짜증스레 외치자 주현은 대답 없이 테이블에 있던 신문을 그에게 건넸다. 소파로 돌아간 그녀는 무심히 텔레비전을 켰다.

신문 읽는 것에 방해되었는지 영호가 혀를 차고 눈을 흘겼지만, 주현은 텔레비전 화면에만 시선을 고정했다. 바라는 것이 없어진 상대에게는 배려하고 싶은 것도 없어지는 법이었다.

☆ ★ ☆

갤러리 건물은 3층으로 이루어져 있었고, 대 전시장을 포함해 중소 전시장 5개와 사무실 3개, 그리고 편의시설로 분류된 북카페와 미니 씨어터 룸도 갖추고 있었다.

처음 건축 단계에서부터 멀티를 지향하고자 했던 한준의 아이디어가 십분 반영되어, 비단 작품 관람뿐 아니라 다양한 문화생활을 즐길 수 있는 공간으로 거듭나리라는 기대를 한껏 받고 있었다.

아직 정식 오픈 전이라 포장지가 완전하게 벗겨지지 않은, 구석구석 정리되지 못한 부분들이 눈에 띄었다. 지난주에 선발된 직원들은 모두 제주도에 워크숍을 떠난 터라 갤러리는 텅 비어 있었다.

그룹 본사에서 한 시간 일찍 퇴근한 한준은, 잔디가 심어져 있는 갤러리 마당을 우회하여 건물 뒤편에 있는 보관실로 향하고 있었다.

동행한 재완이 아까부터 의심스러운 눈초리를 하고 저를 흘깃거리는 것을 애써 모른 척하고 있는데, 그럴수록 재완은 간죽간죽 놀려 대는 강도를 높여 가고 있었다.

"어휴. 덥다, 더워. 넌 안 덥냐? 뭐, 하긴 빌라도 달아오르긴 했을 거야? 그치?"

유림을 두고 하는 말이리라. 아무리 그림이 중간에 끼여 있다 해도, 자신의 빌라에 무려 동거까지 허락한 건 평소의 류한준답지 않은 일이라고, 재완도 여기고 있는 것일 테지.

빙글거리며, 짓궂게 웃으며, 모든 게 궁금하다는 투로 재완이 다시 입을 열었다.

"캬. 내가 사는 아파트에도 누가 안 들어오려나? 아침부터 밤까지 풀코스로 서비스할 텐데."

"뭐가 궁금한 거지?"

우뚝, 보관실을 눈앞에 둔 계단 위에서 한준이 걸음을 멈추었다. 따라서 멈춘 재완은 여전히 짓궂은 미소를 풀지 않고 있었다.

"우리 전무님한테 궁금한 게 하나 있긴 하지."

"말을 하지 그래?"

"어때? 김유림이랑은? 재미는 좀 보셨어?"

재완이 얼굴을 들이밀며 음성을 낮추어 물었다. 가늘게 뜬 눈은 마치 한준의 표정 하나하나를 놓치지 않겠다는 투다.

세상의 모든 남자들이 자신처럼 여자에게 미치는 존재라고 생각하는 재완을 향해, 한준이 나직이 되물었다. 고개를 삐뚜름하게 기울인 채였다.

"어땠을 것 같은데?"

"내가 네 녀석을 모르냐? 보나 마나 재미없는 말만 골라하며 무뚝뚝하게 대했겠지. 철저하게 무시했을 거야, 없는 사람 취급하면서. 내 말 맞지?"

"정확하게 봤군."

"예쁜 여자를 옆에 두고도 얼굴색 하나 안 변하는 희한한 놈.

하늘 아래 저만 아는 이기적인 놈."

"자아가 강한 거지 이기적인 게 아냐."

곧 죽어도 자신은 다르다는 한준의 자존심에 재완은 아연해했다.

질리도록 냉정한 녀석. 그 위치에서 쉽게 가질 수 있고 쉽게 누릴 수 있는 것들, 대표적으로 여자라는 것에 혀가 내둘릴 정도로 무심했다. 좋게 보면 자기 관리가 뛰어난 것이고 나쁘게 생각하면 여유가 없다는 것이다.

그런 삶의 한가운데에 서서 살아가고 있는 친구의 모습은 가끔 안쓰럽기도 했지만, 재완은 그런 한준을 일면 이해하고 있었다.

언제 깨질지 알 수 없는 얇은 얼음장 위를 위태롭게 걸어가고 있는 한준으로서는, 혹여 그 얼음장이 깨어져도 너무 아래로 가라앉지 않게 최선을 다하고 있는 것이다.

여자든 혹은 그 어떤 무엇이든, 그래서 쉽게 곁을 내어 주지 않고 쉽게 마음을 열지도 않는다. 아연해하던 재완의 눈빛은 차츰 우정에서 연민으로 번져 가고 있었다.

"히야. 이걸 언제 다 정리해?"

30평쯤 되는 넓은 보관실은 사들여 온 일만 여점의 그림들로 빼곡했다. 에어컨이 아직 설치되지 않은 유일한 곳이라, 먼지와 후덥지근한 습기가 더운 공기와 맞물려 숨통을 죄었다. 재완이 손으로 먼지를 휘 쳐내 가며 입을 열었다.

"누군지 모르겠지만 죽어날 거야. 작가별 시대별로 모작과 진작을 구분 분류해야지. 그거 다하고 나면 다시 제목을 알파벳이랑 가나다순으로 정리해야지."

"그래. 죽어나겠지."

한준은 두어 걸음 안으로 들어가 보관실을 훑었다. 지금은 어슴푸레 어둠 속에 있지만 모두 평균 이상의 가치를 지니고 있는 물건들이다. 여기에 [스타]가 합쳐진다면 향후 최소한 3년간은 갤러리에 돈을 벌어다 주게 될 것이다.

"근데 지금 실무진들 워크숍 가 있잖아. 돌아오면 내가 지시를 내릴게. 우린 나가자, 전무님."

"지금 시작해. 윤 비서."

한준이 재킷을 벗으려하자 재완이 휙 돌아보았다. 일거리를 눈앞에 두고 가만있지 못하는 한준의 스타일을 알기에 얼마쯤 불안감을 느껴 서둘러 돌아서려 했지만, 예상대로 한준이 걸음을 막았다.

재완이 설마, 하는 얼굴로 그를 쳐다보았다.

"뭘요? 전무님?"

"실무진들이 돌아올 때까지 기다리면 늦어. 노는 손이 해야 하지 않겠어?"

"이봐, 전무님아. 이거 최소한 일주일짜리야. 게다가 우린 본사 그룹 업무도 있다고."

"오늘부터 퇴근 후에 달려와서 밤새 매달리면 사흘 안에 끝낼 수 있어. 명색이 갤러리 업무를 담당하면서, 손으로 직접 그림 한 점 안 만지고 시작할 순 없지 않겠어?"

"전무야. 너 나 죽는 꼴 못 봐서 환장했지? 어? 북망산천에 내가 누울 돗자리 깔고 있는 중이지? 어?"

"일당을 원해? 두둑하게 쳐 주지."

실긋 입꼬리를 끌어 올리는 표정이 사람 목 조르기 직전의 살인자 같아, 재완은 저도 모르게 목을 벅벅 긁었다. 어쩔 수 없다. 여기서 도망쳐 본들 몇 초도 지나지 않아 이 녀석에게 멱살을 잡혀 질질 끌려오고 말 것이다.

하아, 이 많은 걸. 재완이 넋을 잃고 입술을 벙싯거리는 사이 한준은 벗은 재킷을 보관실 밖 난간에 걸어 두고 다시 들어왔다. 와이셔츠 소매를 걷어 올리며 액자 쪽으로 한 걸음 움직이는데, 거짓말처럼 유림이 머릿속에 들어앉았다.

이 작업은 재완이 말했듯 하루 이틀로 끝나지 않을 것이다. 당분간 그녀가 빌라에서 혼자 지내야 한다는 뜻이다.

한준은 허리를 세우고 발치로 더운 숨을 흘려보냈다. 답지 않게 가장 먼저 그녀의 안전이 염려되었다는 사실이 불편하다. 신경을 예민하게 갉아먹는 일이 하필이면 여자와 관련되었다는 것이 못내 못마땅했다.

"윤 비서, 넌 심부름 먼저 다녀와야겠어."

고개를 돌린 한준이 재완을 쳐다보았다. 곧 불만에 가득 찬 재완의 목소리가 보관실을 쩡쩡 울렸다.

"아, 또 무슨 심부름인데에에!"

☆ ★ ☆

분수대가 하얀색 물줄기를 뿜을 때마다 도서관 앞마당 바닥이 물기로 번들거렸다. 젖은 바닥은 분수대가 숨 고르기를 하는 사이 마른 공기의 습격을 받고 다시 메말라 갔다.

간간이 지나가는 사람들의 손부채질이 무색하게, 바람이 한차례 일기도 했다. 여름날의 초저녁이 그런 평화로운 정경과 함께 흘러가고 있었다.

열람실에서 두 시간을 머물다 머리를 식히기 위해 밖으로 나온 유림은 등나무 넝쿨이 천장을 가득 메우고 있는 야외 벤치에 앉아 있었다. 잔잔한 바람 때문에 생각했던 것보다 덥지 않았다.

들고 나온 전공 책에서 시선을 떼어 내고 도롯가 쪽으로 고개를 돌렸다. 4차선 도로 건너에 화려한 외관을 자랑하는 빌라가 보였다.

당분간 그녀는 저 빌라와 이 도서관만 왕래해야 하는 안타까운 처지에 놓이게 됐지만, 이마저도 평화롭게 움직일 수 있음에 감사한다. 문영그룹 쪽에서 그녀를 찾아다니기 시작한 후부터 지금까지, 요 며칠 가장 안정적인 생활을 누리고 있었다.

하지만 병원 생활에 대한 그리움을 마냥 떨치진 못했다. 일이 있었고 사람이 있었고 그녀가 몸담을 수 있는 작업이 있었던 그때가, 오전 시간을 몽땅 수술장에 고스란히 갖다 바쳐도 전혀 피곤하지 않았던 그때가, 아직도 몸과 마음에 진득하게 남아 있었다.

언젠가 다시 돌아갈 수 있을 거란 확신도 요즘엔 엷어져 간다. 아니, 그런 확신이 있었나 싶다.

유림은 어깨를 으쓱한 후 다시 책으로 시선을 내렸다. 감상에 빠져 시간을 낭비하기엔 그녀에게 허락된 평화가 언제 끝날지 불분명했다.

"헤이. 유림 씨."

모든 잡념을 끊고 책에 집중한 지 십 분쯤 지났을까. 벤치 옆으로 그림자가 졌다. 고개를 드니 멀대같이 긴 얼굴이 환하게 웃고 있었다.

"어머, 안녕하세요."

"날도 더운데 밖에서 공부하고 있었어요? 소음인이신가 보네요."

재완은 손에 든 조그만 종이봉투를 테이블에 올린 후 유림의 맞은편에 앉아 그녀가 들여다보고 있던 책을 스치듯 스윽 본 후 다시 고개를 들었다. 이 시간에 어떻게 여길 온 건가 싶은 궁금증이 그녀의 얼굴 가득 스치는 것을 보았다.

"머리 식히러 나온 거예요. 책은 그냥 습관적으로 들고 나온 거구요. 그런데 여긴 어떻게…… 저 여기 있는 거 어떻게 아셨어요?"

"척 하면 척 아니겠어요?"

재완은 피곤한 얼굴로 종이봉투를 그녀 쪽으로 밀었다. 장르를 따지지 않는 한준의 지시에 적잖이 지친 그는 이 자리를 어서 마무리하고 시원한 맥주라도 들이켜고 싶었다.

재완은 종이봉투 안에서 핸드폰이 든 박스를 꺼내고 있는 유림을 보며 다시 입을 열었다.

"전무님이 유림 씨한테 다녀오라고 시킨 거예요. 핸드폰인데 무난하게 흰색으로 골랐어요. 괜찮죠?"

"……이걸 왜요?"

"그거야 나도 모르죠. 전무님이 시킨 거라니까요. 혹시 무슨 문제가 있으면 그걸로 전화하라는 뜻이겠죠."

박스 안에서 꺼낸 흰색 핸드폰을 가만히 들여다보던 유림은 어제 저녁 식사 자리에서 한준과 함께 핸드폰에 대한 얘길 나누었던 사실을 상기하며 눈을 껌뻑거렸다.

머릿속에서 풍선 주머니 하나가 확 터진 듯했다. 그가 제게 왜 이런 배려를, 이라는 의심이 아니라 의외의 일에 대한 당황스러움이 먼저였다.

"그리고 오늘부터 며칠간 한준이 집에 못 들어갈 거예요. 알고 계시는 게 나을 것 같아서."

멍해진 눈빛으로 핸드폰을 들여다보던 유림이 고개를 들었다. 많이 바쁜가. 건조한 눈빛을 하고 생각에 잠겼지만 어딘가 마음 한구석이 싸해지는 것은 어쩔 수 없었다.

"아, 그……래요?"

"그런 녀석하고 함께 지내는 거 곤욕이죠? 나 유림 씨 마음, 다 이해합니다. 우린 동병상련이에요. 같은 대상 때문에 하루하루가 고달프죠. 내 말이 맞죠?"

"그 정돈 아닌데요. 얼굴 부딪힐 일이 별로 없어요."

"하! 좀 더 시간이 지나 보세요. 아닐걸요. 그 녀석이 원체 삐뚤어졌어야 말이죠. 성장할 때부터 어딘가 한 부분이 고장 난 녀석이에요. 사춘기? 성장통? 그딴 것들도 비켜 갔다니까요. 그래서 그래요. 유림 씨가 이해하셔야 돼요. 그래야 무사할 겁니다. 암요."

"그 사람한테 무슨 문제라도 있는 거예요?"

얘길 들어 보면 두 사람은 제법 오랜 시간 친분을 다져온 사이 같다. 이 멀대나, 그 사람이나 서로에게 면박을 주는 것에 익숙하지만 속내를 들여다보면 짙은 우정이 자리하고 있을 것 같은, 그런 긴 세월이 느껴졌다.

그래서 그에게 무슨 문제라도 있는 거냐고 농담처럼 물을 수 있었던 것이다.

"성질이 더럽단 얘기죠, 한마디로."

"고자질할까 보다."

"하시든가요!"

더없이 높은 톤으로 재완이 소리쳤다. 그 기세에 유림은 흘깃 어깨를 뒤로 빼면서도 손안에 든 핸드폰을 놓지 않았다. 인지하지 못하는 순간순간에도 핸드폰의 표면을 쓸고 또 쓸었다.

"그래서 안쓰러운 녀석이죠."

귀를 기울이지 않으면 듣지 못했을 혼잣말이 재완의 입에서 새어 나왔다. 유림은 듣지 못한 척해 주기로 하고 작게 웃음만 흘렸다. 책에 잠시 눈을 둔 재완이 무심하게 묻자, 유림이 고개를 들었다.

"병원 일은 그러니까…… 그 사람들 때문에 그만두신 거예요?"

"네. 하지만 언젠가 다시 돌아갈 거라서 감을 잃지 않으려고 계속 공부하고 있어요."

재완이 알아들은 듯 고개를 끄덕였지만 이해하는 것 같지는 않다. 괜스레 무안해져 유림은 자기 험담을 늘어놓았다.

"저 한심하죠? 할 수 있는 게 없어 비겁하게 도망이나 다니고 있어요."

"전혀요. 뭐, 사람 사는 게 다 똑같진 않으니까요. 이렇게 사는 사람도 있고, 저렇게 사는 사람도 있죠. 게다가 그런 유림 씨 덕분에 한준이가 원하는 걸 얻었잖아요. 아, 이건 좀 아닌가?"

유림의 상황을 한준의 일과 연관시킨 것이 미안했는지 재완이 어색하게 웃었다.

"아뇨. 사실인걸요. 고마워요, 재완 씨."

목소리는 자조적이었지만 표정은 그렇지 않았다. 손바닥 안에 가득 찬 핸드폰의 느낌처럼, 그녀의 마음도 매우 오랜만에 알 수 없는 무언가로 가득한 기분이었다.

재완이 떠난 후 곧장 빌라로 돌아온 유림은 거실 한가운데에 잠시 멈추어 섰다. 그녀에겐 적막한 공간이 아직 익숙하지 않다. 이토록 넓은 곳도 이렇게나 쓸쓸한 시간도.

그는 대체 얼마나 오랫동안 이렇게 살아온 것일까. 주머니에 든 핸드폰이 묵직했다. 그것을 꺼내어 화면을 켜 보았다. 환한 빛이 얼굴을 비춘다. 유림의 눈이 가늘게 휘어졌다.

보호받고 있다는 느낌.

엄마가 돌아가신 이후로 처음 느껴 본 충만함이었다. 수진과 도피 생활을 하면서 늘 불안했던 모난 가슴이, 이 핸드폰 하나로 부드럽게 마모가 된 기분이었다.

그러니까 이건 단순한 핸드폰이 아니라, 그녀를 보호하겠다는 그의 마음인 것이다. 주제 넘는다고 해도 좋고 오버센스라고 나무라도 상관없었다. 어떻게 생각하든 마음은 그녀의 것이니까.

지이잉—

"엄마야!"

좋아진 기분에 걸음을 옮기려는데 별안간 핸드폰이 제 몸을 떨어 댔다. 놀란 가슴을 쓸어내린 유림은 황급히 핸드폰을 내려다보았다. 액정이 생소한 번호를 내보내고 있었다.

'뭐지?' 하며 의구심에 고개를 갸웃거리던 유림은 이 핸드폰의 존재를 알고 있는 사람이 한준과 재완뿐이라는 사실을 깨닫고 곧 통화 버튼을 눌렀다.

"여보세요?"

— 내 번호니까 저장해 둬요.

"네? 그쪽…… 류한준 씨?"

툭. 삐이—

말이 끝나기도 전에 통화가 종료되었다. 유림은 황당한 얼굴이 되어 이미 빛이 빠져나간 액정만 쳐다보았다. 통화 시간 10초. 실소만 났다.

"저 할 말만 하고 끊어…… 재미없게."

☆ ★ ☆

계기판의 시계가 밤 10시를 넘기고 있었다. 까만 여름밤. 빌라로 향하는 차 안엔 팝 발라드가 조용히 흐르고 있었다. 한준은 에어컨을 끄고 창문을 내렸다.

순식간에 불어닥친 후텁지근한 바람이 이마로 머리칼을 나부끼게 했다. 팔꿈치까지 걷어 올린 와이셔츠 소매 단과 조금 끌어 내린 넥타이가 바람에 가볍게 흔들렸다.

빌라 건물이 눈에 보이자 한준은 점검하듯 다시 한 번 백미러를 응시했다. 갤러리에서 나올 때부터 그의 차를 쫓던 검은색 세단이 여전히 꼬리처럼 뒤에 붙어 있었다. 의심스러운 눈빛으로 뒤에 따라붙는 차를 문영그룹 쪽이라 짐작하고 있었다.

"흐음."

핸들에 얹은 손가락을 까딱거렸다. 짐작은 짐작일 뿐, 섣부른 판단으로 회사 간 유대를 흔들 순 없어 잠시 생각에 잠긴 그는 이윽고 느긋하게 핸들을 돌렸다.

주차장으로 가지 않고 건물 앞에 차를 멈춰 세워 보기로 했다.

저 차가 미행의 목적이 아니라면 일말의 동요도 없이 그대로 직진할 것이다.

추측을 끝낸 한준은 서행을 하며 빌라 건물 앞에 차를 멈추었다. 룸미러를 보니 뒤에서 따라오던 세단은 속도를 멈추지 않고 그의 차를 지나쳤다.

한준은 입꼬리를 비틀며 시야에 환하게 잡혀 오는 차량의 뒤쪽 번호판을 보았다. 짐작이 빗나간 건가.

의심을 한숨과 함께 털어 낸 한준은 그 차가 눈에 보이지 않을 때까지 주시하다가 다시 핸들에 손을 얹었다.

주차장을 향해 미끄러져 들어가는 속도는 느릿했다. 주차장에 차를 세우고 승강기를 타고 빌라 안에 들어서자, 검은 적막이 그를 맞이했다. 어두운 거실에 올라 불을 켠 한준은 가장 먼저 주방에 들어가 물을 들이켰다.

누가 사용한 흔적도 없이 깨끗한 주방이 새삼스럽다. 그녀는 여기서 식사를 했을까.

거실로 다시 나온 한준은 윗도리와 가방을 테이블에 놓아둔 후, 방으로 들어가는 대신 소파에 길게 누웠다. 이마에 손등을 얹고 기다란 다리를 꼰 채 눈앞에 보이는 2층 난간을 응시했다.

사흘 만이었다.

일주일을 예상했던 보관실 작업은 재완의 투덜거림을 끈질기게 모른 척함으로써 비교적 일찍 끝낼 수가 있었다. 피곤이 당연하게 묻은 몸이다. 여기저기 근육이 뭉쳐진 상태였다.

하지만 2층의 난간만큼은 매우 뚜렷하게 시야에 담겼다. 잘 지냈는지, 그가 없는 사이 무슨 일이 있지는 않았는지, 식사는 잘 했는지. 그런 시시콜콜한 안부를 부드럽게 물어볼 생각은 애초부터 없었다.

대신에 머릿속을 지배한 건 문영그룹에게 절박한 존재인 그녀가 과연 그녀의 뜻대로, 마음이 가는 대로 가슴이 하자고 하는 대로 살아가고 싶다는 허세를 앞으로도 부릴 수 있을까 하는 의심이었다.

그리고 그들이 던진 검은 그물은 유림이 벗어나려 발버둥을 칠 때마다 더욱 옥죄어 올 텐데, 그것을 그녀가 헤쳐 나갈 수 있을까, 하는 씁쓸함이었다. 결국 현실은 그다지 녹록하지 않을 테니까.

'보호'라고 칭했지만 그가 해 줄 수 있는 건 핸드폰, 거기까지였다. 그가 그은 선은 경계가 매우 뚜렷했고 분명했다.

"잘해 보라고. 허세덩이 아가씨."

2층에 눈을 둔 채 조소하며 중얼거린 한준은 문득 들려온 기척에 옆쪽으로 고개를 돌렸다. 주방 옆, 욕실의 문이 열린 건 그 후였다. 젖가슴부터 허벅지까지 하얀색 타월을 두르고 욕실을 나선 여자에게선 멀리서도 찬기가 확 끼쳐 오는 듯했다.

한준은 눈썹을 비틀며 그녀를 응시했다. 욕실 조명의 역광을 받아 투명한 물기가 번들거리는 어깨선, 타월 위 볼록하게 솟은 젖가슴과 늘씬하게 뻗은 다리에 무의식적으로 시선을 꽂았다.

바닥에 붙은 작은 발까지 샅샅이 훑은 시선을 다시 들어 올린 한준이 마지막으로 본 건, 그를 발견한 채 놀란 입술을 벙싯거리고 있는 그녀였다.

6
매너가 사람을 만든다

"미쳐 진짜! 일주일 동안 안 온다며!"

유림은 젖은 머리칼을 감싸고 있던 수건을 방바닥에 던지며, 침대 끝에 걸터앉았다. 치욕스럽게 다문 입술을 부르트도록 짓씹으며 방바닥으로 물기가 뚝뚝 떨어지는 것도 모르고 젖은 머리칼 속으로 손가락을 집어넣은 채 마구 헝클었다.

집요하게 따라붙는 그의 시선을 피하고자 겨우 2층으로 올라왔지만, 계단에서 걸음을 삐걱거릴 정도로 당황해 있었다.

"하아……."

유림은 천천히 고개를 들었다. 하얗게 핏기가 빠져나간 얼굴은 여전히 창백했다. 두방망이질 치는 가슴을 다독거릴 새도 없이 몸을 일으킨 그녀는 쭈뼛쭈뼛 전신 거울 앞에 섰다.

타월이 감싸고 있는 자신의 몸을 꼼꼼하게 훑었다. 가슴선의 굴곡이 조금 도드라져 보이고 허벅지가 과도하게 드러나 있긴 하지만 그다지 볼썽사나울 정도는 아니라고 자평했다.

"그래도 주요 부위는 안 보였잖아. 이 정도는 텔레비전만 켜도 볼 수 있는 수준이야."

유림은 확고하게 단언하며 고개를 끄덕였다.

"괜찮아. 됐어. 철판 까는 거야. 넌 할 수 있어."

이렇게 마음을 달리 먹고 보니, 그를 피해 도망치듯 올라온 것이 자못 후회가 되었다. 당당할 필요까지는 없었지만 뒷걸음칠 일도 아니었는데, 괜스레 어색한 분위기만 조성한 게 아닌가 싶어 심난해진 것이다.

아무래도 다시 내려가 그를 만나야 할 것 같았다. 유림은 책상 위에 세워 둔 립글로스 집어 들고 입술에 간단히 바른 후 서둘러 옷을 갈아입었다.

1층으로 내려가는 계단에서 유림은 여전히 거실 소파에 길게 누워 있는 한준을 보았다. 어두운 가운데 커튼을 열어 둔 창에서 쏟아지는 파란 달빛이 남자의 전신을 은은하게 어루만지고 있었다. 유림은 잠시 걸음을 멈추었다.

넓고 어두운 그리고 조용한 공간에 홀로 있는 그에게서 압도적인 고독감이 느껴졌다.

사실 그는 며칠 동안 쌓인 피곤을 내려놓으며 휴식을 취하고 있는 걸 텐데도, 유림은 그에게서 맡은 외로움의 냄새에 어찌할 줄을 모르고 숨만 크게 들이쉬었다.

그의 모습이, 컴컴한 곳에서 늘 웅크리고 지냈던 자신의 모습과 닿아 있다고 여긴 탓이었다.

그녀는 감히 올려다볼 수도 없는 세상에서, 감히 상상하지도 못할 생활을 하고 있을 그에게서, 왜 그녀 자신의 모습을 들여다보게 됐는지 알 수가 없다. 씁쓸한 입맛을 다시며 발걸음을 돌리려는데 굵직하고 낮은 쉬어 버린 음성이 들려왔다.

"1층엔 내려오지 말라고 했을 텐데."

두 발이 그의 한 마디에 움찔거렸다. 유림은 돌아서려던 마음을 잡고 계단 아래로 내려갔다. 그는 1층으로 내려오지 말라고 했지만 지금이 아니면 풀 수 없을 어색함이 분명히 있었다.

"할 말이 있어서요."

그가 누운 소파 앞에서 걸음을 멈춘 유림이 조심스럽게 입을 열었다. 눈을 감고 있는 그를 슬쩍 훔쳐보았지만 그에게선 별다른 미동이 느껴지지 않았다.

"우선, 핸드폰 고마워요. 별로 사용할 일은 없을 것 같지만 그래도 비상시엔 도움이 될 거예요. 그리고…… 욕실을 쓴 건 정말 미안해요. 그쪽도 알겠지만 2층 방에 딸린 욕실이 워낙 좁고…… 또…… 그쪽은 며칠간 집에 오지 않을 걸로 알고 있었고…… 또 너무 더웠고……."

"하고 싶은 말이 뭐지?"

한준은 반쯤 눈을 뜨며 나른한 음성을 끌어내었다. 파란 달빛이 비쳐 든 여자의 얼굴이 자신을 내려다보고 있었다. 주저하며 말을 더듬는 모습을 보니 좀 전의 일에 대해 어지간히 마음에 맺혀 있었던 모양이다.

"그러니까 좀 전의 일은 별거 아니라고 생각해 줘요. 뭐, 사실 정말로 별일은 아니니까."

"착각은 안 하는 게 좋아. 난 당신의 어떤 것에도 흥미가 없어."

차갑게 선을 그으며 한준은 몸을 일으켰다. 방으로 걸음을 옮기려는데 그를 막고 선 그녀의 표정이 심상치 않아 보인다. 한준은 바지 주머니에 두 손을 집어넣은 채 삐딱하게 고개를 기울였다.

"표정이 왜 그러실까?"

"좋아요. 이왕 이렇게 된 거 하고 싶은 말 좀 할게요."

유림은 아까 계단에서 그를 향해 쓸데없이 발동되었던 연민의 감정을 밀어 넣고, 야멸친 시선으로 올려다보았다. 당신의 어떤 것에도 흥미가 없다는 말에 발끈한 건 절대 아니라고 생각하면서, 그의 얼굴에 드리워진 조소 따위에 두려워하지 않으리라 결심하면서, 자존심을 세우듯 등을 곧추세웠다.

"그쪽이 나한테 하는 말투 상당히 불쾌해요. 반말까진 참을 수 있는데 멸시하는 것 같은 말투, 그건 못 참겠어요."

"못 참겠으면?"

"시정해 줘요. 내가 당신한테 얹혀사는 사람은 맞지만 정당한 대가를 지불했어요. 아무리 귀찮은 존재라도 그건 매너가 아니죠. 상대방이 불쾌하게 느낀다면 당신한테 문제가 있는 거예요."

종알거리는 여자의 입술은 오늘도 반짝거렸다. 긴장하며 방 안에서 거울을 들여다보았을 그녀의 행동이 상상이 되자 핏, 하고 비소가 터졌다. 놀리듯 집요하게 그녀를 보던 한준은 상체를 숙여 그녀의 얼굴 가까이에 제 얼굴을 들이대었다.

지척에 놓인 그의 나른한 눈빛에, 유림은 당황하여 순간적으로 얼굴을 뒤로 내뺐다. 얽혀 든 시선을 피하지 않은 채 그가 입꼬리를 살짝 올리는 것이 보였다. 동시에 그녀의 심장도 한껏 치올랐다가 내려왔다.

"립글로스를 또 발랐군."

이 남자, 가끔 사람 가슴을 서늘하게 만든다. 숨이 막히게 한다. 말문까지 틀어막으며 머릿속을 하얗게 비워지게 만든다. 바로 지금처럼.

유림은 마른침을 목으로 넘기며 자신이 긴장했다는 것을 그가 알고 있는 것에 자존심이 상했다. 하지만 이어진 그의 말에 상한 자존심보다 더 큰 어떤 감정이 치받쳤다.

"매너란, 나한테 가치가 있을 만한 사람에게 베푸는 거지. 당신과의 한시적인 인연에 굳이 매너까지 베풀어야 할까?"

한시적. 그 한 마디는 유림으로 하여금 자신의 현실을 일깨웠다. 아주 잠시, 몸과 마음이 편해졌다고 이곳이 영원한 안식처라도 된 양 굴고 있는 자신의 비참한 현실을.

"내가 그랬죠. 류한준 씨는 사람한테 상처 주는 것에 일가견이 있다고."

그래서 그 현실을 새삼 일깨워 준 그가 얄밉고 야속해졌다.

"이제 보니 그건 일가견이 아니라, 그냥 버릇이군요. 아무리 노력해도 고쳐지지 않는."

유림은 그의 입에서 또 다른 독설이 나올까 두려워 황급히 돌아섰다. 계단으로 오르는 걸음도 속도를 빨리했다.

한준은 유림의 발소리를 들으며 돌아서 방으로 들어갔다. 좀 전까지 빈정거림이 가득한 만면이 무섭도록 깊게 일그러졌다. 시선을 아래로 떨어뜨렸다. 바지춤 사이에 불룩 솟아 있는 이물감이 그를 불쾌하게 만들었다.

"돌았군."

유림의 나신을 보고 반응해 버린 사실이 믿기지 않아 손바닥으로 거칠게 얼굴을 쓸어내렸다. 그녀가 알아채지 못한 것이 천만다행이라 여기며, 한준은 욕실로 걸음을 옮겼다.

지금 당장 억눌린 이 욕구를 어떻게든 분출시켜야 했다. 인정할 수 없는 욕망을 불쾌해하는 한준의 입에선 뜨거운 숨결이 갈라져 쏟아졌다.

☆ ★ ☆

"오늘도 도서관에 갈 건가?"

얼음 덩어리가 든 냉수를 마시던 한준은 등 뒤에서 들려오는 발소리에 돌아보지도 않고 물었다. 어제의 순간적인 욕망 따위는 다

잊은 것처럼, 욕실에서 했던 마스터베이션 따위는 다 잊은 것처럼, 아무렇지도 않게 목소리를 내었다.

"네. 좀 있다가요."

유림은 컵을 들고 정수기로 다가가며 대답했다. 그의 아침 식사 시간인 것을 알지만 칼칼해진 목을 달래야 해서 어쩔 수 없이 내려왔다.

식탁엔 아침 식사가 차려져 있었고, 거기엔 수저가 한 벌만 놓여 있다. 유림은 그것들을 스윽 눈으로 훑으며 어젯밤에 이어 씁쓸한 기분이 되었다.

"그럼 올라갈게요. 식사하세요."

컵을 내려놓고 주방을 나서려는데 그의 음성이 걸음을 방해했다.

"앞으로 식사 같이하지. 아침밥을 거르는 스타일이 아니라면."

유림은 잘못 들은 건가 싶어 그를 향해 홱 돌아섰다. 물을 다 마신 한준도 그녀를 쳐다봤다. 하지만 그녀와 마주한 순간에, 다 잊은 것 같았던 어젯밤의 열기가 재차 그를 멈칫하게 만들었다.

수건으로 가렸던 그녀의 몸이 생생하게 떠올라 당혹스러웠다. 사춘기 남학생의 어설픈 두근거림도 아니고 도대체 이게 무슨 빌어먹을 상황인지.

"표정이 왜 그래요? 함께 식사 안 할 테니까 억지로 그러지 마요."

유림은 한준을 빤히 쳐다보았다. 앞으로 함께 식사하자는 말에 그렇지 않아도 놀라 기겁하겠는데 저런 표정이라니. 분명히 마음에도 없는 말을 신사인 척 내뱉고 있는 거다.

"앉아."

하지만 그는 완강했다. 유림이 동의하고 의자에 앉기도 전에 그녀 몫의 수저를 챙겨 식탁에 놓았다. 유림은 배가 고프지 않았지만, 내키지 않는 척하고선 냅다 의자에 앉았다. 식사 그 자체보다도, 그저 사람이 고팠나 보다.

"오늘 [스타]와 관련해서 계약서를 작성하게 될 거야. 나중에 연락할 테니까 그때 다시 얘기하지."

"좋아요."

"당신이야말로 표정이 왜 그런 거지? 밥을 먹자는 건지 밥을 앞에 놓고 울자는 건지, 알 수가 없군."

젓가락으로 밥알을 푹푹 쑤셔만 대는 것을 본 걸까. 유림은 슬쩍 그를 보곤 다시 시선을 내렸다.

"신경 쓰지 마요."

"물론 신경은 쓰지 않지. 다만 아침 식사 시간을 좀 더 상쾌하게 보내고 싶을 뿐이야."

"아주 잠시 내 처지를 잊고 있다가 새삼 깨닫게 되어서 그래요. 언젠가 나는 다시 쫓기는 몸이 될 거라는 걸 아주 잠시 잊고 있었어요."

"그 생활을 택한 건 당신 자신 아니었나?"

"택했다기보다는 어쩔 수 없었던 거죠. 그렇게 말하니 꼭 나 자신이 문제 같잖아요. 내가 아니라 내 주변이 문제인 건데."

"어쩔 수 없는 일이라는 건 없어. 모든 건 의지에 따라 달라지지. 당신은 당신 스스로를 홀로 지킬 줄 알아야 해."

야단치듯 그가 말했다. 얼마쯤 야속한 말이었다. 최선을 다해도 의지대로 되지 않는 일도 있다는 것을, 성공 가도만 달려온 그가 알 리 없을 것이다. 태어나자마자 완벽한 세상이 준비되어 있고, 그것만 좇아 살아왔을 그가 이해할 리 없다.

"맞아요. 그러네요. 근데…… 여기에 있는 동안에는 그쪽한테 기대고 싶어요. 그러니까 다시는 '한시적'이라는 말, 하지 말아 줘요."

유림은 밥그릇에 시선을 둔 채 말했다. 하여 그가 어떤 표정을 지었는지는 알 수 없었다. 그녀의 말에 한준의 눈빛이 어떻게 미묘하게 달라졌는지 전혀 알지 못했다.

☆ ★ ☆

점심시간이 지나고 재완이 서류 봉투를 들고 전무실로 들어왔다. 휘파람을 불며 건들건들한 자세를 유지하고선, 게슴츠레 뜬 눈으로 한준에게 시선을 꽂았다.

"계약서."

재완은 봉투를 한준의 책상에 올려놓은 후 그의 표정을 살폈다. 살핀다기보다는 확인에 가까운 눈빛을 하고 다시 입을 뗐다.

"오늘 저녁에 별다른 일정은 없어. 난 정시에 퇴근할 겁니다. 전무님."

"마음대로."

"그럼 계약서 작성은 내일 할 거야?"

"아니, 오후에. 두 시간 정도 자리 비울 거야. 그렇게 알아 둬."

재완은 고개를 갸웃거렸다. 의혹에 찬 시선이 계약서를 들여다보고 있는 한준을 향했다.

당장 해치워야 할 일이 아닌 것에 절대 시간을 내지 않는 한준이, 무려 두 시간이나 자리를 비우겠다는 말에 어쩐지 다른 이유가 있음을 직감한 것이다. 십수 년을 알아 온 친구의 표정을 알아채지 못할 리가 없었다. 그러고 보니 오늘은 아침부터 유난히 몸이 가벼워 보이긴 했다.

"우리 전무님 오늘 좋은 일이 있으신가? 며칠 동안 과로한 탓에 비서는 응급실에 실려 갈 뻔했는데, 상사께서는 너무 팔팔하신데? 이유가 뭘까나. 집에 우렁각시 숨겨 두고 몸보신이라도 하시나?"

재완의 비아냥거림에 한준이 슬쩍 눈을 치떴다. 재완이 유림을 두고 놀리고 있다는 것을 알고 있었다. 아주 잠깐, 그야말로 눈 깜짝할 사이에 무언가가 가슴을 휙 긋고 지나가는 느낌이 들어 인상을 찡그렸다. 한준은 다시 시선을 내렸다.

"그랬으면 좋겠지만 내 집에 있는 건 애석하게도 우렁각시가 아니라 고약한 팥쥐야."

"팥쥐?"

"그만 나가 봐."

"흐음. 우리 전무님은 곤란해질 때마다 그만 나가보라고 하시곤 하지요."

"뭘 원하는 거지?"

한준이 불쾌감에 다시 눈을 치뜨자, 재완은 알아서 기는 시늉을 하다가 피식 웃고는 자리를 떴다. 문이 닫히자 한준은 치뜬 눈을 가만히 내렸다. 재완의 비꼼에 신랄하게 맞서지 못한 찝찝한 이유에 대해 생각하다가 핸드폰을 끌어 왔다.

간단히 누른 버튼, 그리고 짧은 신호 끝에 들려온 '여보세요.' 라는 가늘고 여린 목소리.

그 순간에, 우습게도 그쪽한테 기대고 싶으니 다시는 한시적이라는 말을 하지 말아 달라는 아침 식탁에서의 그녀가 떠올랐다. 묘한 감정. 막다른 곳에 갇혀, 살기 위해 발버둥 치며 손을 내밀고 있는 모습이 흡사 자신 같아서, 한준은 아무 대꾸도 하지 못했었다.

그 유대감이 '여보세요.' 라는 그녀의 음성을 들었을 때 재차 그의 가슴을 휙 긋고 지나갔다.

— 여보세요? 류한준 씨?

그녀가 다시 물어왔다. 한준의 입가에 비스듬히 미소가 그려진다.

"나인 걸 어떻게 알았을까."

— 나한테 전화할 사람이 그쪽 말고 누가 있다고.

"2시에 도서관 앞에 갈 테니까 내려와 있어."

― 네? 2시에 뭐요?

되묻는 그녀의 말을 잘라내듯, 한준은 통화를 끝냈다. 자동적으로 입가의 미소도 사라졌다. 대신에 그 자리에 씁쓸한 표정이 떠올랐다.

괜한 감정놀음이다. 어쭙잖은 동일시로 스스로를 나약하게 만들 필요는 없다. 그녀는 때가 되면 그의 세계에서 제 발로 나갈 사람이다. 연민이든 무엇이든, 섣부른 감정에 이끌려 일을 망칠 수는 없다는 생각이 들었다.

한준은 헤드에 뒷머리를 기대었다. 긴 한숨이 나가 더운 공기에 엉겨 붙는다. 그럼에도 불구하고 그녀와 만나기로 한 2시라는 시간에 신경이 가는 건 왜인지 알 수 없었다.

"팥쥐라……."

확실히 그녀는 고약하다. 그리고…….

"신데렐라이기도 하지."

당신은.

한준은 눈을 감고 밀려드는 피곤에 몸을 맡겼다. 그 와중에도 그는 신경을 예민하게 갉아먹는 한 가지 생각을 붙들고 있었다.

유리 구두를 집어 드는 순간, 나는 혼란에 빠지겠지.

멀리 도서관이 시야에 잡혀 왔다. 한준은 서행을 시작하며 도서

관 입구 언저리를 살폈다. 작열하는 태양빛 아래 인도는 텅 비어 있었지만, 입구에 홀로 서 있는 유림을 못 알아볼 리 없었다.

그녀는 가끔 손으로 가리개를 만들어 이쪽저쪽을 살피기도 하고 손부채질을 하기도 했다.

그런 모습만 보면 당최 위협의 그물 속에 갇힌 여자로는 보이지 않는다. 한여름의 대기처럼 투명하고 밝고 뜨거워서 옆에 있는 사람마저도 델 것 같은 아찔한 기분. 그녀의 원래 모습은 어떤 것일까.

거리가 더욱 좁혀지자, 그의 차를 알아본 유림이 이마에 얹은 손을 떼어 내고 이쪽을 바라봤다.

민소매 티셔츠에 짧은 반바지를 입은 그녀의 늘씬한 몸매는 어디에서나 눈에 띄었다. 자신도 모르게 단전에 힘이 들어가는 것을 느낀 한준은 헛기침으로 민망함을 무마시켰다.

까만색 유리창 때문에 차 안을 확인할 수 없을 텐데도 그녀의 시선은 한준의 시선과 정확하게 얽혔다. 그의 가슴이 다시 한 번 알싸하게 뜨거워졌다.

이해할 수 없는 감정적 변화에 스스로가 못마땅해진 한준은 가볍게 자조하면서 브레이크를 느리게 밟았다. 하지만 그녀의 앞에 가까이 차를 멈춰 세울 무렵, 갑자기 뒤쪽에서 검은색 승용차가 그의 차를 앞질러 유림의 앞에 섰다.

잠시, 한준도 유림도 낯선 차만 주시했다. 순간적으로 한준의 본능이 경고를 울린 건 그 후였다. 검은색 승용차의 조수석 문이 열리고, 그 속에서 뻗어 나온 기다란 팔이 유림의 팔목을 낚아챘다.

한준의 눈빛이 순식간에 달라졌다. 유림이 앞차의 조수석으로 빨려 들어가고 문이 닫히고 있었던 것이다. 차의 유리창은 짙게 선팅이 되어 있어 한준 쪽에선 유림의 존재를 더는 확인할 수 없었다.

아무 생각이 들지 않았다. 머릿속이 텅 비어 순간적으로 생각조차 굳어 버린 것이다.

하지만 그런 것도 잠시, 한준은 곧장 액셀을 힘껏 밟았다. 유림을 태우고 먼저 가 버린 차를 뒤쫓아 넓은 도로와 골목길을 집요하게 뒤따랐다. 언뜻 앞차의 뒷좌석에서 유림의 실루엣이 보일 때마다 그의 이마에 날카로운 힘줄이 튀어 올랐다.

"빌어먹을!"

다시 시작된 납득할 수 없는 감정놀음. 그녀를 구해야 한다는 절박함이 왜 치솟았는지 이유를 알 수 없었다.

이대로 외면해 버리면 그만인데, 어차피 그림이 손에 들어온 이상 그녀와의 거래 따위 가볍게 없던 일로 치부하면 끝인데.

그날 문영호 회장의 입원실 앞에서 눈물을 흘리던 그녀의 모습이 떠올라 액셀을 밟고 있는 발에 힘을 줄 수밖에 없었다. 깊은 상처를 가진 사람은 타인의 상처에 민감할 수밖에 없다. 그 자신이든, 그녀든.

앞서 4차선 도로를 달리던 차가 좁은 골목 쪽으로 방향을 틀었다. 시야를 넓혀 보니 저만치 앞 반대쪽 차선에서 오고 있는 경찰

차량을 피한 듯했다.

갑작스레 일어난 상황이었던 것이다. 한준은 어쩐지 쉽게 유림을 구할 수 있으리란 생각이 들어 역시나 차의 방향을 골목 쪽으로 몰았다.

골목의 초입에서 한준은 차를 멈추고 정면에서 벌어지고 있는 광경을 주시했다. 골목은 일방통행이었으며 막다른 곳이었다.

끝 지점에 집이 한 채 있었는데 대문 앞에는 차가 주차되어 있어, 유림이 탄 차는 더 이상 앞으로 나아가지 못하고 있었다. 다시 말해 유림의 차는 멈춘 채로 양쪽 차에 갇혀 버린 신세가 되어 버린 것이다.

한준은 차분하게 차에서 내렸다. 작열하는 태양빛 사이사이로 담을 넘어 뻗어 나온 가지 위의 매미가 힘차게 울고 있었다.

목을 조이고 있던 타이를 조금 느슨하게 풀어 내린 그는 유림이 탄 차로 다가갔다. 너무 짙어 내부가 보이지 않는 유리창을 주먹 쥐어 두드렸지만 안에선 아무런 기척도 들려오지 않았다.

아마도 저들끼리 의견이 분분할 것이다. 전 실장이 차에 탑승하고 있는지 아닌지 확신할 수는 없지만, 유림을 납치하는 과정에서 목격자가 있는 이상 저들이 계속 유림을 데리고 있을 수는 없을 것이다.

게다가 그 목격자가 한준이라면 전 실장은 사태의 심각성과 위험성을 아주 잘 인식하고 있으리라.

한참 만에 뒷문이 열렸다. 그러곤 유림이 '아악!' 하는 비명과 함께 내팽개쳐지듯 차 밖으로 던져졌다. 한준은 바닥으로 쓰러지려 하는 그녀를 다급히 안아 올렸고, 차 문이 닫히기 직전 불쑥 고개를 들이밀곤 한 마디를 던졌다.

"내일 보죠."

조수석에 앉아 있는 이의 뒤통수는 분명히 전 실장이었다. 오늘 일에 대한 책임과 이 사태에 대해 추궁을 하겠다는 한준의 선전포고인 셈이었다.

전 실장은 아무 대답이 없었다. 차 문은 그대로 닫혔고 골목에는 침묵이 내려앉았다.

한준은 제게 안겨 있는 유림을 물끄러미 내려다보았다. 많이 놀랐는지 힘겹게 숨을 이어 가고 있었다. 기운이 모두 빠진 그녀가 스르르 아래로 미끄러지려 하자 한준은 그녀의 허리를 힘껏 안았다.

그러곤 서둘러 제 차로 돌아와 뒷좌석에 그녀를 눕혔다. 정신을 잃은 것처럼 보이지는 않았지만 그녀는 확실히 충격을 많이 받은 듯해 보였다. 눈을 감은 채 온몸을 떨고 있었다. 한준은 땀이 맺힌 그녀의 이마와 볼을 차분하게 쓸어 준 후 차 문을 닫았다.

정신을 차렸을 때 유림은 자신이 한준의 등에 업혀 있다는 것을 깨달았다. 이곳이 2층에 있는 자신의 방으로 올라가는 계단이라는 것을 안 건, 그 후였다.

발목에서 극렬한 통증이 느껴져 유림은 잠시 이맛살을 찌푸렸다. 그러다가 다시 기운이 빠져 그의 등에 얼굴을 묻어 버렸다.

도서관 앞에서부터 지금까지, 유림은 아주 오랜 시간이 흐른 듯했다. 그들에게 둘러싸인 차 안에서 한때 정신을 잃었던 것 같기도 했고, 미친 듯이 고함을 지르기도 했던 것 같다.

하지만 그 와중에도 그녀가 뚜렷하게 인식하고 있었던 건 뒤에서 그가 따라오고 있다는 사실이었다. 그가 따라오고 있었다. 그녀를 위해서.

"입김을 아무리 불어도 가슴이 따뜻해지지 않았어요."

등에 파묻혀 웅얼대는 소리로, 유림이 입을 열었다. 무턱대고 나간 말소리에는 피곤과 충격이 아직도 고스란히 실려 무척 거칠었고 무거웠다. 세상의 끝에 매달려 있었던 조금 전의 순간을 상기하자 가슴이 치받쳐 어떤 말이든 내뱉고 싶어졌다.

한준은 느리게 계단을 오르던 걸음을 잠시 멈추었다. 등이 그녀의 입김으로 뜨거워졌다. 그녀가 말을 이어 갈 수 있도록 한준은 한동안 그 자리에 섰다.

"그래서 늘 다른 사람의 입김이 필요했어요. 절실하게."

문득 혼자였던 지난날들에 대한 서러움이 울컥 치솟았다. 친구인 수진에게도 털어놓을 수 없었던, 사무쳤던 외로움이 차갑게 식어 버린 가슴을 점령하던 그 시간.

텅 빈 방에서 혼자 울며 몸을 숨기곤 했던 그때가 왠지 모르게 가슴을 치고 갔다. 유림은 아직도 충격과 두려움에 떨리는 어깨를 억지로 진정시키며 다시 입을 열었다.

"고마워요. 오늘."

차의 뒷좌석에서 내내 그를 뒤돌아보았던 것을 선명하게 기억하고 있었다. 그가 포기하지 않고 이 차를 따라잡아 주기를, 자신을 찾아내어 주기를, 안아 주기를, 얼마나 바라고 절박하게 외쳤는지 모른다.

"말은 그만하지. 아직 기운이 없을 텐데."

그의 말소리가 등을 타고 울렸다. 유림은 그가 말한 대로 입을 꾹 다물었다. 다시 그의 발이 움직이고 2층에 있는 방에 들어설 때까지, 유림은 등을 통해 들리는 그의 심장 소리에만 귀를 기울이고 있었다.

한준은 그녀를 침대에 조심스럽게 눕혔다. 몸을 편 그는 꽉 말아 쥐고 있는 그녀의 두 손을 내려다보았다.

여전히 핏기가 가신 채로 창백한 얼굴과 바들바들 떨리는 어깨에 차례로 시선을 두다가 발목에 난 상처를 마지막으로 쳐다봤다. 아까 차에서 내려질 때 차 문에 부딪친 자국이었다.

상처에는 피가 응고되어 들러붙어 있었다. 서둘러 처치를 해야 할 듯하여 구급상자를 가지러 가기 위해 돌아서려는데, 유림이 팔을 붙잡는다.

"어딜 가는데요."

그렇게 묻는 그녀의 목소리에는 아직도 두려움이 뒤섞여 있었다. 한준은 그녀를 돌아보았다.

"약을 가져와야 해. 저거 안 보여?"

턱짓으로 발목을 가리키자 유림은 시선을 쭉 내려 제 발목을 내려다보았다. 상처가 깊은 모양인지 움직이기가 거북하기까지 했다.

그때부터 유림은 발목의 통증을 제대로 느끼기 시작했다. 좀 전까지의 두려움과 충격일랑 잠시 밀어 두고 고통에 인상을 찡그렸다.

한준은 스르르 힘이 빠져나가는 그녀의 손을 제자리에 얌전히 돌려놓은 후 방을 나섰다. 그리고 잠시 후 구급상자를 들고 다시 방에 들어선 순간, 그는 자신도 모르게 그 자리에 우뚝 서 버렸다.

어느새 상체를 일으킨 유림이 다친 쪽의 다리를 세운 후 상처를 들여다보고 있었던 것이다.

그 바람에 짧은 반바지 아래로 드러난 허벅지가 그의 시선을 교란시켰다. 새하얀 피부와 매끈하게 뻗은 다리는 남자의 욕망을 부추길 정도로 충분히 치명적이었다.

벌써부터 그의 머릿속에는 그녀의 벌어진 다리 사이를 헤매는 자신의 모습이 둥둥 떠다니고 있었다. 그 음흉한 상상은 유림이 고개를 돌려 이쪽을 보자 금세 멈추어졌다.

한준은 아무 일 없다는 듯 능숙하게 이성을 찾은 후 침대로 다가갔다. 그러자 유림이 약속이라도 한 듯 세웠던 다리를 펴 그의 치료를 기다렸다. 미끈한 다리가 육감적인 자태로 그의 눈을 다시금 현혹시킨다.

한준은 소독약과 연고, 그리고 붕대를 꺼낸 뒤 차분하게 치료를 하기 시작했다.

"전 실장, 맞아? 조수석에 타고 있던 사람."

한참을 치료에 몰두하던 한준이 불쑥 물었다. 그녀의 다리에만 고정되어 있는 신경을 분산시킬 무언가가 필요했다. 음탕한 야수가 고개를 쳐들지 않도록 단단히 벽을 쳐 줄 무언가가 필요했다.

한준은 시선을 흘깃 들어 그녀를 쳐다보았다. 유림은 잠시 놀란 눈을 하고 그를 마주했다.

"언제 본 거예요? 맞아요, 전 실장. 제가 확실하게 봤어요."

유림은 또다시 되살아나는 악몽 같은 그때의 기억에 어깨를 들썩일 정도로 크게 숨을 뱉어 냈다. 전 실장을 향해 욕설을 퍼붓고 악담을 했지만 전 실장은 말없이 묵묵히 앉아 있기만 했다.

"당신한테 다른 말은 안 했어?"

"차를 타고 가는 내내 별다른 말은 없었어요."

한준은 고개를 끄덕인 후 붕대를 감기 시작했다. 다문 입술은 차갑고 냉정해 보였다. 유림은 그를 뚫어지게 응시했다. 그는 무슨 계산을 하고 있는 걸까.

"무슨 생각을 하는 거예요?"

조심스럽게 묻자 그가 시선을 들었다.

"무슨 생각을 하고 있을 것 같아?"

"혹시나 해서 부탁하는 건데요. 오늘 일은 그냥 덮어 줘요. 드러내고 까발려서 내 존재까지 세상에 보이는 거 원치 않아요. 지금까지 그래 왔듯이 없는 듯 숨어서 살 거예요. 그런 후엔 당신한테도 말했지만 시간이 좀 지나 잠잠해지면 여기를 떠날 거구요. 드러내면…… 당신도 골치 아플 거예요."

"생각이 너무 많군."

"그래야 내가 사니까요."

한준은 유림의 한 마디에 입을 다물었다. 그녀는 간절해 보였다. 어떤 것도 드러내 놓고 할 수 없었을 그녀의 과거가, 그 표정 하나로 모두 보이는 것 같았다.

몸을 숨기며 마음까지 숨길 수밖에 없었을 그녀의 행동이 눈에 선연히 잡히는 것 같았다. 항상 날을 세웠던 평소와는 달리 목소리가 젖어 있는 그녀에게서 한준은 시선을 잠시 돌렸다.

회사로 다시 돌아가야 한다는 핑계를 스스로에게 대며 그는 그녀의 발목을 잡고 있던 손에서 힘을 뺐다. 발목을 가지런히 놓은 후 그녀가 한숨 잘 수 있도록, 시트를 천천히 끌어 올려 주었다.

그러자 유림이 당황하여 상체를 뒤로 젖혔다. 시트가 몸을 덮는 속도에 비례하여 그녀의 몸이 침대에 아예 눕혀졌다.

한준은 그녀의 목까지 시트를 덮어 주었다. 그러곤 손을 떼어 내려던 찰나 손끝이 그녀의 볼에 닿았다. 무의식적으로 던진 시선이 그녀의 눈길과 얽혀 들었다.

그녀의 눈빛이 떨리는 건 아직도 머물고 있는 두려움 때문인지, 그 자신 때문인지 알 수 없었다. 그럼에도 불구하고 닿은 눈빛이 쉽게 떨어지지 않았다. 한준은 행여 자신의 눈빛이 차츰 위험한 야수의 색깔로 변해 갈까, 싶어 서둘러 표정을 달리 했다.

"매너를 원한다면서."

늘 그랬듯 입술 끝을 끌어 올린 비릿한 미소였다. 어떤 감정도 싣지 않은 차가운 말 한 마디는 덤이었다. 그러자 유림 역시 긴장되어 있던 표정이 스르르 풀리기 시작했다.

잠깐이었지만 그와 눈길이 부딪혔을 때의 미묘한 분위기에 아까까지 산적해 있던 두려움이 모두 달아나 버렸다.

그의 손길이 볼에 짧게 머물다 떨어져 나갔다. 더운 숨결이 칼날처럼 가슴을 긁고 가는 느낌에 유림은 또 한 번 가슴이 뜨끔해지는 것을 느꼈다. 깨달아선 안 되는 감각이 가슴을 치받고 올라와 마음이 뭉근했다.

유림은 돌아서는 그를 향해 가다듬지 않은 목소리를 다급히 내었다.

"회사로 돌아가는 거예요?"

"옆에 있어 줘야 할 정도로 어린애가 아니지 않아?"

"누가 옆에 있어 달랬나. 그냥 물어본 거지."

혼잣말로 삐죽대니 그가 슬쩍 돌아보았다. 사실은 그가 옆에 있어 주었으면 좋겠다는 내심이 비치지 않도록 조심하면서, 유림은 그럴듯한 구실을 갖다 대었다.

"계약서…… 작성하자면서요."

"저녁에 해도 늦지 않아. 지금은 안정을 찾는 것에 먼저 집중해. 엉뚱한 곳에다 지장 찍으면 곤란하지 않겠어?"

"말을 해도 꼭."

불만스럽게 한 마디 토하자 한준이 비싯 웃더니 걸음을 옮겼다. 유림은 다시 한 번 다급하게 그를 불러 세웠다.

"저기요, 류한준 씨."

돌아본 그에게 최대한 안면 근육을 움직여 미소를 만들어 보였다.

"일찍 들어오세요. 저녁에 맛있는 거 해 놓을게요."

잠시 그가 빤히 쳐다보는 시선이 느껴졌다. 유림이 민망할 정도로 응시하더니 이내 방을 나선다. 유림은 턱까지 차오른 숨을 그제야 토해 내며 막혀 있던 숨통을 텄다.

그녀의 입장에선 오늘 일에 대한 보답 차원에서 저녁 식사를 제안한 건데, 그의 입장에선 조금 생뚱맞은 상황일 수도 있겠다 싶어 무안해졌다. 어찌 됐든 고마움에 대한 보답은 확실하게 하고 싶었다.

유림은 갑자기 벌떡 상반신을 일으켰다. 그러곤 침대에서 내려와 불편한 발목을 딛고 절룩거리며 방을 나섰다. 2층 복도의 끝에 있는 창문까지 도착한 그녀는 열린 창문 밖으로 빼죽 고개를 내밀었다.

이곳에서 아래를 내려다보면 빌라 앞 8차선 도로가 잘 보였다. 혹여 빌라를 빠져나가는 그의 차를 볼 수 있을까 싶어 눈동자가 아리도록 아래를 보았다.

하지만 빌라의 앞 테라스가 시야에 걸리는 바람에 유림은 그의 차를 보는 것을 포기했다. 돌아선 그녀는 터무니없이 실소를 흘렸다.

왜 그의 차를 보기 위해 이렇게 아등바등하고 있는 건지. 고개를 설레설레 저으면서도 오늘 저녁에 무슨 음식을 할까 열심히 궁리하며 방으로 향했다.

☆ ★ ☆

"햐. 그쪽 인간들 이제 아예 대놓고 막무가내네."

재완이 조금 목청을 높여 말했다. 한준이 오늘 있었던 일을 모두 재완에게 털어놓은 후였다. 그로서는 쉽게 판단이 서지 않는 부분에 대해서 재완의 의견을 듣고 싶었기 때문이었다.

의자에 등을 한껏 기댄 채로 한준은 창밖 풍광에 눈을 두고 있었다. 유림이 바라는 대로 오늘 일을 그냥 묻어 버릴 것인가에 대해서 아까부터 생각 중이었다.

그의 성격대로라면 이미 전 실장을 만나고도 남았겠지만 쉽게 나설 수 없었던 이유는 오직 유림 때문이었다. 조용하게 지내다가 떠나고 싶다는 그녀의 간절한 한 마디 때문이었다.

그녀가 하고 싶어 하는 대로 해 주고 싶다는 생각이 불현듯 들기 시작하자 한준은 괜스레 불쾌해졌다. 이런 감정은 위험했다. 혼란을 야기해 가치관조차도 흔들리고 말 테니까.

재완은 한숨을 흘리는 한준을 보다가 책상에 쌓인 결재 서류로 시선을 옮겼다. 회사로 돌아온 한준은 저 자세로 계속 창밖만 쳐다보고 있었다. 한준이 들여다보아야 할 서류들을 내버려 둔 채 다른 곳에 집중해 있는 모습은 처음이었다. 적응되지 않다가도 갤러리가 걸린 문제니 어쩔 수 없는 일이라고 납득했다.

"그나저나 전 실장이 너도 봤을 텐데, 혹시 유림 씨를 숨겨 두고 있는 사람이 너라고 의심하는 거 아냐?"

"난 지금 김유림의 계약 상대자야. 그러니 우린 밖에서 얼마든지 만날 수 있지. 그 부분에 대해선 그쪽에서 나한테 어떤 의심도 할 수 없어."

"하긴."

재완은 고개를 끄덕였다. 하지만 그래도 어딘가 찝찝한 기분을 떨쳐 낼 수 없어 급기야 속에 말을 꺼내어 버렸다.

"아무래도 난 잘못 엮인 것 같다, 류 전무. 네가 이렇게까지 위험을 감수해야 할 상대인지도 모르겠고. 그 그림이 그럴 만한 가치가 있는 건지도 모르겠어. 그 그림이 그렇게 중요해?"

한준은 그제야 의자를 돌려 재완을 마주했다. 친구의 눈빛에 서린 염려와 걱정을 모르는 바 아니었다. 그 자신조차도 아직도 혼란에 빠져 있으니. 그래서 가장 류한준다운 대답으로 재완의 불만을 잠재우기로 했다.

"장차 네 미래를 보장해 줄 수 있는 수익을 가져다줄지도 몰라. 그래도 싫어?"

"나쁜 놈. 꼭 돈으로 사람 마음을 쥐고 흔들더라."

"그래야 납득이 될 테니까. 너도, 나도."

그래, 오로지 돈 때문이다. 일상을 휘저으며 침입해 오는 그녀를 이렇게까지 묵인하는 이유는 연민도 뭣도 아닌 돈.

억지로 그렇게 정리하여 머릿속에 구겨 넣으며 한준은 의자를 책상에 바짝 붙였다. 그러자 재완이 소파에서 일어나며 넌지시 한 마디 던진다.

"그래. 결재나 좀 빨리해 주라. 거기 갤러리 창립 파티 기획서도 있어. 다음 주인데 서둘러야 해, 전무님."

재완이 나가고 한준은 결재서류를 들여다보며 하나하나 사인을 해 나갔다. 그러던 중 스치듯 떠오른 유림의 한 마디가 잠시 손길을 멈추게 했다.

'일찍 오세요. 저녁에 맛있는 거 해 놓을게요.'

시계를 보았다. 이제 곧 퇴근 시간이었고 재완이 아까 브리핑했 듯 오늘은 저녁 일정이 없었다. 머릿속에 구겨 넣은 의지를 상기 하며 그는 매우 느린 손길로 사인을 시작했다.

그렇게 결재할 서류들을 모두 훑은 그가 상체를 들었을 땐 퇴근 시간을 30여 분 넘기고 있었다. 탁, 탁, 탁, 탁. 펜대로 책상을 두 드리는 소리가 규칙적이었다.

한준은 초침이 소리도 없이 흘러가고 있는 시계를 제법 오랫동 안 응시했다. 당장 일어나지는 않을 생각이다. 사인을 위해 펜대를 끌었던 속도처럼 천천히, 아주 천천히 퇴근을 할 것이었다.

그리고 마침내 퇴근 시간을 한 시간 남짓 넘겼을 때 한준은 재킷에 팔을 꿰고 가방을 들었다. 뚜벅뚜벅 걸어 문까지 도착한 건 얼마 지나지 않아서였다.

얼마쯤 초조한 기분이 든 채로 문을 연 한준의 앞을 누군가가 가로막았다.

"안녕. 한준 씨."

수심이 짙게 드리워진 얼굴로 서 있는 여자는 영은이었다. 그리고 그녀의 뒤에 재완이 난처한 표정으로 서 있었다. 한준은 고개를 삐딱하게 기울인 채 억지로 미소 짓고 있는 그녀를 응시했다.

식탁에 엎드려 있던 유림은 느리게 고개를 들고 핸드폰 시계를 확인했다. 7시 40분. 한준이 퇴근을 해서 집으로 오려면 벌써 왔을 시간이었다.

일하는 아주머니를 보내고 혼자 발목을 절룩거리며 음식 만들기를 끝낸 지 한 시간째였다. 지루한 기다림의 시간과 싸우다가 식탁에 엎드려 꾸벅꾸벅 졸다가를 반복하며 지금에 이르렀다.

"혹시 잊은 거 아냐?"

유림은 미간을 좁히며 열심히 추리했다. 그럴 수도 있을 것이다. 저녁 준비를 해 놓을 테니 일찍 오라는 자신의 말을, 그는 한 귀로 듣고 흘려버렸을 수도 있다.

그렇게 생각하자 못내 서운한 마음이 들어 식탁 위를 장식하고 있는 음식 그릇들을 째려보기까지 했다. 유림은 핸드폰을 손에 쥐었다. 전화를 해 볼까 말까. 오랜 갈등 끝에 유림은 용기를 내어 그의 번호를 눌렀다.

신호음은 꽤 오랫동안 울렸다. 전화를 받을 수 없는 상황이라고 여긴 그녀가 어쩔 수 없이 끊으려는데 건너편에서 여자임이 분명한 목소리가 들려왔다.

— 네. 류한준 씨 핸드폰입니다.

이해할 수 없는 불쾌감이 머리끝까지 차올라 그녀를 어지럽게 만들었다.

7
어떤 하루

"방금 전화가 왔었어. 실례인 줄 알지만 꽤 길게 울려서 급한 전화인가 싶어 어쩔 수 없이…… 근데 그냥 끊어졌네."

영은은 한준의 핸드폰을 테이블에 내려놓으며 얼마쯤 무안해했다. 문 앞에서 영은과 마주친 직후 그녀는 할 말이 있다며 무작정 들어섰다.

한준은 하는 수 없이 테이블에 가방과 핸드폰을 내려놓은 후 영은을 두고 재완과 잠시 이야기를 하고 다시 들어왔다. 재완의 말에 의하면 영은이 지금 꼭 자신을 만나야 한다고 했단다.

하도 막무가내라 어쩔 수 없었다는데, 한준은 오히려 그 부분에서 영은이 왜 찾아왔는지 짐작할 수 있었다. 지금 상황에서 영은과 그 자신이 교차되고 있는 지점이라면 바로 [스타]였다.

영은의 건너편 소파에 앉으며 한준은 핸드폰을 집어 들었다.

걸려 왔던 번호를 확인한 그의 눈빛이 짧게 흔들렸다. 음식을 잔뜩 준비해 놓고 기다리다 지쳐 갈등 끝에 전화를 했을 유림의 모습이 눈에 잡히는 듯했다. 분명히 입술을 삐죽 내밀고 툴툴거렸으리라.

그 생각을 하자 자신도 모르게 입술 선이 휘어졌다. 누군가와 개인적으로 약속을 잡고, 그것을 기다리는 동안 복잡다단한 감정을 겪은 건 처음이었다. 혼란스러운 건 여전했지만 자신을 기다리고 있을 유림을 떠올리며 조금은 유쾌해진 것도 사실이었다.

"너한테 내어 줄 수 있는 시간이 그리 많지 않아."

그래서였다. 영은과의 자리를 어서 마무리 지어야 한다는 생각에 다짜고짜 조건부터 내건 것은. 영은은 고개를 끄덕였다. 잔뜩 어두운 표정을 풀지 않은 채였다.

"알아."

"3분. 그 안에 하고 싶은 말 해."

"지난번에도 그러더니, 난 고작 당신한테 3분짜리 사람인 거야?"

씁쓸하게 웃으며 영은은 한준을 찾아온 것을 후회했다. 아무리 상황이 다급하고 초조하다고 해도 그는 절대 만나선 안 될 사람이었는데.

한국으로 돌아와 처음 그를 만난 이 자리에서 얼마나 무안을 당했는지 똑똑히 기억하고 있으면서 제 발로 다시 그를 찾아오다니.

영은은 자신의 신세를 한탄하며 연신 한숨을 쏟아 냈다.

[스타]를 놓친 후 영은은 손 차장과 함께 심기일전해서 다른 작품들을 끌어다 모았다. 하지만 이렇다 할 눈에 띄는 작품은 모두 한준이 쓸어 간 후였고, 영은은 번번이 허탕만 쳤다.

예담 갤러리에 처음 몸을 담아 하늘을 찌를 듯했던 패기도 차츰 사라졌고, 무엇보다 영은이 끌어모은 작품들에 대해서 예담 갤러리의 대표가 회의적인 반응을 보였다.

비싼 몸값을 지불하며 모셔 온 사람이 기대치에 훨씬 미치지 못하는 결과를 보이니, 대표로선 심기가 불편한 것이 어찌 보면 당연했다.

급기야 직원들 사이에서 영은이 잘릴지도 모른다는 소문이 나돌기 시작했다. 영은은 날이 갈수록 초조해졌고 코너에 몰린 사람처럼 안절부절못했다.

도망치듯 미국으로 떠나서 한국에 다시 돌아왔을 땐 기필코 성공하겠다는 일념뿐이었는데, 그래서 돌아온 직후 이 남자를 만났을 때에도 당당할 수 있었는데…….

지금은 그저 금세 허물어지고 마는 모래성 위에 앉아 있는 기분이었다. 벼랑 끝에 서서 기껏 떠올린 게 이 남자라니. 무너지는 자존심도 그랬지만 그의 조소와 비아냥거림을 도저히 인내할 수 있을 것 같지 않았다.

하지만 갤러리의 대표는 무슨 수를 써서든 [스타]를 가져와야 한다는 최종 입장을 그녀에게 통보했다. 다른 방법을 찾고자 손 차장과 함께 무던히도 애를 썼지만, 결국 그녀의 발길이 닿은 곳은 여기였다.

"두 번 다시 나를 볼 생각은 하지 않을 줄 알았는데, 의외로 제법 무른 사람이었나 봐?"

한준은 시선을 내내 아래로 깔고 있는 영은에게 한 마디 던졌다. 확실히 한국으로 갓 돌아와 제게 찾아오던 그 순간의 당당함은 깡그리 사라진 듯했다.

영은은 고개를 들었다. 오만 가지의 감정이 가슴을 치고 갔지만 지금은 냉정을 유지해야 할 때였다. 애써 입술 끝에 미소를 긋고는 어렵게 입을 떼었다.

"3분 안에 용건을 끝내야 해서 그 질문엔 노코멘트 해야겠네. 단도직입적으로 말할게. [스타] 찾았다는 얘길 들었어."

"그래서?"

"당신은 어디에서든 어떤 방식으로든, 반드시 성공할 사람이야. 그렇지?"

한준은 대답을 하지 않았다. 역시 짐작대로 그녀는 [스타] 때문에 발길을 한 것이 분명했다. 다음 용건은 [스타]를 가지고 타협을 하려는 게 아닐까.

"하지만 난 아직 적응하고 있는 단계야. 게다가 우리 갤러리의 향후 5년이 내 손에 달려 있어. 정말 이러고 싶지는 않았는데…… [스타]를 우리한테 넘길 생각 없어? 수익은 당연히 나눌게."

또 한 번의 예감 적중. 한준은 다리를 고쳐 꼬고는 지그시 그녀를 쳐다봤다. 무표정이었지만 영은은 충분히 그의 눈빛을 알아차렸을 것이다. 그 눈빛에 비난과 비웃음이 가득 실려 있다는 것을.

"지금 내 앞에 있는 사람이, 내가 아는 그 자존심 강하고 도도했던 진영은이 맞는지 의심스럽군. 너답지 않게 구차하잖아."

"당신의 어떤 비웃음이나 비아냥거림도 모두 감수할 준비가 되어 있어. 내 제안을 받아들여만 준다면."

"물론, 네 제안은 받아들일 수 없어. 너도 알겠지만 이 바닥에도 상도덕이라는 게 있잖아? 내가 들인 공에 무임승차하려는 건 절대 안 되지."

"6 대 4. 당신이 6이야."

"난 수익 배분을 말하는 게 아냐, 진영은."

한준의 단호함에 영은은 곤혹스러운 얼굴로 다시 시선을 떨어뜨렸다. 한준 자신과 영은은 다시 엮여선 안 될 상대라는 사실을 그녀에게 뚜렷하게 주지시키고 싶었다.

다행히 영은도 이해를 했는지 더는 그 부분에 대해선 언급하지 않았다. 잠시 절망스러운 눈빛으로 허덕이던 영은이 시선을 들고 그를 바라보았다.

"우리가 비록 끝이 좋진 않았지만 그래도 우정 정도는 남아 있는 사이라고 생각했어. 그래서 찾아올 수 있었던 거고. 내 생각이 짧았어. 아무리 코너에 몰려 있어도 절대 당신을 찾아와선 안 되는 거였어."

"나한테서 그 따위의 감정들을 바라다니, 아직도 나를 모르는 모양이야?"

"그러게. 내가 잠깐 머리가 어떻게 됐었나 봐."

"희망적이지 않을 것. 세상이 환하다고 느끼지 말 것. 이 두 가지는 일을 하면서 반드시 지켜야 할 부분들이지."

쓸쓸하게 자조하는 영은을 보면서 한준은 시간을 확인했다. 그러곤 가방을 들고 자리에서 일어났다.

"3분이 지났군."

문을 열어 두고 영은이 나가기를 기다렸다. 그의 뜻을 알아챘는지 영은이 몸을 일으켰다. 그를 지나쳐 나가는 여자의 옆얼굴은 무척 어두워져 있었다.

현관에 들어서자마자 센서 등이 환하게 켜졌다. 그가 들어서는 기척을 읽었는지 유림이 절룩거리며 다급히 주방에서 나왔다. 오래 기다렸다는 듯 다분히 쭈뼛거리는 분위기다.

그녀의 모습에 기분이 묘해져 한준은 한동안 빤히 그녀만 바라보았다. 센서 등이 잠시 꺼졌다. 그 어둠에 숨어서 한준은 자신도 모르게 빙긋 미소를 지었다.

이렇게 아무 생각 없이 미소를 지어 본 것이 얼마만인지. 음식 냄새가 풍기는 집 안에 발을 들이며 그 훈훈한 온기에 취한 것도 처음이었다. 자신을 기다리는 누군가가 있고 그 기다림에 보답하기 위해 들뜬 마음으로 들어오는 일.

모두 한준으로선 처음 겪어 보는 것이었다. 싫지 않다, 이런 기분.

"안 들어와요?"

감상을 깨는 목소리가 부드럽게 울렸다. 그와 동시에 센서 등이 다시 켜졌다. 한준은 예의 굳은 표정으로 거실에 올라섰다.

"어째 주객이 전도된 것 같군."

"그렇게 말하지 마요. 난 한시도 잊지 않고 있으니까. 당신이 주, 난 객."

유림은 애써 기분을 드러내지 않으려 했다. 당신을 기다리느라 속이 모두 타들어 가고 있었다고, 당신 핸드폰을 받았던 그 여자가 누군지 궁금하다고, 아니 다 떠나서 왜 이렇게 늦게 왔냐고.

묻고 싶고 알고 싶은 것투성이였지만 최대한 평정심을 유지하며 자랑스럽게 식탁 쪽을 쳐다보았다.

"저기, 식사했어요? 안 했으면……."

한준은 그녀의 말에 주방의 식탁으로 고개를 돌렸다. 나물과 생선구이, 호박전 같은 흔하고 평범한 반찬들이 즐비했다. 순간적으로 허기가 몰려들었지만 한준은 지그시 그녀를 보며 시치미를 떼었다.

"이 시간까지 안 했을 리가."

"내가 저녁 식사 준비 하겠다고 했잖아요. 못 들었어요?"

"난 당신의 일방적인 약속에 응한 적이 없는데."

유림은 내심 발끈했지만 표정으로 드러내진 않았다. 그의 말이 모두 맞긴 하다. 그는 알겠다고 대답한 적이 없었고 그녀 혼자 상황을 짐작하며 지레 앞서 나간 것이다. 그를 기다렸던 시간이 억

울했지만 어쩔 수 없다고 생각했다.

"그러네요. 그럼 뭐, 나 혼자 먹어야겠네요. 난 아직 식사 전이
거든요."

서운한 기색을 감추며 유림은 식탁에 앉았다. 묵묵히 수저를 들
동안 한준은 그녀를 보고 있었다. 낮에 있었던 그 일에 대한 두려
움은 이미 사라진 듯했다. 긍정적인 건지 생각이 없는 건지 알 수
가 없다.

한준은 가방을 바닥에 두고 유림의 맞은편에 앉았다. 유림이 고
개를 번쩍 든다.

"식사했다면서요."

"불청객이 찾아와 제대로 하지도 못했어. 왜, 설마 내가 먹을 밥
은 없는 건가?"

"아니에요."

유림이 벌떡 일어나 한준의 몫으로 밥그릇을 챙겨 왔다. 절룩거
리는 모습이 낮에 비해 완화가 된 듯했다. 한준은 반찬을 집어 들
며 던지듯 물었다.

"발목은?"

"통증은 제법 많이 가라앉았어요. 내일쯤엔 붕대를 풀어도 될
것 같네요. 도서관에 가야 하니까."

"도서관?"

"네. 공부를 계속해야죠."

그렇게 말하며 밥을 한입 가득 입에 떠다 넣는 그녀가 이제는

제법 익숙해졌다. 주변의 상황에 구애받지 않고 꿋꿋하게 저 할 일을 하는 오기 역시 높이 사는 바였다.

역시 생각이 없는 쪽이 아니라 긍정적이라는 쪽이 더 맞는 것 같다.

"마음껏 밖에 나가 돌아다니고 싶을 텐데 용케도 잘 참는군. 당신 나이의 여자들은 하루 일과가 대부분 그런 것들이지 않아?"

유림은 밥을 꿀꺽 넘기곤 한준을 빤히 쳐다봤다. 그의 말속에서 어딘가 그녀를 배려하고 걱정해 주는 분위기를 읽은 탓이었다.

"왜 갑자기 그런 얘길 해요? 내가 측은하게 느껴져요?"

"측은하기보다는 속내가 궁금해서 말이지."

역시나 느껴지는 뾰족한 가시. 배려와 걱정이라니 착각도 유분수지. 유림은 어깨를 으쓱하며 입을 열었다.

"나도 하고 싶은 일들이 많아요. 하지만 더 나은 미래를 위해서 참는 거예요. 언젠가는 그런 날이 올 거라 생각하면서요."

그는 말없이 국물을 떠먹으며 고개를 끄덕였다. 함께한 지 여러 날이 흘렀지만 아직도 그의 속내를 읽을 수가 없다. 아무리 그림을 가지고 거래를 했어도 완벽하게 타인인 사람을 한집에 들여놓을 수 있는 이가 몇이나 될까.

때때로 툭툭 던지는 말들은 자잘한 가시가 박혀 있어 아프기도 하지만 두고두고 생각할 거리를 주기도 한다. 지금처럼. 낮에 빌려 준 등은 더없이 따뜻했다는 것도 선명하게 기억하고 있었다.

어쩌면 그는 보이는 것만큼 차가운 사람은 아닐지도 모른다.

유림은 새삼스럽게 그에 대해 분석하다가 문득 조금 전의 일을 상기했다. 그에게 물어볼까 적잖이 망설였지만 결국 물어볼 거라는 것을 잘 알고 있었다.

그의 대답이 그녀가 생각하고 있는 것이 아니었으면 좋겠다는 바람을 품으며, 유림은 잠시 주저했다.

"저기, 혹시…… 애인 있어요?"

주제 넘는 질문인 걸 알면서도 유림은 궁금해하지 않을 수 없었다. 개인적인 부분에 대해서 그가 자신을 드러내지 않을지도 모른다고 생각했지만, 알고 싶다는 생각을 멈출 수가 없었다.

한준이 고개를 들었다. 비싯 끌려 올라간 한쪽 입매가 마치 그녀의 속마음을 훤히 꿰뚫어 보는 것 같아 유림은 잠시 동안 시선을 회피했다.

"그건 왜 묻지?"

"뭐, 당신 정도의 남자라면 당연히 애인이 있겠다 싶어서요. 애인…… 있어요?"

"어떨 것 같아?"

되묻는 표정이 야속할 정도로 여유만만해 보였다. 그 여유로움으로 미루어 짐작건대 유림은 그에게 사귀는 여자가 있을지도 모른다고 판단했다. 아마도 핸드폰을 대신 받았던 그 여자가 아닐까.

"있으시구나."

되도록 태연하게 굴었지만 유림의 마음 한쪽이 아릿하게 문드러졌다. 대체 왜 이런 감정이 드는지 몰라 스스로에게 불만스러워하며 인상을 찡그렸다.

"그런데 애인이 내가 여기에 사는 거 불쾌해하지 않을지 모르겠네요."

"난 입이 꽤 무거운 편이야. 감추어야 할 부분에 대해선 어느 누구에게도 발설하지 않지. 날 믿어도 돼."

한준은 마지막 부분에 강세를 두며 그녀에게 말했다. 혼자 오해하고 인상을 찡그리는 게 재미있어 그녀의 착각을 바로잡아 주지 않았다. 비웃는 것이 분명한 미소가 못마땅했는지 유림이 눈을 흘겨 왔다. 곧이어 날 선 그녀의 음성이 내리꽂혔다.

"설거지는 그쪽이 해요. 난 식탁을 차리느라 고생했으니까."

"내 손에 물을 묻히라고?"

"그 손은 뭐 금으로 만든 거라도 돼요? 금으로 만들어졌다 해도 오늘은 설거지하세요. 금에 물 좀 묻힌다고 쇠붙이 되는 거 아니잖아요."

"약속도 일방적으로 잡더니 뭐든 일방적으로 결정하는군. 착각도 일방적이고 말이지. 별로 좋은 성격은 아니야."

"설거지 좀 하랬더니 사람 성격 분석까지 하는 거예요? 그만둬요, 그럼. 내가 다 하면 되잖아요."

유림은 수저를 탁 내려놓은 후 홧김에 벌떡 일어났다. 그러나 그 순간에 발목이 시려 몸이 균형을 잃고 비틀거렸다.

한준의 몸이 무의식적으로 튀어나가 유림의 팔을 붙잡았다. 순식간에 일어난 일이라 유림은 얼떨떨했고 한준은 굳은 표정이 되었다. 잠시 균형을 잃었을 뿐 통증이 다시 온 건 아니라서 그의 호의가 얼마쯤 감사하기까지 했다.

그러나 잠시 후 갑자기 터진 한준의 비소가 유림의 신경을 거슬리게 만들었다. 그것이 사람을 깔보는 듯한 특유의 미소라는 것을 그녀는 잘 알았다. 덕분에 좀 전의 감사함이 깡그리 사라졌다.

"웃은 거예요, 지금?"

"좋을 대로 생각해."

한준은 무뚝뚝하게 대꾸한 후 제자리로 돌아갔다. 멀뚱하니 그를 보고 있는 유림의 시선에 상관없이 한준은 피식피식 새어 나오는 웃음을 어찌할 수가 없었다.

자신은 지금 웃고 있었다. 치열하게 흘러가는 바깥세상과 완벽하게 차단된 이곳에서, 바깥의 일과는 상관없는 일상적인 대화를 나누고 있는 이 시간이 즐겁다는 것을 인정하지 않을 수 없었다.

여름밤이 흐르고 있었다.

두껍고 무거운 더위의 장막을 걷어 내고 바람이 묻은 어둠이 천천히 내려앉고 있었다.

한준이 잠에서 깬 건 핸드폰 소리가 네 번째로 울렸을 때였다. 새벽 3시 30분. 어둠 속에서 손을 더듬어 핸드폰을 가져온 한준은, 어머니라는 단어가 찍힌 액정을 확인한 후 상체를 벌떡 일으켰다.

어머니 은희는 한준이 일을 하는 데에 방해될까 봐 평소에도 되도록 전화를 자제하는 편이었다. 몇 년 전 아버지가 갑자기 쓰러졌을 때 말고는 새벽은커녕 평일에도 연락을 참는 분이었다.

그러니 전화를 받는 손길에 불안감이 스치는 것은 어쩔 수가 없었다.

"네, 어머니."

— 한준아. 자다 깼지? 미안해. 어떻게 해야 좋을지 판단이 안 서서 너 피곤할 텐데도 전화를 했어.

"네. 무슨 일이세요, 어머니."

잠은 이미 달아나 버렸다. 불안감에 관자놀이가 가볍게 떨려 왔다. 어머니의 새벽 전화. 몇 년 전에 아버지가 심장질환으로 쓰러지셨을 때의 기억이 불현듯 되살아났기 때문이었다.

— 아버지께서 쓰러지셨어. 숨을 잘 못 쉬어.

그리고 이어서 들려온 은희의 대답에 한준은 괴로운 듯 손바닥으로 이마를 쓸었다.

"한 교수님께 연락드렸습니까?"

— 응. 그런데 한 교수가 지금 학회 때문에 러시아에 계시대. 한 달 일정으로 계실 거라 당장 돌아오시진 못해. 최 간호사한테는 방금 연락을 해서 지금 집으로 오고 있는 중이야. 이래저래 누구한테 알려야 할지 감을 잡을 수가 없어, 한준아.

한 교수는 경서대학병원의 심장내과 과장으로 20년째 아버지의 주치의였다. 아버지의 평소 지병을 누구보다 잘 알고 관리해 온 사람이자 아버지의 오랜 지인이기도 했다.

최 간호사 역시 경서대학병원의 간호 과장이었고 한 교수와 함께 아버지의 건강을 관리해 온 사람이었다. 병원 측의 동의하에 한 교수의 진료 결과에 따라 수술적인 치료나 처방약을 안정적으로 부여받곤 했다.

몇 년 전 아버지가 쓰러진 이후로 비교적 건강하게 지내 오셨기에, 최근에는 만날 일이 없긴 했다.

한준은 침착한 목소리로 전달했다.

"일단 가까운 병원으로 먼저 옮기죠. 제가 지금 출발할게요. 당황하지 마시고 제가 갈 때까지 침착하게 계세요. 별일 아닐 겁니다."

— 난 그러고 싶은데 아버지가 병원 가는 걸 한사코 반대하고 계셔. 한 교수가 지금 다른 의사를 급하게 알아보고 있긴 한데, 아버지는 별로 탐탁지 않아 하셔. 너도 알잖아. 왜 그러시는지.

물론 그 이유를 알고 있었다. 회사의 주가 때문에 아버지는 자신의 지병을 완벽하게 숨기고 있었다.

몇 년 전에 어쩔 수 없이 병원에 입원을 했을 때, 언론에 노출이 된 바람에 주가가 곤두박질친 적이 있어, 그 후부터는 아예 집 안에 입원실을 따로 마련을 하여 의료기구들을 잔뜩 들여오기까지 했다.

앞으로 병원에는 절대 가지 않겠다는 아버지의 단호한 의지였다.

그러니 한 교수가 아무리 믿을 만한 의사를 소개해도 아버지는 내켜하지 않을 것이었다. 의사들의 입을 믿을 수가 없다는 이유였다.

"이번에도 심장 쪽입니까?"

— 그런 것 같아. 좀 전에도 가슴을 막 쥐어뜯으시더라구. 한준아, 지금 빨리 와 주면 안 되니?

"알겠습니다, 어머니. 기다리세요."

아픈 순간에도 마음 편히 병원에 가지 못하는 아버지의 고독한 삶을 안타까워할 시간이 없었다. 그 삶이 곧 한준의 삶이 될 것이기 때문이다.

침대에서 내려온 그는 다급히 옷을 갈아입었다. 방을 나서 현관으로 향하는 발길에 속도를 내었다. 그러다 신발에 발을 꿰던 한준은 문득 모든 움직임을 멈추고 현관 한편에 놓인 유림의 신발을 응시했다.

한준은 고개를 들고 2층을 쳐다보았다. 재완이 알아 왔던 그녀의 프로필이 생각난 건 결코 의도한 게 아니었다.

민성대학병원 심장내과 레지던트

그녀가 의사였다는 사실이 마치 새로 알게 된 사실처럼 새삼스럽다. 비록 레지던트라 한 교수의 빈자리를 온전히 대신할 순 없겠지만 이런 상황에서 최소한 도움은 되리란 판단이 섰다.

한준은 두 번 생각할 겨를도 없이 다시 신발을 벗고 거실을 가로질러 갔다.

그녀의 방 앞에서 한준은 굳은 얼굴로 노크를 했다. 아직 깊이 잠이 들어 있을 새벽. 그의 거친 숨소리만이 잔잔한 공기에 파열음을 내고 있었다.

잠귀가 밝은 것인지 유림은 단 세 번의 노크에 천천히 문을 열어 주었다. 아직 부스스 잠이 묻어 있는 모습의 그녀가 그를 확인하곤 손등으로 눈을 비벼 댔다.

"무슨 일이에요, 이 시간에?"

"옷 갈아입지. 갈 곳이 있어."

유림은 앞뒤를 자른 말에 그를 빤히 쳐다보았다. 무슨 일인지 알려 주진 않고 있지만 평상시와는 달라진 그의 눈빛에 가장 먼저 심장이 반응을 했다.

그에게 혹은 그녀 자신에게 무슨 일이 생긴 게 틀림없다. 전 실장이 빌라 앞에서 죽치고 있기라도 한 건가.

"알았어요."

그래서 유림도 앞뒤 자른 대답을 하곤 머리를 대충 묶어 올리고 통이 큰 셔츠 하나를 걸친 채 그를 따라나섰다.

하지만 달리는 차 안에서 듣게 된 사연은 그녀가 짐작했던 것들과는 판이하게 달랐다. 유림은 그의 터무니없는 요구에 당혹해하며 눈을 부라렸다.

"이봐요, 류한준 씨. 난 겨우 레지던트 2년 차예요. 그것도 1년 전에 그만뒀구요. 아무짝에도 쓸모가 없을 텐데 날 데려가서 뭘 어쩌려고 이래요? 게다가 병원이 아닌 집이라니. 주사기 하나도 제대로 없을 거잖아요."

대기업 총수로서 지병을 외부에 알리기 곤란한 상황이라는 것까지는 이해를 하겠다. 하지만 부재중인 주치의 대신에 자신을 고른 한준을 납득할 수 없었다. 그러자 한준이 묘수를 내놓았다.

"한 교수님과 통화를 하면서 지시를 받아. 심장내과 전문의시니 당신도 알지도 모르지."

"……한 교수님요?"

"경서대학병원 심장내과 한성진 과장이야."

핸들을 잡고 있는 떨리는 손과는 달리 내뱉는 음성은 침착하기 그지없었다. 유림은 한성진이라는 이름을 들으며 내심 긴장했다.

의예과 재학 시절에 출장 강의를 온 그분의 강의를 몇 번 들은 적이 있기 때문이다. 그는 순환기내과 전공자들 사이에서는 꽤 이름이 알려진 실력파였다.

"웬만한 의료장비는 모두 집에 갖추어져 있으니까 당신이 주사를 놓을 환경은 될 거야. 그 부분은 염려하지 않아도 돼."

"집에 의료장비가 있어요?"

한준은 질문 자체가 납득이 되지 않는다는 듯 아연한 눈빛으로 그녀를 보았다.

"세상을 보는 눈을 좀 키우지 그래? 상식적인 선에서 생각하면 모든 게 달라 보일 텐데."

자신을 놀리는 말이라는 걸 안 유림이 그에게 야멸친 시선을 꽂

앉다. 고개를 홱 돌려 차창 밖을 응시했다. 새카만 어둠으로 뒤덮인 창문에 그녀 자신의 얼굴이 일그러진 채 비쳐 들었다.

한숨을 내쉬며 마른침을 삼켰다. 한준에게 애인이 있다는 사실을 알고 어젯밤 잠을 설쳤다는 사실을 상기하곤 다시금 가라앉는 기분을 느꼈다.

대체 왜 이러지? 그에게 애인이 있는 게 저랑 무슨 상관이라고 기분이 이렇게까지 흔들리는 거지?

유림은 도무지 다져지지 않는 제 마음과 축 가라앉은 차 안의 공기와, 자신의 마음도 모르고 그저 굳어 있기만 한 그의 모습에 차례대로 화를 내었다.

그의 집은 몇 평인지 가늠도 되지 않는 넓은 정원과 그 정원의 한편에 있는 수영장, 그리고 갖가지 색깔의 조명등을 받아 반짝거리는 정원수들을 껴안고 있는 3층짜리 대저택이었다.

그의 태생이 금수저라는 사실이 새삼스레 와 닿아 유림은 얼마쯤 주눅이 들어 버렸다. 그를 뒤따르는 발걸음이 조심스러웠다.

새벽인데도 넓은 거실은 환하게 불이 켜져 있었다. 그녀가 발을 딛고 있는 바닥이나 2층으로 향하는 계단, 그리고 양옆으로 세워진 굵은 기둥은 모두 대리석이었으며 그것들은 반짝거리며 빛을 내었다.

소파의 양옆으로는 불투명한 유리창이 보였는데 안쪽에서 사람들이 왔다 갔다 하는 모습이 보였다. 모두 유림을 긴장시키기에 충분한 모습들이었다.

두 사람을 굳은 표정으로 맞이하는 중년의 남자 뒤로, 아이보리색의 홈드레스를 갖추어 입은 여인이 따라 나왔다.

한준이 여인에게 다가가자, 여인이 금방이라도 무너질 듯한 표정을 지으며 그의 손을 덥석 잡았다. 유림은 여인이 한준의 모친이라고 짐작했다.

"말씀드렸던 김유림 씨예요, 어머니."

한준의 말이 떨어지자마자 여인의 시선이 유림에게로 향했다. 유림은 정중하게 고개를 숙였다.

"안녕하세요. 김유림입니다."

"아, 그래. 어서 와요, 유림 양. 이렇게 폐를 끼쳐도 되는 건지 모르겠어요."

예의가 뚝뚝 묻어나는 말투에는 긴장이 묻어 있었다. 하지만 표정만큼은 더없이 인자해 보여 유림은 그제야 마음을 편히 가질 수가 있었다.

한준과 은희를 뒤따라서 3층에 있는 방에 도착한 유림은 또 한번 놀라고 말았다. 그곳이 한준이 말한 입원실인 듯했다.

넓고 안락해 보이는 침대에 서승그룹 회장이 누워 있었고 침대 옆으로 제세동기와 바이탈 측정기, 그리고 초음파 진단기가 차례대로 놓여 있었다.

벽장은 냉장 처리가 되어 있어 각종 수액이 종류별로 나열되어 있었고, 소독약이나 주사기가 담긴 트레이도 대여섯 개 있었다. 말 그대로 대형병원의 중환자실에서나 볼 수 있는 환경이었다.

유림이 놀란 입을 채 다물지도 않고 있는 사이, 최 간호사라는 여자가 다가와 청진기를 건넸다.

"혈액과 심전도검사는 좀 전에 완료해서 병원으로 보냈어요. 좀 있으면 결과가 나올 거예요."

"아, 네."

"밤에 주무시는데 갑자기 흉통이 오셨다고 해요. 통증이 시작된 지는 30분이 지났어요."

최 간호사의 구체적인 설명 덕에 유림은 그제야 정신을 차릴 수 있었다. 누워 있는 류창수 회장에게 다가가 동공을 살핀 후 바이탈을 확인했다. 혈압이 상승하고 있었고 반대로 맥박은 느려지고 있었다.

유림은 한준이 내민 핸드폰을 받아 들었다. 한 교수와 연락이 닿은 모양이었다. 유림은 그것을 스피커폰으로 전환시킨 후 침대 옆 선반에 내려놓았다.

고개를 들자 순간적으로 한준과 시선이 마주쳤다. 의중을 알 수 없는 그의 눈빛이 심장이 아플 정도로 날카롭게 빛났다. 아마도 아버지를 향한 걱정이리라.

유림은 한 교수의 전화를 받으며 그를 향한 시선을 풀지 않았다. 그리고 할 수 있는 한 최선을 다할 것이라고 눈빛으로 대신 대답해 주었다.

"안녕하세요, 교수님. 저는 민성대학병원 심장내과 레지던트 2년

차 김유림입니다."

— 아까 류 전무한테서 얘기 들었어요. 2년 차면 임상 경험이 어느 정도 되겠군요.

"그런데 교수님. 제가 병원을 나온 지 1년이 됐습니다. 그래서……."

유림은 한준을 쳐다보며 말끝을 얼버무렸다. 어찌 되었든 사실대로 밝혀야 한 교수 쪽에서도 착오가 없이 지시를 내릴 수 있을 거란 판단에서였다.

병원을 나왔다는 얘기에 당황했는지 한 교수가 잠시 침묵했다. 그러다 이내 침착한 목소리가 건너온다.

— 1년이면 아직 감은 남아 있을 시기군. 류 회장님은 수년 전에 협심증 판정을 받고 당시 스텐트 삽입술과 함께 약물치료를 병행했어요. 흉통이 왔다면 혈전이 다시 생겼을 가능성이 있으니 심장초음파 검사부터 진행해요. 왼쪽에 초음파 검사기기 보이죠?

한 교수의 말에 유림은 침대 옆에 있는 여러 기기들을 응시했다.

"네."

— 영상 독해도 할 줄은 알 테고 어서 빨리해 봅시다.

"알겠습니다."

유림은 우선 통화를 종료하지 않고 스피커폰을 켜 둔 채 서둘러 자리를 이동했다. 화면을 켜고 최 간호사의 도움으로 액을 흉부에 바른 후 초음파기를 가슴에 갖다 대었다.

이리저리 이동하며 화면을 주의 깊게 지켜보던 유림은 어느 순간 화면에 좀 더 가까이 얼굴을 들이대었다. 관상동맥에 협착이 일어났고 그로 인해 혈전(혈액의 응고)이 몇 개 보였다. 유림은 화면에서 눈을 떼지 않은 채 입을 열었다.

"혈전이 다섯 개 보입니다, 교수님. 모두 지름이 0.6에서 0.8마이크로미터입니다. 아직 수술의 단계는 아닌 것 같습니다."

— 아, 그 정도면 내가 한국에 돌아간 뒤에 시술을 해도 되겠군. 어쨌든 다행이야.

두 사람의 통화를 듣고 있던 은희가 안도의 한숨과 더불어 휘청거리자 한준이 옆에서 그녀를 부축했다. 한준의 눈에 비친 유림은 제법 침착하게 상황에 대처하고 있었다.

단 한 번도 보지 못했던 그녀의 다른 면에 오늘 그녀를 이곳에 데리고 오길 잘했다는 생각이 문득 들었다.

"그럼 우선 약물치료부터 할까요?"

— 그래 줘요. 아, 그리고 김유림이라고 했나?

"네, 교수님."

— 미안하지만 이틀 정도 회장님 곁에서 경과를 지켜봐 줄 수 있겠나. 내가 수시로 전화를 하겠네.

"알겠습니다."

한 교수와 유림의 통화는 우선 일단락 지어졌다. 유림은 최 간호사에게 수액 투여를 지시했고 벽장에서 두세 가지의 주사액을 꺼내어 와 그것을 최 간호사에게 건넸다. 그러곤 그녀는 돌아서서 은희를 마주했다.

"오늘은 신경안정제가 같이 투여될 거라 하루 종일 주무실 것 같습니다. 그리고 당분간 저염식과 저콜레스테롤 식단으로 꾸려주시구요. 또 몸이 안정되는 대로 하루에 두 번, 오전 오후로 나누어서 30분 정도 걷기 운동을 하면 좋겠어요. 좀 더 자세한 건 아마 한 교수님께서 따로 지시를 하실 것 같습니다, 사모님."

"그렇게 할게요. 정말 고마워요, 유림 양."

은희는 고개를 끄덕이며 유림의 손을 두 손으로 덥석 감싸 쥐었다. 그녀의 손에서 따뜻하다 못해 뜨거운 온기가 느껴져 유림은 의외라는 표정을 지었다.

일반적으로 보아 오고 어렴풋이 짐작하고 있는 대기업 총수의 아내들과는 확연히 다른 따뜻함이 은희에게서 느껴진 탓이었다.

모친은 이렇게나 따뜻한데 아들이라는 인간은 왜 그토록 시베리아 벌판일까.

유림이 은희를 쳐다보면서 모자간 성격의 유전에 대한 심리적 고찰을 하고 있을 때, 한준이 그녀에게 다가갔다. 손으로 문밖을 가리키며 잠시 나오라는 눈빛을 보내니 유림이 은희에게 실례를 고하며 그를 뒤따랐다.

복도는 조용했다. 어느새 시간은 새벽 5시를 향해 가고 있었고 한준의 음성에서는 피곤이 그대로 묻어났다.

"수고했어."

"난 이틀 정도 여기 있어야 할 것 같은데 괜찮을지 모르겠어요."

"걱정 마. 오늘 일 자체는 일체 바깥에 알려질 사안이 아니니까.

그리고 당신에 대한 모든 건 나를 통해야만 하게끔 조치를 취하도록 하지."

"그래요, 그럼."

유림은 고개를 끄덕였다. 그가 더 말을 잇지 않자 그녀는 다시 방에 들어가기 위해 돌아서려 했다.

"김유림."

그 순간 더없이 부드러운 목소리가, 낮지만 힘이 들어간 목소리가 그녀의 이름을 불렀다. 감정이 치받쳐 멈칫한 유림은 잠시 동안 입을 떼지 못했다.

"⋯⋯네?"

"고맙군."

그는 그녀의 팔을 살짝 붙잡은 채로 그렇게 말했다. 그저 평범하기 이를 데 없는 말인데도, 일상적인 손길임이 분명한데도 유림은 한동안 가슴이 벅차올라 그를 바라보기만 했다.

뒤섞인 감정들에 혼란만이 가득한 순간이었다.

잠에서 깬 유림은 휙 고개를 들고 몸을 일으켰다. 그녀가 잠이 든 곳은 입원실의 한쪽 구석에 딸린 작은 방 같은 공간이었다. 2인용 소파에 몸을 웅크리고 앉아 잠시 잠이 들었던 모양이었다.

후다닥 방을 나가 류창수가 누워 있는 침대로 다가갔다. 바이탈을 꼼꼼하게 살피며 링거 줄을 바르게 폈다.

아침 8시. 한준은 새벽녘에 출근을 위해 빌라로 돌아갔고, 최 간호사도 병원으로 간 상태였다. 조금 전까지 은희와 함께였는데 지금은 그녀의 모습이 보이지 않고 있었다.

밀려드는 허기를 참으며 욕실로 간 유림은 대충 세수를 하고 나왔다. 그러자 방금 막 입원실에 들어선 은희와 마주쳤다.

"세수했어요?"

"아, 네. 사모님."

은희는 트레이를 들고 있었다. 거기엔 밥과 국, 그리고 반찬 몇 가지가 담긴 그릇이 가지런히 놓여 있었다. 은희는 그것을 테이블에 놓고 유림을 쳐다보았다.

"자고 있기에 조금 기다렸지 뭐예요. 어서 와서 식사해요. 식당은 여러모로 유림 양이 불편해할까 봐 일부러 가져왔어요."

"아…… 감사합니다, 사모님. 안 그래도 배가 고팠거든요."

유림은 넉살좋게 미소 지으며 테이블로 가서 앉았다. 그러자 은희가 웃으며 고개를 끄덕였다.

"먹고 모자라면 얘기해요. 밥이야 얼마든지 있으니까. 난 여기에 앉아 있을 테니까 어려워 말고 먹어요."

은희는 침대 옆에 있는 의자에 앉았다. 그러고는 유림이 편히 먹을 수 있도록 시선을 남편의 얼굴에만 두었다. 하지만 이따금 흘깃 유림에게로 향하는 눈길은 어쩔 수가 없었다.

한준이 집 안으로 여자를 데리고 온 건 처음이었기 때문이다. 어떤 이유에서든지 말이다.

"가만히 밥 먹도록 내버려 둬야 하는데 왜 이렇게 묻고 싶은 게 많은지."

그래서 주책인 줄 알면서도 넘쳐나는 호기심을 누를 수가 없었다. 유림은 밥을 입속으로 넣다 말고 고개를 들고는 생글생글 웃으며 대답했다.

"괜찮습니다. 물어보세요, 사모님."

"우리 한준이랑…… 어떤 사이예요? 한준이 말론 오다가다 만난 사이라던데."

오다가다 만난 사이. 그 표현에 입술을 으깨 물었지만 그의 성격에 별 볼 일 없는 사이, 라는 말을 하지 않은 게 다행이리라.

유림이 별다른 대꾸를 하지 않고 '오다가다 만난 사이' 라는 말만 어이없는 얼굴로 되뇌고 있는데 은희가 생뚱맞은 질문을 해 왔다.

"혹시 사귀는 건가요?"

하마터면 헛기침이 터질 뻔했다. 유림은 손까지 내저으며 완강하게 부인했다.

"아뇨. 전혀 아닙니다. 일전에 제가 류 전무님한테 도움을 받은 일이 있어요. 그래서 우연찮게 알게 되었습니다."

"아, 난 또 사귀나 보다, 했네. 미안해요. 나이가 들면 이렇게 모든 생각이 그쪽으로만 맞추어진답니다. 자식 문제에 관해선 말이에요."

"네. 이해해요."

"늙은이가 주책이죠?"

"아닙니다, 사모님. 저라도 궁금했을 것 같아요. 그런데…… 제가 알기론 류 전무님은 애인이 있으신 걸로 아는데요."

유림이 조심스럽게 묻자 이번엔 은희가 손사래를 쳤다.

"우리 한준이가요? 아뇨. 아직 없어요."

"없……어요?"

"네. 없어요. 성격상 누군가와 감정을 교류하고 사귀고 그러질
못해요. 아마 결혼도 집안에서 짝지어 준 여자와 해야 할 것 같아
요. 그래서 난 유림 양이 한준이와 사귀는 사람인 줄 알고 속으로
신기해했다니까요. 연애 세포라곤 전혀 없는 녀석이 말이죠."

은희의 그 말엔 유림도 속으로 동감했다. 냉정하고 차갑기가 얼
음보다 더한 남자니까. 하지만 그래도 가끔은 사람 심장을 들었다
놨다 하는 표정이나 말투가 분명히 있다.

유림은 밥을 먹다 말고 스르르 손을 움직여 팔을 더듬었다. 새
벽에 그가 고맙다며 쓸어 준 바로 그곳이었다.

다시 식사를 이어 가는데 어쩐지 히죽히죽 웃음이 났다. 그에게
애인이 없다는 확언을 은희로부터 들어서 그런 게 절대 아니라고,
스스로에게 다짐했는데도 밥을 먹는 중간중간에 웃음이 터져 은희
의 눈치를 봐야 했다.

유림은 밥알을 몇 번이나 꼭꼭 씹어 삼켰다. 어제와는 다른 하
루가 어쩐지 그녀를 기분 좋게 하는 듯했다.

한준의 방에서 은희가 챙겨 준 여분의 옷을 갈아입는 동안, 유림은 방을 유유히 둘러보았다.

오후 나절에 류창수가 잠시 잠에서 깨어나 부부가 대화하는 다정하고 애절한 모습을 본 후여서 그런지, 부모의 사랑을 듬뿍 받으며 어린 시절을 보냈을 그의 모습이 상상이 되었다.

먼지 한 점 없이 깨끗한 방은 침대와 책상 그리고 벽장이 전부였고 침대 맡에는 발코니가 있었다.

유림은 옷을 모두 갈아입은 후 창문을 열고 발코니로 나가 보았다. 어슴푸레 저녁 빛이 감도는 탁 트인 조망을 넋 놓고 바라보는 내내 한준이 떠올랐다.

정원의 저쪽 구석에 있는 그네를 타고 노는 다섯 살의 그, 수영

215

장에서 물장구를 치는 열 살의 그, 책가방을 메고 대문을 들어오는 열다섯의 그. 언제나 얼굴에 미소가 떠나지 않았을 그가 눈에 선연한 듯했다.

그러던 유림은 갑자기 돌아서서 바깥 풍광으로부터 등을 지고 섰다.

"뭐하고 있는 거야, 지금."

인상을 찡그리며 나직이 한탄했다. 요즘 들어 그를 생각하는 시간이 점점 많아지고 있었다. 이래선 안 된다는 생각이 들 정도로 잦아지고, 짙어지고 있다.

그의 손길이 스쳤다는 이유로 가슴이 뛰고, 그의 발소리에 촉각이 예민해지고, 애인이 없다는 사실에 히죽 웃고…… 정신이 나갔다. 그러니까 이건 본능이 울리는 경고등 같은 거였다.

유림은 굳은 표정으로 머리를 쓸어 올렸다.

이 감정의 정체가 무엇인지 절대 들여다보지 않을 것이다. 지금 그녀가 의지할 수 있는 유일한 사람, 이 정도에서 선을 긋고 언제든 떠날 수 있는 마음의 준비를 단단히 해 둘 것이다. 그래야만 할 것이다.

유림은 통이 조금 넓은 셔츠를 재차 매만진 후 뒤도 돌아보지 않고 방을 나갔다.

3층 입원실에 도착한 유림은 문을 열려다 말고 주춤했다. 병실의 안에서 은희의 것이 아닌 낯선 이의 목소리가 들려왔기 때문이었다.

살포시 문을 열어 보니 연보랏빛의 모시 한복을 곱게 차려입은 할머니의 뒷모습이 보였다. 은희와 나란히 앉아 있었는데 은희의 시선은 아래로 향해 있었다.

착각인지, 은희가 노인의 앞에서 어쩔 줄 모르고 주눅이 들어 있다는 것이 뒷모습에서도 확 느껴졌다.

회장님의 병세를 알고 이 방까지 들어올 정도면, 집안의 어르신 정도 되는 사람인가 보다라고 추측하고 유림은 조용히 문을 닫으려 했다. 그러나 그녀는 대화 중에 불쑥 튀어나온 이름을 듣고 절로 손길을 멈춰 버렸다.

"누워 있는 조카 앞에서 할 말은 아니다만 이 모든 게 한준이 녀석 때문이야. 조카가 이렇게 지병에 시달리고 대놓고 병원에도 가지 못하는 건, 이 집에 남의 사람이 들어와 있기 때문이라고."

"작은어머님. 제발 말씀 좀 가려 하세요. 지금까지는 작은어머님이 뭐라 하셔도 한 귀로 흘려버렸지만 아픈 사람 앞에서까지 이러시면 저 더 이상 가만있지 않을 겁니다."

"내 말이 맞지? 한준이 그 녀석, 너희 친아들 아니잖아. 난 딱 보면 안다니까. 내 반드시 친자 확인을 하고 말 거야."

"작은어머님! 제발!"

"작은어머님…… 돌아가세요……."

유림은 눈을 커다랗게 뜬 채 얼토당토하지 않은 말을 쏟아 내는 할머니를 쏘아보았다.

저 할머니는 나이가 들어 헛소리를 하시는 건가. 그 옆에서 곤혹해하며 내내 할머니를 말리는 은희가 가엾게 여겨질 정도였다. 얼마나 어이가 없었으면 말할 기운조차 없을 회장님까지 입을 여셨을까.

유림이 회장님 내외에 감정이입하여 할머니를 연신 쏘아보는 사이, 할머니가 자리에서 일어났다. 유림은 후다닥 문짝에서 몸을 뗀 후 주변을 살폈다.

갈등하는 눈동자가 잠시 몸을 숨길 곳을 찾다가 복도 맞은편에 있는 손님용 화장실을 발견했다. 유림은 냅다 그곳으로 들어갔다.

귀를 쫑긋 세운 채 복도의 동태를 살피던 유림은 할머니를 아래층까지 배웅하고 다시 올라온 은희가 입원실로 들어가자 안도의 숨을 들이켰다.

약간의 시간차를 두고 화장실을 나선 유림이 입원실에 들어가기 위해 다시 문을 조금 연 순간, 이번엔 안에서 회장님 부부의 대화가 들려왔다. 유림은 머리를 긁적이며 난감해했다.

수액도 바꿔야 하는데…… 걱정스러운 눈으로 병실 침대를 바라보는 사이 부부의 말소리가 뚜렷하게 들렸다.

"작은어머님 말씀은 한 귀로 흘려. 마음에 담아 두지 마, 당신은."

"매번 저러시니 죽을 맛이에요. 대체 뭘 알고 저러시는 건지."

"신경 쓰지 마. 그러려니 해."

"작은어머님이 정말 뭘 아시고 저러시는 거 아닐까요? 여보, 난 이제 겁이 나요."

"당신도 알겠지만 젊어서부터 회사에 욕심이 많으셨던 분이야. 저러시는 덴 다 이유가 있을 테니까 휘말리지 말라고."

"내 자식이 아니지만, 난 한준이를 정말 사랑으로 키웠어요. 우리 한준이는 친아들이나 다름없다구요. 제발 작은어머님 저러시는 거, 한준이는 몰랐으면 좋겠어요. 혹시나 한준이가 자기 태생에 대해 의심이라도 한다면 저 그 뒷감당 못 해요."

"그럴 일은 없다니까."

"저 요즘 용서받지 못할 생각을 자꾸 해요. 작은어머님이 빨리 돌아가셨으면 좋겠다, 하구요."

은희는 끝내 옷자락으로 눈물을 찍어 냈다. 잠시 얼음처럼 굳어 있던 유림은 조용히 문을 닫았다. 한동안 머릿속이 뻥 뚫린 것처럼 휑해졌다. 어리둥절함과 놀라움이 차례로 찾아왔고 마지막엔 이해할 수 없는 감정이 느껴졌다.

그녀 자신조차도 다른 사람의 아픈 사연 따위에 내어 줄 가슴이 없는 절박한 입장인데도, 어떻게 된 일인지 마음이 촉촉하게 젖어 드는 것 같았다.

그의 부모님만 알고 그는 모르는 비밀.

그 오만하고 사람 불쾌하게까지 만드는 당당함 뒤에 도사리고 있던 가슴 아픈 상처.

유복했을 거라고 믿어 의심치 않았던 그의 과거가, 그 시작부터 잘못 꿰어진 단추였다니. 가슴이 욱신거리며 쑤셔 오려 하는 순간 유림은 고개를 세차게 저으며 두 귀를 막았다.

아니다. 이런 감정이 들어선 안 된다. 당당하게 마음의 선을 그었는데, 불과 몇 분 만에 이토록 무방비인 채로 마음이 흘러가다니.

유림은 그 감정의 물결을 온 힘을 다해 막아 내었다. 감정을 자르듯 냉담하게 돌아섰지만 제 앞을 막고 있는 사람 때문에 멈칫했다.

놀라 심장이 바닥으로 떨어질 것만 같은 그때에 유림은 자신의 앞을 막고 선 이가 한준인 걸 알고 저도 모르게 입을 떡 벌렸다. 비명이 새어 나올 것 같은 그녀의 입술을 한준이 손바닥으로 틀어막았다.

부드러운 손바닥의 감촉이 입술로 느껴지는 순간에도 유림은 행여 방 안의 대화 소리를 그가 들었을지도 모른다는 생각이 퍼뜩 들었다.

그가 자신의 출생에 비밀이 있다는 것을 알게 되기를 원치 않았기에 어떤 표정을 지어야 하는지 알 수 없었다. 하지만 한준이 그녀의 손을 잡고 이끄는 바람에 그 모든 생각들도 조각조각 흩어져버렸다.

한준은 유림을 2층 자신의 방으로 데리고 내려왔다. '아파요.'라고 고통을 호소하는 그녀의 한 마디를 가볍게 무시하며 방에 들어서기가 무섭게 그녀를 밀어 넣었다.

퇴근을 하고 도착한 현관에서 작은할머니를 봤을 때만 해도 별다른 동요는 없었다. 그러나 3층 입원실의 문 앞에서 문에 바짝 귀를 댄 채 부모님의 대화를 듣고 있던 그녀를 발견했을 때엔 기분이 사정없이 오르락내리락하기 시작했다.

그의 귓전에 대화 소리가 선명하게 들렸기 때문이다.

한준은 닫힌 문에 등을 기댄 채 그녀를 응시했다. 잔뜩 치뜬 눈으로 자신을 보고 있는 여자는 이제 그의 오랜 비밀을 모두 알고 있는 4번째 사람이다. 상황이 이런 식으로 흘러갈 줄 전혀 예상하지 못했기에, 한준은 이 변수를 어떻게 마무리할지 고민하고 있었다.

"퇴근……한 거예요?"

우물쭈물 망설이다 입을 연 유림에게, 한준은 대답 대신 무표정으로 일관했다. 부모님의 대화를 모두 들었을 그녀가 자신에 대해 어떻게 생각하고 있을지는 전혀 문제가 되지 않는다.

다만 지금의 평화가 깨어지지 않도록, 아무 일 없었던 것처럼 일상이 이어지도록, 그가 나서서 마무리를 하는 수밖에 없었다. 그러니 그녀에게 심중을 어떻게 전달해야 할지가 고민이라는 뜻이었다.

뾰족한 묘수가 없을 때엔 정공법을 쓰는 것도 나쁘지 않으리라.

"어디까지 들은 거지?"

한준은 마침내 노골적으로 질문을 내던졌다. 유림은 그의 질문을 들은 순간, 관자놀이가 파르라니 떨리는 것을 느꼈다. 잠시 생각을 정리하느라 멈칫거렸다.

그리고 그 결과 그는 이미 자신의 태생을 알고 있다는 결론에 닿았다. 그의 질문과 표정을 미루어 짐작하건대, 저 남자는 부모님의 염려와는 달리 모든 사실을 이미 알고 있다는 것이리라.

그때부터 그를 보는 눈빛이 자신도 모르게 깊어지고 있었다. 평소와는 다르게 차분하게 가라앉은 그의 태도가 못내 안타까웠다.

자신의 출생이 어떤지 이미 알고 있음에도 함부로 꺼내어 보이지 못하고 지금까지 가슴에 묻어 둔 채 살아왔을 그의 상처가 실감되는 듯했다.

"오늘 들었던 내용은 모두 잊어. 그럴 수 있어?"

그녀의 대답이 필요 없다는 듯 그가 다시 입을 열었다. 유림은 채 추슬러 내지 못한 감정을 어찌하지 못한 채로 덤덤한 척 대답했다.

"네."

더는 그를 마주할 자신이 없어 문득 이 방을 나가고 싶어졌다. 유림은 그의 집요한 시선을 뿌리친 채 걸음을 옮겨 문에 기대어 서 있는 그를 지나치려 했다. 하지만 발길은 곧 멈춰졌다. 손목이 붙잡힌 건 그 후였다.

"뭐가 불만이지?"

정수리로 조용히 쏟아지는 저음. 유림은 고개를 들어 그를 올려다보았다. 어떤 표정을 지어야 할지, 어떤 톤으로 대답을 전해야 할지, 그를 쳐다보는 게 맞는지 아니면 시선을 내려야 하는지, 모든 행동에 자신이 없었다.

불만을 품은 게 아니다. 그의 상처를 어떻게 대해야 할지 몰라서였다. 아니, 그녀 자신이 그럴 자격 자체가 없다는 생각이 들어서였다.

"불만 없는데요."

"뭔가가 마음에 안 든다는 표정인데."

"그런 거 없어요."

완강하게 부인한 유림이 시선을 내리깔았다. 선득하게 깔린 잠시간의 침묵이 한준의 치솟은 감정을 천천히 누그러뜨려 주었다. 무슨 이유에선지 이 여자에게만큼은 진심을 전하고 싶다는 충동이 느껴졌다.

"부모님이 아파하시는 게 싫어. 그 이유가 전부야."

유림은 내리깐 시선을 들지 않았다. 그러나 마치 그의 어두운 얼굴을 보고 확인한 것처럼 마음이 아파 왔다.

분명히 선을 그었는데, 벽을 치고 담을 쌓았는데, 어째서 이 남자 때문에 이렇게 마음이 아픈 거지?

상처를 가진 자만이 볼 수 있는 타인의 상처. 그래서일까. 유림은 한준에게로 뻗어 가는 감정을 제어하지 못하고 있었다. 멈추면, 상처가 더욱 깊어질 것을 알기 때문이었다.

☆ ★ ☆

서승전자 사장과의 저녁 식사 후 한준은 다시 회사로 들어왔다. 다음 주에 있을 갤러리 창립 파티의 실무 기획을 최종 검토하기 위해서였다.

재완은 갤러리로 따로 보내어 그곳에서 실무 팀과 회의한 후 퇴근을 할 예정이었고, 그는 이곳에서 곧장 유림이 있는 본가로 갈 생각이었다.

대외적으로 창수의 결근은 장기 출장으로 처리되었고, 자택에서 치료를 받고 있다는 사실은 고위급 임원 두 명과 재완만이 알고 있는 특급 기밀이 되었다.

이미 퇴근 시간을 넘긴 터라 회사는 잔무에 임하는 직원들 외에 한산했다. 1층 로비를 천천히 가로지르며 어제저녁을 상기했다.

그 이후로 집 안에서 유림과 함께할 수 있는 시간은 없었다. 유림은 밤새 입원실에서 아버지를 지켰고 어머니 역시 틈틈이 입원실을 오가며 묵묵히 할 일을 했다. 집 안은 조용했으며 모두 한마음으로 아버지의 쾌차를 빌고 있었다.

다행히 오늘 아침은 평소의 건강을 회복하여 열심히 밥을 드시는 것을 보고 출근을 하였다. 물론 유림은 그때까지도 그에게 시선을 주지 않았다.

"으음."

승강기 앞에 선 한준은 넥타이를 끌어 내렸다. 고단한 하루가 무거운 발걸음에 매달렸다.

어제저녁부터 내내 그녀에게 온 신경이 가 있었던 것을 부인하지 못했다. 입원실에서, 그리고 복도를 오가면서 늘 시선이 어긋났고 주변 사람들의 존재 때문에 곁에 있는 것조차 불가능했다.

그의 유일한 비밀을 알게 된 이를 향한 경계라기보다는 눈빛이 신경이 쓰였다, 그 눈빛이……. 뭔가 하고 싶은 말을 고스란히 담고 있는 듯한, 불만이 있는 것도 같고 아닌 것도 같은, 이따금 깊어지는 것 같은, 그래서 더 헤아리기 힘들었던 그 여자의 눈빛이.

승강기가 1층에 도착하기 직전 한준은 핸드폰을 꺼내었다. 아버지의 상태가 더욱 괜찮아졌다면 오늘 저녁은 함께 빌라로 돌아갈 생각을 전하고자 했다. 하여 유림의 번호를 누르려는데 마침 승강기가 1층에 도착했다.

문이 열리고 안에서 중년의 여인이 내리자 한준은 그 낯익음에 그녀를 잠시 돌아보았다. 버튼을 누르려던 손길을 멈춘 채였다. 여인도 한준을 돌아보았다.

"류 전무님?"

여인의 무표정한 얼굴을 확인하고 나서야 한준은 그녀가 누구인지 알아차렸다.

"네. 문영호 회장님의 사모님 아니십니까."

주현을 보는 한준의 표정이 얼마쯤 굳어졌다. 그녀가 왜 이 시간에 여기에 있는지 순간적으로 납득하기 힘들어 미간을 찡그렸다.

"맞아요. 나 오늘 류 전무 만나러 왔어요. 그런데 자리에 없더군요."

"외부에 일이 있었습니다만, 무슨 일이시죠?"

한준의 질문에 주현은 속내를 알 수 없는 미소를 지어 보였다.

그러곤 한준을 향해 한마디 덧붙였다.

"김유림, 아시죠?"

잠시 숨을 들이마셨을 뿐, 한준은 절대 동요하지 않았다. 상대가 어떤 사람인지 알기에 감정을 일체 밖으로 드러내지 않아야 했다.

게다가 유림의 이름을 입에 올렸으니 이 여인이 찾아온 이유는 유림과 문영호 회장과 관련되어 있을 거라 직감했다. 설마 유림이 문영호의 혼외 자식이라는 사실을 알고 있는 건가.

얼핏 추측이 일었지만 한준은 확신하기를 꺼려했다.

다소 악착같고 자린고비로 알려진 문영호와는 다르게 그의 아내는 성품이 올바르고 남달라 남모르게 사회복지 단체에 후원이나 기부도 많이 한다고 알려져 있었다. 하지만 그래도 경계심을 풀수는 없었다.

문영호 회장과 그 아내가 사이가 좋지 않다는 소문이 파다했지만, 아직 이 여인이 적군인지 아군인지 모르는 상태에선 그 어떤 것도 확신할 수 없었다.

"그런데요?"

"그 아이에 대해서 할 얘기가 있어요, 류 전무님."

"김유림 씨에 대해서 사모님과 제가 나누어야 할 얘기가 있습니까? 저는 단지 김유림 씨와 그림을 거래한 사람일 뿐입니다만."

"제가 나서서 그 아이를 만날 수 없어서 그래요. 내 주변에 가장 입이 무거운 사람이 누가 있나, 열심히 고민해 봤더니 별로 인연도 없었던 류 전무가 떠오르더군요. 더구나 류 전무는 그 아이와 만날 수 있는 연결 고리가 있죠."

다소 격양된 음성과는 반대로 주현의 표정은 무감하기 그지없었다. 한준은 어쩌면 주현으로부터 문영호 회장과 전 실장의 동태를 알 수 있을지도 모른다는 생각이 들었다. 어렵게 입을 떼었다.

"제가 필요하시다면 어쩔 수가 없지요. 가시죠."

한준은 주현을 데리고 발길을 돌렸다. 그가 주현과 함께 도착한 곳은 회사 건물 옆 작고 아담한 커피숍이었다. 굳이 다른 사람들의 시선을 피할 필요는 없다는 그녀의 말에 따라 한준이 고른 곳이었다.

직원에게 커피를 주문한 두 사람은 한동안 말이 없었다. 주현은 감정을 고르는 듯했고 한준은 그런 주현을 관찰했다.

"정말 덥네요. 그동안 병원에만 갇혀 지냈더니 계절이 어떻게 오고 가는지도 몰랐어요."

그렇게 침묵만 이어 가던 주현이 먼저 입을 열었다. 그녀의 말에 한준은 얼마 전 문영호가 입원한 병실에 다녀갔던 기억을 떠올렸다.

"문 회장님은 좀 어떠십니까."

"그저 그래요. 좋아지지도 나빠지지도 않았어요. 심장 쪽이 선천적으로 좋지 않았는데 이번에 더 나빠지긴 했죠. 이유는 알 테고요. 참 무쇠 같은 사람이다 싶었는데 병에는 장사가 없나 봐요."

"그래도 몸에 좋은 약을 많이 드셨다는 소문이 있으시던데요. 문 회장님이."

"맞아요. 안 먹은 게 없을 정도예요. 몸에 좋다는 얘기만 들으면 바다 건너서라도 사 오게 했으니까요. 사실 난 그 사람의 그런 행동들이 마음에 들지 않아요. 나라면 나이를 먹고 병이 들면 주변 사람에게 피해가 가지 않게 하기 위해서라도 빨리 죽고 싶어질 것 같거든요."

주현의 말투에서 얼핏 분노가 느껴졌다. 한준은 고개를 비스듬히 기울인 채 그녀를 주시했다. 부부 사이가 좋지 않다는 소문이 사실이었나 보다. 마침 주문한 커피가 나왔고 주현은 컵에 입을 대고 한 모금 마셨다.

"커피 맛이 좋네요. 난 이런 데가 좋더라. 화려하지 않아도 소박한 맛이 있는 곳요. 요즘은 이런 곳을 보기가 드물죠. 사람들은 무조건 크고 화려한 것만 찾으니."

"무슨 일로 저를 찾으셨는지 이제 듣고 싶은데요, 사모님."

한준은 자꾸만 겉만 맴도는 주현의 말을 끊으며 본론으로 들어가고자 했다. 그러자 주현 역시 알겠다는 표정을 지으며 커피 잔을 내려놓았다.

"류 갤러리 창립기념 파티까지 기다리려다가 안 되겠어서 왔어요. 그래, 갤러리 일은 잘되어 가나요."

"이렇게 마주앉아 사업에 관한 얘기를 나눌 만한 사이는 아닌 것 같지만, 뭐, 만족스럽긴 합니다."

"듣기론 김유림 양의 어머니 작품이 최고가라고 하던데 맞나요? 그 그림을 거는 갤러리는 돈을 끌어 담는 일만 남았다고 하던데요."

"그림에 조예가 깊으신지 몰랐습니다."

"아니에요. 내가 하고 싶은 말은 그림이 아니에요. 김미현과 김유림에 대한 얘기죠."

"네. 하시죠."

주현은 잠시 호흡을 골랐다. 지금까지 고수했던 무표정과는 달리 다소 흥분하고 있었다. 그 순간에 한준은 확신했다. 김미현, 김유림, 그리고 문영호 회장과의 관계를 서주현은 모두 알고 있다.

제 인생에 가장 적나라한 치부를 드러내어야 하는 순간에 저런 표정을 짓는 건 당연한 일이었다. 그러나 여전히 의문이었다. 왜 그녀가 자신을 찾아왔는지.

"김유림 양을…… 다른 곳으로 떠나게 할 수 있나요? 내 말은…… 우리 그이가 김유림 양을 앞으로도 절대 찾을 수 없게, 해줄 수 있나요? 류 전무에게 할 수 있는 모든 보상을 하겠어요."

여전히 한준은 흔들리지 않았다. 다만 주현이 왜 이런 마음을 갖게 되었는지 궁금할 따름이었다.

"무슨 말씀이신지."

"우리 그이가 그 아이, 김유림 양을 찾고 있거든요. 그것도 아주 열심히."

주현은 한 박자 쉰 다음 말을 이었다.

"처음에는 그 아이를 다시 찾아서 뭘 어쩌자는 건지 이해를 못했죠. 참 이기적인 사람이었는데 끝까지 이기적이더군요. 그 아이, 김유림 양은…… 그이의 혼외 자식이니까요."

놀란 척, 당황한 척. 한준은 일부러 표정을 만들었다. 그리고 그 다음 말을 기다렸다. 그녀가 하고 싶은 말이 드디어 나와 줄 것 같았다.

"얼마 전에 그이와 전 실장이 대화하는 걸 엿들은 적이 있어요. 그때 절대 그이가 그 아이를 찾게 해선 안 되겠다 생각했어요. 그 아이를 이용하려 하고 있기 때문이죠."

이용? 속으로 되뇐 한준이 눈썹을 끌어 올리며 물었다.

"어떻게 이용을 한다는 뜻입니까."

"그 아이를 찾기만 하면 대대적으로 언론에 발표를 할 거예요. 나와 우리 그이, 우리 부부는 아주 오래전에 전혀 드러나지 않은, 잃어버렸던 아이가 있는데 그 아이를 드디어 찾았다구요. 우리 부부는 오랜 세월 그 아이를 찾기 위해 눈물로 뛰어다닌 애절한 부부가 될 거예요. 그렇게 언론을 뒤흔들어, 지금 바닥을 친 회사 이미지를 어느 정도 살려 놓은 다음, 그 아이를 LK호텔 둘째 아들과 결혼을 시킬 생각인 것 같아요."

문영호의 검은 야욕이 모두 드러난 순간이었다. 단지 짐작만 하고 있었던 것이 구체적으로 와 닿아 한준의 마음에 커다란 파란이 일었다. 이번만큼은 연기가 아닌 경악을 그대로 드러내며 미간을 구겼다.

큰아들이 마약 복용 혐의로 기소되었으니 그가 경영하던 호텔이 현재로선 가장 급한 불이었고, 그것을 유림의 결혼을 통해 무마시키겠다는 의도였다. 유림이 왜 그토록 그들로부터 숨고자 했는지 이해를 하고도 남음이었다. 한준은 다리를 고쳐 꼬았다.

"사모님은 왜 회장님의 뜻과 달리하시는지요."

"처음엔, 그래요. 내 이기심 때문이었죠. 내 피가 섞이지 않은 아이를 어떻게 자식이랍시고 사람들한테 밝히겠어요. 천륜을 거스르는 짓, 난 못 해요. 회사가 이렇게 되었지만 죄를 지었으면 죗값을 달게 받아야 한다는 게 내 생각이에요."

주현은 잠시 숨을 고르며 말을 이어 갔다.

"그래서 죗값을 치른 후 처음부터 다시 시작했으면 했죠. 기회는 얼마든지 많으니까요. 하지만 그 양반은 지금까지 이루어 놓은 것들을 절대 포기할 위인이 못 돼요. 그 아이를 찾게 된다면 결혼보다 더한 일을 시킬지도 몰라요. 그 아이, 불행해질 거예요. 난 내 손으로 누군가를 불행하게 만드는 것, 못해요."

그녀의 말에는 처음부터 끝까지 문 회장을 향한 분노와 배신이 고스란히 담겨 있었다. 어쩌면 유림을 남편이 찾지 못하도록 멀리 떠나게 해 달라는 부탁 속에, 남편을 향한 복수의 의미도 포함되어 있으리라.

모든 이들을 힘들게 하고 있는 문영호의 만행에 한준은 내심 혀를 내둘렀다.

"이렇게 엄청난 일을 저한테 털어놓으시는 덴 이유가 있을 텐데요."

"어렸을 때부터 류 전무는 또래들에 비해 무겁고 진중한 구석들이 많았다는 걸로 기억해요. 가끔 사모들 모임에 나가면 류 전무

칭찬들이 자자했죠. 그 인상이 아직도 나한테 남아 있어요. 내가 진심을 털어놓으면 절대 모른 척하지 않을 거라고 생각했어요. 그리고 천만다행으로 지금 그 아이와 닮아 있는 사람이 류 전무뿐이니까요."

지친 표정이 역력해 보이는 그녀의 얼굴이 그때부터 아래로 향했다. 가문의 치부를 타인에게 드러내는 건 대단한 용기지만 동시에 수치스러운 일이기에 한준을 똑바로 마주할 수 없음이리라.

주현의 심정을 모두 이해했지만 한준의 생각은 비관적이었다. 그에겐 유림과의 약속이 먼저였다.

"죄송하지만 저는 모른 척해야겠습니다."

한준의 말에 주현이 고개를 떨어뜨린 채 입술을 깨무는 것이 보였다. 한준은 말을 이었다.

"외람된 말씀이지만 사모님께서도 모른 척하고 계시는 것이 좋을 거란 게 제 생각입니다. 모든 일이 문 회장님의 뜻대로 흘러가진 않을 테니까요. 그리고 걱정하지 마십시오. 사모님이 오늘 털어놓으신 것들, 절대 발설하는 일은 없을 겁니다."

테이블에 다시 정적이 내려앉았다. 낙담한 얼굴로 주현이 백을 챙기며 주섬주섬 자리를 뜨려고 준비하는 동안, 한준의 신경은 온통 유림을 향해 있었다.

커피숍에서 주현과 헤어지고 집을 향하는 차 안에서도, 차에서 내려 현관에 들어서는 순간에도, 한준은 유림을 어떻게 해야 할지에 대한 고민으로 신경이 팽팽해져 있었다.

현관에 올라서자 집안일을 돌보는 집사 격인 김 씨가 마중을 나왔다. 어머니는 아버지 대신 가족 모임에 참석하느라 아직 귀가하지 않았고 아버지는 오후 내내 깨어나 산책을 하다가 저녁 식사 후 바로 잠이 들었다는 얘길 전해 주었다.

한준은 고개를 끄덕이는 걸로 대답을 대신 한 후 3층으로 곧장 올라갔다.

아버지는 깊은 잠에 빠져 있었다. 링거 줄이 어지러이 헝클어진 팔을 부드럽게 쓸어내린 그는 고개를 돌려 유림을 찾았다. 늘 앉아 있곤 했던 소파는 텅 비어 있었고, 욕실에선 기척이 들려오지 않았다.

한준은 구석진 곳에 있는 작은 방의 문을 살짝 열어 보았다. 예상대로 유림은 그곳 의자에서 세운 무릎을 끌어안은 채 잠이 들어 있었다.

피식거리며 잠시 그녀를 쳐다보기만 하던 한준은 이내 방 안으로 들어와 그녀의 곁에 앉았다. 그녀는 어젯밤 잠을 설쳤는지 꿈쩍도 하지 않고 잠에 빠져 있었다.

고른 숨소리를 들으며 아까 주현의 얘기를 떠올렸다. 유림이 문회장에게 어떤 방식으로 이용을 당하게 될지 모두 알게 된 상황에서 그녀를 보는 시선에는 연민이 짙게 묻어 있었다.

발목에 감겨 있던 붕대는 어느새 사라졌고 약간의 상흔만이 보였다. 무의식적으로 한준의 손가락이 그녀의 볼을 가볍게 쓸었다. 닿기가 무섭게 몸 안에서 전율이 일어 서둘러 손을 내려 버렸다.

한숨이 입가로 스쳤다. 앞으로 그녀는 어떻게 되는 건가. 그를 떠나 제대로 피해 다닐 수나 있을까. 답이 없는 의문이 차례로 일었다. 그리고 그를 괴롭힌 마지막 의문에 더욱 굳은 표정을 지었다.

대체 그녀와 무엇을 하고 싶은 건가.

한준은 몸을 일으켜 그녀를 빤히 내려다보았다. 불편한 자세 때문인지 그녀의 고개가 자꾸만 아래로 뚝뚝 떨어진다. 한준은 그런 유림을 번쩍 안아 올렸다.

몸의 무게중심이 흔들려 이쯤 되면 잠에서 깰 법도 한데 그녀는 미동도 없었다. 2층 자신의 방으로 들어와 유림을 침대에 고이 눕혔다. 에어컨의 온도를 조절한 후 그녀가 편히 잠을 이룰 수 있도록 했다.

그 모든 일련의 행동은 매우 차분하고 조심스럽게 이루어졌다. 며칠간 아버지를 간호하느라 계속 선잠을 청했던 유림이 오랜만에 숙면을 취할 수 있게 해 주고 싶었다.

그래서 그녀가 깨지 않도록 침대 주변을 벗어났다. 한준은 침대에서 제법 떨어진 책상으로 곧장 다가가 가방 속 서류를 정리하기 시작했다.

유림은 꾹 감고 있던 눈을 가늘게 떴다. 눈꺼풀이 떨리고 있었다. 이리저리 눈동자를 굴려 그의 뒷모습을 발견한 유림은 마른침을 삼키며 그의 동태만 주시했다.

그는 자신이 잠들어 있다고 생각하고 있겠지만 틀렸다. 유림은 그가 안아 올렸을 때부터 이미 잠에서 깨어 있었다. 거세게 요동치던 심장 소리를 그가 듣지 못한 것이 천만다행이었다.

그에게 안긴 순간에는 너무 놀란 나머지 눈을 뜰 수가 없었고, 2층으로 내려오는 동안에는 중간에 잠을 깬 척하기엔 발연기를 할 가능성이 농후해서 그럴 수 없었다. 그래서 결국 여기까지 오고 말았다.

유림은 잠을 깼다는 것을 그에게 알릴까 말까 고민하다, 문득 시선 끝에 보이는 그 남자의 뒷모습에 또다시 가슴이 두근거리는 것을 느끼며 숨을 크게 들이마셨다.

어제저녁의 일이 생생했다. 그의 과거를 알게 되고 그걸로 그와 복잡 미묘한 관계가 되고, 그녀의 감정은 이름 모를 형태로 수시로 그녀를 잠식해 갔다.

하루 종일 그를 생각했다. 회장님의 상태를 점검할 때에도 유림은 한준을 생각하느라 제대로 집중하지 못했다. 그가 불쌍했고 그의 부모님이 안타까웠다. 이 감정은 대체 뭘까. 제 코가 석 자면서도 결코 외면하지 못하는 이유가 뭘까.

"켈록!"

그에게 지나치게 집중한 나머지 유림은 숨을 쉬는 박자를 잃어버려 사레가 들려 버렸다. 당황하여 눈을 크게 뜬 유림을 한준이 뒤돌아보았다. 하는 수 없이 방금 깨어난 척 기지개를 켜며 상체를 일으켰다.

시치미를 떼며 한 마디 하는 것도 잊지 않았다.

"아…… 방이 건조한가? 웬 기침이."

돌아선 한준은 유림의 면면을 세세히 살폈다. 돋보기를 들고 들여다보는 듯한 그의 날카로운 눈빛에 유림은 지레 주눅이 들었다.

"깨어 있었군. 내가 옮겨다 주는 게 좋았던 모양이야? 계속 자는 척한 걸 보면."

"방금 깼는데요."

"방금 깬 사람치곤 목소리와 눈자위가 지나치게 맑고 선명한데?"

관찰하듯 사람을 보기만 하는 줄 알았는데 눈치가 빠른 것도 일품이다. 유림은 괜스레 제 발 저려 주춤주춤 침대에서 내려왔다. 머리를 매만지고 옷깃을 바로 잡은 후 한준을 보며 생글 웃었다.

"난 그럼 회장님께 가 봐야……."

"깊이 잠드셨어. 지금 가 봤자 당신이 할 일은 없어. 그러니까 푹 쉬어."

"아…… 그래요? 식사하시고 바로 주무셨거든요. 오늘은 주사에 신경안정제가 들어가진 않았지만 아무래도 어제의 여파가 있으니까요. 바이탈은 정상으로 회복되었지만 며칠간은 조심하셔야 할 거예요. 뭐, 한 교수님이 알아서 지시를 하시겠지만요."

"어머니가 돌아오시는 대로 우린 빌라로 돌아가지. 그렇게 알고 준비해."

'벌써요?'라는 말이 튀어나올 뻔했지만 유림은 천천히 고개를 끄덕였다.

"네. 알았어요."

한준은 어제에 이어 오늘도 내내 어딘가 심통이 난 것처럼 구는 그녀를 물끄러미 바라보았다. 두어 걸음 걸어 그녀의 가까이에 서니 그녀가 멈칫 두어 걸음 다시 멀어진다.

그가 다가온 만큼 멀어지는데 왜 이렇게 가슴이 뛰는 걸까. 유림은 입술을 질끈 깨물었다. 한준이 상체를 숙이고 고개를 그녀의 얼굴 쪽으로 확 밀고 들어오자 유림은 더욱 질겁하여 고개를 비틀었다.

"요즘 립글로스를 바르지 않는 것 같은데. 입술도 멀쩡한 것 같고."

그의 시선이 유림의 눈으로부터 아래로 내려가 입술에 멎었다. 유림은 멀뚱 눈동자만 굴리며 그의 말을 곱씹었다. 그러고 보니 요즘 들어 립글로스를 바르지 않았다. 그걸 어디다 두었는지도 잊어버렸다.

자신도 모르게 입술을 혀로 축이면서 이 이상한 변화에 가슴이 불편해지는 것을 느꼈다. 그와 함께 있으면서부터 시작된 변화라는 것은 이미 뚜렷하게 인식하고 있었다.

"뭘까."

유림이 입술 때문에 딴생각에 빠져 있는 사이, 그가 다시 낮게 물어 왔다. 고개를 돌려 그와 정면으로 시선을 마주한 유림이 얼버무리며 되물었다.

"……뭐가요?"

"어제부터 당신한테서 풍기는 묘한 분위기는. 정확하게는 어제 저녁부터지만."

"무슨……."

"내가 말했지. 불만 있으면 말하라고. 그렇게 입 다문 채로 사람 지치게 하는 게 당신 취미야?"

이 남자, 사람 마음 읽을 줄도 아는 건가. 이 남자 때문에 어제 오늘 만신창이가 되어 버린 마음을 눈치채기라도 한 건가.

뭐라도 해 주고 싶은데 해 줄 수도 없고, 어떤 말이라도 건네고 싶은데 그럴 수도 없는 그녀의 처지를, 그는 모를 것이다. 선을 그어 버려 그 안에서만 답답하게 맴돌아야 하는 자신의 심중을, 그는 절대 모를 것이다.

"나 때문에 지쳤어요?"

그래서였다. 그렇게 답답해하고 있는 자신의 마음을 건드린 그에게 당돌한 표정이 된 것은. 될 대로 되어 버려라, 라는 마음이 된 것은.

"정확하게는 어제저녁부터 당신한테 하고 싶은 말이 있는데 참느라 힘이 들어서 그래요. 됐어요?"

"무슨 말?"

"당신이 불쌍해요."

저도 모르게 툭 튀어나온 말. 유림은 기어이 선을 넘어 제 진심을 밝혔고, 한준은 눈썹 끝이 밀려 올라간 채로 그녀의 다음 말을 기다리고 있었다.

"모른 척하는 거, 난 못 하겠어요. 내가 느낀 대로 마음이 움직이는 대로, 그렇게 말하고 행동할 거예요. 당신이 불쌍해요. 할 수만 있다면 당신을 안아 주고 싶어요. 그게 내가 하고 싶었던 말이에요."

일순 방 안이 무거운 침묵으로 뒤덮였다. 유림은 떨리는 눈으로 그를 쳐다봤다.

제 마음이 그에게 동정으로 비춰지지 않기를, 제 코가 석 자인 여자의 쓸데없는 오지랖으로 여겨지지 않기를, 무엇보다 그가 냉담하게 비웃지만 않기를.

폭탄을 떨어뜨린 것처럼 갖가지 불안감에 마음이 불편한 그녀를 향해, 한준은 잠시 후 두 팔을 활짝 벌려 주었다.

"안아 주고 싶다며."

그건 말 그대로 충동적인 행동이었다. 단 한 번도 계획과 공식에서 벗어나 본 적 없었던 그가 처음으로 일삼은 일탈 같은 거였다.

불쌍하다는 그 투박하고 촌스러운 한 마디가 자존심이 상하는 것이 아니라 그녀의 진실한 마음을 엿보게 했다. 문 회장으로부터 더욱 그녀를 지켜야겠다는 정의로운 마음이 들 정도로.

잠시 주저하던 유림이 뛸 듯이 다가와 그의 가슴팍에 팍 안겨 버렸다. 그 때문에 한준의 몸이 아주 잠깐 균형을 잃고 뒤로 밀려 나갔다가 돌아왔다.

허리를 감은 가는 팔, 그의 턱을 간질이는 여자의 정수리, 가슴으로 맞부딪쳐 오는 잦은 떨림. 안겨 보라고 한 건 그인데도 막상 그 모든 접촉에 한준의 눈동자가 크게 출렁거렸다.

"당신은 꼭 행복할 거예요. 다 잘될 거예요. 내가 응원할게요.
아무 걱정하지 마요, 류한준 씨."

허공에 벌리고 있는 팔이 제자리를 잃은 듯 가늘게 떨렸다. 고
개를 조금만 숙여도 금세 입술에 여자의 머리칼이 닿을 듯했다.
가슴팍으로 선연하게 느껴지는 젖가슴이 여체를 금세 감각했다.

순식간에 몸의 한가운데가 움찔거리며 곤두섰다. 팽팽한 긴장감
이 가득 조여들었다. 이대로 이 여자를 침대에 눕힌 채 함께 뒹굴
고 싶다는 얼토당토하지 않은 욕망이 바글바글 들끓었다.

그것은 유림을 자극했다. 아직 남자를 겪어 보지 않은 몸이지만
그것이 무얼 뜻하는지 정도는 유림도 알고 있었다. 심장이 저만치
튀어나갈 것 같았다. 괜한 측은지심에 앞뒤 잴 것도 없이 이 남자
의 품에 덥석 안겨 버리다니.

몸을 떼어 내지도 못하고 그렇다고 완전하게 안기지도 않은 어
정쩡한 자세를 하며, 유림은 입술이 아리도록 깨물었다.

차츰 더 강하게 아랫배를 찔러 오는 이물감에 그녀의 몸 아래쪽
에서도 무언가가 왈칵 쏟아졌다. 낯선 감각, 낯선 상황에 얼굴이
화끈거리며 달아올랐다.

이건 생각지도 못한 반응이었다.

결국 그 순간을 서둘러 몸을 떼어 낸 후 방을 나가는 걸로 상황
을 정리한 유림은 오히려 그 전보다 더 그와 대면하는 게 힘들어
졌다.

은희가 돌아오고 그와 함께 빌라로 돌아오는 차 안에서도, 빌라에 도착하여 인사를 하는 둥 마는 둥 2층으로 도망치듯 올라가는 순간에도, 침대에 누워 잠을 청할 때에도 한 번 튀어나간 심장은 돌아올 생각을 하지 않고 있었다.

"대체 이게 무슨 일이야."

내내 뒤척이다 새벽녘에 발개진 눈으로 벌떡 일어난 유림은 시계를 보았다. 5시 30분. 멍한 머리를 들어 이리저리 운동 삼아 돌리던 그녀는 무거운 몸을 일으켜 침대를 내려왔다.

아무래도 정신이 나갔다. 냉수 한 사발을 들이켜서라도 이 가슴을 진정시켜야 했다.

그는 보통 6시쯤에 일어나기에, 유림은 그가 일어나기 전에 얼른 주방에 들러 냉수를 마실 생각이었다. 하지만 주방에 성큼 한 발짝 들어선 그녀는 기겁을 하고 놀라고 말았다.

"헙!"

언제 일어났는지 한준이 이미 정수기 앞에 자리를 잡고 먼저 물을 마시고 있었다. 게다가 그는 정장 차림이었고, 식탁에는 출근 가방이 놓여 있었다. 물을 마시다 말고 흘깃 그가 돌아본다.

"일어났어?"

"지, 지금 출근해요? 이, 이렇게 빨리."

생각지도 않은 상황에 유림의 얼굴이 귀밑까지 붉어졌다. 아무렇지도 않은 척 애를 써도 달아오른 얼굴과 가출한 심장은 어쩔 수가 없는 것이었다.

"갤러리에 가 볼 생각이야. 왜?"

"아, 아니에요. 다녀와요."

티 나게 더듬거리는 말조차 마음에 들지 않았다. 유림은 시선을 떨어뜨린 채 한준이 컵을 내려놓은 후 식탁에 있던 가방을 들고 주방을 나서는 소리에 귀를 기울이고 있었다.

그러곤 고개를 빼꼼 내밀어 그가 현관에 내려서서 구두를 신고 나가는 모습을 훔쳐보았다. 띠리리, 하는 도어록의 벨소리와 함께 문이 닫히자 유림은 기운이 다 빠져나간 모습으로 돌아서서 벽에 기대었다. 그녀는 허한 눈빛으로 낮게 읊조렸다.

"……어쩌지?"

낭패감에 입술을 짓씹은 채 그 자리에 스르르 주저앉았다.

생각지도 않은 일. 전혀 예상하지 못했던 일. 류한준, 그를 좋아하게 되어 버렸다.

"문 회장이란 인간은 정말이지 막장이 따로 없구먼."

재완이 혀를 차며 고개까지 설레설레 저었다. 점심시간. 함께 구
내식당에서 식사를 한 후 전무실에 올라온 후였다. 한준은 며칠
전에 있었던 서주현과의 만남에 대해 재완에게 모두 이야기했고,
재완은 그것을 목하 비난 중이었다.

그간 재완은 내일 있을 창립식을 위해 갤러리에 살다시피 하여
두 사람이 얼굴을 직접 대면한 건 며칠 만에 이루어진 일이었다.

"그 인간은 눈빛부터 우리하곤 종이 달라. 마가 잔뜩 꼈다니까.
얽히는 순간 그냥 골로 가는 거야. 전 실장 봐라. 그 평판 좋고 성
실하던 사람이 문 회장 비서실장으로 들어간 순간부터 눈빛부터가
탁 풀려서 헬렐레하잖냐."

손동작까지 취해 가며 문 회장의 악랄함을 표현하던 재완이 말 없이 창밖만 응시하고 있는 한준에게 질문을 던졌다.

"어쩔 계획이야?"

그러자 한준은 돌아서서 의자에 앉았다. 그러곤 아직 점심시간 이 채 끝나지 않았는데 서류를 챙겨 들고 대답했다.

"뭘?"

"문 회장이 그 정도로 악을 품었다면 앞으로도 계속 유림 씨를 찾아다닐 것 같지 않아? 유림 씨는 시간이 좀 흘러 잠잠해지면 여 길 떠날 거라고 했잖아. 근데 이거 어째, 영 잠잠해질 폼이 아닌 것 같아서 말이지. 유림 씨를 다른 곳으로 옮겨야 하는 거 아냐? 아니면 이제 떠나라고 하든가. 이러다가 우리가 옴팡 독박 쓰는 거 아닌가 모르겠다."

"걱정 돼?"

"얌마, 당연하지. 네가 괜한 일에 휘말렸잖아, 지금."

"휘말린 게 아니지. 이젠 내 일이 되어 버렸지. 그렇게 되어 버 렸어."

한숨과 함께 쏟아 낸 말은 혼잣말과 비슷했다. 재완의 말처럼 더 큰 문제가 일어나기 전에 이제는 유림을 떠나게 해야 옳았지만 신기하게도 그런 생각이 전혀 들지 않았다.

자신의 이익에 반(反)하는 일은 거들떠도 보지 않았던 그가, 어 째서 유림의 일에는 예외를 두고 있는지, 그 자신도 자각하지 못 하고 있었다.

"그러니까 어쩔 생각이냐고. 유림 씨 계속 네 빌라에 둘 거야?"

"유림이한테 가장 안정적이고 부담이 없으면서도 문 회장한테 강력한 한 방을 먹일 수 있는 방법을 고민 중이야."

한준의 말을 듣다 말고 재완이 눈을 치떴다. 의문과 의구심이 뒤덮인 표정으로 한준을 보았다. 한준은 계속해서 서류에 시선을 박고 있었다. 그래서 더욱 이상했다.

저가 무슨 말을 했는지 깨닫고 있기나 한 건가? 유림이라니. 그렇게 부드럽게 그 이름을 언급하다니. 이 녀석, 뭐지?

그러고 보니 재완은 요 근래 한준의 표정이 예전과는 달리 조금씩 풀어지고 있었다는 것을 상기했다. 회장님이 아팠던 며칠을 제외하고서라도 한준은 전에 없이 일찍 퇴근하곤 했던 것이다.

무엇보다 한준과 10년 이상 알아 온 절친한 친구로서 재완은 요즘 들어 한준에게서 느껴지는 변화의 바람을 제대로 확인하고 있는 셈이었다.

"얼음 심장에도 드디어 훈풍이 불어 닥치는구나."

휘파람을 섞고서 모른 척 건들거리니 한준이 설핏 고개를 들고 물었다.

"뭐?"

"아냐. 아무것도. 아차차. 그래서 그게 뭔데? 그 방법이란 거 말이야."

"창립 파티에 유림이를 오게 할 거야."

그때까지도 짐짓 평온하던 전무실이 한준의 그 한 마디로 초토

화되었다. 용수철이 튕긴 것처럼 벌떡 일어난 재완의 얼굴이 순식간에 일그러졌다.

"뭐어? 그 자리엔 문영그룹 쪽 사람들도 참석할 거라며. 그런 자리에 유림 씨를 오게 한다고? 너 약 먹었지? 어? 말해 봐, 자식아. 흥분 쪽이야, 아님 자극 쪽이야?"

"호들갑 떨지 마. 네가 걱정하는 그런 일은 일어나지 않을 테니까."

"내가 뭘 걱정하는지 알고나 있냐? 난 다른 사람 걱정은 안 해. 왜? 나완 상관없는 사람들이니까. 그런데 너! 너 말이다, 한준아. 네가 걱정된다고."

한준은 눈썹을 치켜세운 채 필요 이상으로 화를 내고 있는 재완을 쳐다봤다. 걱정 없이 무사태평주의자라 늘 한준의 빈축을 샀던 재완이었지만, 지금은 어째 분위기가 달라진 듯했다.

"시월드가 아니라 윤월드군. 나가 봐."

재완은 한준의 낮게 깔린 목소리에 머리를 긁적이며 언성을 높였던 것을 후회했다. 제 앞가림은 철저하게 하는 친구 앞에서 괜히 주름잡은 꼴이 되고 말았다.

그저 한준이 여자를 잘 만나서 사랑을 주고받으며 행복하게 살아가기를 바라고 있는 친구의 마음이 앞선 듯했다. 전무실을 나가는 발길도 편치 못했다.

한준에게 못다 한, 남아 있는 말이 부글부글 끓어올라 내뱉지 않으면 안 될 것 같았다.

"네 가슴에 훈풍이 부는 건 얼마든지 찬성이지만, 그래도 인마. 좀 제대로 된 여자가 불어 주는 바람을 쐬든가 해야지. 휴우……."

한준이 듣지 못하게 낮은 목소리로 혼잣말처럼 중얼거리며 재완은 전무실을 나갔다. 재완은 한준이 듣지 못했을 거라 생각했겠지만, 한준은 재완의 중얼거림을 모두 다 들은 후였다.

그의 낯빛이 일순 굳어졌다. 재완이 했던 말이 무슨 뜻인지 단박에 알아차린 탓이었다. 김유림, 그녀를 두고 한 말이라는 것을 뚜렷하게 알아들었다.

재완이 한눈에 알아볼 정도로 변했단 말인가.

자조 섞인 한숨을 뱉으며 말도 안 되는 일이라고 고개를 저었지만 자신도 언제부터인가 흔들리고 있다는 것을 잘 알고 있었다.

언뜻언뜻 무의식중에서라도 일상에 끼어들고 있는 그녀 때문에 감정이 가라앉았다가 다시 치솟기를 반복하는 경우가 많았다. 이 불편하면서도 묘한 혼란스러움이 계속된다면 그는 어떤 결정을 내려야 하는 걸까.

한준은 고개를 저으며 전화기를 들었다. 상념에 빠지는 것보다 더 우선해야 할 일들이 산적해 있었다.

— 문영그룹 비서실입니다.

밝고 경쾌한 여자의 목소리가 들려오자 한준이 대답을 하기 위해 입을 열었다.

"비서실장님 부탁합니다. 저는 서승그룹 류한준 전무입니다. 그렇게만 전해 주면 됩니다."

247

그는 손을 뻗어 책상 한편에 둔 초대장을 집어 왔다. 류 갤러리 창립 파티 초대장. 그의 계획이 이루어지기만 한다면, 이젠 문영 쪽에서 유림을 찾아다니는 일도, 유림이 도망을 다니는 일도 모두 잠잠해지다가 이내 사라지게 될 것이다.

더는 그녀가 숨어 다니기 바빠 자신의 인생을 허비하는 일이 없게, 바이탈 측정기를 들여다보고 초음파 검진을 하던 그 순간의 눈빛처럼 다시 생생하고 반짝이는 눈빛을 가질 수 있게, 그가 할 수 있는 일을 진행할 생각이었다.

전 실장과의 만남은 퇴근 시간이 임박하여 이루어지게 되었다. 시내의 한 작고 허름한 선술집에 들어서니 전 실장이 이미 기다리고 있었다.

이곳은 전 실장이 추천한 장소였는데 사람들의 눈을 피하고 만나기엔 오히려 제격이라는 생각이 들었다. 띄엄띄엄 테이블을 차지하고 있는 이들은 하루 벌어 하루 먹고 사는 일용직 노동자들이거나 어린 대학생들이 대부분이었다.

"죄송합니다, 전무님. 먼저 한잔하고 있었습니다."

언제부터 마시고 있었던 건지 전 실장의 모습은 다소 흐트러져 있었다. 한준은 그의 옆에 자리했다. 지글지글 소리를 내며 돼지껍데기가 불판 위에서 익어 가고 있었다. 전 실장이 손을 번쩍 들며 주인에게 외친다.

"여기 잔 하나 더 가져다주쇼."

"전 됐습니다. 전 실장을 만나러 온 목적은 술 한잔이 아니니까요."

"아, 네. 내일이 갤러리 창립일이니 술을 드시면 안 되겠군요, 전무님은. 그럼 혼자 마시겠습니다."

전 실장은 한준과 제대로 시선도 마주하지 못하고 있었다. 며칠 전 도서관 앞에서 벌어졌던 일에 대한 나름대로의 수치심 때문이리라.

사실 한준이 오늘 만나려고 계획했던 사람은 전 실장이 아니라 문 회장이었다. 초대장을 건네며 꼭 참석하라는 당부를 할 생각이었지만, 그 계획을 접고 전 실장으로 방향을 튼 건 순전히 유림 때문이었다.

언젠가, 이 전쟁이 모두 끝나는 날 유림이 아무 부담이나 두려움이 없이 문 회장을 마지막으로 만날 수 있도록. 그러니까 유림을 위한 최후의 보루 정도는 남겨 두고 싶은 마음이었다.

"초대장입니다. 내일 회장님을 모시고 오시죠."

한준은 정장 안주머니에서 초대장을 꺼내어 전 실장 앞으로 밀었다. 전 실장은 그것을 집어 들곤 가방에 넣었다.

"말씀드리겠습니다. 시간이 되실 겁니다."

"당연히 오셔야 합니다."

한준의 단언에 전 실장은 술잔을 집어 들다 말고 그의 눈치를 보았다. 무언가 할 말이 있는데 망설이고 있는 듯한 느낌을 받았다. 한준은 그것이 며칠 전에 있었던 '그' 일이라고 확신했다.

"저를 보시자마자 멱살부터 잡으실 줄 알았는데 의외라서 당황스럽습니다. 전무님."

전 실장은 실소를 머금으며 잔에 소주를 따랐다. 끈질기게 모른척하고 있는 한준이 저가 보기에 질리는 모양이었다. 차라리 터놓고 힐난을 퍼부어 주면 이렇게까지 불편하지는 않을 터였다.

"제게 멱살을 잡힐 만한 행동을 하셨습니까?"

한준은 덤덤한 척 되물었다. 그의 음성에 깔린 퍼런 서슬은 오직 전 실장만이 알아들을 수 있는 것이었다.

"다시 묻죠. 제가 전 실장님의 멱살을 잡아야 합니까?"

"유림 양은 잘 있는지 궁금하군요."

"또 차를 타고 뒤쫓으시게요?"

한준의 한 마디에 전 실장은 그제야 마음이 편해져 다시 한 번실소했다. 그 자신이 절대 이겨 낼 수 없는 씁쓸한 현실 앞에서 새파랗게 젊은 놈의 빈축이나 사고 있으니 얼마나 한심한 인생인가.

"전무님. 사람이 그럴 때가 있잖습니까. 하기 싫은 일을 해야만하는 때. 제가 지금 그런 때입니다. 개인적인 빚을 회장님이 모두탕감해 주셨으니, 저는 그때부터 회장님의 개가 될 수밖에요."

전 실장의 눈 밑에 드리워진 시커먼 그늘을 한준은 뚜렷하게 알아보았다. 문 회장의 더럽고 추잡스러운 일에 관계되어 시키는 짓이라면 무조건 할 수밖에 없는 자신의 처지를 비관하고 있는 듯했다.

동정을 바라는 건지 아니면 유림의 행방을 알기 위한 모종의 술수인지도 알 수 없었다. 하여 한준은 냉담하게 잘라 버렸다.

"전 실장의 개인사에는 딱히 관심이 없습니다만."

"그냥 그렇다는 겁니다. 전무님 같은 인생이 있으면 저 같은 인생도 있다는 거죠."

"전 실장님 자신에게 면죄부를 주고 계시는군요. 그래서 마음이 편해진다면 얼마든지 신세 한탄이나 하시죠. 하지만 이후로 한 번만 더 며칠 전과 같은 일이 일어난다면, 그땐 제 선에서 끝나지 않을 겁니다. 무슨 말인지 아시죠?"

한준의 기세에 눌려 버린 전 실장의 목울대가 출렁거렸다. 술을 들이켠 후 전 실장은 인상을 쓰며 안면 근육을 일그러뜨렸다. 한준은 다시 말을 이었다.

"문 회장님께 방금 제가 했던 말을 그대로 전하시란 말입니다."

"한낱 거래 대상일 뿐인 유림 양을 왜 그렇게 싸고도시는지요. 유림 양은 전무님한테 아무 의미가 없는 사람이지 않습니까?"

"글쎄요. 싫어도 해야만 하는 때가 있다고 하지 않으셨습니까. 저도 그런 때인가 보죠."

한준은 자리에서 일어났다. 연거푸 술만 들이켜고 있는 전 실장과 더는 대화를 이어 갈 생각이 없었다. 전 실장을 남겨 두고 선술집을 나온 그는, 근처에 주차해 놓은 차 쪽으로 이동하면서 핸드폰을 꺼내었다. 유림의 번호를 누르려다 손이 멈칫한다.

한숨이 더운 공기로 유유히 흘러들었다. 핸드폰은 다시 주머니로 감추어졌지만 흔들리는 마음만큼은 감추어지지 않았다.

이 흔들림의 종착지는 과연 어디일까. 한준은 그 자리에 멈춰

선 채 뜨거운 도심의 공기를 정면으로 맞고 섰다. 움직여지지 않는 발길과는 달리, 마음은 그녀가 있는 빌라로 뻗어 가고 있었다.

☆ ★ ☆

영은은 턱을 괸 채 초대장을 뚫어지게 바라보고 있었다. 좀 전에 손 차장이 가져온 그것은 류 갤러리의 창립식 초대장이었고, 수신인으로는 이곳 대표의 이름이 적혀 있었다.

손 차장의 말로는 대표는 일찌감치 참석하지 않겠다고 했다고 한다. 아연하기도 하고 실소가 터지기도 했다. 류한준다운 발상이었기 때문이다. 경쟁업체에 보란 듯이 초대장을 보내다니.

영은은 얼마 전 한준으로부터 받은 수모와 굴욕을 똑똑하게 기억하고 있었다.

끝이 좋지 않은 관계였지만 그래도 한준이 제게 측은지심 정도는 발휘해 줄 거라 착각했던 그 순간. 무참히 깨지는 자존심과 더불어 한준을 향한 야속함이 지금까지도 잔재해 있었다.

그리고 이것이 그녀 자신의 판단 미스인 줄 알면서도 분노의 화살을 한준에게로 돌려 마음이나마 편해지고자 하는 비겁한 감정이란 것도 잘 알았다.

산란해진 정신을 가다듬기 위해 심호흡을 한 영은이 앞머리를 쓸어 올리고 있을 때, 손동연 차장의 시선이 느껴졌다. 영은이 동연에게 물었다.

"대표님은 정말로 안 가신대?"

"예. 두 번이나 안 가겠다고 강조하셨어요. 뭐 좋은 일이라고 불쑥 가냐고 하세요. 하긴 대표님도 거기에 갈 맛이 안 나겠죠. 다 알면서 이딴 걸 보내는 그쪽 갤러리도 참 너무하네요."

류 갤러리의 창립식에 발길을 하지 않겠다는 대표의 선언은 어찌 보면 당연한 일이었다. 보란 듯이 경쟁사에 초대장을 보낸 한준 쪽이 누가 봐도 이상한 것이었다. 영은은 한준이 자신을 조롱하고 있는 거라 생각했다.

"내가 가지 뭐."

영은이 단언했다. 그러자 동연이 놀라 돌아보았다.

"예? 실장님요?"

"내가 대표님 대신이니까 당연히 내가 가야지. 그래도 초대를 받았는데 모른 척할 순 없잖아. 그럴싸한 화분 하나만 주문해 줘. 알았지, 손 차장?"

"말도 안 돼요. 실장님이 거길 왜 가요? 가 봤자 웃음거리밖에 안 될 거라구요. 신생 갤러리한테도 밀린 곳이라며 지들끼리 쑥덕거릴지도 몰라요. 그런 델 가고 싶어요?"

"우리한테 잘난 척 좀 하겠다는데 왜 그래? 가서 박수쳐 줘야지. 나보다 잘하는 사람에게 박수를 쳐야지, 그걸 미워하고 질투하면 되겠어? 손 차장 그렇게 안 봤는데 꽤 못됐구나?"

"예. 저 못됐습니다. 그러니까 화환은 실장님이 직접 주문하시죠."

동연이 화가 난 얼굴로 실장실을 나가자 영은은 의자에 등을 한 껏 기대었다. 동연이 했던 말이 틀린 건 아니었기에 영은은 별다른 저지를 하지 못했다.

뭔가가 있는 태도로 당당하게 거길 가겠다고 선언은 했지만, 사실 그녀에겐 아무것도 없었다. 손은 텅 비었으며 가슴도 텅 비었다.

그럼에도 불구하고 한준에게 가려고 마음먹은 건 그가 그녀의 갤러리에 초대장을 보내었다는 사실, 그 자체 때문이었다.

아직도 자신의 존재가 그의 마음 한편에 남아 있는 게 아닐까 싶어서. 초대장 명단에 그녀의 이름을 적어 넣는 순간에나마 한준이 그녀 자신을 생각했을지도 모르기 때문에.

"어리석구나."

자조하면서 좀 전의 망상을 지우려 애를 썼다. 단순한 초대의 의미 그 이상도 이하도 아닐 텐데 과도하게 의미를 부여하려 하고 있다.

의자에서 몸을 일으켜 실장실을 나갔다. 손에 쥔 핸드폰을 통해 근처의 꽃집 전화번호를 알아낸 영은은 화환을 주문한 후 복도를 나섰다. 그에게 아직도 걸쳐져 있는 한 줌의 미련을 떨쳐 내면서.

"왔어요? 저녁 준비해 났는데."

앞치마 차림의 유림이 환한 얼굴로 주방을 나섰다. 가사도우미 아주머니가 오늘 비번이라 마침 날을 잡았다. 아주머니가 구입해 놓은 재료들을 가지고 솜씨를 부려 보았던 것이다.

그가 먹을 반찬들을 준비하면서, 유림은 세상에 이런 행복도 있구나 싶었다. 좋아하는 이를 위해 식탁을 차리는 동안의 행복감은 레지던트에 합격한 순간 이상으로 짙었다.

그를 향한 감정을 깨달은 이상, 유림은 이 행복감을 마음껏 누리고 싶었다. 그는 모르고 그녀만이 아는 감정. 한편으론 한쪽 가슴이 시큰거리기도 했지만, 혼자만의 감정이기에 더욱 절실하고 애달팠다.

"그러다 요리사로 나서겠어."

한준이 미소와 함께 빈정거렸다. 사실 말투는 빈정거리는 투였지만 그건 버릇이지 그의 진심이 아니라는 것 정도는 이제는 안다. 유림 역시 일부러 투덜댔다.

"또 그런다. 내가 해 주는 반찬들 죄다 잘 먹으면서."

"먹을 게 없으니 먹는 거지. 잘 알 텐데? 돈 주고 먹을 정돈 아니라는 거."

"도서관만 왔다 갔다 하는 통에 내 자아를 잃어버릴 지경이거든요? 당신이 먹을 반찬 준비라도 하지 않으면 숨 막혀서 미쳐 버릴지도 몰라요. 돈은 나도 안 받아요. 하지만 대신 맛없다는 말만 하지 마요."

한준은 의자에 앉으며 설핏 그녀를 쳐다봤다. 하긴 가끔 도서관에 가서 공부하는 것 말고 그녀가 할 수 있는 것이 없으니 답답하기도 할 터였다. 그러나 음식을 만드는 게 유일한 즐거움이라니, 이런 생활을 그녀가 언제까지 견뎌 낼 수 있을까.

그래서 이번 창립식 파티가 더없이 중요한 기회가 될 터였다. 그녀에게, 그리고 한준 자신에게도.

"정말로 미치진 않을 테니까 걱정하지 마요."

유림이 그의 눈치를 살피며 무안한 미소와 더불어 입을 열었다. 그가 가끔 저렇게 빤히 쳐다볼 때마다 유림은 가슴이 곤두박질치며 내려앉는 것을 느낀다. 너무 세차게 두근거려 호흡을 잃어버릴 뻔하기도 한다.

그래서 반찬 그릇을 갖다 놓는 손길이 행여 흐트러질까, 유림은 일부러 그와 눈을 마주치지 않았다.

그는 적어도 유림이 느끼기에 식사를 매우 잘 끝낸 듯했다. 반찬 그릇이 죄다 비었으며 식사 도중 단 한 번도 수저질을 멈춘 적이 없었던 것이다. 유림은 빈 그릇들을 싱크대로 옮기며 흡족하게 미소 지었다.

"나 정말 요리 공부라도 할까 봐요. 어떻게 생각해요?"

"좀 앉지."

한준은 그릇을 치운 그녀가 내민 물 잔을 받아 든 후 낮게 읊조렸다. 충만한 행복감에 젖어 만면 가득히 차오르던 미소가 차츰 흐려졌다. 유림은 표정 하나 없는 한준을 바라보았다. 가슴이, 다른 이유로 뛰었다.

"당신한테 할 이야기가 있어."

"뭔데요?"

유림은 그렇게 물은 후 그의 건너편에 앉았다.

그제야 한준은 그녀를 마주할 수 있었다. 그가 세운 계획의 종착역에는 그녀가 있다. 그녀가 모든 것을 받아들이고 적극적으로 나서 주어야 성공하는 종류의 일이었다.

오로지 유림의 삶이 더 나은 방향으로 흘러가게 하기 위해서, 그녀가 진정으로 원하고 바라는 것을 손에 쥐게 하기 위해서.

"요리하는 게 재미있겠지만 당신 손은 메스를 잡기 위해 존재한다는 걸 알아. 그러니 내가 하는 말 잘 들어줬으면 해."

"네. 그래요."

유림은 고개를 끄덕였다. 고저 없는 그의 말은 전과 달리 딱딱하거나 차갑게 느껴지지 않았다. 언뜻 자신을 향한 연민의 분위기마저 느껴진다. 그는 대체 무슨 말을 하려는 걸까.

"내일 우리 갤러리가 오픈하는 날이야. 파티가 있을 예정이고 각계각층의 인사들이 참석할 거야. 그리고 당신도 참석하게 될 거고."

"……내가요?"

유림은 미간을 찡그렸다. 참석해 달라는 부탁도 아니고 참석하게 될 거란 말은 그녀의 동의 없이 이미 일을 추진 중이란 뜻이었다. 유림은 이어지는 그의 말에 귀를 기울였다.

"생각을 해 봤어. 문영 쪽 사람들의 접근을 차단하고 당신이 편하게 지낼 수 있는 가장 좋은 방법이 뭘까. 물론 당신한테, 그리고 나한테 가장 적절하고 안전한 방법이어야 하겠지."

"그게 뭔데요?"

"내일 창립식에 참석해서 당신이 김미현 작가의 딸이라는 것을 사람들에게 알리는 거야. 물론 당신의 발언은 언론을 통해서 대중들에게도 알려질 거야."

한준의 음성은 매우 낮고도 뚜렷했다. 문 회장이 유림을 두고 세운 계획을 이미 모두 알게 된 이상, 한준으로선 먼저 선수를 쳐야 했다.

유림이 대중 앞에서 김미현의 딸이라고 알리게 된다면, 문 회장 쪽에서 설사 유림을 찾게 된다하더라도 그녀를 가지고 어떤 술수도 쓸 수 없을 거란 판단이 선 것이다.

그러니 이쯤에서 유림의 생각이 중요했고 결심이 중요했다. 한준은 유림의 안색이 차츰 창백해지는 것을 확인했다. 준비 없이 맞닥뜨리게 된 상황에 그녀 역시 어리둥절할 거라는 건 충분히 예상한 바였다.

"왜…… 그래야 하죠?"

"그래야 당신이 자유로워질 테니까."

유림은 가만히 한준의 대답을 되뇌었다. 자유로워진다. 그 말은 곧, 이곳에서 나가게 된다는 뜻이었다.

그녀가 김미현 작가의 딸이라는 것을 밝혀 대중 앞에 나선다면 문 회장 쪽의 기세는 한풀 꺾일 수밖에 없다는 것을 어렴풋이 이해했다. 그렇게만 한다면 더는 이런 식으로 살지 않아도 될 거라는 것까지도 깨달았다.

하지만 자유로워지는 대신에 이곳을 나가게 된다. 즉, 그를 떠나야 한다.

그 생각을 하니 정신이 퍼뜩 들었다. 누군가를 마음에 담아 둘 여유조차 가지지 못했던 그녀의 가슴을 처음으로 떨리게 했던 사람.

늘 걸치고 다녔던 안경을 빼고, 가슴처럼 메말라 있던 입술을 더는 다른 것으로 덧칠하지 않아도 되도록 온기로 젖어 들게 만들어 준 사람.

아직은 좀 더 그의 곁에 있고 싶었다. 억지로 붙잡아서라도 그와 함께이고 싶었다.

"엄마의 그림이 걸려 있는 걸 내 눈으로 직접 보고 싶어요. 사람들이 엄마의 그림을 보면서 감탄하는 모습도 보고 싶구요. 그런데 한준 씨의 제안에는 응할 수 없어요. 난 그러고 싶지 않아요. 그러려면 진작 했겠죠. 죽은 엄마를 팔아 내 안위를 챙기고 싶지 않아요. 사람들의 입에 오르내리고 싶지도 않아요. 그래서 이렇게 숨어 버린 걸요."

유림은 시선을 떨어뜨렸다. 그가 이렇게 미련하게 구는 자신을 두고 무슨 생각을 하고 있는지 마주하여 확인하고 싶지 않았다.

"미안해요. 당신 계획에 맞춰 주지 못해서. 혹시 내가 당신한테서 안 떨어질 거라 생각해서 제안한 거라면 걱정 마요. 때가 되면 내 발로 나갈 테니까. 그건 약속해요."

머리가 울려 자리에 더는 앉아 있을 수가 없었다. 목이 메고 코끝이 따가워지자 유림은 서둘러 자리에서 일어났다. 그러나 몇 발자국 옮기지도 못해 다가온 그에 의해 손목이 붙들렸다.

이미 눈이 젖어 든 후였다. 복잡한 감정이 뒤죽박죽 엉겨 버린 탓에 볼을 타고 눈물이 흐르고 있었다.

유림이 고개를 틀자 그의 턱 끝이 보였다. 그의 시선이 아프도록 따갑게 쏟아졌다. 볼을 타고 흐르는 눈물, 떨리는 어깨, 붉어진 코끝. 한준의 눈동자에 빛이 스쳤다. 언제나 퍼렇게 각이 져 있던 감정이 이 여자로 인해 뭉개지려 했다. 복잡한 마음이 이성을 좀먹는 순간, 그는 팔을 들어 그녀의 볼에 머문 물기를 손가락으로 쓸어 내었다.

"당신이 생각하는 그 이유는 절대 아니니까 지레짐작하지 마."

여자가 흘린 뜨거운 눈물이 그의 손가락 뒤로 자취를 감추었다. 눈물의 흔적이 차츰 말끔하게 사라질수록 한준의 감정은 명치까지 치받쳤다.

여자를 으스러지게 안고 싶은 욕망에 사로잡혀 가슴이 들끓기 시작했다. 그의 손이 허공으로 툭 떨어졌다. 결국 한준은 유림을 남겨 두고 제 방으로 돌아왔다. 문에 등을 기대고 서자 반대편 거울로 제 모습이 비쳤다.

흔들리는 거냐.

자조하며 흐르는 한숨이 뜨거웠다. 숨을 삼키는 입술은 더없이 추해 보인다. 언젠가 이 갈증을 그녀에게 드러내고 해갈하게 되리라는 것을 어렴풋이 알고 있다. 그래서 더욱 추해 보였다. 이미 알고 있으면서 아닌 척하는 자신의 가식이.

☆ ★ ☆

'유림이는 오지 않을 거야. 그렇게 됐어.'

재완은 한준의 빌라에 들어서며 그가 아침에 했던 말을 떠올렸다. 한준이 말했던 그 '방법'이라는 걸 들은 재완은 이거다 싶어 무릎을 탁 쳤지만, 유림이 거절했다고 한다.

유림의 태도가 선뜻 납득이 가지 않았지만 알지 못하는 다른 이유가 있겠지 싶었다. 사실 한준이 유림에게 마음이 가 있다는 것을 안 뒤로, 재완이 유림을 생각하는 마음은 곱지 않았다.

한준의 일상을 흔들어 놓은 여자. 그 여자 때문에 어쩌면 한준은 많은 것을 감수해야 할지도 모르는 일이었다.

— 어? 재완 씨?

"예. 접니다. 문 좀 열어 주십쇼."

그래서 인터폰에 대고 대답을 하는 말투도 그다지 살갑지 않았다. 하지만 문이 열리고 너무도 환하게 웃는 유림이 자신을 반갑게 맞이하자 재완의 날 선 마음도 어느 정도 누그러졌다.

웃는 낯에 침을 뱉을 순 없었고 그 자신도 그렇게 모질지 못한 인간이라는 걸 알기 때문이었다.

"이 시간에 어쩐 일이세요? 오늘 갤러리 창립식 있는 날이라면서요."

"예. 맞죠. 그런데 우리 전무라는 양반이 새벽부터 출근하는 바

람에 가방을 챙겨 오지 않았다지 뭡니까. 요즘 우리 전무가 흉흉
해졌어요. 흉흉해졌어. 쯧쯧."

유림은 혀를 차며 한준의 방으로 들어가는 재완을 바라보았다.
열린 문틈 새로 그의 침대며 가구가 보였다. 어제의 그 불편한 밤
이 생각나 그녀의 마음이 헛헛해졌다.

볼에 머물러 있던 그의 체온이 삽시간에 빠져나가 버렸던 그 순
간의 쓸쓸함. 아픈 마음을 위로받다가 내쳐진 느낌이었다. 냉담하
게 돌아선 그의 등이 그랬다.

오늘 아침에 흔적도 보이지 않아 일찍 출근했나 보다, 생각은
했지만 다른 이를 통해 들으니 기분이 더욱 가라앉는 듯했다.

"뭐 하고 있었어요? 유림 씨?"

한준의 가방을 챙겨 든 재완이 방을 나오며 물었다. 유림은 퍼
뜩 정신을 챙기며 환하게 웃었다.

"아, 그냥. 도서관에 갈 준비하고 있었어요. 공부나 하죠, 뭐. 오
늘 같은 날은 공부라도 해서 잡념이 들지 않게 해야 할 것 같아
요."

재완은 유림이 왜 그렇게 말하는지 알 것 같았다. 모친의 그림
이 처음으로 그럴듯한 갤러리에 떡하니 메인 작품으로 전시되는
날이다.

그동안은 주로 물밑에서 고가에 거래되는 작품으로만 여겨져 왔
던지라 오늘은 유림에게 남다른 날이 될 터였다. 그런 날에 마음
껏 축하받지도 못하는 유림의 처지도 안타깝긴 했다.

"음료라도 드릴까요? 아니면 차를?"

멋쩍은 표정으로 서 있던 유림이 퍼뜩 생각났는지 재완에게 제안했다. 재완은 고르기 어렵다는 시늉을 익살맞게 지어 보이다가 식탁 의자에 앉으며 대답했다.

"으음. 물?"

"좋아요."

유림은 차가운 물에 얼음을 띄워 재완에게 내밀었다. 그러곤 그녀도 식탁 한편에 자리했다. 재완은 물 한 잔을 모두 들이켠 후 컵을 내려놓았다. 그러자 유림이 입을 열었다.

"바쁘시겠어요. 뭐, 늘 그러시겠지만."

"바빴죠. 어우, 우리 전무님 성질이 워낙 빈틈이 없잖아요? 그성질 받아 주느라 올 여름 땀깨나 흘렸어요. 오늘 창립식만 끝나면 일주일 내내 보신탕 사 달라고 조를 거예요. 어이구 내 스태미나."

재완의 넉살에 유림이 키득거렸다.

"그 기분 이해해요. 그 사람 가끔 숨 막히게 하죠? 완전 긴장된다니까요."

말을 하는 유림의 얼굴이 붉어졌다. 그를 생각하면 표정부터 변하는 통에 유림에겐 매우 자연스러운 일이었다.

그러나 재완은 고개를 갸우뚱했다. 비서밥 먹은 지 10년 만에 늘은 거라곤 운전 실력과 눈치뿐이라 문득 든 의문에 대한 해답이 희미하게 생각났다. 이 두 사람, 뭐지?

재완의 의구심에 가득 찬 표정을 유림은 재빨리 알아챘다. 자신의 말에서 한준을 향한 감정을 읽었을 리는 없겠지만, 그래도 무의식중에 본심이 튀어나오지 않도록 조심해야겠다고 여겼다.

"그……래서 가끔 재수 없기도 해요. 이 말은 비밀이에요, 재완 씨."

유림이 상황을 무마하며 까르르 웃었다. 재완은 동의한다는 뜻으로 어깨를 으쓱했다. 한준과 유림, 두 사람의 관계에 대해 호기심이 일었지만 더는 캐묻지 않기로 했다.

지금은 두 사람의 관계를 섣불리 이름 지을 수 없는 특수한 상황이지 않은가.

"사실은 오늘 갤러리에 가 보고 싶었어요. 엄마의 그림이 어떻게 걸려 있는지 궁금하거든요."

잠시의 틈을 두고 유림이 말을 이었다. 무척 처연한 목소리였다. 굳이 재완에게 하는 말이 아닌, 혼잣말 비슷한 거였다.

"그런데 왜 안 가요?"

"그게…… 제 마음이 많이 복잡해요. 참 단순하게 살아왔었는데 어느 틈엔가 복잡해졌어요."

엄마를 향해 쌓여 가는 그리움을, 그림이라도 보고 그리움을 달래고 싶은 마음을, 그러나 그를 떠날 수 없어 섣불리 사람들 앞에 나설 수 없는 마음을, 이렇게 복잡하게 엉겨 버린 마음을, 그녀 자신도 버거워 어찌할 수 없는 일이었다.

그때 재완이 모종의 음모를 꾸미는 지략가처럼 진지한 얼굴로 유림을 쳐다보았다.

"제가 갤러리에 데려다줄까요?"

"예에? 말도 안 돼요. 거기에 문영 쪽 사람들도 올 텐데 나보고 그 사람들과 대면하라구요?"

"문 회장은 안 올걸요? 부회장이랑 상무, 그리고 전 실장이 대신 오겠지만. 하지만 그 사람들이랑 마주치지 않고 몰래 다녀올 수 있는 좋은 방법이 있죠."

유림은 귀가 솔깃했다. 자신을 드러내지 않을 수만 있다면 그곳에 가 보고 싶은 것이 솔직한 심정이었다.

"재미있는 얘기 하나 해 줄게요. 얼마 전까지 내가 무지하게 들이대던 여자가 하나 있었죠. 어느 날 그 여자랑 약속을 잡고 기다리고 있는데 어떤 여자가 이쪽으로 걸어오고 있는 거예요. 화장이 짙어서 좀 거시기하긴 했지만 너무 예뻤어요. 순간적으로 내가 들이대던 여자의 존재는 잊어버리고 그 여자한테 다가가서 시간 있으면 차 한잔 마시자고 했어요. 그 뒤에 어떻게 된 줄 알아요?"

"어떻게 됐는데요?"

"싸대기를 그냥! 캬아. 그날의 악몽은 아직도 나를 괴롭히곤 하죠. 그 여자가 바로, 내가 들이대던 그 여자였던 거예요. 화장법이 바뀌어서 내가 못 알아본 거죠."

"에이. 설마요."

"정말이에요. 수컷들은 말이죠. 여자한테 들이댈 줄만 알지 들여다볼 줄은 몰라요. 얼굴이든 마음이든. 그러니 돋보기 들고 관찰하지 않는 이상은 사람 얼굴을 잘 알아보지 못한다니까요. 더구나 화장을 짙게 한 여자의 얼굴은. 왜 여자들 화장은 조금만 변형시켜도 변장 수준이 되잖아요. 바로 그 변장을 하는 겁니다, 유림 씨."

유림은 곰곰이 생각에 잠겼다. 재완의 말이 일리가 있긴 했지만 아무래도 위험부담이 큰 일이었다. 그녀는 낙담의 미소와 함께 고개를 저었다. 하지만 재완은 의지를 굽히지 않았다. 벌떡 일어나더니 유림에게 다가와 의자를 쑥 빼 주었다.

"어어어……."

"어서 가요. 내가 장담하는데 한준이도 못 알아볼 걸요?"

다음 순간, 유림은 어느새 재완과 함께 빌라를 나서고 있었다.

갤러리의 대표실에서 넥타이를 고쳐 매고 있던 한준은 막 들어오고 있는 재완을 거울로 흘깃 보았다.

"왜 이렇게 늦은 거지?"

재완이 책상에 가방을 올려 둔 후 거울을 보는 게 보였다.

"야, 그 부자 동네 차가 좀 막히냐. 응? 너 다음엔 달동네에 살아! 돌계단 오르는 낭만도 없고 말이야."

"괜한 억지 부리는 걸 보니 또 뭔가에 심통이 났나 보군."

"유림 씨는 도서관에 갈 준비하더라."

넥타이를 매던 손길이 느려졌다. 거울 속에 어제의 그 흔들리는 눈빛이 다시 또 올랐다가 사라졌다. 한준은 다시 넥타이를 매기 시작했다.

"안 물었는데."

"아, 그냥 네가 궁금해할 것 같아서."

찌릿. 재완을 쏘아보는 시선에 날이 섰다. 한준의 눈빛을 발견한 재완이 필요 이상으로 과도하게 몸을 움직이며 소리를 높였다.

"키야아. 마당이랑 1층 2층 할 것 없이 사람들이 기냥 꽉꽉 들어 찼어. 그중에서도 우리 류 전무 이름만 외쳐 대는 아가씨 부대들이 아주 그냥. 역시 우리 류 전무, 아이돌이야. 응?"

놀리듯 키득거린 재완이 한준의 눈빛을 피해 도망치듯 대표실을 나갔다. 한준은 여전히 날이 선 채 타이를 매고 옷을 차려입었다.

기분이 아직도 개운해지지가 않았다. 유림의 이름만 들어도 반응해 버리는 감각이 시시각각 이성을 갉아먹고 있었다. 한준은 등을 곧추세웠다. 생각에서 그녀를 밀어내기 위해 한준도 서둘러 대표실을 떠났다.

갤러리는 재완의 말처럼 1층과 2층, 3층 할 것 없이 사람들로 꽉 차 있었다. 심지어 부속 작품들인 조형품을 전시해 놓은 앞마당에도 인파가 이어졌다.

미술계에 종사하는 사람들도 많았고 한준의 회사와 이해관계가 얽혀 있어 초대받은 사람들도 발길을 이었다. 그중엔 유명 화가들의 작품만을 골라 수집하고 있는 이름 난 수집가들도 꽤 있었다. 그들은 전시되어 있는 작품들을 꽤 면밀하게 들여다보고 있었다.

클래식이 잔잔히 흐르는 1층에 선 한준은 역시 사람들로 북적이는 2층을 잠시 올려다보았다가 다시 시선을 내렸다. 재완은 한준의 발이 미치지 못하는 곳에서 그 대신 방문객들과 인사를 나누고 있는 중이었다.

방문자들과의 악수는 지칠 정도로 끝이 없었다. 나중에는 손바닥의 손금이 모두 사라질 정도라고 생각했다.

그렇게 악수와 잘 조련된 미소로 손님들을 맞이한 지 어느 정도의 시간이 지났을 때였다. 내내 1층에 흐르던 클래식의 곡이 다른 곡으로 바뀌던 그 무렵, 한준은 [스타] 앞에 선 여자의 옆모습을 보게 되었다.

지나치다 싶을 정도로 짙은 화장은 빨간색의 립스틱이 그 정점을 이루었으며, 얇디얇은 시폰 소재의 하늘색 원피스는 몸매가 훤히 드러날 정도로 위태로운 굴곡을 이루고 있었다.

머리를 틀어 올려 드러난 목선은 눈이 따가울 정도로 매끄러웠다. 옷과 잘 어울리는 하얀색 샌들이 늘씬하게 뻗은 다리를 받쳐주고 있었다.

한준이 여자에게서 눈을 떼지 못한 건, 여자로부터 받은 기시감 때문이었다. 어딘가 낯이 익은 분위기. 기억하지 못하는 과거 어느 곳에서 만난 적이 있던 여자라는 생각이 들었기 때문이다.

여자를 뚫어지게 응시하고 있던 한준은 옆에 다가온 사람과 악수를 나누었다. 부친의 지인인 민화당 국회의원 내외였고 짧게 오간 인사말이 전부였다. 그들과 인사를 끝낸 한준이 다시 여자 쪽으로 고개를 돌렸을 때에, 한준의 눈빛이 크게 출렁거렸다.

여자가 아랫입술과 윗입술을 마찰하고 있었는데 그 모습에서 유림이 떠오른 탓이었다. 그것은 유림이 립글로스를 바르기 직전, 긴장을 풀기 위해 늘 하던 습관이었다.

한준의 눈빛이 이글거리며 그 여자를 유림으로 확신할 무렵, 여자의 반대쪽에서 다가오고 있는 전 실장이 보였다. 전 실장은 연신 고개를 갸웃대며 무언가를 확인하려는 모습으로 여자에게 걸어오고 있었다. 한준은 조급해졌다.

그녀에게 걸어가는 발걸음을 크게 움직였다. 전 실장이 유림에게 도착하기 전에 그가 먼저 도착해야 한다는 생각에 정신이 아득해졌다.

마침 유림에게 다가오던 전 실장에게 누군가가 반갑게 웃으며 인사를 하는 바람에 한준은 다행히 시간을 벌었다. 그리고 유림의 곁으로 간 한준은 그녀의 손을 잡고 그림의 뒤쪽으로 다급히 이끌었다.

"헉!"

한준은 그림 옆의 굵고 둥근 기둥 쪽으로 그녀를 이끌었다. 기둥의 옆에는 사람의 키만 한 스탠드형 플래카드가 서 있어 그 사이에 빈 공간이 있었다.

이곳은 갤러리 내에서 사각지대에 해당하는, 한마디로 사람들의 시선을 피할 수 있는 유일한 공간이었다. 한준은 유림을 기둥으로 밀어붙였다. 시커먼 어둠이 그녀의 얼굴 위로 드리워졌다.

그렇지 않아도 숨이 멎도록 놀란 유림은 벽과 한준 사이에 끼여 더욱 불편한 호흡을 이어 가야만 했다. 좁은 공간이어서 그와 지나치게 밀착되어 있다는 것을 알았지만 몸을 움직일 수도 없었다.

고개를 들자 그의 턱 선이 눈앞에 보였다. 각이 진 넓은 어깨가 그녀의 시야를 어지럽게 했다. 유림은 온몸에 선명하게 느껴지는 그가 버거워 어찌할 수가 없었다. 그저 계산할 새도 없이 아무렇지도 않은 척 말을 건넬 수밖에 없었다.

"나 알아본 거예요?"

짙은 화장에서 풍기는 낯선 향이 한준의 코끝을 스쳤다. 확실히 민낯인 평소와는 다른 분위기가 강렬하게 다가왔다. 그 와중에 알아봤냐고 묻는 그녀의 천진함이 우스웠다. 황망하게 벌어진 입술로 실소와 함께 대답했다.

"그걸 말이라고."

"안 어울린다는 거 알아요. 안 온다고 했으면서 결국 내 입으로 했던 말을 어긴 것도 알구요. 그냥 엄마 그림만 보고 가려고 했어요. 사람들이 엄마 그림을 보면서 얼마나 감탄하는지 눈으로 확인하고 싶었거든요. 그 정돈 해도 될 것 같아서. 그것뿐이에요. 미안해요. 갈게요."

유림은 억지로 몸을 틀어 그의 품에서 벗어나려 했다. 그러나 역부족이었다. 그가 가슴팍을 온 힘으로 짓누르고 있었다.

"지금은 안 돼. 잠시 후에 나가."

치뜬 시선에 그가 담겼다. 엉긴 눈빛이 따갑다. 내려다보는 그의 시선에서 와르르 불쏘시개가 쏟아지는 듯했다. 가까이 닿은 입술

새로 숨결이 넘나들었다.

유림은 눈동자를 어디에 두어야 할지 몰라 계속 방황하고 있었다. 그런 그녀의 눈동자에 어느 순간 한준의 얼굴이 고정되었다. 한준이 그녀의 턱을 움켜쥐고 들어 올렸기 때문이었다.

한준은 고개를 숙여 그의 몸에 짓눌린 젖가슴에 눈을 두었다. 움푹 팬 가슴골이 어슴푸레 그림자를 만들어 내어 더욱 육감적으로 비쳐 들었다.

그러다가 시선을 끌어 올려 유림을 보았다. 떨리는 턱이 남자의 본능을 부채질했다. 규칙과 질서 따위 모두 내던지고 싶을 정도로 까마득해지는 순간이었다.

바깥에서 들려오는 사람들의 말소리, 발소리, 웅성대는 소음, 잔잔하게 흐르는 클래식 등. 그 모든 소리가 한준의 귀에 완벽하게 차단되어 버렸다. 아무것도 들리지 않고 아무것도 보이지 않았다.

느껴지는 건 오직 가슴팍에 선연하게 감기는 여체였다. 한준은 그대로 입술을 밀어붙였다.

하지만 입술은 맞닿기 직전 그 움직임을 멈추었다. 눈을 감고 있던 유림이 반쯤 뜬 눈으로 속삭였다.

"나, 난 괜찮아요. 해도…… 돼요."

한준은 입을 맞추는 대신 그녀의 어깨에 이마를 묻었다. 유혹과 이성 사이에서 줄다리기 하던 그는 아슬아슬하게 이성의 끈을 붙잡아 버렸다.

이럴 때가 아니라고, 그녀와 이런 관계가 되어선 안 된다고, 흔들리는 자신에게 무섭게 다그쳤다. 한준은 고개를 들고 냉담하게 돌아섰다.

"돌아가서 짐 싸고 있어. 당신은 빌라를 나갈 거야."

통증이 그녀의 가슴을 휩쓸고 지나갔다. 그가 떠난 후 좁은 공간은 오롯이 유림만의 것이었다. 바깥 사람들의 소리가 웅웅거리는 소음처럼 변해 갔다. 유림은 한동안 그곳에서 꼼짝도 할 수 없었다.

저건 뭘까.

영은은 갤러리의 2층 난간에 서서 아래를 내려다보고 있던 중이었다. 갤러리의 규모에 첫 번째로 감탄하고, 이렇게 많은 인원을 초대할 수 있는 한준의 능력에 두 번째로 감탄하고, 마지막으론 그녀를 감탄하게 만든 한준이 감탄스러웠다.

물론 그러한 감탄의 이면에서는 부러움과 야속함이 동시에 삐죽 고개를 내밀기도 했다.

그중에서도 갤러리의 가장 중앙에 보란 듯이 걸려 있는 [스타]를 보는 그녀의 마음은 문드러졌다. 낙담의 한숨만이 그녀를 감쌌다.

그렇게 한참을 그 자리에 서서 여러 감정과 마주하고 있는데, 우연찮게 그녀의 시야에 잡힌 무언가가 있었다. 한준이 어떤 여자의 손을 잡고 구석진 곳으로 이끌고 있는 모습이었다.

한준을 몇 년 동안 알아 온 사람으로서, 아니 그와 약혼을 할 뻔했고 온통 주파수가 그를 향해 있던 시절을 겪은 여자로서, 한준의 저런 다급한 모습은 처음이었다.

워낙 북적거리는 통에 다른 사람들의 눈에 띄지 않은 것이 다행인 셈이었다.

뭘까. 왜 저 여자와 저런 표정으로 함께 몸을 숨기는 걸까. 꼭누군가를 피해 도망을 치는 것처럼 보이는 이유가 뭘까. 왜 여자와…… 저렇게 친밀한 모습으로…….

"어? 영은 씨도 오셨네요. 환영합니다!"

한준을 향해 뻗어 가던 관심은 큰 소리와 함께 다가온 재완에의해 가로막혔다. 영은은 얼른 1층을 향해 있던 시선을 거두었다.

"안 오실 줄 알았는데. 잘 오셨어요. 일은 잘되시죠?"

재완은 영은의 옆에 서서 난간에 손을 얹었다. 여기에 온 다른여자들처럼 화려하게 치장을 한 건 아니지만 그래도 나름대로 예의를 차리고 찾아와 준 영은이 고마울 지경이었다. 사실 영은네갤러리에서 사람이 와 줄 거란 기대는 애초부터 하지 않았고 초대장을 챙길 생각도 없었다.

하지만 재완은 기어이 초대 명단 리스트에 올라 있지도 않은 영은에게 한준 몰래 초대장을 보내었다.

"네. 그럭저럭 되고 있어요."

"그럭저럭 되면 안 되는데. 잘! 되어야 되는데. 그죠?"

실실 웃으며 말하는 모습이 영락없이 놀리는 폼이다. 영은은 재완이 알아채지 못하게 아랫입술을 질끈 물었다.

자동적으로 시선이 1층으로 향한다. 어느샌가 숨은 곳으로부터 한준이 모습을 드러내었다. 여자는 아직 보이지 않았지만 한준의 얼굴은 붉게 달아올라 있어 영은이 인상을 찌푸렸다.

"초대장은 잘 받았어요. 사실 우리 갤러리에 초대장을 보낼 거란 생각은 전혀 하지 않았거든요. 한준 씨가 무슨 마음으로 보냈는지 모르겠지만요."

문득 확인하고 싶어졌다. 제게 초대장을 보낸 한준의 마음이 무엇인지. 여자를 이끌고 가던 한준의 처음 보는 그 표정이, 영은은 궁금해졌다. 말은 아니라 해 놓고 아직도 한준에게 닿아 있는 미련이 한심했지만, 그래도 확인하고 싶은 마음이 더 컸다.

"그 초대장 한준이가 보낸 거 아닌데요. 제가 보냈어요, 영은 씨."

재완의 대답에 영은의 고개가 절로 그에게 돌아갔다. 멀뚱한 표정의 재완에게 영은이 되물었다.

"……네?"

"한준이는 영은 씨가 여기에 와 있는 것도 모를 걸요."

"재완 씨가 왜 보낸 건데요?"

"잘난 척 좀 하려고요. 하하하. 농담이고 한준이는 저렇게 열심히 살고 있으니까 이제 영은 씨 마음에서 지우라고요. 그럴 때도 되지 않았어요?"

한 가닥 기대감이 어긋나 영은은 아까보다 더 세게 입술을 짓씹었다. 행여 재완이 자신의 속마음을 모두 읽었을까 애써 냉정을 유지했지만, 저가 했던 오해와 착각이 우스워 1층으로 뛰어내리고픈 심정이었다.

"재완 씨가 상관할 바는 아닌 것 같네요. 그리고 착각하시는 것 같은데 저 한준 씨한테 이미 관심 없어요."

"뭐, 그렇다면 다행이고요."

재완이 얄밉게도 대답했다. 영은의 시선이 다시 1층으로 향했다. 여자는 여전히 보이지 않았다. 한준에게 관심이 없다고 선언해 놓고 그녀의 눈은 다시 한준을 찾고 있었다. 마음과는 다른 말도 서슴없이 튀어나온다.

"한준 씨 혹시 여자 있어요? 아, 이건 관심이 있어서 묻는 게 아니에요."

"있다면요?"

"하! 가지가지 하네요."

마치 무언가에 토라진 여자처럼 영은이 몸을 홱 돌려 그 자리를 떠나 버렸다. 재완은 갸우뚱하며 영은의 사라지는 뒷모습을 보고 있었다.

"내가 초대장을 잘못 보낸 건가."

말 그대로 초대의 의미일 뿐이었다. 한준이 열심히 일하는 모습을 보며 그에게 들러붙어 있는 미련을 떼어 냈으면 좋겠다는 바람도 있었다. 그러니까 이건 친구를 위한 오지랖인 셈이었다.

재완은 시선을 돌려 계단으로 향했다. 1층으로 내려가는 영은이 사람들 틈에 파묻혀 있었다. 그녀에게서 시선이 떨어지지 않는다.

"저 정도면 어딜 가도 빠지지 않겠구먼. 여자들은 왜 저렇게 미련스럽게 구는 건지."

재완은 혀를 차고 고개를 저으며 영은이 1층 사람들 사이로 섞여 드는 것을 계속하여 쳐다보고 있었다.

1층을 지나 갤러리 앞마당까지 나온 영은은 다급히 누군가를 찾았다. 아까 한준이 이끌고 간 그 여자가 밖으로 나가는 것을 확인했기 때문이었다. 뜨겁게 내리쬐는 여름 햇빛을 곳곳에 서 있는 파란색 파라솔이 막고 섰다.

덕분에 마당은 그늘이 졌고, 한구석에서 시원하게 뿌려 대는 분수로 인해 더위는 잠시 달아난 듯했다.

영은은 이제 막 돌계단을 내려가고 있는 여자를 뒤에서 불렀다. 왜 이 여자를 불러 세운 건지, 영은 자신조차도 스스로를 납득할 수 없었다. 귀에 인이 박히도록 들었던 아버지의 말씀에 의하면 이건 채신머리 없는 행동이었다.

"안녕하세요."

유림은 방금 그 인사가 자신을 향한 것이 맞는지 알 수 없어 잠시 걸음을 멈추었다. 눈 끝으로 주변을 살폈다. 인사를 전한 여자가 시야에 들어 찬 건 그 후였다.

여자는 처음 보는 얼굴이었다. 문영 쪽 사람이 아닐까 잔뜩 움츠러들었던 어깨가 안도감으로 차츰 펴졌다.

"절 아세요?"

사실 지금은 누군가와 대화 따위를 나눌 기분이 아니었다. 하여 목소리와 표정이 얼마쯤 뾰족해져 있었다. 여자는 유림의 머리부터 발끝까지 살피듯 훑어 내렸다. 그 시선이 상당히 불쾌해서 나가는 음성이 더욱 날카로워졌다.

"지금 뭐하시는 건데요."

"아, 미안해요."

영은은 유림을 보며 생각에 잠겼다. 상당한 미인이지만 적어도 영은이 몸을 담았던 이쪽 세계에선 단 한 번도 본 적이 없는 얼굴이었다.

옷과 구두는 그럴싸해 보이지만 브랜드 제품이 아니었고, 화장도 난생처음 해 본 사람처럼 어딘가 언밸런스해 보였다. 한마디로 맞지 않는 외양을 하고 나온 듯했다. 한준이 어떻게 이런 여자를 알고 있는 걸까.

"실례가 안 된다면 류한준 씨와 어떤 사이인지 말해 줄 수 있어요?"

"대단히 실례네요. 대답하기 싫은데요."

당신이야말로 한준과 어떤 사이냐고 되묻고 싶었지만, 유림은 이내 입을 닫았다. 그렇고 그런 높은 곳에 사는 사람들이 모인 이곳에서 한준을 아는 여자라면 뻔한 존재다. 어느 재벌집 규수로서 한준을 눈여겨보는 이들 중 하나겠지.

생각마저도 뾰족해지자 유림이 한숨을 쉬었다. 영은이 그런 유림의 눈치를 살피며 다시 입을 열었다.

"제가 많이 실례를 한 것 같네요. 그런데 한 가지 할 말이 있어서요."

"뭐죠?"

"그 남자, 조심하는 게 좋을 거예요. 다가가기엔 뭐랄까 아주 힘들고 어려운 사람이거든요. 돈밖에 몰라요. 류한준, 그 사람은. 돈이 아니면 움직이지 않는 남자죠."

유림은 그녀의 말투에서 한준을 향한 원망을 느꼈다. 그러니까 그건 여자만이 느낄 수 있는 직감 같은 거였다.

"나한테 그런 얘길 하는 이유가 뭐예요?"

"모르겠어요. 그냥 하고 싶네요. 혼잣말이라고 생각해 줘요. 사랑을 모르는 남자가 사랑을 말할 땐, 그 기저에 돈이 얼마나 많이 깔려 있을까, 뭐 그런 생각이 들기도 하고 말이에요."

"류한준 씨가 돈으로 움직여서 그쪽을 버리기라도 했어요?"

유림의 일침에 영은이 속으로 찔려 했다. 내색은 하지 않았지만 내약하게 생긴 외모와는 다르게 똑 부러지는 말투에 다분히 놀란 참이었다.

"돈으로 움직이든 뭘로 움직이든, 처음 본 사람한테 할 말은 아닌 것 같네요. 그럼."

유림은 별다른 대꾸를 하지 못하고 있는 그녀를 두고 다시 발길을 옮겼다. 그러다 문득 바로 옆쪽에서 사람들이 웅성대는 소리가 들려 고개를 돌렸다. 여자들에 둘러싸인 한준이 연신 미소를 짓고 있었다.

저렇게 잘 웃는 남자였나. 그녀에겐 빌라를 떠날 테니 짐을 싸라는 냉정한 말만 퍼부어 댔으면서 다른 여자들한텐 웃는 낯으로 대하다니.

잠시 한준과 시선이 마주쳤다. 먼저 잘라 낸 건 유림이었다. 당장 빌라로 돌아가 거치적거리는 이 옷과 구두를 벗어 던지고, 땀이 나다가도 피부 속으로 스며들 것 같은 이 화장도 지워야겠다고 생각했다.

그길로 빌라로 돌아온 유림은 샤워를 하고 옷을 갈아입었다. 소파에 누워 벽시계를 보았다. 오후 4시. 눈동자가 갈등으로 일렁거렸다. 짐을 싸라던 그의 말이 진심인지, 정말로 짐을 싸고 그를 기다려야 하는 건지. 그가 왜 갑자기 빌라를 떠나라고 하는 건지 아무런 감이 잡히지 않았다.

지끈 머리가 아파 오는 와중에도 갤러리에서 만난 여자의 말들이 머리에서 떠나지 않았다.

어쩌면 그 여자의 말이 모두 맞는지도 모른다. 이제 [스타]도 그의 손에 완벽하게 넘어갔고 갤러리에 전시까지 된 마당에, 자신을 더 데리고 있어 봤자 쏟아지는 이익은 없을 거라고 판단했을 것이다.

더구나 얼마 전 도서관 앞에서 당한 일도 있고 말이다. 그래, 그 이유가 맞을 것이다.

갤러리 기둥 뒤에서 있었던 일은, 화려하게 차려입은 자신의 모습에 그가 잠시 이성이 나가 버렸던 거였을 것이다. 그건 그저 한 순간에 흔들린 것이다.

남자들이란 유혹에 약한 동물이라고 수진이 누누이 말했으니까. 그런 게 아니라면 키스 직전에 멈추진 않았을 거다.

그러니 유림은 모든 것을 잊어야 하는 것이다. 그를 향해 뛰었던 가슴도, 그와 나누었던 수많은 이야기들도, 웃음도, 눈물도, 입술에 잠시 얹혔던 그의 체온까지도.

몸을 돌려 모로 누웠다. 그가 자신을 내치는 것에 아무리 다른 이유를 찾고 싶어도 찾아지지가 않는다. 그 사실이 숨이 막히도록 아프고 힘들었다. 유림은 눈을 감았다.

잠시 잠이 들었나 보다. 유림은 도어록 소리에 눈을 번쩍 뜨고 몸을 일으켰다. 한준이 현관에 들어서고 있었다. 시간을 확인할 틈도 없이 그에게 다가선 유림은 그의 표정부터 살폈다.

여전히 무감한 얼굴. 다만 피곤이 짙게 깔려 있는 듯했다. 평소 같았다면 물 잔을 내밀었을 테지만 지금은 다른 용건이 먼저였다.

"오늘은 재완 씨 제안으로 그렇게 한 거예요. 너무 화내지 마요."

한준은 한쪽 눈썹을 밀어 올리고 그녀를 마주했다. 재완의 술수가 깔려 있는 일이었다는 것은 진작 눈치를 챘다. 그것보다는 평소로 돌아온 유림의 모습에 아까 낮에 갤러리에서의 모습이 겹쳐진 통에 가슴이 뻐근해지는 것 같았다.

서둘러 한숨으로 무마시켜 본다. 확실히 이 여자를 제게서 떨어뜨려 놓아야 했다. 그것도 빠른 시간 안에.

"내가 지금 화내는 걸로 보여?"

"아니에요?"

"짐 싸라고 했을 텐데. 당신은 빌라를 나가게 될 거라고."

"왜 내가 여길 떠나야 되는 건지 물어봐도 돼요?"

얼핏 여자의 눈이 그렁해진 듯 보인 건 착각일까. 한준은 한층 누그러진 음성으로 대답했다.

"거긴 당신이 안심하고 머물 수 있는 곳이야. 여기보다 더. 설마 전 실장이 여기서 멈출 거라고 생각하는 건 아니지?"

"이유가 그게 다예요?"

"물론."

"알았어요. 짐 들고 내려올게요."

그 여자의 말처럼, 그가 더 이상 돈이 되지 않는 유림 자신을 내치는 거라 해도 어쩔 수 없는 일이었다.

여기에 계속 머물겠다고 고집을 피워 그를 부담스럽게 만드는 것보다, 이렇게라도 그와의 연결고리를 끊고 싶지 않았다. 굴욕적이고 자존심이 상하는 일이지만 그의 곁을 완전히 떠나는 것보다는 나을 것이다. 유림은 그렇게 생각했다.

섣부르게 품은 희망이라는 이름의 비수가 그녀를 할퀴어도, 지금 당장 그와 떨어지지 않는 방법은 이것뿐이다.

차가 몇 시간을 달렸는지 알 수 없었다. 유림은 그가 운전을 하는 내내 조수석에 앉아 창밖만 보고 있었다. 어디로 가는지 언제쯤 도착하는지 아무것도 묻지 않았고, 그 또한 말하지 않았다. 다만 도심에서 한참 벗어난 것만은 분명한 것 같았다.

차는 여름의 햇빛을 받아 무성하게 자란 풀밭 사이 비포장도로로 접어들어 속도가 차츰 느려졌다. 얼핏 시야에 스쳐 지나간 호수와 멀리 보이는 달무리 아래 산이 이곳이 외딴곳임을 알게 했다. 유림은 그제야 고개를 돌려 한준을 쳐다보았다.

"여기가 어디예요?"

"일찍도 물어보는군."

바깥에 내린 어둠이 차 안까지 스며들었다. 그의 옆얼굴이 잘 보이지 않는 상태에서 목소리만 들려왔다.

"내 별장이야. 이곳을 아는 사람은 부모님과 재완이뿐이지."

가슴이 무거워졌다. 이대로 그와 떨어지게 되는 것이다. 오랜 시간을 함께한 것도 아닌데, 그가 없는 아침, 그가 없는 저녁, 그가 없는 식탁을 상상할 수도 없다.

괜스레 침울해진 기분을 달래기 위해 시선을 드니 저만치 앞에 불빛이 보였다. 시커먼 그림자로 우뚝 선 그것은 2층짜리 집이었고 하얀 울타리 앞에 노인 두 명이 서 있었다.

부부로 보이는 두 노인은 차가 가까이 다가가 멈추자 공손하게 고개를 숙였다. 유림은 한준을 따라 차에서 내렸다.

"오셨습니까. 전무님."

"오랜만에 오셨어요. 별장은 아주 깨끗하답니다. 바로 들어가서 쉬실 수 있어요."

노부부가 미소를 띤 채 차례로 한준에게 말했다. 한준은 그들과 잠시 대화를 나눈 후 다시 유림에게 돌아왔다. 노부부는 아무 일 없었다는 듯 별장 옆 어둠 속으로 사라졌다.

"별장을 관리하는 노부부야. 별장 옆에 딸린 작은 집에서 기거하고 있으니 필요한 게 있으면 저 사람들을 불러. 당신이 누군지 어떻게 여기에 왔는지, 나와 어떤 관계인지 절대 묻지 않고 알려고 들지도 않을 거야. 우연히 알게 되었다고 해도 외부에 발설할 사람들이 아니야. 그렇게 훈련이 되어 있어. 그러니까 안심하고 있어."

"당신은 여기에 안 올 건가요?"

한준은 별장에 시선을 꽂은 채 입을 여는 유림을 물끄러미 바라보았다. 그의 설명일랑 아무 상관없다는 얼굴로, 그가 이곳에 올지 안 올지 그것만이 중요하다는 표정으로 그녀가 말했다.

그녀의 작은 어깨를 끌어당겨 안고 싶다는 충동에 한준은 주먹을 그러쥐었다. 그녀를 향한 욕망 때문에 그가 어떻게 인내하고 참아 내고 있는지 알 길이 없을 그녀는 너무도 잔잔한 얼굴이었다.

"들어가."

이쯤에서 돌아서야 옳았다. 흔들리는 마음을 들키지 않기 위해 발을 돌려야 했지만, 그는 유림의 저지에 그만 우뚝 서고 말았다.

"잠깐만요."

한준은 고개를 틀어 그녀 쪽을 향했다. 여전히 별장에 박혀 있는 시선. 그녀는 다시 입을 떼기까지 한참을 망설이고 있었다. 헤어짐의 앞에 선 순간, 유림에게는 더 이상의 기회가 없었다.

"당신이 좋아요. 류한준 씨."

그래서 묵혀 두고 감추어 둔 마음을 힘겹게 끄집어내기로 했다. 그의 표정을 보지 않는 대신에 내내 별장만 쳐다보면서.

"그렇게 되어 버렸어요. 미안해요. 하지만 당신한테 날 좋아해 달라는 부탁은 안 해요. 내 마음도 어쩌지 못하겠는데 당신 마음까지 내가 어떻게 신경을 써요. 그냥 나 혼자 좋아했다가 미워했다가 화도 냈다가 다시 좋아했다가 그러려구요."

그의 숨소리가 찌르르르 풀벌레들의 울음소리에 묻혀 사라지기까지 온통 그에게 신경을 집중하고 있으면서도, 시선만은 앞을 고집하면서 말했다.

"이렇게 당신한테 털어놓는 이유는…… 당신이 부담되라구요. 부담되고 민망해서 나를 보러 여기에 안 왔으면 해서요. 그러면 어쩌면 나도 금방 당신이 싫어질지 몰라요. 몸이 멀어지면 마음이 멀어진다는 거 믿거든요. 그래서 때가 되면 난 알아서 떠나고 당신은 당신의 삶을 계속 살아갔으면 해서요. 그렇게 아무 일 없었다는 듯이 다시 남남이 되었으면 해요."

그가 황망하다는 표정을 지을까 봐, 그래서 그 표정에 상처받게 될까 봐 애써 정면에 박힌 시선을 유지했다. 유림은 돌아서서 차의 뒷좌석에 넣어 둔 짐 가방을 꺼내었다. 그러곤 그것을 들고 별장의 현관으로 향했다.

한준은 그녀가 문을 열고 별장 안으로 사라지는 것까지 본 후 그제야 막혀 있던 숨을 토해 냈다. 운전석으로 돌아오는 발길은 느리고도 느렸다. 가슴 한구석이 뚫린 듯 휑한 느낌이었다.

'당신이 좋아요.'

그녀가 고백했던 그 순간, 두 발에서 느껴지던 전율이 지금에서야 되살아났다. 한 자 한 자 곱씹을 때마다 켜켜이 쌓이는 감정을 제어할 수 없었다.

차 문을 열었지만 쉬이 올라탈 수 없어 별장을 바라보았다. 그녀가 올라갔을 2층 방에 방금 막 불이 켜지는 것이 보였다. 까닭 없이 조바심이 밀어닥쳤다. 가슴에 굳건히 잠근 빗장이 우르르 소리를 내며 허물어지는 게 느껴졌다.

한준은 차 문을 닫을 생각도 하지 않은 채 곧장 별장 안으로 들어갔다. 계단을 오르고 마침내 그녀가 있는 2층 방문을 확 열었을 때에, 한준의 이마에는 긴장으로 땀이 맺혀 있었다. 그녀가 여기에 있다는 사실을 눈으로 확인해야 했다. 자신을 좋아하게 되었다는 여자가 변함없이 제 눈앞에 있음을 확인해야 했다.

한준은 큰 걸음으로 그녀에게 다가갔다. 짐 가방을 한편에 두고 침대 끝에 멍하니 앉아 있던 유림이 당황하여 우물쭈물 몸을 일으키기도 전에 그녀의 두 볼을 손으로 움켜잡았다.

입술을 밀어붙인 건 순식간이었다. 기습적으로 밀고 들어온 한준 때문에 유림이 휘청거렸다. '으읍.' 하고 그녀가 신음을 흘리자 한준은 한 팔을 내려 그녀의 허리를 감았다.

맞물린 입술이 더욱 깊이 겹쳐지기도 전에 뜨거워졌다. 그녀의 입술을 완벽하게 먹어 버린 상태에서 뜨겁게 달아오른 혀를 굴려 입술 언저리를 핥아 올렸다.

절로 벌어진 그녀의 입술 새로 혀를 집어넣은 건 그 다음이었다. 볼 안의 여린 살갗이 남자의 혀로 인해 거칠게 쓸렸다. 쏟아지는 타액은 이미 누구의 것인지 알 수도 없었다.

그의 허리를 그녀가 팔로 감는 것이 느껴졌다. 부들부들 떨리는 그녀의 감각이 고스란히 와 닿았다. 정장 허리춤을 위태롭게 부여잡으며 겨우 몸의 균형을 유지하는 그녀를, 한준은 허리가 으스러지도록 껴안았다.

입안을 샅샅이 핥아 낸 남자는, 욕망이 춤을 추는 제 감정을 밀어 넣듯 목 안 깊숙한 곳에 가열된 혀를 밀어 넣었다.

타액으로 차진 소리가 겹쳐진 입술 새로 흘러나왔다. 흐트러진 숨결마저 흘러나올까, 그가 모조리 빨아들였다. 하체에 곤두선 욕망이 그녀의 아랫배에 닿은 것이 뚜렷하게 느껴졌다.

유림의 어깨가 잠시 굳어졌지만 잠시 입술을 뗀 그의 한 마디에 몸에서 힘이 빠져나가는 게 느껴졌다.

"오지 말라는 건, 아무래도 안 될 것 같아."

입술을 맞댄 채로 한준이 속삭였다. 입술과 입술 사이로 숨결이 넘나들었다. 그녀는 숨을 헐떡이기만 할뿐 아무 말도 하지 않았다.

껴안아 완전히 결박된 하체가 섹스를 나누는 듯 지그시 몸을 압박해 왔다.

숨이 쉬어지지 않았다. 그녀와 입을 맞추었지만 더 큰 욕망이 그를 짓누르기 시작했다. 그녀를 안지 않으면 해갈되지 않을 것처럼 붉은 욕망은 쉬이 그를 놓아주지 않았다.

욕망에 떠밀려 그녀와 함께 침대로 넘어진 건 순식간이었다. 시트가 출렁거리고 '하앗!' 하는 유림의 짧은 외침이 신음처럼 터졌다. 한준은 벌어진 유림의 입술에 다시 제 입술을 묻으며 그녀의 몸 위로 자신을 겹쳤다.

한준의 한쪽 손이 자연스럽게 아래로 내려갔다. 그녀의 허리를 쓸어 올리다 상의의 아랫단이 조금 들려 올라간 틈으로 열기가 몰린 손바닥을 갖다 대었다. 부드럽고 탄력적인 맨살이 만져지자 그녀의 입술과 맞물린 한준의 입으로 짤막한 탄성이 삼켜졌다.

유림은 그의 손이 옆구리를 타고 차츰 위로 올라오는 것을 막지 않았다. 하지만 브래지어가 밀려 올라가고 그의 손바닥이 젖무덤을 가득 덮었을 때, 허리가 절로 비틀리고 그의 어깨를 붙든 손에 힘이 들어가는 것을 느꼈다.

입술을 뗀 그가 목덜미에 짙게 키스 자국을 남긴 후 서둘러 젖가슴으로 내려갔다. 젖가슴 주위를 미약하게 배회하던 그의 차진 입술이 유두를 머금었다.

"하악!"

벼랑 끝에 내몰린 것처럼 아찔한 느낌이 유림을 강타했다. 몸

전체에 퍼지는 전율에 고개가 저절로 좌우로 오갔다. 내처 다른 쪽 젖가슴도 주무르기 시작한 그의 강렬한 애무에, 유림은 제 안 깊은 곳이 점점 젖어 가는 것을 뚜렷하게 인식했다.

아랫배를 찌르는 생경한 느낌 때문에 머리가 윙윙거렸다. 그가 주고 있는 뜨거운 감각에 당장에라도 그와 한 몸으로 뒹굴고 싶어 졌다. 그가 자신의 안으로 들어오는 발칙한 상상을 하면서 유림은 자신도 모르게 그의 머리칼에 손가락을 집어넣었다.

다리가 매우 자연스럽게 벌어졌다. 그가 사타구니 사이에 자리 잡은 후 힘껏 허리를 튕기자, 유림의 입에서 교성이 터졌다. 옷을 다 입은 상태인데도 단단히 일어선 남성이 그녀의 중심을 찔러 오는 것이 선명하게 느껴졌다.

하지만 유림은 쾌락에 잠식당한 그가 서둘러 그녀의 바지를 벗 기려 하자, 온몸을 움찔거렸다. 그 순간만큼은 욕망보다 두려움이 앞서 그녀의 이성을 되돌려 놓았다. 돌이킬 수 없는 일을 해 버린 후에 밀려들 후회와 욕심을 감당할 길이 없을 것만 같았다.

유림이 몸을 움찔거리자 바지에 머물러 있던 한준의 손이 모든 움직임을 멈추었다. 잠시의 침묵이 지나간 후 한준이 천천히 다시 올라와 그녀와 눈을 맞추었다. 두려움과 망설임이 가득 담긴 여자 의 눈빛을 보며 한준은 제 안에서 미친 듯이 꿈틀대고 있는 욕망 을 조금씩 비워낼 수밖에 없었다.

그녀의 얼굴을 따뜻하게 어루만지던 한준은 빙긋 미소 지었다. 그녀가 더는 두려움에 떨지 않도록 굳어진 분위기를 풀 필요가 있었다. 이마를 가로지르고 있는 머리칼을 걷어 내면서 쉰 목소리를 끌어내었다.

"안 해. 당신이 허락하기 전엔."

다짐처럼 그 말을 내뱉었다. 유림의 이마와 볼, 그리고 마지막으로 입술에 자잘한 키스를 뿌려 간 한준은 천천히 몸을 일으켰다. 유림마저 일으켜 세운 그는 엄지로 그녀의 입술을 차분하게 훑은 후 돌아섰다. 아쉬움에 떨어지지 않는 발길을 겨우 움직여 욕망을 끊어 내듯 방을 나와 방문을 닫았다.

몇 번의 한숨으로 뜨거워진 몸을 차갑게 식혔다. 그러자 격랑에 잠시 휘말렸던 그의 몸은 다시 평상시로 되돌아갔다.

별장을 나온 한준은 운전석에 올라 2층을 응시했다. 창문을 내리자 밤바람이 오고 갔다. 그는 새벽이 되어도 그 자리에서 꿈쩍도 하지 않았다. 그리고 유림의 방에 불이 꺼지자 그도 시동을 걸었다.

☆ ★ ☆

아직 태양이 꼬리를 남기고 있는 저녁, 은희는 정원의 벤치에 앉아 있었다. 정원의 한가운데에서는 창수가 잔디에 물을 주고 있었다.

기다란 호스를 수도꼭지에 연결하곤 물방울을 이리저리 휘둘렀다. 하얀 물방울이 포말처럼 부서지고 흩어졌다. 은희는 이 평온한 시간이 좋아 미소를 지었다. 하지만 그 미소로도 치유되지 않는 불안감이 있었다.

창수의 몸은 이미 회복 단계를 지나 평상시로 돌아가 있었다. 이틀 전부터 다시 회사에 출근을 했으며 회의라든가 정해진 스케줄을 소화하느라 하루를 바삐 지냈다.

은희는 다시 찾은 이 일상이 더없이 다행스러웠고 편안했으며 흐뭇했다. 다만 작은어머님, 송수옥 여사만 빼면 말이다. 작은어머님 생각을 하자 다시 한숨이 흘러나왔다. 일전에 수옥의 큰아들과 통화를 해 보았는데 수옥이 날이 갈수록 헛소리하는 상황이 빈번해지고 있다고 했다.

의사와 의논을 해 보고 조금 더 상태가 심각해지면 집으로 요양사를 들이겠다고 말하기도 했다. 이렇게 나쁜 마음을 먹으면 안 되지만, 차라리 수옥이 확실하게 치매 판정이라도 받았으면 좋겠다고 생각하고 있었다. 그러면 수옥이 아무리 흉측한 말을 떠벌리고 다녀도 사람들이 오히려 흉을 볼 것이다.

은희는 이런 생각까지 하고 있는 자신의 사악한 이면에 놀라곤 했다. 절대 저질러선 안 되는 심각한 악행이라도 저지른 양 소름이 일기도 했다. 은희는 죄지은 사람처럼 고개를 숙이곤 미간을 찌푸렸다.

"한준이 이 녀석은 왜 갤러리 창립식 끝나고 연락 한 번 없나."

잔디에 물을 모두 뿌렸는지 어느새 창수가 다가왔다. 은희는 표정을 풀고 고개를 들었다. 일부러 온화한 미소까지 곁들인다.

"두 가지 일을 하느라 바쁘겠죠. 당신이 그렇게 만들었으니 불평하지 마세요."

"갤러리가 계속 성황이라니 다행이야. 우리나라 사람들 아무리 여유 없다고 불만을 터뜨려도 남들 하는 건 또 다 따라해야 하니 그게 문제야."

"그러니 우리 같은 사람이 벌어먹고 사는 거죠. 우린 그 사람들한테 고마워해야 돼요."

허허허, 웃던 창수는 정원을 휘둘러보고선 갑자기 생각난 듯 입을 열었다.

"그 아이…… 우리 집에 왔었던 그 아이 말이야. 이름이 뭐라고 했더라?"

"김유림이잖아요. 하긴 당신은 기억도 못 할 테지요."

"그래. 맞아. 민성대학병원엘 다닌다고 했었나."

"지금은 병원 일을 쉬고 있대요. 다시 돌아갈 건가 봐요."

"음. 한준이한테 연락해서 한 번 데리고 오라고 해. 그래도 내 목숨 살려 준 은인인데 식사 대접이라도 해야지."

"알았어요. 그럴게요. 안 그래도 그러려고 했는데 한준이도 요 며칠 갤러리 때문에 정신없는 것 같아서 얘길 못 꺼내었어요."

"그땐 워낙 경황이 없어서 얼굴도 자세히 못 본 게 후회가 되네. 그런데 그 아이, 한준이와 무슨 사인가. 당신 물어본 적 있어?"

"무슨 사이면 왜요?"

은희가 슬쩍 떠보듯 물었다. 그 표정에는 어느 정도 짓궂은 분위기도 있었다.

"그 정도면 집안 따질 것 없이 혼인시켜도 무방한 상대 아닌가. 물론 둘이 연애를 하고 있다는 전제하에 말이지만. 한준이 나이가 벌써 서른셋이야. 내년 봄엔 식을 올려야지."

"저도 그래서 유림 양한테 물어보긴 했는데 별 사이는 아닌가 봐요. 한준이야 물어봐도 속 시원히 대답해 줄 애도 아니고. 아무리 당신 때문에 긴박한 상황이었지만 여자를 집에 데리고 온 건 처음이었잖아요. 보니까 성격이 사근사근하고 심성도 착하더라구요."

"흐음."

창수가 생각에 잠긴 얼굴이 되자 은희도 입을 다물었다. 사실 은희가 지금 갈등하고 있는 건 한준의 결혼이 아니라 다른 문제였다. 이 말을 꺼낸다면 남편은 뭐라고 말할까. 어떻게 생각할까. 갖가지 고민이 번복되었다.

"저기, 여보."

그러다 은희는 무겁게 입을 열어 버렸다. 혼자서만 끙끙대기엔 너무도 버거운 문제였다.

"응. 말해."

"한준이 문제요…… 우리가 한준이를 입양했다는 사실을 한준이한테는 알리는 게 어떨까요."

조심스럽게 한 단어 한 단어 또박또박 말했다. 은희는 말하는 내내 창수의 기분을 살폈다. 이내 남편의 얼굴에도 짙게 수심이 드리워졌다. 은희는 말을 이었다.

"당신 누워 있는 동안 작은어머님이 다녀가신 거 알잖아요."

창수는 미간을 좁혔다. 작은어머님 때문에 불편해진 가슴을 깊은 숨으로 다독였다. 작은어머니는 아흔이 다 된 양반인데도 허리가 꼿꼿하고 발음조차 선명하여 모두 장수할 거라고 말하고 있었다.

"휘둘리지 말라고 말했잖아. 아무 걱정하지 마. 당신이 걱정하는 일은 절대 일어나지 않을 테니까."

"당신은 불안하지 않아요? 나만 이렇게 불안한 거예요?"

"불안해도 어쩌겠어. 그저 잠잠하게 지나가기를 바라는 수밖에."

말은 아무렇지도 않게 했지만 창수 역시 걱정이 되는 건 어쩔 수 없었다. 작은어머니가 행여 그것을 주변에 떠벌리기라도 한다면 큰일이었기 때문이었다. 아무리 치매 노인의 말이라 할지라도 한두 번 반복이 되면 사람들은 의구심을 품을 수밖에 없고 그렇게 되면 공적인 일이 되어 버리는 것이다.

하지만 아직도 섣불리 판단을 내릴 수 없는 건, 한준 때문이었다. 행여 한준이 상처받기라도 할까 봐, 아무리 머리가 크고 성인이 되었다 해도 자신의 뿌리가 송두리째 흔들리게 되는 상황에 적잖이 힘들어할까 봐.

"그 부분은 좀 더 생각해 보자고."

아들을 걱정하고 염려하는 아비의 심중이 허한 표정을 만들어 내었다. 자신들의 고백으로 한준이 고통받을 생각만 하면 무너지는 가슴은 어쩔 수가 없는 것이었다. 좀 전보다 더 짙은 어둠이 내렸다. 하루가 또다시 지나가고 있었다.

전 실장은 회장실 앞에서 조금 긴장한 상태로 멈춰 섰다. 손바닥에는 땀이 찼고 표정은 얼마쯤 고무되어 있었다.

며칠 전 류 갤러리에서 본 것들에 대해서 문 회장에게 모두 사실대로 알려야 할지 그 나름대로 고민을 해 왔다. 선술집에서 본 한준의 말이 마음에 걸렸기 때문이다. 그 자신에게 면죄부를 주고 있다는 말.

문 회장의 악행에 동참하고 있는 자신에게 핑계를 대는 비겁한 모습을 보였다. 그것도 한참이나 어린 사람 앞에서. 다분히 민망하고 마음도 불편했지만 그는 어쩔 수 없이 문 회장과 걸음을 같이 해야 했다.

면죄부보다 더 그를 옥죄고 있는 건 문 회장이 해결해 준 빚이었다.

똑똑똑.

노크가 떨어지기 무섭게 안에서 '들어와!' 라고 외치는 문 회장의 목소리가 울려 퍼졌다. 전 실장이 마음을 가다듬고 들어서니 문 회장은 물과 함께 약을 삼키고 있는 중이었다. 최근 들어 문 회장의 건강이 다시금 나빠지고 있었다. 여기서 조금의 충격을 받는다면 이번엔 쓰러져서 다시는 일어나지 못할지도 모른다.

"할 말이 있다는 게 뭐야!"

문 회장이 가래가 섞인 기침과 함께 입을 열자 전 실장은 움찔했다. 기침 소리가 시간이 지날수록 탁해져 가고 있었다. 이 상태에서 이 말을 전하게 되면 문 회장은 기력을 찾게 될 수도 있지만 더욱 상태가 나빠지게 될지도 모르는 일이었다.

"뭐 하나! 어서 말 안 하고!"

번번이 자신의 그물망에서 비켜 가고 있는 유림 때문에 문 회장의 격노는 극에 달했다. 이렇게 대노할까 봐 일전에 도서관 앞에서 유림을 차에 싣다 한준에게 들켜 버린 일에 대해선 일절 보고하지 않았던 것인데.

"그게…… 며칠 전 류 갤러리에서 있었던 일입니다. 회장님."

"류 갤러리? 아…… 서승그룹 류 전무가 맡았다는 갤러리 거기 말인가? 창립식이 성황리에 끝났다더군. 흥! 아들 하난 잘 두었어. 아무튼, 그건 그렇고 류 전무와 유림이 그 아이가 접촉하는 걸 아직 한 번도 보지 못했다니. 거래 대상이라면서 어째 한 번도 두 사람이 만나질 않느냔 말이야. 류 전무한테 미행 확실히 붙인 거 맞아?"

"제가 류 전무와 유림 양이 함께 있는 걸 봤습니다."

"뭐어?"

문 회장의 몸이 순식간에 앞으로 쏠렸다. 통증 때문에 내내 가

슴을 쓸어내리고 있던 문 회장은 기대감을 잔뜩 드러낸 채 전 실
장이 말을 잇기를 기다렸다.

"류 갤러리에서 두 사람을 봤습니다."

"그림을 두고 거래했으니 얼마든지 유림이가 거기에 갈 수도 있
는 일 아닌가. 그런데도 못 잡아 왔다고?"

"잡을 수가 없었습니다. 회장님과 친분이 있으신 대검 부장검사
님께서 다가오시는 바람에 류 전무가 순식간에 유림 양을 데리고
어디론가 사라져 버렸거든요. 류 전무가 유림 양의 손을 잡는 것
까지는 제가 똑똑히 봤습니다. 그런데 그게 좀 분위기가 묘했습니
다."

"묘했다니? 어떻게?"

"류 전무가 유림 양의 손을 잡는데 두 사람의 눈빛이…… 어딘
가 서로 호감이 있는 듯한 눈치였습니다."

"호감?"

"네."

전 실장은 대답을 하면서 일전에 도서관 앞에서 있었던 일에 대
해서도 모두 털어놓았다. 한준이 교통사고도 불사하며 유림이 탄
차를 뒤쫓아 왔다는 사실에 이르러선, 문 회장도 솔깃한 표정이었
다.

문 회장은 한동안 생각에 잠긴 듯 말이 없다가 이내 눈을 가늘
게 모으며 입을 열었다.

"흐음. 그게 사실이라면…… 이거 재미있네. 재미있어."

문 회장의 호탕한 웃음소리가 회장실을 가득 메웠다. 가슴 통증은 그새 잊었는지 아예 의자에서 일어나 있었다. 웃음소리는 격해졌다가 잦아졌다가를 반복했다.

계절은 어느덧 8월의 한복판에 들어가 있었다. 더위가 끝물에 올랐는지 늦은 밤이나 새벽이 되면 서늘함이 살갗을 파고들기도 했다.

낮 동안 열심히 저를 태워 세상을 데웠던 태양이 자취를 감추고 나면, 으레 그렇듯 저녁을 알리는 풀벌레 소리가 요란해진다. 유림 은 벌레들이 재잘거리는 소리를 들으며 해먹에 누워 있었다.

해먹은 별장의 한 귀퉁이에 위치해 있었는데 그곳은 이 별장 주 변에서 유일하게 햇빛이 들지 않는 곳이었다. 할아버지가 유림을 위해 만들어 주었으며 유림은 기분 좋게 이곳을 자주 이용하곤 했 다.

주변이 온통 산과 들판이라 별장 앞에 있는 호수는 그녀의 가슴을 탁 트이게 해 주었다. 이따금 철새들이 놀러와 호수에 잔물결을 일으킬 때면 공부를 하다가도 눈이 멎곤 했다.

할아버지는 이 별장은 가을에 그 진수를 맛볼 수가 있다고 하셨다. 별장 옆 숲이 알록달록 단풍나무와 은행나무로 변하여 눈이 즐거워질 거라고.

유림은 그 말을 들으며 가만히 웃기만 했다. 그 가을의 정경을 볼 때까지 이곳에 계속 있을 수 있을까. 갑자기 생각난 듯 유림은 옆에 쌓아 둔 의과 서적 하나와 볼펜을 집어 들었다.

언제부터인가 유림은 책 귀퉁이에 별을 그려 넣기 시작했다. 존 L. 스타처럼, 그리고 엄마처럼 그녀에게도 좋은 일이 생길지도 모른다는 희망을 품고서. 그가 이곳에 자신을 만나러 와 주기를, 그때처럼 입을 맞추어 주기를, 안아 주기를 바라면서.

그는 이곳에 그녀를 데려다준 첫날 이후로 단 한 번도 찾아오지 않았다. 전화도 없었고 어떤 소식도 없었다.

그 편이 낫다고, 적어도 그의 얼굴을 보면서 가슴이 아픈 일은 없으니 됐다고, 나름대로 자위를 하곤 했지만 점점 몸이 아파 오기 시작했다. 마음의 병이 육신까지 퍼져 어느새 그녀를 좀먹고 있었다.

잘 견디고 있다고 생각했지만 그를 생각하는 순간만큼은 아파서 외로웠다. 눈동자는 텅 비어 갔고 몸 어디에선가 찬바람이 부는 듯했다. 그녀가 할 수 있는 건 아무것도 없었다.

지독한 열병의 시간. 흔적도 없이 왔을 때처럼 흔적도 없이 얼른 사라지길 바랄 뿐이었다.

"아가씨. 거기서 뭐 해요? 이리 와서 이것 좀 마셔 봐요."

별장 현관께에서 할머니가 외쳤다. 유림은 몸을 일으키고 그쪽으로 고개를 돌렸다.

"네, 할머니."

부랴부랴 상념을 밀어내고 해먹에서 내려온 그녀는 할머니가 서 있는 쪽으로 다가갔다. 할머니는 쟁반에 놓인 찻잔을 유림에게 내밀었다.

"아직 저녁을 먹기 전이지만 이 차가 입맛을 당기게 할 거예요. 요즘 아가씨 통 밥을 못 넘기더라. 젊은 사람이 그러면 못써요. 지금 잘 먹어 놔야 나중에 나이가 들어도 고생을 안 해요. 할머니 말 새겨들어요."

"네, 할머니. 감사합니다. 할아버지는 어디에 계세요?"

"요 앞 텃밭에 계실 거예요. 저기 계시네요. 통화하고 있나 봐."

유림은 할머니가 가리킨 곳으로 고개를 돌렸다. 상추며 대파며 불쑥불쑥 자라 있는 텃밭의 한가운데에서 할아버지는 핸드폰으로 누군가와 통화를 하고 있었다. 유림은 고개를 끄덕이며 다시 할머니를 보았다.

할머니는 인자한 얼굴이었다. 차는 노란빛이 감돌았고 중간에 시커먼 덩어리 몇 개가 둥둥 떠 있었다. 녹차인가 생각했지만 향이 그것과는 달랐다. 한 모금 마시니 구수한 향이 입속 가득 퍼졌다.

"무슨 차예요? 할머니?"

"우엉차예요. 겨울이 다가오면 들녘에 심어 둔 우엉을 뿌리째 캐서 그걸 잘 썰어 말린답니다. 구증구포(九蒸九曝). 아홉 번 말리고 아홉 번을 덖는다는 뜻이에요. 한마디로 정성이 많이 들어간 거죠. 소화도 잘 되고 입맛도 당길 거예요."

"귀한 것 같은데 아무한테나 주셔도 돼요?"

"아가씨는 아무나가 아니지. 별장 주인께서 데리고 온 분이잖아요."

할머니가 인자하게 웃었다. 한준의 말처럼, 노부부는 정말로 유림에게 아무것도 묻지 않았다. 한준과 어떤 사이인지 어떻게 여길 오게 됐는지 언제 떠나는지, 어떤 것도 궁금해하지 않았고 알려고 들지 않았다.

그저 유림이 하루하루를 잘 보낼 수 있도록 열과 성을 다해 돌봐 주었고 가끔 말벗도 되어 주었다.

"할머니. 말씀 낮추시라니까요. 매번 그러시니 제가 불편해요. 여기에 머무는 동안에는 손녀다 생각하고 대해 주세요."

"그럴 수야 있나요. 저희 생각은 말고 편하게 지내요. 아가씨, 나는 아가씨가 마음에 들어요. 이것저것 다 해 먹이고 싶어지는 게."

할머니가 호호호, 소리 내어 웃었다. 엄마로부터 얼핏 얘기 들은 게 전부인 외할머니가 생각날 만큼 정감이 가고 훈훈한 분위기였다.

그러는 사이 유림은 차를 모두 마셨고 기분 탓인지 정말로 허기가 지는 느낌이었다. 유림은 다분히 만족스럽게 웃으며 물었다.

"두 분 모두 고향이 여기세요?"

"아뇨. 나는 이북이고 저 양반은 어렸을 때 일본에서 건너왔지요."

"아, 그런데 어떻게 만나게 되신 거예요?"

"한동네에 살았지. 그 양반은 윗집에 나는 아랫집에. 그러다가 열여덟이 되어서 아버지가 결혼하라대. 어쩔 수 있나. 결혼했지. 아들딸 숨풍 낳고 나이 들어 할 일이 없으니 이 일이라도 하는 거지."

넋두리처럼 하소연처럼, 할머니는 잠시 걸어온 삶을 되돌아보는 듯하더니 이내 저녁을 먹자며 유림을 안으로 이끌었다.

별장으로 들어가는 발길이 어쩐지 무거워졌다. 엄마도 이 할머니와 할아버지처럼 정상적인 사랑을 하고 정상적으로 살아갔다면 좋았을 텐데. 왜 그렇게 살았던 거야. 왜 그렇게 빨리 갔던 거야.

미래가 보이지 않는 캄캄한 길을 걷는 것 같았다. 걸음마다 그가 떠올랐지만 애써 지우기로 했다. 이 길에 그를 들여놓을 수는 없다는 것을 알기 때문이었다.

저녁을 먹고 2층 방으로 올라온 유림은 책상에 앉아 있었다. 공부를 하다 말고 책상 구석에 박아 둔 립글로스와 안경을 보았다. 그것들을 끌어와 텅 빈 눈으로 보다가 책상에 엎드렸다.

엄지로 입술을 스윽 쓸었다. 그와 키스를 했던 그때로 돌아간 듯 숨이 차올랐다. 유림은 눈을 감았다. 저녁나절부터 느껴지던 미열이 어느새 이마를 가득 점령하고 있었다.

☆ ★ ☆

류 갤러리.

한준은 막 문을 열고 들어오는 창수를 맞이하고 있었다. 창수는 이제 여느 때와 다름없이 일상의 건강을 되찾았으며 그에 따라 모든 것들이 평상시로 돌아갔다.

오늘은 모친인 은희와 함께 와서 저녁 식사를 같이하기로 했지만 창수에게 다른 스케줄이 생겨 부자지간이 간단히 얼굴만 보기로 했다.

"생각보다 더 훌륭하구나. 한준아."

한준은 흐뭇하게 웃으며 말하는 창수에게 소파 상단 자리를 내어 주었고 자신은 그 옆에 앉았다.

며칠 동안 갤러리로 출퇴근을 반복하던 참이었다. 아무래도 업무의 초반이라서 손이 많이 필요했던 터였다. 재완이 한준 대신 갤러리와 본사를 번갈아 오가며 한준의 손발이 되어 주었다.

"마음에 드세요, 아버지?"

"마음에 들다 뿐이겠니. 기대 이상이라서 흡족하고 네가 자랑스럽구나. 이렇게까지 성공적으로 해낼 줄은 몰랐는데. 창립식에 아비가 참석하지 못한 게 두고두고 마음에 남아."

"보고 받으셨겠지만 모든 게 다 잘 진행됐어요. 유력한 미술계 잡지사에서 인터뷰 요청도 들어오고 있는데 홍보부 선에서 정리할 정도죠. 앞으로 더 잘 될 겁니다. 아버지."

창수는 웃으며 고개를 끄덕였다. 늘 대견하고 자신의 기대 이상을 해내는 아들이었다.

은희는 오늘 아침 출근길에도 자신의 소매를 붙잡고 한준에게 모든 걸 다 털어놓자고 애원했다. 하지만 창수는 아직도 자신이 없었다. 이렇게 든든한 아들의 얼굴에 행여 수심이 생길까 봐. 한준이 받을 상처가 어떤 종류의 것이 될지 짐작조차 할 수 없었다.

그래서 섣불리 결정할 수가 없었다. 한준이 무너지면 창수 자신도 무너지는 것이다. 어느새 한준은 창수의 친아들보다 더 짙게 가슴에 박혀 있는 존재가 되어 버렸다.

이 평화가 깨어지지 않고 온전히 유지되길 바랐다. 이것조차 욕심에 불과하겠지만 그렇다고 해도 어쩔 수 없었다.

그 자신의 손으로 이 평화를 깨뜨리고 싶지 않았다.

창수는 가라앉는 기분을 돌리려 화제를 다른 곳으로 몰았다.

"그 아이, 유림이라는 아이 말이다."

창수의 입에서 뜻밖의 이름이 나오자 한준의 어깨가 살짝 경직되었다가 풀렸다. 무방비인 채로 맞닥뜨린 그녀의 이름에 긴장이 한꺼번에 몰아닥쳤다. 한준은 창수를 마주 보았다.

"네, 아버지."

"네 엄마한테도 말했지만 언제 한 번 식사 자리를 마련하도록 해. 도움을 받았으면 보답을 해야지. 이렇게 모른 척 시간만 보내는 거 아니다."

"네."

"지금 어디에 살고 있지? 그 아이 말이다."

"서울엔 없습니다. 제가 나중에 기회가 닿으면 아버지와 식사 자리를 마련하겠습니다."

"그래. 그렇게 해."

창수는 대답하며 손가락으로 팔걸이를 다라락 쳤다. 한준은 그 것을 보면서 아버지가 무언가 하고 싶은 말을 망설이고 있다는 느낌을 받았다.

어쩐지 자신과 시선을 회피하는 모습, 눈동자를 이리저리 굴리는 모습…… 갈등하고 계시는 게 분명했다.

"저한테 무슨 하실 말씀이 있습니까, 아버지?"

"응? 아, 아니다. 아니야. 자 이제 이만 나는 나가 볼까."

창수는 정색하며 끄응 몸을 일으켰고 한준은 창수를 갤러리 입구까지 배웅했다. 창수가 나가고 곧이어 들어온 재완이 창수에게 정중하게 인사를 한 후 한준에게 다가왔다.

"저녁 안 먹냐?"

"혼자 먹어. 난 아직 할 일이 좀 남았으니까."

유유히 계단을 타고 오르는 한준의 뒤를 재완이 따랐다. 본사에 갔다가 결재 서류 몇 개를 들고 오는 중이었다. 한준에게 제발 인 터넷으로 처리하라고 졸랐지만 한준은 극구 자필 서명을 원칙으로 했기에 재완만 덩달아 바빠졌다. 재완이 투덜거렸다.

"나쁜 놈. 부하 직원을 이렇게나 부려 먹고도 당당한 상사는 너뿐일 거다. 내가 빨리 여길 때려치우든가 해야지, 진짜."

"늘 말하지만 사표는 고딕체야. 오케이?"

"오냐. 고딕체로 육하원칙에 딱딱 맞추어서 A4지 한 장으로 근사하게 써 주마."

"여자랑 밤을 하얗게 불태울 시간에 그림 제목들이나 어서 외워. 그 머린 여자 꼬드길 때나 쓸 줄 알지?"

"뭐어?"

재완이 빠직 쏘아보는 와중에 한준은 어느새 1층 [스타] 앞에 도착했다. 바지 주머니에 손을 찔러 넣은 채 액자 앞에 서서 그림을 응시했다. 그녀가 말했던 별. 그 큰 별이 그림 속 남자의 눈동자에 커다랗게 박혀 있었다.

어딘가 기괴하기도 하고 동시에 쓸쓸해 보였다. 그림을 잘 알지는 못하지만 현재 입소문을 타서 수많은 미술학도들을 끌어모으고 있으며 호사가들이 앞다투어 나서서 높은 가격을 제시하고 있었다.

하지만 한준은 [스타]만큼은 판매할 생각이 없었다. 그 이유는……

"유림 씨한테 연락은 하냐? 별장에 가 있다며?"

갑작스레 재완의 목소리가 불쑥 끼어들었다. 그림을 보면서 그도 유림이 생각났으리라. 한준은 대답하지 않고 묵묵한 시선으로 그림만 보았다. 한참 만에 입을 연 그가 자문하듯 물었다.

"별 목걸이 하나 사다 줄까?"

그건 혼잣말이었다. 별이 있으면 좋은 일이 생길 것 같다는 유림의 말에 그녀의 목에 걸어 주고 싶은 마음이었다. 그런데 그 혼잣말을 들은 재완이 눈살을 찌푸리며 방방 뛰었다.

"뭐? 별? 야, 아서. 내가 여자냐? 해 주려거든 묵직한 금돼지나 해 주든가! 그것도 아니면 금수저도 콜! 목걸이는 절대 안 돼!"

목을 놓아 외치며 따라오던 재완은 갤러리의 여직원들과 맞닥뜨려 그녀들과 저녁 식사를 같이할지 말지에 대해 목하 대화를 나누기 시작했다. 한준은 그런 재완을 잠시 보다가 실소하며 사무실로 다시 돌아왔다.

의자에 앉자마자 핸드폰을 들었다. 유림의 번호를 띄워 잠시 그것을 내려다보았다. 잘 지내고 있는지. 별장지기 할아버지의 말에 의하면 하루에 두세 번 밖에 나와 일광하는 시간 말곤 방에 박혀 공부만 한다고 했다.

그래서 그녀가 앉거나 누울 수 있는 공간을 바깥에 만들라고 지시를 했더니 해먹을 만든 모양이다.

유림은 모르는 일일 테지만 사실 그는 하루에도 두세 번씩 별장과 연락을 하고 있었다. 주로 전화를 거는 쪽은 한준이었고 할아버지는 유림에게 특별한 일이 생기면 연락을 먼저 해 주기로 했다.

통화 내용은 매일 비슷했다. 할아버지는 유림의 하루 일과나 식사로는 무얼 먹었는지 등등 잡다한 이야기를 전해 주었다. 할아버지에게서 유림의 얘기를 전해 들을 때마다 한준은 귀를 기울이곤 했다. 빙긋, 웃어 가면서.

어느새 그녀를 두고 흔들리던 것이 차츰 옅어져 간다. 그녀 생각에 이렇게 마음이 들떠도 되나 싶을 정도로, 마음이 풀어져도 되나, 싶을 정도로 편안하다.

늘 긴장하면서 살아왔다. 부모님의 기대에 어긋날까 봐, 부모님이 실망할까 봐, 잔인하다 싶을 정도로 자신을 혹사시키고 여유를 두지 않으려 했다. 그렇게 사는 게 자신을 입양해 준 부모를 위해 할 수 있는 전부라고 여겼다.

그 빡빡하고 치열한 삶에 절대 허점이 생기지 않도록 늘 조심하며 두드리며 살아왔는데, 유림이 단번에 마음에 구멍을 내고야 말았다. 불안하면서도 묘한 행복감 사이에서 매번 줄타기하던 때를 비웃기라도 하듯, 유림은 매우 짧은 시간에 그의 가슴을 차지해 버렸다.

보고 싶었다. 당장 달려가 그녀를 안고 뒹굴고 싶었다. 그러나 제 마음만 앞세워 그녀를 곤란하게 할 수 없었고, 그녀 또한 그곳에 적응해야 할 시간이 필요할 것이었다. 함부로 시작할 수 없는 관계였기에 모든 것이 조심스러워야 했던 것이다.

한준은 유림의 번호 아래에 있는 할아버지의 번호를 눌렀다. 신호는 평소와는 다르게 제법 오래 갔다. 급기야 전화를 받지 않자 그는 한 번 더 번호를 눌렀다. 이번에도 역시 받지 않는다. 의아함에 유림의 번호를 눌렀지만 그녀 역시 연락이 닿지 않았다.

가슴이 가볍게 뛰었다. 유림을 알게 되면서 작은 일에도 긴장하게 되었다.

이대론 안 될 것 같아 별장에 가기 위해 서둘러 일어나 옷을 챙겨 입고 나서려는데, 핸드폰이 울렸다. 할아버지였다.

"네."

— 아, 도련님. 전화를 하셨네요. 운전을 하느라 받지 못했습니다. 아가씨 데리고 병원에 갔다가 이제 막 별장에 도착했거든요.

"병원이라뇨?"

— 어제저녁부터 열이 심했는데 도저히 약으로 다스려지지가 않아서요. 하는 수 없이 아까 오후에 병원에 갔다가 링거 맞고 돌아온 길입니다.

"상태는 어떻습니까."

— 예, 열은 떨어졌는데 계속 잠을 자네요. 의사 말로는 스트레스성 몸살이라고 하는데요.

"알겠습니다."

통화를 끝낸 한준의 입에서 무겁게 한숨이 흘렀다. 재완의 핸드폰에 메시지를 넣은 후 그는 곧장 그곳을 나섰다.

[유림이한테 간다. 특별한 일 생기면 전화해.]

한준에게서 도착한 문자를 본 재완은 혀를 찼다. 이제 대놓고 애정 행각을 벌이겠다는 선포인지, 문자 속 글들은 거침이 없어 보였다.

하긴 저처럼 갤러리 여직원 서너 명 앞에서 재롱을 부려야만 그중 한 여자와 식사를 할 수 있는 기회를 가질 수 있는 사람이 아니니까, 한준은. 널리고 널린 여자들이지만 아무에게나 곁을 내어 줄 수 없고 아무와 마음을 나눌 수 없는 사람이니까, 한준은.

"그래. 잘났다. 잘해 봐라."

좀 더 편하게 사랑할 수 있는 여자이길 바랐지만 친구의 가슴에 불어 드는 훈풍을 모른 척할 수는 없는 일이었다. 재완이 문자를 들여다보며 중얼거리자 함께 있던 여직원들이 의아한 시선을 보냈다.

"윤 비서님. 지금 그 말 누구한테 하는 거예요?"

"네? 아! 저한텐 참 귀찮은 친구 놈이랄까요. 우리 예쁜 님들한테도 그런 친구 한 명씩 있잖아요? 내가 챙기지 않으면 안 되고 내 도움이 꼭 필요하고 결정적으로 나 없인 아무것도 못 하는 친구. 얘가 바로 그런 친구랍니다. 하하."

핸드폰을 흔들며 하는 말에 여직원들이 까르르 웃었다. 맞아, 맞아, 하며 자기들끼리 동의의 제스처를 취하는 통에 재완은 괜스레 한준에게 미안해졌다.

하지만 그것도 잠시 재완은 마침내 그 여직원들 중 나이가 가장 어린 여직원과 저녁 약속을 잡게 되었다. 식사부터 커피와 영화 관람까지 풀코스로 제공하겠다는 재완의 피 토하는 연설 때문이었다.

재완과 여직원은 퇴근 후 갤러리에서 그다지 멀지 않은 곳에 있는 식당을 찾았다. 갓 대학을 졸업한 파릇파릇한 여직원인지라 서른셋인 자신과 거의 열 살 차이가 났지만, 재완은 자신이 동안(童顔)이라고 굳건하게 믿으며 스스럼없이 행동했다.

'윤 비서님' 이라고 부르는 그녀의 호칭을 '오빠' 라고 부르라고 다정하게 수정해 주면서 말이다.

양, 한식 퓨전 레스토랑이라고 입소문이 난 이 식당은 1층, 2층 홀의 테이블이 모두 들어차 있었다. 겨우 테이블을 차지하게 된 재완은 여직원과 마주 앉았다.

메뉴를 주문한 후 왁자지껄한 내부를 휘 둘러보았다. 손님들 대부분이 20대 초중반으로 보였고 홀에 흐르는 음악 역시 강렬한 비트의 록이었다.

내심으로 재완은 고개를 설레설레 저었다. 역시 식사란 소주 한 잔을 옆에 끼고서 국물을 들이켜야 제 맛이라고 생각하면서 제발 나중에 나갈 때 돈이 아깝단 생각이 들지 않기만을 바랐다.

홀로 핸드폰을 들여다보며 키득거리고 있는 여직원을 재완은 멍한 시선으로 쳐다보았다. 공감대가 없는 관계란, 그녀와 자신을 두고 하는 말이리라.

메뉴가 나올 때까지는 꽤 시간이 걸릴 것 같아 재완은 다시 홀을 둘러보았다. 지그시 둘러본 시야에 무척이나 익숙한 여자가 자리했다. 재완은 그쪽으로 시선을 모으고 주의를 집중시켰다.

"어라?"

자세히 보니 영은이 홀로 앉아 식사를 하고 있었다. 그런데 일행이 없이 혼자서 대여섯 그릇의 접시를 앞에 두고, 그야말로 꾸역꾸역 입에 쑤셔 넣고 있었다.

아무리 살펴도 일행은 없다. 테이블 어디에도 영은의 것 말고는 다른 수저가 보이지 않았다. 재완은 기인(技人)의 재주를 보는 듯한 기분이 들어 입을 절로 떡 벌렸다.

"저…… 어떡하죠, 윤 비서님?"

그때 내내 핸드폰만 들여다보던 여직원이 고개를 홱 들고 재완을 쳐다보았다. 난감한 기색이 그녀의 얼굴에 스쳤다. 재완은 부드럽게 미소 지으며 입을 열었다.

"오빠라고 부르라니까, 연희야? 그래, 왜?"

"친구들 모임이 있는데 오늘 저녁에 벙개 때린대요. 거기 안 나가면 벌금 물어야 되거든요. 저 가 봐야겠는데, 어떡해요."

어떡해요, 하며 울상이 되었지만 벙개에 가고 싶으니 보내 달라는 무언의 뉘앙스가 느껴졌다. 여기서 보내지 않는다면 이 영계와는 관계가 영영 틀어질 테고, 보내 준다면 쿨한 동료 직원으로서 좋은 인상을 남기게 되리라.

재완은 씁쓰름한 표정을 지으며 혼잣말처럼 중얼거렸다.

"벙개는 벙개라서 벙개인건데 벌금은 왜 내는지. 알았으니까 가 봐요."

"히히. 정말 미안해요, 윤 비서님. 진짜 미안해요. 그 대신 내일 제가 저녁 쏠게요."

당연히 그래야지. 밥도 사고 술도 사고, 살 수 있는 건 다 사 달라고 해야지. 재완은 넉넉한 인심을 베풀 듯 여직원을 고이 보내 주었다. 그러곤 망설이다 일어서서 영은이 앉아 있는 자리까지 이동해 테이블을 똑똑 두드렸다.

"영은 씨?"

커다란 숟가락에 가득 담긴 음식을 크게 벌린 입으로 가져가던 영은이 눈을 휘둥그레 뜬 채 시선을 들었다. 재완을 발견한 그녀는 순간 모든 동작을 멈추더니 이내 캑캑캑, 목기침을 하기 시작했다.

☆ ★ ☆

'아직 자고 있을 거예요. 그래도 열은 모두 내렸으니까 다행이지요. 일어나면 배가 고플 텐데.'

걱정하는 할아버지에게 알아서 하겠다고 대답한 후 한준은 노부부를 집으로 돌려보냈다.

도착하니 벌써 밤 아홉 시가 되어 가고 있었다. 할머니가 쑤어 놓은 죽은 이미 불었고 주변의 기온이 뚝 떨어져 보일러를 작동시켰다. 나중에 잠에서 깬 유림이 아래층으로 내려와서 추위에 떨지 않도록 모든 준비를 끝내었다.

그리고 2층 유림의 방으로 들어간 한준은 정장 윗도리를 벗어

옷걸이에 걸어 둔 후 의자를 당겨 침대가에 앉았다.

유림의 얼굴은 온통 땀에 젖어 있었다. 며칠 보지 못한 사이 마르고 창백해진 기색이 역력한 그녀의 얼굴을, 그의 손바닥이 부드럽게 감싸 쥐었다. 그 짧은 접촉에 그간 쌓여 있던 그녀를 향한 그리움이 모두 되살아났다.

한준은 축 늘어진 유림의 손을 끌고 와 입을 맞추었다. 그녀에게 고정한 시선은 흔들릴 줄을 몰랐다. 하얗고 야윈 손목과 움푹 꺼진 손바닥까지 차례로 그의 입술이 누비고 지나갔다.

그래도 그녀에게 꽂힌 시선은 움직이지 않았다. 그가 어떤 마음으로 여기에 왔는지, 오면서 무슨 생각을 했는지 알 길이 없는 그녀는 그를 벌주듯 아직도 깨지 않고 있었다.

"김유림."

낮게 그녀의 이름을 부르면서 동시에 쥐고 있던 그녀의 손을 힘주어 잡았다. 그러자 잠시 후 유림이 몸을 뒤척거리기 시작했다. 한준이 내처 그녀의 이름을 더 크게 불렀다. 철통처럼 잠겨 있던 유림의 눈이 그제야 천천히 열렸다.

분명 꿈이거나 환청이라고만 여겼는데, 눈앞에 있는 이는 그가 확실했다. 뚜렷하게 감겨드는 한준의 얼굴에 유림의 동공이 크게 벌어지고 아주 잠시 시야가 뿌예졌다.

유림은 상반신을 천천히 일으켰다. 그와 함께 있는 공간. 마치 공기부터가 다른 듯했다. 목을 간질이는 감정이 휘몰아치는 바람에 몇 번 헛기침을 해 버린 그녀는 쉬이 입을 열 수가 없었다.

그가 없던 며칠 동안 그를 향해 켜켜이 쌓아 놓은 그리움이 한꺼번에 몰아닥쳤기 때문이었다.

"……언제 온 거예요?"

한준은 그녀의 물음에 곧장 대답하지 않고 자리를 옮겨 침대 끝에 걸터앉았다. 팔을 뻗어 이마를 짚어 본다. 열이 모두 식어 버린 그녀의 이마는 오히려 서늘하게 느껴졌다.

"너 자고 있을 때."

그의 대답에 유림의 가슴이 조여들었다. '너'라는 호칭이 그와 더없이 친근하게 느껴져서 더 그랬다.

"아팠다면서."

"열이 조금 났을 뿐이에요. 지금은 괜찮구요."

"불편해도 조금만 참아. 네가 지낼 수 있는 다른 편한 곳이 있는지 알아볼 테니까."

"그러지 마요. 난 여기로도 충분해요. 어차피 여기도 오래 있을 것 같지 않지만요."

유림은 그를 쳐다보았다. 부드럽게 풀려 있던 그의 눈동자가 단단하게 굳어지고 있는 느낌은 착각일까. 그에게 나가는 말이 싸늘하다는 것을 충분히 알고 있었지만, 이것이 이틀간 열에 시달리면서 그녀가 내린 결론이었다.

어차피 혼자만의 감정이었지 않은가. 그가 순간의 욕정을 참지 못하고 키스를 했다고 해도 그걸 두고 그에게 감정을 강요할 수는 없는 일이었다. 결국 그녀 스스로 정리를 하고 늘 혼자였던 삶 속으로 다시 들어가 버리면 그만이었다.

"난 물을 좀……."

헤아리듯 집요하게 내리꽂히는 그의 시선을 외면하며 유림이 더듬더듬 침대를 내려왔다. 그를 지나쳐 문으로 걸어가는데 그가 뒤에서 허리를 안아 왔다. 갑작스러운 접촉에 유림은 심장이 튀어나올 것 같아 버둥거렸다.

이내 그녀의 작은 몸은 한준의 가슴팍에 안긴 채 단단히 결박되었다. 허리를 감고 있는 그의 팔뚝이 선연하게 느껴졌다.

유림은 당혹감을 감추지 못한 채 그의 결박에서 풀어나려 상체를 움직였다. 그럴수록 그의 팔은 더욱 굳건하게 그녀를 가두었다. 어깨로 뜨거운 숨결이 쏟아지는가 싶더니 이내 한준의 속삭임이 들려왔다.

"나 같으면 힘을 아낄 거야. 내가 너한테 무슨 짓을 할지 모르잖아?"

말속에 웃음기가 느껴졌다. 비웃거나 조롱하는 것이 아닌 진짜 웃음. 이 남자, 이렇게도 웃을 줄 아는 사람이었나.

"날 그토록 긁어 대고 화나게 하고 정신없게 만들고 쉬고 싶게 만든 네가……."

이번엔 좀 더 선명한 웃음.

"보고 싶었어."

그리고 그 웃음기가 사라진 건 순간이었다. 유림은 온몸이 경직된 채 가까스로 움직여 몸을 돌렸다. 여전히 허리를 감은 단단한 팔. 고개를 드니 지금까지 보지 못했던 미소가 그의 얼굴에 퍼져 있었다.

가슴을 생경하게 쳐 대는 느낌에 유림은 아무 말도 하지 못했다. 다만 혼자만의 감정이라고 느꼈던 자신이 틀렸다는 생각만이 강하게 뇌리에 박혀 들었다.

"그게…… 무슨……. 읏!"

겨우 입을 놀려 물어본 말이 그의 입술에 의해 막혀 버렸다. 잠가 두었던 빗장을 열어젖히듯, 그는 입술 언저리를 몇 번 혀로 핥아 내리다가 이내 입안 가득 혀를 밀어 넣었다.

크게 벌어진 입술을 어찌할 새도 없이 유림은 그를 무작정 받아들였다. 거칠게 입안을 헤집던 혀는 어느 순간 그 뜨거운 열기를 잠시 식히려는 듯 부드럽게 애무하기 시작했다.

그의 혀가 빠져나가고 다시 입술이 미약하게 맞물렸다. 강한 파도가 한차례 밀고 들어왔다가 사라지는 것 같았다.

그리고 아랫배를 치고 두드리는 감각 때문에 유림의 몸은 이미 평소의 리듬을 잃어 가고 있었다. 그를 너무 원하고 있는 몸이 한 치의 수치심도 없이 달아오르고 있었다.

"내가 말했잖아. 힘을 아끼라고."

입술을 잠시 뗀 그가 쉰 음성으로 속삭인다. 이번에도 아까의 웃음기가 묻어나 있었다. 그제야 유림은 선명하게 자각했다. 그의 감정과 마음이 어디로 쏠려 있는지.

빗장을 긁어 대는 그 벅참에 울고 싶었지만 지금은 다른 것들을 모두 밀어 두어야 할 순간인 것 같았다.

유림은 발꿈치를 들어 그의 입술에 제 입술을 갖다 대었다. 그의 목에 팔을 두르고 단단히 그에게 몸을 밀착시켰다. 그에게서 거친 숨이 토해지는 것이 느껴졌다.

그녀를 배려해야 옳았지만 이미 이성을 잠식해 버린 본능은 그를 온통 위협하고 있었다. 한준은 맞닿아 있는 그녀의 입술을 제 입술로 크게 휘어 감으며 빨아들였다.

허리에 두르고 있는 팔에서 힘줄이 솟아올랐다. 언제나 잠가 두고 억누르기만 했던 욕망이 머리끝까지 치솟아 그를 가만두지 않았다.

혀를 얽고 뜨겁게 핥아 대고, 타액에 젖은 입가를 제 입술로 모조리 훔쳐 내며 그는 그가 무엇을 하고자 하는지 그녀에게 정확하게 전달했다.

허리를 감고 있던 팔을 풀어 그녀가 입고 있는 얇은 티셔츠를 끌어 올렸다. 제 셔츠 깃을 붙잡고 있는 유림의 손에 바짝 힘이 들어가는 것이 느껴졌다.

바닥으로 떨어지는 셔츠를 한준의 발이 밟고 지나갔다. 그녀와 겹쳐져 있는 입술을 뗀 그는 고개를 내려 맨 어깨에 입술을 묻었다.

등 뒤로 돌린 그의 팔이 브래지어를 간단하게 풀어 내렸다. 순간적으로 유림은 어깨를 움츠렸다. 온몸에 자잘하게 소름이 일었다. 다 벗겨진 자신의 상체가 그의 시선에 고스란히 담기자 알 길

319

없는 부끄러움이 솟았지만, 그마저도 곧 그의 한 마디에 잠기고 말았다.

"언제부터였는지."

어깨에 자잘하게 키스를 뿌려 가던 그가 고개를 들었다. 유림의 가는 목선에 입술을 들이밀며 다시 속삭인다.

"언제부터 널 보는 눈빛이 달라졌는지 기억도 안 나."

어쩌면 그녀가 우는 얼굴로 문 회장의 병실 앞에 서 있었을 때부터였는지도. 그 망연하고 텅 비어 가던 그 얼굴이 무겁게 잠겨 있던 그를 차츰 열게 만들었는지도 모른다.

한준은 불현듯 그때를 떠올리며 입가를 늘였다. 목선에, 그리고 턱 선에, 귀밑까지 올라가 혀끝으로 부드러운 살결을 쓸어 가며 그녀에게 하고 싶었던 말을 간신히 토해 내었다.

"정말, 보고 싶었다. 김유림."

무수한 감정들이 휘몰아쳤다. 소용돌이치며 그를 한계로 몰아넣는 통에, 그는 머릿속을 비우고 천천히 그녀를 탐닉하기 시작했다.

몸의 끝, 가장 가운데 부분에 있는 남성이 불길에 휩싸인 듯 뜨겁게 달아오르며 부풀어 갔다. 아직 땀이 남아 있는 그녀의 목 구석구석에 입을 맞추고 잠시 몸의 균형을 잃고 휘청대는 유림의 허리를 으스러지도록 끌어안았다.

젖가슴 한쪽을 덮어 오는 손바닥의 감촉에 유림은 허리를 비틀었다. 그의 접촉 하나하나에 미세하게 변하는 제 몸이 생경하면서도 이 감각을 잃고 싶지 않아 그에게 매달렸다.

커다란 손바닥이 유방을 거칠게 주물러 대었고 손가락 사이로 꼿꼿하게 선 채 삐져나온 유두를 손끝으로 문지르기도 했다.

그는 몸을 겹친 채 그녀를 뒤쪽으로 밀어붙였다. 더듬더듬 유림은 뒷걸음질을 치며 뒤쪽으로 밀려가다가 마침내 닿은 침대에 풀썩 쓰러졌다.

그는 곧장 제 몸을 그녀에게로 겹쳐 왔다. 등이 파묻힌 시트가 여느 날보다 부드러웠다. 유림은 그의 무게 아래에 깔린 채 그의 애무를 고스란히 받아 내고 있었다.

쇄골을 지나 젖무덤 새로 젖어 든 혀는 이미 축축해져 있었다. 그녀의 가슴께는 그가 남긴 타액의 흔적으로 번들거렸다. 후욱, 하고 새어 나가는 그녀의 신음과 숨결은 온전히 그가 준 것이었다.

어느 순간, 유림은 허리가 뒝길 정도로 아찔한 감각을 맛보곤 자신도 모르게 교성을 질렀다.

"하악!"

유두를 가득 베어 문 그가 흡입하듯 빨아들이는 그 순간의 쾌감은 아픔이 느껴질 정도로 강렬했다. 자연스럽게 아래의 여성이 파닥거리며 경련하다가 어느새 뜨겁고 질척한 액체를 왈칵 쏟아 내었다.

그는 그녀의 몸 구석구석을 남김없이 모조리 맛보고 있었다. 겨드랑이에서부터 옆선을 쓸어내리는 혀, 골반에 이르러선 상반신을 일으켜 반바지와 팬티까지 벗겨 버리는 야만적인 움직임이 그녀를 더욱 절정으로 몰아가고 있었다.

유림은 숨을 쉴 수 없을 정도로 거칠게 애무하는 한준 때문에 이미 머릿속이 까마득해져 버렸다. 힘이 잔뜩 들어간 다리 사이로 그가 들어섰다. 아직 옷을 벗지 않은 그가 숨을 헐떡이며 그녀와 눈을 맞추었다.

"내 옷, 벗겨 줘."

씨익, 입꼬리가 말려 올라간 그의 미소가 짓궂었다. 유림은 고개를 힘겹게 끄덕이곤 그가 입고 있는 셔츠를 천천히 벗겨 주었다. 이윽고 그의 바지까지 벗기자 완벽한 나신이 되어 그가 다시 눈을 맞추어 왔다.

그는 아무 말도 하지 않았지만 얽힌 시선만으로 마음을 짐작할 수 있었다.

그녀의 마음이 닿아 그에게 모두 전해졌으면 좋겠다. 당신을 만나 처음으로 두렵고 설레고 떨리는 감정을 느끼고 있다고. 우리 둘, 행복했으면 좋겠다고. 그녀의 진심을 읽었는지 한준이 빙긋 웃는다.

이렇게 다 벗고 있으면서도 그 모습조차 흐트러짐이 없다. 유림은 그게 심통이 나 입김을 휙 불어 그의 앞머리를 넘겨 버렸다.

그의 큭큭대는 웃음소리가 몸 아래로 차츰 흩어진다. 어느새 여성의 입구에 도착한 그의 입술이 파르르 떨고 있는 여린 살갗을 깨물었다.

"아흑!"

흠뻑 젖어 촉촉해진 그곳으로 혀를 밀어 넣은 그가 야릇한 신음을 흘렸다. 참을 수 없는 욕망이 몇 번의 애무 끝에 완벽하게 달구어졌다.

한준은 혀를 빼곤 곧장 제 몸을 실었다. 이미 커질 대로 커진 남성의 끄트머리로 그녀의 입구를 천천히 문질러 대었다. 그럴 때마다 유림은 허리를 비틀며 신음했고, 그것은 곧 한준의 감각을 찔러 대었다.

그는 단 한 번의 망설임도 없이 곧바로 그녀의 안에 진입했다. 좁은 그곳을 몇 번의 담금질을 시도하며 천천히 밀고 들어가자, 유림의 이맛살이 곱게 구겨졌다.

아득한 곳으로 떨어졌다가 다시 높은 곳으로 치솟기를 반복하는 것 같았다. 유림은 텅 빈 그곳을 가득 메운 그의 느낌이 너무도 뚜렷하고 선명하여 더욱 몸부림쳤다.

그가 천천히 허리를 움직였다. 유림이 내쉬고 있는 숨결이 흐트러지고 거칠어지는 것을 느끼면서, 그간 그녀를 생각하며 쌓아 두었던 욕망의 덩어리를 모두 그녀에게 분출하고자 했다.

허리의 움직임은 차츰 빨라졌고 그에 따라 유림이 내뱉는 교성도 점점 커져 갔다.

"으읏!"

한준은 끝 간 데 없는 감각에 몸서리치는 유림과 눈을 마주했다. 그가 격렬하게 허리를 움직이는 바람에 침대가 요동쳤다. 수풀과 수풀이 한데 섞여 따가운 느낌 속에서 퍽퍽, 살결이 부딪치는 소리가 음란하게 들렸다.

한준은 고개를 내려 그녀의 유두를 길게 빨아들였다. 적당하게 부푼 유방이 그가 움직일 때마다 흔들려 그를 더욱 부추겼다. 얼핏 내려다본 아래쪽에서 붉은색의 선혈이 보였다.

그녀의 몸에 처음으로 남자를 묻었다는 뜻이고 돌이킬 수 없는 길을 걷기 시작했다는 뜻이었다.

이대로 몸을 빼내어 그녀를 다독이는 것이 옳았지만, 이미 얽혀 버린 욕망을 참을 수 없었다. 한준은 점점 더 그녀에게로 짓쳐 들었다.

헉헉대는 숨소리, 그의 아래에서 흔들리며 쾌감에 몸을 떠는 그녀, 체내의 모든 에너지가 아래의 남성에 모인 듯, 여자를 들쑤시는 그의 허리가 끝도 없이 내달렸다.

그러던 어느 순간, 고지에 오른 한준의 입에서 짐승 같은 신음이 흘렀다. 부르르 떠는 몸은 그녀의 안에 질펀한 욕망의 흔적을 뿌렸고, 남자는 절정이 가져다준 쾌락을 이겨 내지 못한 채 그녀의 허리를 끌어당겼다.

그녀의 안에 맞물려 있는 남성을 빼내고 싶지 않아 그녀의 몸 위에 널브러진 채 남아 있는 쾌감을 모두 쏟아 냈다.

유림도 거칠게 숨을 몰아쉬었다. 천장이 빙글빙글 돌아가는 것 같았다. 그의 등을 끌어안고 있는 팔에서 기운이 모두 빠져나가 축 늘어졌다.

그러기를 얼마쯤 유림의 풀려 있던 눈동자에 천천히 힘이 들어
갔다. 그녀의 안에 여전히 박혀 있던 그의 남성이 재차 부풀어 가
고 있음을 뚜렷하게 느낀 탓이었다.

12
바람이 부는 시간

  재완은 영은과 함께 맥주 바를 찾았다. 식당에서 무려 다섯 가지의 메뉴를 앞에 놓고 열심히 퍼먹던 그녀와 눈이 마주친 후였다.

  영은은 당황했는지 몇 번의 헛기침 끝에 드르륵 의자를 밀고 벌떡 일어나 그곳을 나갔고, 황망한 표정으로 서 있던 재완이 그녀의 뒤를 따라 나갔다. 그런데 영은이 다짜고짜 맥주 한잔 사 달라는 것이다.

  바는 평일 밤치곤 들러 주는 손님들로 북적거렸다. 두 사람은 홀의 한가운데에 있는 테이블에 자리했고 곧이어 기본 안주와 맥주가 서빙되었다.

  쿵쾅거리는 팝 음악이 귀에 쟁쟁하여 건너편에 앉은 사람에게 말을 걸 때에도 큰 소리로 외쳐야 했다. 재완은 음악 소리에 맞추어 턱을 끄덕이는 영은의 모습이 새삼스럽게 느껴졌다.

"영은 씨, 이런 데 자주 와 봤나 봐요? 위화감이 없네."

"무슨 뜻이에요?"

눈을 치뜨곤 영은이 물었다. 결코 좋은 뜻으로 한 질문이 아니라는 것을 눈치챈 까닭이었다. 어쩌면 좀 전에 식당에서 있었던 일로 그녀에 대해서 이미지를 새롭게 재정비하는 게 아닌가 싶었다.

그동안 보였던 그녀의 이미지와는 전혀 달랐으니 그럴 만도 했다.

재완이 무슨 대답을 하든 그녀와는 전혀 상관이 없었다. 그저 이런 곳에 함께 와 준 사람이라는 사실만으로도 그녀는 재완에게 충분히 고마워하고 있었다.

남들은 모르는 그녀만의 스트레스 해소법, 폭식. 그것을 재완에게 들켰을 때 영은은 하마터면 그 자리에서 줄행랑을 칠 뻔했다. 이렇게 아무 일 없었다는 듯 뻔뻔하게 음악 소리에만 신경 쓰고 있는 것도 그다지 유쾌한 기분은 아니지만 말이다.

"그냥 잘 어울린다는 말이었어요. 난 이렇게 골치가 아픈 곳이랑 딱 어울리는 여자가 좋더라."

"재완 씨 또 발동 걸리셨네요."

"예? 발동?"

"여자만 보면 상대가 누구든 추파 먼저 던지고 보는 거요. 내가 누군지 잊었어요?"

"영은 씨야 뭐…… 예담 갤러리 실장님?"

재완이 정작 중요한 사항을 쏙 빼고 말했다. 그로서는 추파고 뭐고 영은이 무안할까 봐 나름대로 배려를 한 대답이었지만 영은의 입장에선 그게 아닌 모양이었다.

"그쪽이 모시는 상사와 과거 약혼할 뻔하기도 했죠."

철벽을 쳤다. 영은은 재완이 그 부분을 빼고 이야기한 이유가 그녀에게 접근하기 위해서라고 착각하고 있었다.

"에이. 영은 씨도 과거에 집착하는 스타일이구나. 과거란 잊히기 위해 존재하는 거죠. 음, 목마를 타고 떠난 버지니아 울프의 생애를…… 아, 이건 아니고…… 어쨌든 과거는 과거일 뿐입니다, 영은 씨."

음유시인이라도 된 듯 그윽한 눈빛으로 말하고 있는 재완을 보며, 영은이 피식 실소를 흘렸다. 상대가 상대인 만큼 꺼림칙하긴 했지만 술로 스트레스를 풀고 싶을 때 대화 상대로는 나쁘지 않은 것 같았다.

영은은 맥주를 들이켰다. 요즘 들어 그녀의 상태는 점점 더 나빠지고 있었다.

[스타] 때문에 한준에게 찾아가 비굴하게 좀 봐 달라고 애원한 것도 모자라, 유치한 질투심이 눈이 멀어 알지도 못하는 여자에게 한준에 대한 험담을 늘어놓았다.

지금 돌이켜 보면 정신이 나갔었나 보다. 도대체 왜 그렇게 못난 모습을 보였는지 모르겠다.

그 생각을 하자 당시에 겪었던 패배감이 재차 떠올라 영은은 맥주를 입에 들이부었다. 술을 자주 마시는 편이 아니라 취기가 금세 오르고 있었다.

"어이쿠. 영은 씨 이러다 취하시겠어. 하긴 난 취한 여자 뒤치다꺼리하는 게 취미이자 특기거든요. 마음껏 마셔요, 영은 씨."

"훗. 내가 재완 씨가 대시했던 수많은 여자들과 같다고 생각하지 마세요. 나 미국에 있을 때 저스틴 비버 닮은 남자가 들이대어도 눈 하나 꿈쩍 안 했어요."

"와. 무용담이네요. 나는 저스틴 비버에게 넘어가지 않았다."

"놀리는 거예요?"

"아뇨. 절대요."

재완이 손까지 흔들어 대며 부인했지만 속으론 영은에게 얼마쯤 놀라고 있었다. 늘 똑 부러지고 이성적인 여자라고 생각했기에 한준과 약혼하려던 그 당시 한준이 불쌍하게 여겨지기도 했다. 재미없는 여자와 결혼할 재미없는 남자이기에.

그런데 폭식을 하지 않나 술에 취해 혀가 꼬인 말투로 자존심을 세우질 않나. 어쭈, 지금은 또 시선을 아래로 깐 채로 연신 흑흑 한숨만 쉬고 있다.

"괴로운 일 있어요, 영은 씨?"

재완이 호기심을 안은 채 눈을 끔뻑거리며 묻자 영은이 예의 치뜬 눈으로 그를 보았다.

"없는데요."

"말해 봐요. 내 두 번째 특기가 아까 그 취한 여자들 고민 상담이에요."

영은은 이미 취기로 눈앞이 흐려진 상태였다. 상대가 재완이라는 걸 인식은 하고 있지만 재완에게 엮인 사람들이 누구인지 생각할 겨를이 없었다. 툭 나오는 건 한숨이고, 들이붓는 건 맥주라는 사실밖에 그녀가 느끼고 있는 것은 없었다.

그러니 재완의 독촉에 스르르 입이 절로 열리는 건, 그녀로서도 어찌할 수 없는 부분이었다.

"재완 씨는 그런 적 없어요? 내 가장 못난 모습을 발견할 때요. 죽고 싶을 만큼 쪽팔리고 나 자신이 싫고 땅 파고 들어가고 싶을 때요."

"많죠. 사람이 사는 게 다 그런 게 아니겠습니까?"

"그 모든 걸 좋아하는 사람 앞에서 해 본 적은 없었을 거 아니에요. 난 그랬어요. 한준 씨 앞에서 무척 쪽팔렸고 내가 싫고 굴욕적인 기분을 느꼈죠."

"아하. 그러셨구나."

재완은 영은의 말에 무조건 맞장구를 쳐 주었다.

영은은 지금 제 앞에서 한준에 대한 얘기를 하고 있다는 사실조차 인식하지 못하고 있을 것이다. 취기에 눈이 절로 감기거나 혀가 꼬이거나 팔이 흐느적거린다는 사실도 전혀 모르고 있을 것이다.

그 점이 재미있었지만 영은이 아직도 한준에게 미련이 많이 남아 있다는 것에 재완의 마음이 무거워졌다.

한준처럼 맺고 끊는 것이 너무도 정확하여 상대에게 의도치 않게 상처를 주는 남자를, 영은은 아직도 마음에 두고 있는 것이다. 불쌍한 여자 같으니라구.

"영은 씨, 괜찮아요?"

테이블 아래로 고개를 숙인 채 꺽꺽 대고 있는 영은을 보며 재완이 놀라 그녀에게 다가갔다. 토하고 있는 줄 알았더니 울고 있었던 모양이다. 마스카라와 아이라인이 번져 얼굴이 엉망이 되어 있었다.

"화장품은 좋은 걸 쓰셔야죠, 영은 씨."

"아, 난 괜찮아요. 괜찮⋯⋯아요."

"한준이 그 자식, 내가 주먹으로 한 방 날려 줄게요. 영은 씨 몫으로. 그럼 될까요?"

"주먹으로 되겠어요? 3박 4일 밤낮으로 고문하고 싶어요."

"으잉? 그건 좀. 그래도 내 오랜 친구고 상사인데. 그리고 난 아직 앞날이 창창한 대한민국 청년으로서 죄를 짓고 구속 수감되어 내 미래를 망칠 일은 하고 싶지⋯⋯."

염불을 외듯 중얼거리고 있는 재완을 밀치고 영은이 휘청거리며 일어났다. 재완도 따라 일어나 그녀의 팔을 부축해 주었다.

"나 갈래요."

"예? 벌써요? 난 이제 시작인데?"

"나⋯⋯ 흥신소나⋯⋯ 알아봐야겠어⋯⋯. 그 인간⋯⋯ 사흘 밤
낮을 때려 줄⋯⋯ 사람을⋯⋯."

풀썩. 영은이 말을 채 잇지도 못하고 재완의 품으로 쓰러졌다.
순간적으로 재완이 몸의 중심을 잃었지만 다행히 그녀를 팔로 단
단히 받쳤다.

맥주를 그다지 많이 마신 편도 아닌데 이렇게 정신을 놓다니.
제 품에서 아예 잠이 들어 버린 영은을 재완은 곤혹스러운 눈길로
내려다보았다.

"에휴. 사랑이 뭐길래."

넋두리처럼 혼잣말을 중얼거린 재완은 영은의 한쪽 팔을 제 목
뒤로 걸치며 그녀를 부축했다. 카운터로 걸음을 힘겹게 옮기며 생
각했다. 그나저나 이 여자를 어찌한담.

☆ ★ ☆

욕조에서 미지근한 물이 넘쳐 바닥까지 물기가 흥건했다. 시간
이 얼마나 지났는지 알 수 없었다. 세상과 완벽하게 유리된 공간
에서, 한준은 밤새 유림과 함께 하고 있었다.

섹스가 끝난 후 사타구니 사이로 흘러내리는 선혈을 보며 유림
이 적잖이 놀랐던 것을 떠올렸다. 한준은 유림에게 입을 맞춘 후
그녀를 데리고 욕실로 들어왔다.

욕조에 물을 받고 그녀의 다리 사이를 정성껏 씻겨 주었다. 부

끄러웠는지 간간이 유림은 다리를 모았지만, 잠시 후 훈풍처럼 녹아드는 그의 손길에 그녀는 제 몸을 온전히 그에게 맡기기 시작했다.

한준은 욕조의 끝에 등을 기대고 앉아 곁에 앉은 유림의 어깨를 끌어안고 있었다. 물의 온도가 미지근한지라 두 사람은 연신 땀을 흘렸다. 물기에 젖어 번들거리는 나신이 욕조의 맞은편 샤워부스의 유리창에 적나라하게 비쳐 들었다.

유림은 유리창을 하염없이 바라보았다. 은은한 조명과 맞물려 색정적인 분위기가 흠씬 느껴지는 제 모습에 깊게 숨을 들이켰다.

그는 어깨를 끌어안은 팔을 가슴 아래까지 뻗어 유방을 계속 주무르고 있었다. 유림은 아까부터 그의 남성에 힘이 들어가 있음을 알았다. 물속에서 겹쳐지고 엉긴 다리 사이로 검은 숲이 선명하게 보였다.

유림은 얼굴을 붉혔다. 턱으로 떨어지는 물기를 괜스레 손바닥으로 훔쳐 낸 후 가까스로 입을 열었다.

"새벽에 출발해야 하지 않아요? 출근하려면."

"그래야겠지?"

"잠을 자지 못했는데 피곤하겠네요. 나야 낮에 잠깐 눈을 붙이면 되지만. 당신은 일을 해야 하잖아요?"

"내 걱정은 하지 마. 난 사흘 밤을 꼬박 새며 일을 하기도 하는 사람이니까."

유리창으로 그가 웃는 것이 보였다. 유림은 놀랐다. 그가 일에 혹독하리만치 열심이라는 것을 어렴풋이 느끼고 있었지만, 밤을 새 가며 일을 한다는 말에 의아하기도 했다.

어차피 그 회사는 한준의 집안이 거느리고 있는 회사였다. 대한민국 국민이면 누구나 알 것이다. 느긋하게 뒷짐 지고 기다리고만 있어도 저절로 그의 손에 떨어진다는 것을.

그러니 한준처럼 그렇게 헌신하지 않아도 된다는 뜻이었다.

"왜 그렇게 일해요? 내 말은, 어차피 당신 회사잖아요?"

유림의 말에는 그를 향한 걱정이 크게 섞여 있었다. 한준은 고개를 불쑥 돌려 그를 쳐다보는 그녀의 빤한 눈빛을 잡아먹고 싶었다.

욱신거리며 또 한 번의 욕망을 풀 채비를 하고 있는 남성을 지그시 억누르며 그녀의 이마에 제 이마를 가볍게 댔다.

"내가 부모님의 친아들이 아니라는 사실, 벌써 잊었어?"

그 말을 하면서 한준은 새삼스러운 기분에 사로잡혔다. 이런 말을 아무렇지도 않게 할 수 있는 날이 오게 될 줄은 몰랐다.

그날, 유림이 자신에 관한 비밀을 모두 알게 된 그날, 나를 안아주고 싶다며 달려들었던 그 순간에도, 이런 날이 오게 될 줄은 생각도 하지 않았다.

"아들, 맞잖아요. 그래도."

친아들이 아니라고 부정하는 그의 진심을 알기에, 유림은 그의 헐고 상처받았을 마음을 어루만지듯 말했다.

한준은 고개를 움직여 턱으로 그녀의 머리칼을 느꼈다. 처음으로 만난 평화. 늘 전쟁터나 다름없었던 그의 일상이 처음으로 들어온 평화가 그를 채근했다. 누구에게도 털어놓을 수 없어 가슴속에 묻어 두고 꾹꾹 눌러 담아 두었던 이야기를 입 밖으로 꺼내기를.

그래서 한순간이나마 가벼워지고 다 비워진 가슴으로 살아가라고.

"고등학교 1학년 때 모든 사실을 알게 되었지. 두 분이 하시는 얘길 우연찮게 들었거든. 부모님은 아직도 내가 그 사실을 알고 있다는 걸 모르셔. 그리고 난 후 제법 오래 방황을 했던 것 같아. 그리고 결심을 했지. 앞으로 남은 생을 부모님을 위해 헌신을 마다하지 않겠다고."

유림은 욕조 안 물결처럼 잔잔히 시작된 그의 말을 귀에 담았다. 말을 하는 중에도 그는 연신 그녀의 젖가슴을 만지고 또 만졌다.

"내가 하는 모든 일은 무조건 부모님을 위해서였어. 그것 외엔 이유나 목적이 없었지. 나에게 부모님은, 이 사람들이 내 부모님이 아닐 거라고 추측하게 만든 적이 한시도 없었으니까. 부모님은 나로 인해 가슴이 따뜻해지셨다고 말씀했지만, 나는 부모님으로 인해 차가워졌지. 미친 듯이 일을 해야 했거든."

유림은 그가 어떻게 살아왔는지 눈에 잡히는 것 같았다. 처음 만났을 때의 그 날이 선 느낌을 지금도 선명하게 기억하고 있었다. 소름이 일 정도로 차갑고 냉정하던 눈동자도.

그가 그렇게 치열하게 살아온 이유의 기저에 그런 뜻이 있는지 몰랐다. 그렇게 살아오면서 그의 가슴은 얼마나 많이 다쳤을까.

"어쩌면 이렇게 부모님의 아들로 회사 일을 할 수 있는 날이 얼마 남지 않았을지도 모르지. 비밀이 영원하지는 않을 테니까. 그래서였어. 부모님도 어찌할 수 없는 상황에 마주치게 됐을 때, 내가 떳떳하게 나설 수 있도록. 부모님과 회사를 지킬 수 있도록."

처음엔 그의 말이 무슨 뜻인지 이해하지 못했다. 그러다 그의 말투가 유난히 처연한 것을 눈치채곤, 훗날 그가 친아들이 아니라는 이유로 그룹의 경영권에서 멀어지게 될지도 모름을 의미한다는 것을 알아 버렸다.

그 세계의 사람들이 유달리 혈연에 집착한다는 것을 엄마에게 들은 적이 있었다. 그러니 한준의 생각이 백 번 옳은 것이다.

갑자기 유림은 한준처럼 서러워졌다. 그녀의 일이 아님에도 마치 그녀가 내쳐지는 듯한 아픔에 속이 왈랑거렸다. 유림은 고개를 더욱 그의 턱 밑으로 가까이 하며 속삭였다.

"저기요."

"응?"

"그땐 나한테 오세요. 내가 당신 먹여 살릴게요."

농담처럼 말을 내뱉은 유림도, 그 말을 들은 한준도 둘 다 피식거렸다. 그러나 그 실소 후에 한준의 낯빛은 어두워졌다. 그땐 나한테 오세요, 라니. 그때가 되어서야 그들이 함께할 수 있다고 생각하는 건가.

그녀에게 지금의 이 시간이 무의미할지도 모른다고 생각하니 강한 집착이 머리끝까지 차올랐다. 그녀가 언제든 그를 떠날 수 있다고 여기니 미칠 것 같은 불안감이 그를 괴롭혔다.

한준은 유림의 허리를 붙잡고 그녀의 몸을 일으켰다. 그러곤 저와 마주 보게 돌려 제 허벅지 위에 그녀를 앉혔다. 그 움직임에 물살이 소용돌이치다가 멈추었다.

한준은 젖은 유림의 얼굴을 두 손으로 감싸 쥐었다. 투명한 눈동자 속에 든 제 얼굴이 보였다. 기다란 속눈썹 끝에 작은 물방울이 대롱대롱 매달렸다. 그는 그대로 입을 맞추었다.

"흐읍!"

혀와 혀가 뒤엉키고 서로의 얼굴에 묻은 물기가 섞여 들었다. 한준은 볼 안의 살을 샅샅이 빨아들이며 그녀의 쾌감을 도왔다.

유림과 키스를 하고 있는 와중에 한준의 손이 아래로 내려가 그녀의 음부에 닿았다. 활짝 벌어진 검은 숲 속 안을 손바닥으로 지그시 문지르다 이내 손가락으로 진입을 시도했다.

"하앗!"

유림의 허리가 튕겨 올랐다. 빽빽한 길 속으로 밀려들 듯이 들어간 손가락이 몸을 마구 찔러 댔다. 날카로운 그 느낌에 유림이 전율했다. 쟁쟁 울리는 욕실 안이 그녀가 내뱉은 교성으로 가득했다.

한준은 유림의 허리를 붙잡고 잠시 일으켰다가 꼿꼿하게 서 있는 남성 위로 천천히 앉혔다. 그녀는 그의 것을 머금으며 서서히 내려앉았다.

좁은 길이 금세 그의 것으로 완벽하게 가득 찼다. 단단한 이물감에 유림은 발끝부터 떨리는 듯했다. 한준의 손이 움직이자 유림의 몸이 움직이기 시작했다. 아래위를 오가며 절정을 부추겼다.

그는 고개를 내려 수면에 반쯤 드러난 유두를 입안 가득 삼켰다. 작은 돌기를 혀끝으로 튕겨 내며 강하게 빨아들여 그녀에게 쾌감을 선사했다.

그녀의 움직임이 차츰 빨라질수록, 그녀의 허리를 붙잡고 있는 한준의 손길에도 속도가 실렸다. 수면이 미친 듯이 흔들렸다.

한준 자신도 알고 있었다. 지금의 상황이 그들이 사랑을 나누고 말하기엔 벅찰지도 모른다. 특히나 유림의 입장에선 그에게 아무것도 해 줄 수 있는 것이 없다고 판단할 것이다. 그의 옆에 머물기에는 부족하고 모자라다고 생각할 것이다.

그의 것이 그녀의 아래를 사정없이 찔러 들어갔다. 헐떡거림이 신음에 섞여 터졌다. 유림의 살결이 희열에 부르르 떨리는 것이 그의 손바닥 안에서 실감되었다. 이성이 날아가 버린 순간에 한준은 그녀와 시선을 마주한 채 중얼거렸다.

"너랑 더 많이, 자야 할 것 같아."

한준이 별다른 힘을 주지 않았는데도 그녀의 허리가 더욱 빠르게 움직였다. 흔들리는 젖가슴, 할딱대는 여자의 신음, 그런 여자를 바라보는 자신, 방사 직전의 절정이 온몸을 훑고 지나갔을 때, 한준의 입에서도 비로소 신음이 흘렀다.

그는 그녀의 젖무덤에 얼굴을 묻은 채 잔인한 쾌감에 몸을 맡겼다. 수면은 비로소 잔잔해졌다.

새벽녘, 잠에서 깬 한준은 가장 먼저 옆자리를 확인했다. 그의 미간이 구겨졌다. 목욕을 한 후 몇 시간 동안 제 품 안에서 잠들었던 여자가 보이지 않는다. 벌떡 상반신을 일으켜 앞머리를 쓸어 올렸다.

주변을 살피던 그는 경대 옆, 그러니까 구석진 곳에서 스탠드 불을 켜 놓은 채 무언가를 하고 있는 유림의 뒷모습을 발견했다.

한준은 침대에서 내려와 불을 켰다. 그러자 놀란 유림이 뒤돌아 본다.

"어? 일어났어요?"

자세히 보니 그녀는 다리미와 다리미판을 가져다 놓고 그의 와이셔츠를 다리고 있었다. 어젯밤 침대에서 격렬히 정사를 나눈 흔적이 셔츠의 구김으로 나타나 있었던 것이다.

"그걸 다리고 있었어?"

"네. 당신, 아무래도 여기서 곧장 회사로 가야 할 거 아니에요. 내가 잠을 좀 줄여 선심을 썼죠. 셔츠 주머니 안에 들어 있던 명함 몇 개는 경대 위에 뒀어요."

한준은 유림이 가리킨 경대를 보았다. 명함 두 개가 놓여 있었다. 미술계에서 평판이 좋은 잡지사 편집장의 명함들이었다.

갤러리의 대표인 한준에게 인터뷰 요청을 해 온 곳들이다. 한준은 그 명함들을 따로 챙기지 않고 유림이 쓰는 화장품 옆으로 당겨 놓았다. 유림은 아직 생각을 하지 않고 있겠지만, 혹여 이 명함 속 사람들이 필요한 경우가 올지도 모른다.

"다 됐네요."

유림이 벌떡 일어서더니 깨끗하게 다려진 와이셔츠를 확 펴서 그의 앞에 내보였다. 한준은 짓궂게 웃으며 그녀에게 다가가 허리를 감았다. 머리로 셔츠를 젖혀 유림의 입술을 찾는다.

그러자 유림은 셔츠가 다시 구겨지지 않도록 팔을 휙 높이 올리며 그를 피했다. 까르르 웃는 소리가 그의 가슴을 치고 간다.

이렇게 둘만 있어도 좋은 시간. 그를 기다리고 있는 검은 현실 속으로 들어가기 직전에, 한준은 내내 유림만 끌어안고 있었다.

그렇게 새벽에 한준이 별장을 떠난 후로 유림은 오전 동안 공부에 매진했다. 그는 떠나면서 언제 다시 오겠다는 약속을 하지 않았다.

유림 또한 그에게 언제 또 올 거냐고 묻지 않았다. 약속을 하면 기다리게 되고 그것은 곧 집착이 되어 스스로를 갉아먹을 것이다.

엄마는 절대로 들러 주지 않는 남자를 매번 기다렸다. 그 집안 사람들이 차례대로 드나들면서 엄마를 괴롭히는 와중에도, 그 남자가 언젠가는 엄마에게 돌아와서 구원해 줄 거라는 희망을 가지고 있었다.

하지만 기다림에 대한 보답은 결코 없었다. 해소되지 않는 기다림을 이어 가는 동안 엄마의 삶이 어떻게 피폐해져 갔는지 유림은 똑똑히 보았다.

어쩌면 유림 자신도 엄마의 삶을 닮아 가게 되는 건 아닐까. 한준의 뒤에서 보이지 않는 그의 여자로 살면서 그 집안사람들의 공격을 받게 되는 건 아닐까, 문득 겁이 났다.

이제 겨우 그와 하룻밤을 보낸 주제에 제 인생이 송두리째 걸린 것처럼 진지해지는 게 옳지 않다는 생각도 했다. 이런저런 생각에 복잡해진 유림은 텁텁한 얼굴이 되어 펜을 놓고 자리에서 일어났다. 에어컨을 끄고 대신에 창문을 열었다.

그래. 언제 다시 오겠다고 약속하지 않았던 그 사람처럼, 그녀도 이 관계에 있어서 가벼워져야 했다. 생각 따윈 집어치우고 그에게만 몰두해야 한다.

끝이 보이는 관계지만 그럼에도 불구하고 그가 원한다면, 그녀 자신이 원한다면 사랑을 하고 싶었다.

내가 있고 싶은 곳에서, 내가 하고 싶은 일을 사랑하는 사람과 함께하고 싶다. 그건 엄마의 삶을 곁에서 지켜보면서 그녀가 결심한 거였다.

때늦은 소나기가 내리려는지 맑았던 하늘에 갑자기 시커먼 구름이 몰려들었다. 유림은 금세 빗물로 세상을 적실 것만 같은 하늘을 보며 처연한 미소를 머금었다. 당신, 잘 갔나요.

☆ ★ ☆

"4라운드에 12언더파라니, 우리 류 전무님 프로 선수로 전향해야 되는 거 아닐까?"

눈 아래 그늘을 매달고 재완이 테이블로 돌아왔다. 골프채를 세워 둔 후 캐디가 내민 음료수를 벌컥벌컥 들이켰다.

한준은 대답 없이 필드만 응시하고 있었다. 그가 4라운드에 12언더파, 재완은 10오버파. 평소 1언더파와 2오버파를 오가던 재완의 실력이 오늘따라 바닥을 기고 있었다.

그러고 보니 요 며칠, 재완의 표정이 전에 없이 어두워 있었음을 한준은 상기했다.

입에서 나오는 말들의 반 이상이 농담이자 시시콜콜한 잡담인 녀석이 말수도 줄어들었다. 한준의 앞에서 무언가 할 말이 있는 듯 우물쭈물하기도 했다.

오후 시간을 이용해 필드에 나가자고 제안한 이후에 부쩍 달라진 재완의 태도도 얼마쯤 있었다. 그보다 더 큰 이유가 물론 있지만 말이다.

"생각이 딴 데에 가 있으니 집중이 될 리가 있어?"

"생각이 딴 데에 가 있다니? 내 생각이 어떤데?"

재완은 발끈하여 되물었다. 그러자 한준이 그를 보며 미묘하게 웃는다. 사실 한준으로선 재완의 의중을 파악하기 위한, 다분히 의도된 웃음이었지만 재완은 제 발 저려 헛기침을 했다.

한준은 재완의 그런 표정조차도 놓치지 않았다. 혹여 재완이 문영그룹에서 흘러나오는 이야기를 듣고 난처해진 게 아닐까, 한준은 그렇게 짐작하고 있었다.

유림을 둘러싼 상황이 한결 나빠진 것에 대해서 한준에게 털어놓고 말도 못 해서 혼자 머리 싸매고 있는 건 아닐까, 싶었던 것이다.

"네 생각이 어떤지는 네가 잘 알겠지. 어젠 결재 서류 하나를 빼먹기도 했더군."

"아, 뒤끝 봐라. 그래서 내가 다시 얌전히 책상에 올려 뒀잖냐."

"비서로서 불성실하면 언제든지 잘라 버릴 거야. 물론 네 발로 나가 주면 더 좋고."

"하여간 친구라는 게 살벌한 것 좀 봐라. 내 기필코 궁서체로 써서 네 약을 올리고야 만다."

"무슨 일이지?"

겉만 핥던 대화가 한준의 진지한 표정이 담긴 질문에 갑자기 흐름을 멈췄다. 재완은 직격탄을 맞은 듯 기다란 한숨을 내쉬었다.

저 눈치 빠른 친구이자 상사는 어떻게든 자신을 구슬려 오늘 안으로 이유를 알아내고야 말 것이다. 재완은 하는 수 없이 며칠 전 밤의 일을 한준에게 털어놓기 시작했다. 술에 취한 영은이 제 어깨로 풀썩 기대어 온 날, 말이다.

바의 직원에게 양해를 구한 후 재완은 영은을 카운터 안쪽에 있는 직원용 쉼터에 잠시 눕혔다. 곤혹스러운 상황에 맞닥뜨리게 된 그는 수습을 어찌 해야 할지 감을 잡지 못하고 있었다.

그러다가 영은의 백을 뒤져 핸드폰을 발견했고 저장된 명단 중에 아버지를 가장 먼저 찾았지만, 섣불리 전화를 할 수가 없었다.

과년한 딸이 밤늦게 술에 취해 남자한테 전화나 오게 만들었다고 걱정하실 것 같아서였다. 하는 수 없이 갤러리 동료로 보이는 손동연 차장에게 전화를 했더니 지금 그쪽으로 갈 수는 없다고 했다.

게다가 영은은 혼자서 원룸에 사는지라 따로 부를 만한 친구가 있을지는 모르겠다고 덧붙였다.

모든 통화를 끝낸 재완은 어쩔 수 없이 카운터 직원에게 부탁하여 대리운전을 불렀고 그 길로 근처에 있는 모텔로 영은을 데리고 들어갔다. 두어 시간 정도 자고나면 충분히 일어날 수 있을 거라 생각했기 때문이다.

하지만 영은은 전혀 일어날 기미가 보이지 않았고 꾸벅꾸벅 옆에서 졸던 재완은 급기야 자신도 모르게 영은의 옆에 누워 잠이 들어 버리고야 말았다.

새벽녘에 재완은 시끄러운 소리에 눈을 번쩍 떴는데 언제 깼는지 영은이 옆에서 난리를 피우고 있었다. 옷이 다 입혀진 상태인데도 백으로 가슴께를 가리며 재완을 향해 고함을 질렀다.

'윤재완! 너! 너! 나한테 대체 무슨 짓을 한 거야! 엉?'

영은은 정신 못 차리고 재완에게 반말까지 써 가며 방방 뛰었다. 재완은 아직 잠이 묻은 음성으로 대꾸했다.

'지, 진정해요. 영은 씨. 우리 아무 일 없었어요.'

'뭐? 우리? 야! 너랑 내가 무슨 사인데 우리야? 엉? 네가 나랑 우리야?'

'미치겠네. 이봐요, 영은 씨. 나 그쪽한테 아무 짓 안 했어요. 영은 씨가 워낙 술에 취⋯⋯.'

'시끄러워욧! 나 오늘 일 절대 안 잊어요. 나 지금 이 길로 병원에 가서 온갖 검사 다 받을 거야. 당신, 각오해요! 알았어요?'

영은은 얼굴이 붉어질 정도로 고함을 치곤 씩씩거리며 모텔을 빠져나갔다. 이 모든 이야기를 모두 끝낸 재완은 어찌나 빨리 말을 했는지 숨을 헐떡거렸다. 한준은 재완을 한심한 눈빛으로 쳐다보았다.

"한심하군. 너나 영은이나."

"그 뒤로 며칠째 연락이 없다. 아니 병원에 가서 검사를 받았다면 결과가 나오지 않았겠냐? 당연히 아무 일 없는 줄 이젠 알았을텐데 어떻게 미안하단 말 한마디 없냐고. 내가 너랑 약혼할 뻔한 여자한테서까지 파렴치한으로 몰려서야 쓰겠냐? 나 인생이 갑자기 허무해질라 그래."

"네 평소 행실이 얼마나 개차반이었으면 영은이가 두 번 생각도 안 하고 그런 결론을 내렸겠어? 이 기회에 네 자신을 스스로 뒤돌아보는 것도 좋겠군."

"뒤돌아봐야 반성할 게 있어야지. 뭇 여성들에게 행복을 주고 나도 그녀들로부터 행복을 느낀 게 그렇게 잘못 산 거냐?"

재완이 투덜거렸다. 한준은 어쩌다 영은과 재완이 우연히 엮여버리게 된 건지 모르겠지만 꽤 재미있는 만남이라고 여겼다.

어쩌면 이 사건이 재완의 '모두 다 사랑하리.' 병을 치유해 줄 수 있을지도 모른다. 물론 재완이 피를 깎는 반성의 시간을 가진 다는 전제하에서.

멀리 필드를 보던 한준의 눈빛이 순식간에 달라졌다. 저만치 카트를 타고 오는 한 무리를 발견한 까닭이다. 자세히 눈여겨보지 않아도 문 회장과 전 실장이라는 것을 단번에 알 수 있었다.

카트 뒤로 두 명의 경호원이 천천히 걸어오고 있다. 재완도 문 회장을 발견했는지 고개를 갸웃거렸다.

"엥? 뭐야. 문 회장이잖아?"

그러곤 한준 쪽을 보며 생각이 난 듯 물었다.

"그러고 보니 여기…… 문 회장이 자주 나간다는 필드잖아. 류 전무, 어떻게 된 거냐?"

"문 회장을 만날 일이 있거든."

"그럼 작정하고 여기로 왔던 거야? 어쩐지 여긴 네가 나가는 필드가 아닌데 웬일인가 했네. 그런데 문 회장을 왜 만나?"

"유림이에 대해서 얘길 좀 나누려고."

"뭐어?"

재완은 내심 놀라며 괜찮겠냐고 불안감을 내비쳤지만 한준은 상관없었다. 그가 오늘 이곳에 온 이유를 가감 없이 모두 문 회장에게 말할 생각이었다.

여전히 그의 안에 남아 있는 선명한 그녀의 흔적, 그녀의 냄새, 그녀의 웃음소리. 그런 것들로 빼곡하게 채워진 요 며칠이었다.

그런 것들이 충만했던 적은, 그의 삶에서 처음이었다.

이렇게 행복해도 되나 싶을 정도로 마음이 온통 온난했다. 그럴수록 그녀를 옆에 둘 수 없는 현실이 행복감과 대조를 이루며 선명하게 실감되었다.

이 감정이 사랑인지 집착인지 알 수 없었다. 그저 그가 아는 건 유림과 반드시 함께 하고 싶다는 것이었다.

카트가 가까이 다가올수록 문 회장과 전 실장의 눈빛도 차츰 날카로워졌다. 한준과 재완을 발견한 탓이다.

마침내 카트가 테이블에 이르러 문 회장은 전 실장의 부축을 받고 카트에서 내렸다. 그러곤 한준이 앉은 테이블로 다가왔다. 위풍당당한 척 걸었지만 걸음걸이가 어딘가 불안정했고 예전과는 다르게 안색이 매우 나빠 보였다.

"허허! 이게 누구신가! 류 전무 아니신가."

문 회장은 일부러 소리를 내어 웃었다. 대면하기 껄끄러운 상대임을 알면서도 무던한 척 먼저 다가온 것은 전세에서 이기기 위함이리라. 한준은 늦게야 일어나 문 회장이 내민 손을 맞잡았다.

"안녕하십니까. 건강은 어떠신지요."

잠시 옆에 선 전 실장과 시선이 부딪혔다. 먼저 잘라 낸 건 한준이었다. 한준은 문 회장이 앉을 수 있도록 자리를 마련했고 그곳에 문 회장이 앉았다. 재완과 전 실장은 테이블 뒤에 나란히 서 있었다.

한준은 잠시 전 실장이 들고 있는 조그만 가방을 주시했다. 뚜껑만 약간 보이는 약통. 아버지가 가끔 드시는 심장약과 같은 약이었다.

한준의 눈이 가늘어졌다. 들리는 소문대로 문 회장에게 아직 병
세가 남아 있다는 것을 알 수 있었다. 숨소리가 고르지 않다고 느
껴지는 것도 그 추측에 한몫을 했다.

"류 전무가 여기 필드를 이용하는지는 몰랐는데."

"오늘 처음 들렀습니다. 제가 가는 필드는 러프가 필요 이상으
로 거칠더군요."

"하하. 러프가 그 모양이면 공 칠 맛 안 나지. 공이란 모름지기
부드럽게 굴러가야 제맛 아닌가."

"그렇죠. 페어웨이에 잘 안착하기만 하면 문제가 없을 텐데 말
입니다."

한준은 문 회장의 말을 되받아치며 그의 표정을 살폈다. 한준은
문 회장과의 이 대화가 서로를 겨냥하고 있음을 알고 있었다.

전 실장으로 하여금 유림을 괴롭게 한 장본인이고, 더구나 도
서관 앞에서의 일도 모두 알고 있을 텐데도 죄책감이나 자학은 찾
아보기가 힘들 정도로 사람을 대면하는 데에 능수능란하다.

"필드에 안 나가십니까?"

"아, 지금은 햇빛이 너무 강해. 햇빛이라는 게 나이가 들수록 쓸
모가 없어진다니까."

문 회장이 골프광이라는 사실은 익히 알려져 있었다. 한여름 낮
에도 기온과 상관없이 경호원들을 괴롭혀 가며 골프를 치기로 유
명한 사람이다. 그런 사람이 필드에는 나타났지만 정작 골프채를

잡지 않고 있었다.

즉, 오늘 필드행은 보여 주기라는 의미다. 세간에 자신의 건강이 악화되었다는 소문을 불식시키고자 나타난 것이다.

"류 회장은 자식 잘 둬서 그거 하난 부럽군. 류 전무는 류 회장 젊었을 때의 거의 두 배의 일을 해낸다던데, 같은 부류의 사람으로 얼마나 부러운 일인가. 그래, 자식 농사 잘 일구는 게 남는 장사데 말이야."

진심으로 아쉽다는 듯 문 회장이 고개를 설레설레 저으며 혀를 찼다. 자식조차 사업의 성공을 위한 도구로 키워 온 문 회장의 낯빛에는 아직도 회한이라든가 후회의 기색은 전혀 없어 보였다.

그 말을 가만히 듣고 있던 한준이 문득 입을 열었다.

"그래서 김유림 씨한테 그렇게 집착하시는 겁니까? 돈 봉투로 회유도 하시고 사람들을 사서 주거지를 엉망으로 만드시고, 또 차로 미행도 하시고?"

앞뒤 자르고 정면으로 파고든 한준의 말에 문 회장의 얼굴에 다소 당황한 기색이 역력하게 어렸다. 문 회장은 당혹스러운 눈빛으로 다급히 뒤를 돌아보았다.

전 실장 역시 안절부절못하며 곁에 서 있던 경호원 두 명을 멀리 보냈다. 문 회장이 재완도 저리 보내라는 뉘앙스로 쳐다보았지만 한준이 제동을 걸었다.

"윤 비서는 그냥 두시죠. 전 실장만큼 이 일에 대해서 잘 알고 있으니."

"류 전무!"

문 회장이 소리를 낮춘 채로 한준에게 인상을 썼다. 하지만 한준은 요지부동이었다.

"김유림 씨를 그냥 놔두시죠. 문 회장님이 아무리 애를 써도 그 여자는 절대 회장님의 가족이 되지 않을 겁니다."

"류 전무가 뭔가 잘 모르는 모양인데 그 아이는 우리한테서 태어나자마자 잃어버린 아이……."

"아니죠. 문 회장님과 고 김미현 작가 사이에서 태어난 여자죠."

문 회장이 다소 당황했다. 험악하게 인상을 일그러뜨린 그는 잠시 동안 거칠게 숨을 몰아쉬었다. 한준이 유림에 대해 전부 다 알고 있는 것까지는 생각하지 못했는지 이마에서 식은땀까지 흘려 댔다.

전 실장이 한준과 재완의 시선에도 아랑곳하지 않고 문 회장 곁에 다가왔다. 약병을 꺼내자 문 회장이 밀어낸다.

"김유림 씨를 오랫동안 내팽개쳐 두셨으면 앞으로도 그러십시오. 자식 농사를 잘못 일구셨다면 잘못 일구신 대로, 김유림은 그냥 두십시오."

"왜 그렇게 자신만만하지? 난 그 아이를 찾아올 권리가 있는데?"

"그 권리는 없어질 겁니다. 문 회장님의 가족이 되기 이전에, 제 가족이 먼저 될 테니까요."

한준의 이 말은 문 회장과 전 실장을 비롯하여 재완까지 놀라게 만들었다. 특히 재완은 더없이 충격받은 얼굴이었다.

"내버려 두십시오. 인간적으로 부탁드리는 겁니다. 이게 안 먹힐 시에는 저도 회장님이 그러셨던 것처럼 회유와 협박을 해 보려고 합니다."

그 말을 끝으로 한준은 자리에서 일어났다. 문 회장은 아무 대답 없이 시선을 아래로 내리깔고만 있었다. 이를 아득 갈고 주먹을 꽉 움켜쥔 노인의 몸이 바들바들 떨리고 있었다.

옆에서 전 실장은 그런 문 회장을 노심초사 지켜보고만 있었다. 한준은 재완에게 턱짓으로 이제 그만 나가자는 뜻을 전했다. 재완이 말없이 고개를 끄덕였다.

"대체 무슨 생각이냐, 응? 류 전무. 네 가족이 먼저 될 거라니. 그게 대체 무슨 뜻이냐고."

탈의실로 향하며 재완이 한준에게 속사포처럼 질문을 던졌다. 주변 시선을 의식하여 다분히 목소리를 낮추는 것도 잊지 않았다.

"물론 나도 약간 그런 뉘앙스를 느끼긴 했어. 내가 남녀 연애엔 촉이 신들렸잖냐. 그래도 이건…… 류 전무! 대답 좀 해 봐. 나한테 이러기야?"

재완의 재촉에 한준은 갑자기 우뚝 걸음을 멈추었다. 그 바람에 재완의 빠른 걸음이 앞서 갔다가 자동적으로 후진했다.

"유림이한테 다녀올게. 언젠가 상황이 나아지면 셋이 같이 보자. 이만하면 무슨 뜻인지 너도 알 거다."

한준은 그제야 모든 것이 정리되었다는 듯 멀거니 서 있는 재완을 일별하곤 탈의실로 향했다.

☆ ★ ☆

별장 근처에 도착한 한준은 차를 세우고 옆 좌석을 보았다. 팔을 뻗어 작은 비로드 상자를 집어 들었다. 이곳에 오기 전에 들렀던 매장에서 구입한 목걸이였다.

얇은 실버 체인 끝에 다이아몬드가 촘촘히 박힌 별이 있다. 좋은 일이 생겼으면 좋겠다는 그녀가 이것을 기꺼이 목에 걸고 살아갔으면 했다.

차에서 내린 한준은 현관 쪽으로 걸어가다가 발길을 멈추었다. 별장 옆 작은 텃밭에서 유림의 목소리가 들려와서 그는 발길을 그쪽으로 돌렸다.

가을로 향해 가는 날. 오후 빛살의 편린처럼 윤기가 나는 유림의 얼굴이 보였다. 밀짚모자를 쓰고 별장지기인 할아버지 옆에서 재잘재잘 떠든다. 자세히 들어 보니 그녀가 레지던트 시절 환자들과의 일화를 이야기하고 있는 모양이었다.

문 회장을 만나 내내 불안정하게 오르락내리락하던 심장이 유림을 보자마자 차분하게 제자리를 찾아갔다. 한준의 얼굴에 희미하게 미소가 어렸다. 제 여자를 보는 남자의 눈빛은 광포한 욕망과 그리움을 넘나들고 있었다.

문득 기척을 느낀 할아버지의 시선을 따라 유림도 돌아보았다.

한준을 발견한 그녀가 만면에 웃음을 가득 퍼뜨린다. 한 차례 불어 닥친 뜨거운 바람에 그녀의 밀짚모자가 휙 벗겨져 목에 걸쳐졌다. 한준은 소리 내어 웃었다.

그렇게 웃으며 바라보고 있는 와중에도 그는 끊임없이 묻고 또 물었다.

너와 나, 함께할 수 있을까.

13
격류(激流)

　유림을 데리고 방 안으로 들어온 한준은 조금은 거칠게 그녀를 벽에 밀어붙였다. 숨 쉴 틈도 주지 않고 그녀의 몸에 제 몸을 겹쳐 간 그는 다소 당황한 채 벌어져 있는 그녀의 입술로 제 입술을 맞 물렸다.

　벽과 한준 사이에 갇혀 버린 유림은 기습적인 그의 공격에 당혹 해하며 흐느적거렸다.

　키스를 갈구하는 입술은 여자의 입술을 먹어 버린 채 열기를 데 우고 있었고, 다급한 손길은 여자의 둔부를 손바닥 안에 쥐고 성 마르게 주물러 댔다.

　유림은 혼이 빠져나갈 것 같은 순간적인 열기를 감당하지 못하 고 있다가 이내 그의 윗도리 깃을 두 손으로 꽉 움켜쥐었다. 그가 입을 더욱 깊이 겹치기 위해 고개를 기울이는 사이에, 유림은 제 입술을 살짝 **빼**내었다.

"잠깐, 잠깐만요."

호흡이 거칠게 토해졌다. 한준은 유림의 이마에 제 이마를 맞대 곤 한껏 달아올라 있는 체온을 느끼고 있었다.

"지금…… 너랑 해야겠어."

"알았어요. 나도 좋아요. 그런데 잠시만……."

유림은 달래듯 회유하듯 그의 치솟은 본능을 어루만졌다. 이미 텃밭에서 그를 발견했을 때 자신을 바라보는 그의 의미 많은 눈빛 을 읽은 그녀다.

이 남자에게 무슨 일이 있었구나. 마음을 다쳤거나 풀어내지 못 한 숙제를 한가득 안고 있구나. 그래서 나에게 왔구나.

그가 힐링의 도구로 자신을 선택했다는 사실이 기쁘기도 하고 아프기도 했다. 기약이 없었던 만남이지만 그녀가 기다림으로 인 해 지쳐갈 때쯤, 그녀의 마음을 알아채기라도 한 듯 선물처럼 와 준 그가 고마운 마음이 먼저였다.

유림은 한준의 볼을 어루만졌다. 마주한 눈빛은 한데 뒤엉켜 이 미 서로를 뜨겁게 원하고 있었다.

유림이 먼저 그에게 입을 맞추었다. 그 서툰 움직임이 이미 방 사 직전에 있는 한준의 욕망을 더욱 채근하여 잠시 누그러뜨렸던 욕망을 다시 끌어모았다.

한준은 더욱 짙은 키스를 이어 가던 와중에 유림이 입고 있는 상의의 단추를 하나씩 풀어 내려갔다. 그러곤 브래지어를 들추어 젖가슴을 가득 움켜잡았다.

유방을 주무르는 다분히 거칠고 격렬한 손길과는 다르게 그의 표정은 나른해 보였다. 가끔 흘리는 숨결에서조차 흥분이 느껴졌다.

유림은 떼어 낼 듯 강하게 주물리는 젖가슴에서 통증을 느끼면서도 그의 목을 끌어안은 채 열기의 순간을 놓치지 않으려 했다.

언제 끌려 내려갔는지, 그의 다급한 손길에 의해 반바지와 팬티가 한꺼번에 바닥에 닿았다.

젖가슴을 만지던 손이 아랫배를 쓸며 하강하여 그대로 여성의 둔덕에 닿았다.

손바닥을 마찰시킬 때마다 숲에 둘러싸인 음부가 움찔거렸다. 유림의 입에서 터지는 신음에 한준의 머릿속에 까마득해졌다.

이미 흥건히 젖은 그곳을 그의 손가락이 재차 달구어 가며 열기를 채웠다. 빨리 들어가고 싶어 안달이 난 제 몸을 억누르느라 하체에서 경련이 일 지경이었다.

한계에 도달한 욕망이 이번에는 여자의 손길을 재촉했다. 유림이 한준의 바지 혁대를 풀고 버클을 푸는 것을 도왔다. 입술은 여전히 맞댄 채였으며 유림의 브래지어는 다 끌어 올려진 채 젖가슴을 훤히 드러내고 있었다.

바닥으로 옷이 떨어지는 소리가 은밀하고 노골적이었다. 한준은 단단히 일어선 남근을 여체에 문질러 대다가 이윽고 그녀의 안으로 진입을 시도했다.

"으…… 읏……."

유림이 입술을 떼어 내며 어깨를 움찔 떨었다. 뜨거운 불기둥이 몸속으로 침입하여 순식간에 체온이 상승하는 듯했다.

한준이 허리에 좀 더 힘을 주어 하체를 조금씩 밀고 들어가자 여자의 얼굴에 쾌감의 주름이 새겨졌다. 한준은 그것을 희열에 잠겨 붉어진 눈으로 응시했다.

엉덩이를 잠시 뺐다가 강하게 들이치니 유림이 다시금 쾌감에 고통스러워했다. 눈앞이 하얘졌다가 붉어졌다가를 반복했다. 그가 주는 감각이 온몸에 불을 지피고 나아가 심장까지 전해져 통째로 욕망의 덩어리가 된 것 같았다.

한준이 한 번 더 힘껏 짓쳐 들자 그녀가 교성을 흘렸다. 참을 수 없는 감각에 허리를 비트는 순간, 바깥에서 할머니의 외침 소리가 들렸다.

"아가씨?"

"헉!"

유림이 눈을 크게 뜨고 한준을 보았다. 아직 그녀의 안을 가득 채우고 있는 남자 역시 그녀와 시선을 얽으며 예기치 못한 상황에 당황하는 듯했다.

"아가씨 2층에 있어요?"

"어떡해요."

유림이 입모양으로 물었지만 한준은 대답하지 않았다. 이내 유림이 바깥의 할머니에게 대답을 하기 위해 크게 입을 열려는 순간, 그의 손이 그녀의 입을 막았다.

"쉬이."

한준이 고개를 가로저었다. 그러곤 힘껏 엉덩이를 들쑤셨다. 입이 그의 손에 의해 막혀 버린 채, 유림은 제대로 신음을 내지도 못하고 얼굴만 붉히고 있었다.

"아가씨? 있어요?"

한 번 더 강한 삽입. 유림은 그가 밀고 들어올 때마다 보이는 야릇한 미소를 보면서, 그가 짓궂게 굴고 있다는 것을 알게 되었다. 신음을 낼 수 없는 그녀를 놀리고 있는 것이다.

할머니의 외침은 사라졌지만 그의 비릿한 미소는 계속되었다. 유림이 눈을 흘기며 그의 어깨를 툭 치자, 그때부터 그의 격렬한 움직임이 시작되었다. 다리가 후들거렸다.

퍽퍽, 소리를 내며 아래를 처절하게 눌러 오는 그가 너무도 강하여 유림은 몸이 온통 찢겨 나가는 듯했다.

삽시간에 찾아온 절정에 한준은 몸을 떨었다. 유림의 입술을 더듬더듬 찾아가다 볼에 입을 맞추었다. 숨결이 힘겹게 토해졌다. 다리에 힘이 모두 빠져나갔는지 유림은 서 있을 기력이 없어 그의 어깨에 얼굴을 묻었다.

한준은 유림의 허리를 끌어당겨 그녀를 품 안에 가두었다. 볼에서 귓바퀴, 그리고 목덜미로 이어지는 자잘한 키스 세례가 끝나고 한준이 유림의 귀에 속삭였다.

"가고 싶은 곳 없어?"

목소리는 나른했다. 유림은 호흡이 정리되지 않아 연신 숨을 몰아쉬는 와중에 되물었다.

"지금요?"

"그래."

"음…… 빌바오 구겐하임?"

"하. 거긴 너무 멀지 않을까? 새벽에 돌아오려면."

남자의 말에 여자가 키득거린다. 이루어질 수 없는 소원이라는 걸 스스로가 잘 아는 얼굴이다. 유림은 다시 생각에 잠겼다.

"그럼…… 수월산 중턱?"

"거기가 어딘데?"

"여기서 30분 거리에 있는 작은 산이래요. 일몰이 볼만하다고 할아버지께서 그러셨어요. 지금 가면 딱이겠다."

"이 여자가 나 없는 사이에 이곳 주민이 다 됐군."

이번엔 그가 키득댔다. 늘 그를 위해 빛을 내는 여자의 눈 역시 웃음으로 만개했다. 한준은 아쉬움을 밀어내고 허리를 감은 팔을 풀어 주었다.

"다섯 셀 때까지 옷을 입지 않으면 또 덮칠 테니까 고려해 봐."

유림이 익살스러운 표정을 지은 후 그의 품에서 서둘러 빠져나갔다. 바지를 다시 갖추어 입은 한준은 느긋하게 그녀가 옷을 주섬주섬 챙겨 입는 모습을 응시했다.

문 회장으로 인해 산만하고 으스러지던 머릿속이 그녀의 아름다운 육체로 뒤덮였다. 냉랭했던 눈가가 미소로 조금씩 물들어 갔다. 그의 눈빛이 야릇한 색을 띠고 있는 것을 확인한 유림이 옷을 입는 속도를 더욱 높였다.

수월산은 그 명칭이 정해져 있는 것이 신기할 정도로 작은 산이었다. 동산의 개념에 가까운 그곳에는 유림의 말대로 별장으로부터 국도로 30분을 달려 도착했다.

간간이 들러 주는 이들이 있는 모양인지 중턱에는 공터 같은 공간이 있었고 한준의 차는 그곳에 섰다. 여름의 끝자락이라 태양빛이 아직도 붉은색을 유지하고 있었지만 한 시간도 안 되어 서서히 제 색을 잃어 갈 것이었다.

뒤돌아 내려다본 들녘은 키가 큰 풀들이 지천에 깔려 있었다. 지독한 풀 냄새가 벌레 소리와 함께 어지럽도록 몰려들었다. 두 사람은 나란히 서서 그 정경을 보고 있었다.

"어렸을 때요. 엄마랑 살았던 동네가 딱 이런 분위기였어요."

끝없이 펼쳐진 초록색의 향연으로 산란하게 흩어진 정신을 모은 건 유림이 침묵을 깼을 때였다.

그녀는 손으로 가리개를 친 후 햇빛을 차단하고 있었다. 콧날을 찡그리며 들녘을 보고 있는 그녀의 옆얼굴이 시원스럽다. 한준이 되물었다.

"시골?"

"네. 말하자면 시골이죠. 사방이 산이고 들이고 논이었으니까요.

동네 친구들과 어울려서 비닐하우스의 딸기 서리도 하고 계단식으로 만들어진 논을 뛰어다니다가 다리가 아파 학교를 사흘 동안 결석하기도 했죠. 딸기 서리 범인을 색출한답시고 교장 선생님까지 출동했는데 결국 난 안 잡혔어요. 그때 난 학교 대표 달리기 선수였거든요."

"그때도 말괄량이였나 보네. 역시 내가 아는 김유림이야."

"난 그때가 제일 좋았나 봐요. 어떻게 살아왔냐고 누군가가 묻는다면 제일 먼저 그때를 말해 줄 것 같아요."

그녀의 인생에 꼭짓점. 문득 한준은 궁금해졌다. 훗날 그녀의 인생에서 류한준은 어떤 의미가 되어 있을까. 그녀의 생각과 생활, 그 모든 것들을 자신으로 빼곡하게 채워 넣고 싶어졌다.

훗날 누군가가 어떻게 살아왔느냐고 묻는다면, 지금처럼 처연한 낯빛이 아닌, 행복한 여자의 모습을 하고 그의 이름을 댈 수 있게 만들고 싶어졌다.

한준은 주머니에서 비로드 상자를 꺼내어 뚜껑을 열었다. 빛을 받아 반짝이는 목걸이를 집어 들고 그녀를 돌아본다.

"한 번도 이런 짓은 한 적이 없는데 말이지."

그러곤 유림의 뒤쪽으로 가서 그녀의 목에 목걸이를 걸어 주었다.

"너한테 좋은 일이 생기길 바라면서."

뒤에서 그녀의 허리를 안았다. 놀란 유림이 고개를 내린 채 목걸이를 이리저리 보고 있었다. 별 모양을 확인했는지 그제야 얼굴이 해사해졌다.

"나 주는 거예요?"

"사용료는 후불이야."

유림은 그의 농담에 적잖이 웃으며 돌아섰다. 이제 막 태양이 어슴푸레 빛무리를 퍼뜨리며 제 몸을 갉아먹을 시간. 그를 올려다보는 여자의 얼굴에는 기다란 망설임이 머물러 있었다. 그러다 수줍게 입을 열었다.

"근데 나, 벌써 좋은 일이 생긴 것 같은데. 당신요."

부끄러운지 제대로 시선도 마주치지 않고 유림이 고백했다. 한준은 입매를 비틀며 웃었다. 늘 진심만 말하는 여자는 마음을 숨기거나 감추지도 않는다.

가면과 진심 사이를 오가며 확실하지 않은 것에는 절대 베팅을 하지 않는 자신과는 처음부터 달랐다. 그래서 더욱 여자에게 빠져들었다.

"내일도 올 거야. 너 만나러. 네가 여기에 있다고 생각하면 마음이 바빠져."

"애쓰지 않아도 돼요. 당신이 힘들 때 그리고 도망치고 싶을 때 그때 와요. 여길 떠나기 전까진 당신을 기다리면서 하루하루 머물 테니까요."

그녀의 말 한 마디 한 마디를 곱씹고 있는 자신의 모습이 우스웠다. 자꾸만 떠난다고 말하는 그녀를 어떻게 손에 쥘 수 있을지 머리가 아득해졌다.

아직은 모든 게 어지럽고 정리되지 않은 시점. 유림이 김미현의 딸이라는 사실을 세상에 알리기만 하면 간단하게 문 회장의 마수로부터 벗어날 수 있지만 그녀가 원치 않는 일을 하게 할 순 없다.

그러니 유림이 이 관계를 한시적으로 생각하고 있는 것도 무리가 아니었다. 한준은 유림의 앞머리를 쓸어 주었다.

"뭘까. 아직 너하고 나 사이에 벽이 하나 서 있는 느낌. 난 힘든 일에서 도망치는 사람이 아냐. 오히려 덤비는 쪽이지. 너한테 아직 내 모습의 반도 보여 주지 않았어."

"무섭네요. 당신이 정말로 어떤 사람일지."

"그럴 것까지야. 최소한 법은 준수하면서 살고 있으니 안심해도 돼."

문 회장에게 그녀와의 관계를 이야기했다고 털어놓고 싶지 않았다. 모든 건 유림이 모르도록, 그녀가 신경 쓰지 않도록, 일을 마무리 지을 생각이었다.

그녀와 아무 벽이 없이 만나도 되는 날에, 나 너를 위해 이렇게 수고했노라고 의기양양하게 말할 터였다.

주변이 차츰 어두워지기 시작했다. 해가 꼬리를 남기고 느린 속도로 사라지고 있었다. 온통 붉어진 사방에 에워싸인 채, 한준은 다가오는 유림의 키스를 온몸으로 받아들이고 있었다.

그가 떠나고 다시 별장으로 돌아온 유림은 멍한 눈빛으로 경대 속 거울을 보고 있었다. 그가 남긴 흔적이 목선과 쇄골 여기저기에 붉어져 있었다.

한숨조차 가로막혀 그저 아무 생각 없이 있다가 목걸이를 보았다. 스윽 손가락으로 만지니 부드러운 이물감이 잡힌다.

이렇게 그와의 관계를 계속 엮어 가도 되는 걸까.

이렇게 몸을 숨긴 채로, 세상에 꺼내어 보이지도 못하는 감정을 계속 이어 가는 게 맞는 것일까.

내일도 오겠다는 그의 말이 순간적으로 아프게 들렸다. 그가 와야만 만날 수 있는 관계라는 사실이 아프게 실감된 탓이었다.

당당하게 그를 좋아하고, 또한 그녀가 먼저 그를 만나러 가고 싶다는 열망 같은 것이 처음으로 그녀를 목메게 했다. 무엇보다 한준과 평범하게 연애라는 걸 해 보고 싶어졌다. 이렇게 누구에게 들킬세라 끙끙대는 것이 아닌.

복잡하게 뒤엉킨 생각을 치우고 유림은 의자에서 일어났다. 그때 경대 한쪽 구석에 있는 무언가가 시야에 스쳤다. 며칠 전 한준의 와이셔츠를 다리기 위해 주머니에서 잠시 빼 두었던 명함 몇 개였다.

유림은 고개를 갸웃대며 그것을 집어 들었다. 분명 한준에게 챙기라고 말을 했었는데.

그녀는 명함을 들여다보았다. 명함은 갤러리와 관련된 것인 듯했다.

우리를 즐겁게 하는 것들을 담아,

〈예술과 사랑〉 편집장 정미진

☆ ★ ☆

"빌어먹을!"

문 회장은 들여다보던 신문을 던지듯 내려놓으며 가슴을 움켜쥐었다. 통증 때문에 고통스러운지 앞의 조수석 시트를 툭툭 친다. 그러자 전 실장이 돌아보며 심장약 한 알과 생수병을 건네었다.

"괜찮으십니까, 회장님."

"내가 괜찮고 말고가 문제가 아니야. 도대체 홍보본부에선 일을 어떻게 처리하는 건가! 기사 헤드라인 좀 봐. 저녁에 홍보본부장 내 방으로 불러 올려."

"알겠습니다, 회장님."

문 회장은 알약을 삼킨 후 못마땅한 얼굴로 다시 신문을 내려다보았다. 흉측하게 일그러진 만면이 더욱 험악해진다.

신문에는 '문영그룹, 창사 90년 이래 최대 위기.' 라는 굵직한 헤드라인으로 특별 코너를 통해 회사의 문제점을 다루고 있었다. 문영호 회장의 자식들이 어떤 죄를 저질렀는지에 대한 부분을 명확하게 짚었으며, 더 깊게 파고 들어가 이 회사의 설립 당시 친일 자본이 들어갔다는 분석도 내놓았다.

게다가 문 회장의 건강에도 적신호가 켜졌다는 결정타를 날리는 바람에 그렇지 않아도 곤두박질치고 있는 주가가 더욱 바닥을 기어 다녔다.

문 회장은 고통스럽게 눈을 감았다가 떴다. 그의 집안 어른들이 꾸려 놓은 기업을 그의 대에서 망칠 순 없었다. 그러니 무슨 일이 있더라도 상황을 반전시켜야 했다.

사람들은 자신의 일이 아닌 타인의 일에 대해선 시간이 흐를수록 망각하는 법이다. 전혀 생각지도 못한 새로운 이미지로 나타난다면 과거의 것들은 쉽게 묻힐 것이다.

회생의 카드로 많은 것들을 떠올려 보았지만 단시간 안에 최대의 효과를 누릴 수 있는 방법은 역시 유림을 이용하는 것뿐이었다.

"류 전무가 갤러리에 있는 것이 확실하나?"

"예. 요즘은 갤러리에서 늘 출퇴근을 한다고 합니다. 혹시 모르니 그쪽 비서한테 미리 전화를 해 놓을까요?"

"아냐. 됐어. 류 전무도 나한테 갑자기 들이닥쳤으니 나도 기습이란 걸 한번 해 보지."

문 회장은 낯빛을 냉랭하게 굳혔다. 어제 필드에서 미처 다하지 못한 대화를 나누어야 했다.

그는 한준이 분명 유림의 행방을 알고 있고 현재 그 아이를 숨기고 있다고 확신했다. 더구나 서로가 호감을 느끼고 있는 거라면 유림이 한준에게 지금까지의 일들을 모두 털어놓았을지도 모른다. 그러니 한준은 필사적으로 유림을 보호할 것이다.

오늘 문 회장은 한준에게 당근을 내밀기로 했다. 자신의 비관적인 처지를 십분 어필하여 같은 사업가로서 공감대를 이끌어 낼 것이다.

업계에서 절대 제 뜻을 굽히지 않는 얼음심장으로 알려진 한준에게 얼마나 먹힐지 장담할 수 없지만 문 회장에겐 더 이상의 카드가 없었다.

좀 더 나아가서 유림을 제 호적에 올리기만 한다면 두 사람의 만남에 아무런 제동도 걸지 않겠다고 회유할 참이었다. 이 세계야 연애와 결혼의 상대가 같은 경우는 전혀 없으니까.

문 회장은 괴롭게 일그러진 미간을 더욱 구긴 채 머리를 기대었다. 체면이 말이 아니다. 젊은 놈 앞에 무릎을 꿇는 것과 마찬가지인 비참한 상황이었다.

하지만 상관없다. 무릎을 꿇든 머리를 조아리든, 유림의 존재가 부디 회사의 앞날에 도움이 되었으면 하는 바람뿐이었다.

차는 더욱 속도를 높여 그로부터 10여 분 만에 류 갤러리에 도착했다. 앞마당의 화려한 조경이나 띄엄띄엄 전시된 조각들에 시선을 둘 여유가 없었다.

전 실장은 1층 중앙 홀의 소파에 문 회장이 앉도록 배려한 후 곧장 사무실이 있는 곳으로 자리를 떴다. 뒤따라온 경호원 두 명이 커다란 축하 화분을 입구에 옮기고 있었다. 갤러리는 낮인데도 몇몇 관람객들이 발길을 하고 있었다.

잠시 후 다시 내려온 전 실장은 한준이 현재 자리를 비웠고, 갤러리의 직원들밖에 없다는 말을 전해 왔다. 불쾌함에 소파의 팔걸이를 움켜쥔 문 회장이 전 실장을 향해 전화를 넣어 보라고 말하려던 순간, 그들에게 누군가가 다가왔다.

"음. 문영그룹 회장님이시지요?"

문 회장과 전 실장의 시선이 일제히 돌려졌다. 그곳에는 허리를 조금 구부린 채 고운 한복을 차려입은 백발의 할머니가 그들을 보고 있었다. 언뜻 노인을 알아보지 못한 문 회장이 인상을 찡그리며 입을 열었다.

"누구신지."

그러자 노인을 금세 알아본 전 실장이 문 회장의 귀에 대고 속삭였다.

"서승자동차 사장의 모친 되시는 분입니다, 회장님."

"아아아."

그제야 노인의 정체를 알게 된 문 회장은 고개를 끄덕였다. 서승자동차 사장의 모친, 즉 서승그룹 류 회장의 작은어머니이며 한준에겐 작은할머니가 되는 사람이다.

꼬장꼬장하기로 이를 데가 없어 며느리들 시집살이를 말도 안 되게 시켰으며 사욕을 채우기로 유명하여 업계에선 평판이 좋지 않았다. 게다가 최근에는 치매가 왔다는 풍문을 문 회장도 접한 적 있었다.

"치매라더니 겉으론 멀쩡해 보이는군."

노인이 알아듣지 못하게 작게 읊조린 문 회장은 귀찮은 듯 몸을 일으켜 노인에게 인사를 건네었다. 정작 만나야 할 사람은 따로 있는데 괜한 곳에 시간을 낭비하기 싫어 대충 악수로 무마한 후 돌아서려는데 노인이 다시 입을 열었다.

"나를 모르시나 본데 내 이름은 송수옥요. 우리 아들이 서승자동차 사장이지요."

문 회장의 표정이 한층 더 우악스럽게 변했다. 노인네와 마주 앉아 한가하게 인생 얘기나 주절거릴 시간이 없었다.

"네. 저도 알고 있습니다, 어르신. 그럼 이만."

"경호원들이 따라온다는 걸 내가 만류하고 혼자 왔지요. 난 아직도 정정해요."

"아, 네. 건강해 보이십니다."

"서승그룹은 우리 아들 거예요. 좀 있으면 그렇게 될 거라우."

"아, 네. 어르신. 그러시군요. 네네."

문 회장은 치매 노인이 하는 말을 한 귀로 흘리며 곤혹스러운 표정을 지었다. 전 실장에게 대충 자리를 수습하라고 지시했지만, 노인은 문 회장의 소맷자락을 붙들기까지 하며 탁해진 눈빛으로 쳐다보았다.

"내가 회장님한테 재미있는 얘기 하나 해 드리지요. 아주 재미있을 거라우."

그러곤 문 회장의 소매를 잡아 이끌고 다시 소파에 앉게 했다. 얼떨결에 송수옥이 이끄는 대로 다시 소파에 앉게 된 문 회장은 야멸친 눈빛으로 노인을 쳐다봤다.

제 시간을 방해하는 노인이지만 주변의 이목 때문에 함부로 욕을 퍼부을 수도 없는 노릇이라 답답하기만 했다.

"류 전무에 관한 이야기라우. 류 전무 아시지요?"

"예?"

류 전무라는 말에 문 회장의 귀가 솔깃하였다. 이 노인네가 무슨 말을 하려고 이러는지 한번 들어는 보자는 심산이었다. 더구나 류 전무라면 자신의 머릿속에 현재 유림에 이어 두 번째로 자리하고 있는 이가 아니던가.

"어르신. 무슨 말씀을 하시려는지 구미가 당깁니다. 재미없는 이야기는 아니겠지요?"

"우리 류 전무, 류 회장의 친아들이 아니랍니다."

노인은 그 말을 내뱉곤 씨익 미소를 지었다. 아흔 먹은 노인의 그것이라고 보기엔 소름이 끼칠 정도로 사악한 미소였다.

문 회장은 송수옥의 그 말을 당연히 치매 노인의 헛소리로 치부했다. 하지만 헛소리라 하기엔 송수옥의 표정이 너무도 뚜렷했고 태도조차 당당했기에 조금 꺼림칙한 기분이 들었다.

"난 알아요. 내가 조만간 류 회장한테 친자 확인을 해 보자고 할 참이거든. 굴러 온 돌이 박힌 돌을 빼내도 유분수지. 우리 아들, 우리 손자 회사를 그딴 식으로 넘보면 안 되지, 암."

"그렇게 자신만만한 근거가 있을 텐데요. 어르신."

"직감이라는 게 있어요, 나한테는. 아무도 몰라. 류 전무 그 반반한 얼굴 때문에 다들 홀리기나 하고."

문 회장은 수옥이 모르도록 고개를 돌려 혀를 끌끌 찼다. 치매가 어지간히도 진행이 되었나 보다.

옛날부터 서승그룹 회장 자리를 놓고 현 회장과 그 동생이 엄청나게 경쟁을 했다는 것을 잘 알고 있었다. 송수옥의 집안은 아무래도 그때의 일로 인해 악감정이 남아 있나 보다, 그렇게 치부하고 말았다.

문 회장은 괜한 곳에 시간을 낭비했다는 생각에 못마땅한 듯 자리를 털고 일어났다. 인사도 없이 그곳을 떠난 문 회장은 차에 올라 본사로 돌아가는 내내 생각에 잠겼다.

아깐 한 귀로 털어 버리고 말았는데, 그 노인의 말이 뒤늦게야 계속해서 머리에 맴돌았다. 생각의 결은 어느새 과거의 어느 시점으로까지 거슬러 올라갔다.

서승그룹의 류창수 회장은 비교적 이른 나이에 결혼을 하고 회장 자리에 올랐지만 몇 년이 지나도록 아이가 생기지 않아 그 집안의 어른들이 마음고생이 심하다고 들은 적이 있었다.

그땐 문 회장이 상무이사를 지낼 때라 한창 일에 매진하던 시절이어서 그다지 타인들의 집안 사연에 관심을 두지 않았다.

그러다가 몇 년이 더 흐른 후 류 회장의 아내가 임신을 했단 소식을 들었지만, 어찌 된 일인지 류 회장의 아내를 어느 누구도 볼 수가 없다고 했다. 임신 소문은 있지만 정작 사람들이 확인할 길은 없었다는 뜻이다.

외부에 일체 얼굴을 비치지 않았으며 언론에도 마찬가지였다.

임신을 한 게 맞느냐는 의심에서부터 류 회장의 아내가 쫓겨났다는 둥 별 해괴한 소문이 부풀려지고 커질 무렵, 별안간 류 회장 부부가 출산을 했다는 뉴스가 대대적으로 보도되었고, 떠돌던 소문들은 일제히 사라졌다.

"흐음."

문 회장은 차창 밖으로 시선을 던졌다. 노인네의 헛소리라 치부했지만 모든 정황증거를 놓고 끼워 맞추어 보니 영 허튼소리는 아닐 것 같다는 생각이 슬그머니 뇌리에 올랐다.

만약 그 늙은이의 말이 모두 사실이라면 류 회장 부부가 아무도 몰래 다른 곳에서 한준을 데리고 왔거나, 대리모를 썼을 가능성도 있다.

어찌 되었건 모두가 서승그룹의 적자인 줄 알고 있는 류한준의 존재가 사실은 피 한 방울도 섞이지 않은 남남이라는 것이다.

사실이든 아니든 이런 말이 나왔다는 것 자체부터가 한준에겐 크나큰 리스크가 될 터였다. 그리고 문 회장 자신은 구원의 동아줄을 얻은 셈이었다.

소문이란 참으로 무서운 것이어서 발이 없이도 천리만리를 가는 법이다. 그리고 한 번 부풀려진 소문은 나중에 바로잡는다 해도 이미 사람들의 관심에서 사라져 있다. 결국 사람들의 머릿속에는 처음에 났던 잘못된 소문만 남게 된다.

문 회장은 이 중차대한 것을 어떻게 요리할지 그때부터 곰곰이 생각에 잠겼다. 분명한 것은 이 일은 자신에게 반드시 호재로 작용할 거란 것이었다.

☆ ★ ☆

퇴근 시간이 지났지만 영은은 30분 정도를 더 앉아 있다가 주섬주섬 가방을 챙기기 시작했다. 가을시즌 기획전의 모든 세부 준비가 끝났고 이제 두 달 동안 실무에 매달리는 일만 남았다. 한준이 있는 류 갤러리에는 훨씬 미치지 못할 테지만 나름대로 알차게 구성했다고 여기며 만족스러운 하루하루를 보내고 있었다.

영은은 가방을 책상 위에 놓은 채 일어날 생각을 하지 않고 턱을 괴었다. 불시에 젖어 든 한숨에 머리가 지끈거렸다.

요즘 늘 이런 상태였다. 일에 있어선 오히려 걱정했던 것보다 원활하게 풀려 가고 있는데 정작 두통은 다른 곳에서 찾아오고 있었다. 멀쩡한 남자를 치한으로 몰아갔던 자신의 행동에 뒤늦은 후회가 들고 있는 것이다.

왜 자꾸 한준의 주변 사람들과 엮이고 있는지 모르겠다. 연락을 해서 미안하다고 말을 해야 할 것 같은데 시기가 늦은 감이 없지 않아 있었다. 적기를 놓쳐 버려서 어정쩡한 상황이 되어 버린 그런 때였다.

윤재완이라는 남자는 그런 상황을 비일비재하게 겪었을 것이다 라고 자위를 하는 것으로 미안함이라는 감정을 차츰 집어넣으려 했다. 다시는 그 사람들을 보지 말아야지, 하고서.

사무실을 나선 영은은 차가 있는 주차장으로 발을 옮겼다. 그러곤 갤러리 건물의 모퉁이를 도는 찰나, 어둠 속에 휙 나타난 검은 그림자를 발견하곤 놀라 발길을 멈추었다.

"엄마야!"

본능적으로 가방을 품에 꼭 끌어안은 영은이 뒷걸음질을 치려는데, 검은 그림자가 자리를 옮기더니 가로등 불빛 아래로 모습을 드러내었다. 영은이 그림자의 정체를 확인하곤 미간을 있는 대로 구겼다.

"뭐예요! 그쪽!"

소리를 빽 지르자 재완이 팔짱을 척 끼곤 그녀의 아래위를 못마땅하게 쳐다봤다. 무언가 불만이 가득한 표정이었다.

말 그대로 재완은 영은에게 불만을 품고 퇴근 시간을 이용하여 이곳까지 달려왔다. 털어 버리고 넘기면 그만인 오해였지만 며칠 동안 내내 찝찝한 채로 머릿속에 둥둥 떠다니는 걸 보니 아무래도 직접 만나 사과를 들어야겠다고 여긴 것이다.

"멀쩡하신가 봅니다, 영은 씨는?"

"뭐, 뭐가요?"

영은은 억울함에 받친 재완의 표정과 말에서 그가 며칠 전 모텔 사건을 일컫고 있다는 것을 단박에 알아차렸다. 하지만 저도 모르게 발뺌하며 한 발짝 뒤로 물러났다.

"사람한테 그런 상처를 주고 발 뺴고 잘도 주무시나 보네요. 피부에 트러블 하나 없는 걸 보면."

"무, 무슨 말을 하는 건데요."

"그날 우리, 모텔에서 아무 일 없었거든요? 병원에서 검사하신 다니 아무 일 없었다는 거 이미 아실 테고요. 이제 남은 건 뭐 죠?"

"그게 뭔데요?"

"영은 씨의 사과. 백 퍼센트 진심이 담긴 사과. 내가요. 그 한마 디 듣고자 부리나케 여기로 달려왔다는 거 아닙니까. 생각해 봐요. 우리 회사에서 여기까지가 좀 먼 거립니까?"

이 남자, 보기와는 다르게 참 집요한 구석이 있는 남자다. 영은 은 집요하다 못해 지독해 보이기까지 하는 재완을 보다가 고개를 돌렸다.

"모른 척하지 마요, 영은 씨. 때린 사람은 발 뻗고 잘 수 있겠지 만 맞은 사람은 며칠 동안 상처를 치료하느라 고생한다고요. 이게 참 문제야. 이래서 인간의 본성은 성악설이라는 말이 나오는 거지. 나 같이 법 없이도 사는 사람들을 개무시한 발언인 거지."

나오는 대로 줄줄이 읊어 대고 있는 재완이 피곤하여 영은은 하 는 수 없이 그가 원하는 한마디를 들려주었다.

"그래요. 미안해요. 됐어요?"

"다시 해요."

"뭐라구요?"

"다시 하라고요. 진심이 없잖아요, 진심이. 솔직히 말하면 영은 씨가 먼저 제 발로 나한테 와서 미안하다고 해야 할 사항이라고요. 그런데 내가 영은 씨를 배려해서 이렇게 직접 왔잖아요? 그럼 성의를 보여 주셔야지."

재완은 완강한 표정이었다. 그의 앞에서 수치스럽기도 하고 누가 볼까 두렵기도 해서 영은은 인상을 확 썼다.

대충 사과의 말을 들었으면 돌아갈 것이지 왜 저렇게 장승처럼 서 있는지 모르겠다. 영은은 길게 한숨을 쉬었다. 백 퍼센트 진심처럼 보이게끔 표정을 조절하는 것도 잊지 않았다.

"미안해요, 재완 씨. 그땐 나도 경황이 없어서 극단적인 생각만 했어요. 솔직히 술을 마시고 다른 곳에서 잠을 잔 것도 처음이었구요. 정말 미안해요."

최대한 목소리를 차분하게 깔자 재완이 그제야 고개를 끄덕였다.

"접수."

"그럼 이만. 안녕히 가세요."

영은은 고개만 까딱한 후 돌아섰다. 어서 이 자리를 빨리 벗어나기 위해 뛰는데 재완이 뒤에서 외쳤다.

"화해한 기념으로 술 한잔 어때요?"

"그쪽의 그 잘난 상사님한테나 사 달라고 하세요."

영은은 몇 걸음 더 뛰다가 씨익 의미가 담긴 미소를 지으며 다시 돌아서 그를 불렀다.

"윤재완 씨!"

"예?"

"바지 지퍼 열렸어요."

그러곤 뒤돌아서 더 빠르게 뛰기 시작했다. 재완은 다급히 고개를 내려 바지를 보았다. 지퍼는 무사히 잘 잠겨 있었다.

저를 놀린 그녀는 저만치 모퉁이를 돌아서 가고 있었다. 웃고 있는지 웃음소리가 가늘게 들렸다. 재완이 실소를 머금었다.

"저 얼굴 한번 보려고 여기까지 왔네, 내가."

무언가에 홀린 듯 영은이 사라진 모퉁이만 한동안 쳐다보았다. 그러다 정신이 바짝 든 듯 정색을 한다.

"야! 왜 이래? 윤재완! 정신 차려. 네 이상형이 아니야, 저 여잔. 넌 최소한 열 살 아래의 싱싱한 영계를 만나야 한다고! 어어어? 계속 그쪽을 볼 거야? 고개 바로 안 해?"

자꾸만 모퉁이로 향하는 시선을 억지로 돌린 채 재완은 반대쪽을 향해 걸었다. 그러고 싶지 않았지만 이따금 미련스레 흘깃 뒤돌아보곤 하면서 차에 올랐다. 그길로 갤러리에 온 재완은 대표실에 앉아 서류를 보고 있는 한준을 발견했다.

어제 골프장에서 곧장 유림이 있는 별장으로 간 지 하루가 지나 처음 대면한 상황이었다. 한준이 오전 시간에는 본사 쪽 업무를 오후에는 갤러리 업무를 했다면, 재완은 한준의 지시로 그 반대의 패턴으로 일했던 것이다.

한준은 시선만 약간 들어 재완을 확인했다. 소파에 풀썩 무너지듯 앉는 재완은 얼마쯤 피곤해 보였다.

"아까 출근한 걸로 아는데 왜 다시 유턴이야?"

"그럴 수야 있냐. 사랑하는 직속 상사를 하루 동안이나 못 봤는데. 적어도 얼굴은 보고 가야지."

"나한테 그런 열의를 쏟는 거 처음인 것 같은데 무슨 일이지? 사람이 안 하는 행동을 하면 죽는다던데."

"역시 우리 우정은 달콤 살벌해. 죽음까지 거론하다니."

한준은 고개를 들고 재완을 보았다. 뭔가 고민거리가 있는 듯한 얼굴에 뒤가 당겼지만 굳이 묻지 않았다. 한준 쪽에서 입을 열지 않으면 결국 재완이 스스로 말을 하기 때문이었다.

그렇게 얼마의 침묵 끝에 재완은 한준이 예상하지 못한 질문을 차분한 어조로 해 왔다.

"유림 씨 얼마나 좋아해?"

재완에게선 보기 드물게 진지한 표정이었다. 한준은 잠시 관찰하듯 재완의 표정을 읽은 후에 되물었다.

"그걸 왜 묻지?"

"내가 Q야! 넌 A고! 우리 구분은 명확하게 하자. 일에 있어선 칼같이 구분하는 놈이. 다시 물을게. 유림 씨 얼마나 좋아해?"

"연애하는 거냐?"

"아, 진짜. 자꾸 순서 헷갈리네 하네. 나야 1년에 5모작도 하는 놈이고! 너 말이다, 너!"

"그런 얘길 맨 정신에 할 수는 없지. 좋아. 네 질문은 곧 술 한 잔 마시자는 사인으로 받아들일게. 와인 한잔 마시자."

한준은 대답을 회피한 채 일어났다. 유림에 대한 마음을 뭐라고 표현할 수 있을까. 언제 스며들었는지도 모르게 거대한 크기로 자리해 버린 그녀를 어떤 말로 설명하는 건 불가능했다.

머리가 하얘지고 가슴이 바스라지고 발아래가 허공에 붕 떠 있는 느낌을 한마디로 정의 내리는 건 힘든 일이었다.

재완이 알게 모르게 술을 한잔 마시고 싶었는지 한준의 채근에 별다른 말 없이 따라 일어났다.

하지만 한준의 앞을 지나쳐 문을 연 재완은 그 자리에 멀뚱멀뚱 눈을 껌뻑이며 멈춰 서고 말았다.

문밖에 선 누군가를 보고 떨떠름해진 표정으로 한준을 돌아보자, 한준이 문가로 다가갔다.

"안녕하신가, 류 전무."

문 회장이 전 실장을 대동한 채 그 자리에 서 있었다. 느닷없는 문 회장의 등장에 한준은 미심쩍은 얼굴로 간단히 인사를 했다.

"낮에 잠깐 다녀갔는데 모르는 모양이야. 축하 화분도 아주 값비싼 걸로 놔뒀네."

"그러셨습니까. 제가 보고를 못 받은 모양입니다. 그런데 무슨 일로 이 늦은 시간에 오셨습니까."

골프장에서와는 사뭇 다른 문 회장의 태도가 거슬렸다. 난관에 봉착했다가 해결점을 찾은 사람의 여유가 느껴져 더 그랬다. 그런 한준에게 잠시 후 문 회장은 기세 좋게 웃어 대더니 곧 이빨을 드러냈다.

"단도직입적으로 말하지. 유림일 내놓게. 그러면 자네가 류 회장 부부의 친아들이 아니라는 사실을 덮어 두지."

한준의 집요한 시선에 이내 한기가 어리기 시작했다.

그저 떠보기 위한 협박에 불과했다. 모든 건 문 회장의 베팅이었다. 한준이 그 사실을 아는지 모르는지, 재완 역시 그것을 아는지 모르는지. 어떤 것도 확신할 수 없었고 따라서 미친 사람으로 몰릴지도 모를, 일종의 승부수 같은 거였다.

그런데 예상 외로 성과가 있었다. 사실 한준이야 늘 그랬듯 흔들리지 않고 침착했지만 문제는 윤 비서였다.

눈에 띄게 흐트러지고 있는 눈빛이, 재완도 그 사실을 알고 있을지도 모른다는 추측을 낳게 했던 것이다. 재완이 알고 있다면 한준도 당연히 알고 있는 것이리라.

자신이 친아들이 아니라는 것을 알면서도 그간 뻔뻔하게 재벌가의 자제인 양 목에 힘을 주고 다녔다니.

류한준이라면 돈이라면 눈에 불을 켜고 달려들어 다른 사람들을 발아래에 깔아뭉개어 놓기 일쑤였던 장본인이 아니던가.

그에게 망신당한 계열사 사장이 한둘이 아니라는 소문이 파다했다. 물론 그가 닦달하면 어디든 그해 매출은 반드시 상승한다는 소문도 있었지만 그 과정에서 상처받는 이들이 많다는 게 문제였다.

문 회장은 내심으로 놀라면서도 흡족해했다. 그 노인네의 말이 헛소리만은 아니라는 것에 놀랐고, 자신의 등장이 한준을 당황하게 했다는 것에 만족스러웠다. 그러니 이제는 한준의 대응을 기다리기만 하면 되는 것이었다.

문 회장은 느릿느릿 걸음을 옮겨 소파에 앉았다. 한준과 재완의 시선이 그를 따라갔다. 재완은 연신 혀끝으로 입술을 축이며 한준과 문 회장을 번갈아 보았다. 대체 이 노친네가 그 사실을 어떻게 안 거지?

"문 회장님. 지금 무슨 말씀을 하시는지."

재완이 잔뜩 가라앉은 사무실의 공기를 깼다. 침묵을 유지하고 있는 한준 대신 무슨 말이라도 해야 할 것 같아 내뱉었지만 문 회장의 싸늘한 시선이 돌아왔다.

"그거야 류 전무가 잘 알 테지. 내가 원하는 건 하나뿐이야. 그게 뭔지도 잘 알 테고. 알겠다는 답을 듣기 전까지 난 여기서 움직이지 않겠네. 참…… 세상을 잘도 속였군. 속인 것엔 이유가 있겠지. 그러니까 내가 유림이를 걸고 류 전무와 협상할 수 있는 충분한 조건이겠고."

문 회장은 비소를 머금은 채 요지부동이었다. 재완은 한준을 보았다. 미동도 않은 채 허공만 응시하고 있는 친구의 옆얼굴은 잔잔해 보였다.

파란을 일으키고 있는 자신과는 달리 한준은 늘 그렇듯 무표정이다. 친구의 이름을 부르고 싶지만 침묵이 너무도 무거워서 섣불리 입을 열 수가 없었다. 그렇게 난감하기 이를 데 없는 표정이 되어 있는데, 불현듯 한준이 움직였다.

한준은 동요 없는 얼굴로 문 회장의 앞에 앉았다. 싸늘하게 굳어 버린 시선 속에 가장 먼저 부모님의 얼굴이 떠올랐다. 이어 떠오른 건 유림이었다.

늘 심장을 바깥에 내어놓은 채 차가운 겨울의 한복판에 서 있었던 그에게 온기를 준 세 사람. 그들을 지키기 위해 무엇을 해야 할지 그는 이미 알고 있었다.

선을 먼저 넘은 건 문 회장이었다. 부모님을 위해 가슴속으로만 품고 있었고, 모든 걸 알고 있으면서도 아무것도 모르는 사람으로 살아왔다. 그 경계를 잔인하고 치졸하게 밟아 버린 문 회장에 맞서 한준은 가슴을 긁어 대는 아픔을 참으며 표정을 굳혔다.

"유림이를 꼭 데려가셔야겠습니까."

한준이 길었던 침묵을 깨자 문 회장이 흘깃 그를 보았다. 표정으로 미루어 한준의 생각을 읽어 볼 심산인 듯했다. 오랜 세월 켜켜이 쌓인 연륜으로 사람의 표정만 봐도 생각을 짐작할 수 있는 모양인지, 문 회장이 조금 긴장하기 시작했다.

"잘 알 텐데?"

"유림이가 왜 회장님을 피해 도망을 다니는지, 한 번도 생각 안 해 보셨죠?"

"난 도망 다니라고 한 적 없어. 그 아이가 멍청한 거지. 내 호적에 들어오면 제 인생이 달라진단 말이야. 그 좋은 걸 왜 안 하려고 하는 거야, 대체 왜!"

문 회장이 제 감정에 앞서 언성이 조금 높아지자, 한준은 소파에 등을 기대고 기다란 다리를 꼬았다. 그러고는 분노로 일그러진 문 회장을 찬찬히 살폈다.

"돈이 있거나 없고, 조건이 좋고 나쁜 건 맞추어 살아갈 수가 있는데 생각이 다른 사람끼리는 절대 섞일 수가 없죠. 그런 사람들이 함께하려면 누군가는 희생을 해야 하는데 보통 그건 약자 쪽이죠. 그렇죠? 회장님?"

문 회장이 눈을 희번덕거리며 한준을 보았다. 개의치 않고 한준이 말을 이었다.

"내가 살고자 다른 사람을 죽이는 사람들에겐, 정상적인 것을 보고 보통의 것을 생각하고 평탄한 것을 추구하며 살아온 사람들이 절대 이해할 수 없는 막장 세계관이 존재합니다. 아무리 같은 공기로 숨을 쉬어도 그런 전투로 다져진 그 면면을 보통 사람들은 감당하기 힘들죠. 유림이가 회장님을 거부하는 이유, 그래서가 아니겠습니까?"

"류 전무가 그렇게 말할 자격이나 있나?"

"네. 저 역시 다른 사람들에게 상처를 많이도 줬죠. 하지만 결코 나만을 위해서가 아니었음을 자신합니다."

음성의 고저도 없고 표정의 변화도 하나 없는 한준에게, 문 회장은 자칫 휘말릴 것 같다는 위험을 감지했는지 일순 조소와 함께 대화의 맥을 끊어 버렸다.

"요점을 흐리고 싶은 모양인데, 난 류 전무의 훈계 따위를 들으러 온 게 아니야."

"제가 유림이를 내놓지 않겠다면 어떻게 하실 생각입니까."

하지만 문 회장은 한준이 슬슬 긁자 이내 발끈했다.

"그걸 몰라서 묻진 않을 테지. 내가 뭘 할지는 뻔한 거 아닌가."

"문 회장님. 유림이를 진심으로 끌어들이셔야 하겠습니까?"

"끌어들이다니? 누가 들으면 내가 그 아이를 가지고 장사라도 하는 줄 알겠구먼."

"다시 묻습니다. 유림이를 정말로 끌어들이셔야 하겠습니까? 이건 유림이의 생부께 드리는 질문입니다."

"끌어들인다는 말, 정말로 거슬리는군. 생부라서 이러는 거야. 생부라서!"

"알겠습니다."

"뭘 알겠다는 건가? 그래서 유림이를 데리고 오겠다는 거야?"

"글쎄요. 모든 건 유림이가 결정할 일이죠."

"뭐어?"

문 회장이 소득 없는 대화에 화를 참지 못하고 벌떡 일어났다. 그러곤 심장이 조여 오는지 갑자기 가슴을 쥐어 잡았다. 전 실장이 다급히 다가와 문 회장을 부축하였다.

"내가 자네를…… 어찌 할 줄 알고…… 이러는 거지? 난…… 한다면 해."

문 회장은 간간이 기침을 해 가며 힘겹게 말을 이었다. 온통 분노가 뒤덮인 문 회장의 눈에는 핏발이 일었다. 전 실장의 부축을 받으면서도 꼿꼿하게 허리를 세우려는 노력이 가상했다. 한준은 고개를 끄덕였다.

"그러시든지요. 대신 제가 문 회장님을 어떻게 할 건지에 대해서도 생각하고 계십시오. 제 차량을 미행하고, 무고한 시민을 납치한 것에 대한 대가는 치르셔야 할 겁니다."

"……뭐?"

"자제분들의 화려한 범죄 이력에 이제 아버지라는 분도 합세하시겠군요."

그러곤 발길을 옮겨 사무실의 문을 열었다. 문 회장을 쳐다보는 눈빛에 의도된 공손함이 어렸다.

"도로가 막힐 시간입니다. 서둘러 나가시는 게 좋을 겁니다."

파국으로 치달은 협상 테이블을, 문 회장은 몸을 부들부들 떨며 노려보았다. 그 한기 어린 시선은 곧 한준에게 닿았다. 부축하는 전 실장의 손길을 뿌리친 채 문가로 절룩절룩 다가갔다.

"자네. 후회할 짓을 하는군. 아버지를 생각해서라도 냉정해지길 바랐는데."

한준은 대답하지 않았다. 문 회장과 전 실장이 대표실을 나간 후에도 한참을 그 자리에 서 있었다. 재완이 다가온 후에야 허공에 고정되어 있던 시선이 풀어졌다.

"너 어쩌려고 그래? 문 회장 심기를 왜 건드려."

"기자회견 준비해. 시간은 이틀 후 오후 2시야."

지시는 짧았고 간결했다. 한준은 책상으로 다시 돌아갔지만 재완은 한동안 한준의 말을 이해하지 못한 채 멍멍해졌다. 그러다 정신을 퍼뜩 차리고 보니 그제야 친구의 지시가 무슨 뜻인지 알아들을 수 있었다.

"한준아. 너 설마……."

"어쩌면 진작부터 이러고 싶었는지도 몰라. 그래서 문 회장이 나를 떠보는 거라고 생각했는데도 격렬하게 부인하지 않았던 거지."

"그래도 이건 아니야. 회사는…… 회장님이랑 사모님은……."

"재완아."

"그래."

"내가 돈을 좇으며 사람들한테 상처를 준 것에 대해서 이제야 벌을 받고 있나 봐."

가슴이 서걱거렸다. 저도 이렇게 아픔을 느낄 줄 아는, 피가 흐르고 있는 가슴이 있었다는 것을 지금에 와서야 깨닫는다. 한준은 그 어느 때보다 온화해진 눈빛이 되어 사랑하는 여자의 이름을 입에 담아 보았다.

"유림이한테는 아무 말 하지 마. 만날 일도 없겠지만."

한준은 입매를 처연하게 비틀며 덧붙였다.

"그리고 기자회견 후엔 당분간 바쁠 거야. 여기저기 수습을 해야 할 테니까. 잘 견디자, 윤 비서."

"내가 수습하는 거 하난 잘하잖냐. 여자랑 헤어질 때에도 뒷수습 끝내주게 잘해. 나만 믿어, 류 전무."

농담이 섞인 대답이었지만 재완의 진심이 담겨 있다는 것을 안다. 재완이 긴 한숨을 쉬며 대표실을 나간 후 한준은 의자에 등을 기대며 몸을 묻었다.

시시각각 검은 불안감이 덮쳐 왔다. 앞일을 예상할 수 없는 과감한 결정이고 베팅이었지만 일견 무모한 일일 수도 있었다.

하지만 부모님을 위해 덮어 두었던 것처럼 이제는 부모님을 위해 꺼내어야 한다. 더는 누구라도 다치지 않으려면 이 방법뿐이었다.

한숨이 입가를 적시자 그는 핸드폰을 집어 들었다. 손가락이 유림의 번호 위에서 흔들린다. 지금 그녀의 목소리를 듣는다면 감정적으로 제어가 되지 않을 것 같았다. 당장에 별장으로 달려가고 말 것이다.

이렇게 불안함에 속절없이 흔들려도, 그곳 별장에 그녀가 있다는 생각을 하면 차분해진다. 엉망으로 흐트러진 마음의 결이 정돈된다.

모든 것이 다 끝나고 수습이 되고 나면 마음속에 들어차 있던 오랜 응어리들을 다 버리고 나면, 깨끗하게 비워진 채로 유림과 함께할 것이다. 그녀와 함께 다시 채워 갈 것이다.

간절한 그리움이 유림의 번호 위를 다시 뒤덮었다. 몸과 마음을 한꺼번에 마비시키고야 마는 지독한 갈증이 그녀를 원했다. 한준은 눈을 감았다.

☆ ★ ☆

"엄마야!"

어제 저녁에 이어 영은은 또 한 번 놀라고 말았다. 아침 출근길이었다. 어제의 그 모퉁이에서 재완이 '짜잔!' 하고 모습을 드러내자 영은은 가슴을 쓸어내리며 그를 향해 눈을 부라렸다.

대체 이 남자는 왜 자꾸 눈앞에 나타나 알짱거리는지 모를 일이었다.

"이게 대체 무슨 경우죠? 나 어제저녁에 분명히 재완 씨한테 사과했어요. 그거로도 부족해요?"

영은이 쏘아붙였지만 재완은 말없이 묵묵하게 그녀의 말만 듣고 있었다.

"이봐요, 윤재완 씨. 대체 나한테 왜 이러냐구요. 내가 그렇게 우스워 보여요?"

"영은 씨."

영은은 재완이 진지한 얼굴로 한 걸음 바짝 다가오는 통에 당황하여 뒷걸음질 쳤다. 재완에게선 처음 보는 굳은 얼굴. 아주 잠시 떨떠름했지만 째려보는 시선은 결코 풀지 않았다.

"왜요!"

"나 오늘 영은 씨한테 응원 한 자락 받으려고 왔어요. 나 응원 좀 해 줘요."

이 남자가 며칠 전에 마신 맥주가 배 속에서 이상을 일으키기라도 한 건가. 알 수 없는 행동과 말로 자신을 괴롭히고 있는 재완이 못마땅했다.

"어디 올림픽에라도 나가요? 무슨 응원을 해 달라는 거예요?"

"차라리 올림픽이면 좋겠네요. 그건 메달이라도 주지."

"윤재완 씨. 무슨 일인지는 모르겠지만 저는 응원해 줄 마음은 없구요. 대신 내일부터는 다시는 얼굴을 안 봤으면 좋겠다는 선언문은 낭독해 줄게요. 잘 가세요. 저는 이만."

"내일 아침에 또 올 건데요?"

"오기만 해요. 나 다른 길로 출근할 거니까."

"출근길은 여기 한 군데 뿐인데?"

빠직. 영은이 제 발 저린 표정으로 그를 쏘아보았다. 더 이상 말대꾸할 여력도 가치도 없는 듯하여 그녀는 빠른 걸음으로 재완을 스쳐 지나갔다. 등으로 재완의 외침이 들리든 말든 개의치 않고 갤러리 입구에 도착했다.

"저 이만 갑니다. 내일 또 올게요. 이 시간에. 이곳에."

재완은 큭큭 소리를 내며 웃었다. 재미있다. 저 여자의 심통을 보는 것도, 째려보는 눈길을 보는 것도, 저를 줄기차게 피해 다니는 모습을 보는 것도, 모든 것이 재미있었다.

재완은 영은이 갤러리 안으로 사라지자 그제야 등을 돌렸다.

긴 한숨과 함께 차가 있는 쪽으로 걸음을 옮겼다. 유림이 있는 별장까지 상당한 시간이 소요되기 때문에 부지런히 움직여야 했다.

한준에겐 감기 몸살로 병원에 다녀온다고 둘러댔으니 기껏해야 오전 나절밖에 시간을 낼 수 없기 때문이었다.

한적한 고속도로를 규정 속도를 위반하면서까지 달린 결과 재완은 예상했던 것보다 훨씬 빨리 별장에 도착했다. 풀벌레 소리가 요란한 그곳은 재완이 몇 년 전 한준과 함께 들른 이후 처음이었다.

그때 한준은 이 별장을 구입하면서 이제부터는 틈틈이 휴식도 하겠노라고 다짐했었지만, 습관은 버리지 못했다. 갤러리 사업을 맡고부터 그때보다 더한 일벌레가 되어 버렸으니까.

주차장에서부터 별장 입구까지 나 있는 돌 마당을 저벅저벅 걸으며 재완은 한준을 생각했다. 그 녀석의 결정이 옳은 것인지 어떤지는 판가름할 수 없었다.

다만 그 결정으로 인해 한준의 마음이 조금이나마 편해진다면 친구로서 한 배를 탈 생각이었다. 다만 한 가지, 한준은 유림에게 절대 비밀로 해 달라고 했지만, 재완의 생각은 달랐다.

한준의 성격이라면, 응당 유림이 모르게 뒤에서 모든 일을 완벽하게 처리해 놓을 것이다. 사랑하는 이에게 부담이나 걱정을 지우지 않고 자기 혼자 감당하고 말 것이다. 한준은 그런 녀석이었다.

그러나 유림이 한준의 삶 속으로 흘러들어 오기 시작했다면, 그녀 또한 한준의 고통을 알아야 옳았다. 분담까지는 아니라도 한준을 안아 주고 다독거려 주기만 해 준다면 더할 나위 없을 것 같았다. 재완이 오늘 이곳에 온 이유는 그거였다.

대리석 댓돌 위에 올라선 재완은 길게 벨을 눌렀다.

얼마의 시간이 지나자 찰칵 하는 소리와 함께 현관문이 열리고, 안에서 거실을 가로질러 오는 발소리가 크게 들려왔다. 잠시 후 현관문을 활짝 열며 유림이 얼굴을 드러내었다.

"재완 씨! 세상에. 여긴 어쩐 일이에요?"

반가움이 묻은 목소리가 다소 커졌다. 유림은 생각지도 못한 이의 방문에 놀라면서도 재완이 한준과 함께 온 게 아니라는 사실에 마음 한쪽이 아쉬움으로 짓눌렸다.

"이야아. 이렇게 경치 좋고 공기 좋은 곳에서 지내니 유림 씨 장수하시겠네요. 으하하."

"그래요? 그럼 아예 여기서 살림을 차릴까 보다."

"캬아. 역시 거침이 없으셔, 우리 유림 씨는. 이 총각 낯 뜨거워질라 그래요."

재완의 넉살에 유림이 소리 내어 웃었다. 한참을 웃다가 잠시 내려앉은 침묵에 유림은 재완이 왜 갑자기 이곳에 왔는지 이유가 궁금해졌다. 설마 한준에게 좋지 않은 일이 생기기라도 한 걸까.

"차 드릴까요?"

유림이 넌지시 운을 떼자 재완이 고개를 끄덕였다.

"좋죠."

"할머니께서 만들어 주신 주스가 있는데 얼음 넣어서 드릴게요. 잠시만 기다려요."

"난 밖에 있을게요. 요즘 악독한 상사 때문에 광합성을 못 해서 비타민 D가 부족해요."

"하하. 네."

재완이 엄살 부리는 표정을 지으며 현관 밖으로 나갔고, 유림은 곧장 차 준비에 들어갔다.

레몬청으로 주스를 두 잔 만들어 밖으로 나간 그녀는 텃밭으로 내려가는 돌계단에 앉아 있는 재완을 보고 잠시 걸음을 멈추었다. 전에 없이 어두운 그늘을 달고 있는 재완의 표정이 어딘가 마음을 무겁게 했다.

"시원할 때 얼른 마셔요. 오늘 햇볕이 유난히 따가워서 얼음이 빨리 녹을 것 같아요."

애써 발랄하게 웃어 보이며 잔을 하나 내밀었다. 재완이 고맙다는 말로 잔을 받아 들었다. 재완의 옆에 앉으며 유림도 한 모금 머금었다. 맛있다, 덥다, 같은 형식적인 이야기 끝에 재완이 불쑥 물어 왔다.

"한준이에 대해 얼마나 알고 있어요?"

유림의 가슴이 불안정하게 뛰었다. 역시 한준에게 무슨 일이 생긴 것이다.

"그걸 왜 물어보는 거예요?"

"두 사람, 서로에게 좋은 감정 있다는 거 알아요. 그래서 이 얘기 유림 씨한테 하는 게 한준이한테 하나도 미안하지 않아요. 한준이는 싫어하겠지만."

"그 사람한테 무슨 일이 있는 거죠?"

뒤엉키는 심박만큼이나 호흡도 어지러워졌다. 내일 오겠다는 그의 속삭임이 아직도 귀에 남아 있는데 도대체 무슨 일이 일어난 걸까. 유림의 물음에 재완이 잠시 망설이다가 이내 결심한 듯 입을 열었다.

"한준이가 서승그룹 회장님의 친자가 아니라는 거⋯⋯."

"알아요."

"알고 있었어요? 한준이가 유림 씨한테 말한 거예요?"

"아뇨. 회장님 편찮으실 때 그 댁에 가서 이틀간 치료를 도운 적이 있어요. 그때 회장님 내외분 대화하시는 걸 우연히 들었어요. 마침 그때 한준 씨도 있었구요. 한준 씨가⋯⋯ 다 이야기해 줬어요."

재완은 멋쩍은 듯 웃었다. 한준이 유림에게 출생에 대해 모두 털어놓을 정도로 어느새 감정이 깊어 있었던 것이다. 이 두 사람, 앞으로 어떻게 되는 것일까. 재완은 잠시 얼굴에 올랐던 걱정을 지우고 다시 그녀를 쳐다보았다.

"잘 됐네요. 유림 씨한테 이야기하는 게 한결 수월할 것 같네요."

"도대체 무슨 일이에요? 그 사람한테 무슨 일이 있는 거예요?"

"문 회장이 어제 저녁에 갤러리로 찾아왔었어요."

문 회장이라는 말에 유림의 안색이 눈에 띄게 변해 갔다. 겨울도 아닌데 몸에 한기가 스몄다. 파랗게 질린 입술이 바들바들 떨렸다.

"그 사람이 왜……."

"지금까지 한준이의 출생에 대한 부분은 대외적으로 비밀이었어요. 아마도 회장님 내외분이 처음부터 그렇게 작정하신 듯해요. 한준이도 예전부터 자신이 친자가 아니라는 걸 알고 있었지만 부모님을 위해 속에 묻어 두었죠. 그런데 이 사실을 문 회장이 알게 됐어요. 어떻게 알게 된 건지는 나도 몰라요."

"……그래서요?"

"문 회장이 어제 한준일 찾아와서 협박을 했어요. 문 회장은 유림 씨를 호적에 올려 친딸로 언론에 알릴 계획이었나 봐요. 태어나자마자 잃어버려 크나큰 슬픔에 잠겨 있다가 최근에 찾았다는 거죠. 워낙 문영그룹이 말이 많으니 그렇게라도 사람들의 동정을 유발할 심산이었던 것 같아요. 그러다 유림 씨를 LK호텔 둘째 아들과 혼인을 시킬 거라고."

재완은 현재 재정난을 겪고 있는 문영호텔이 업계 1위인 LK호텔과 어떤 식으로든 우호관계가 형성되면 입지가 상승할 것으로 판단한 문 회장이 그렇게 밀어붙일 거라고 덧붙였다.

그래서 유림의 행방을 알려 주지 않으면 한준의 비밀을 폭로하겠다고 했다고 한다.

"하!"

유림은 단말마의 한숨을 짧게 터뜨린 후 고개를 깊이 숙였다. 문 회장의 속셈에 혀가 내둘러졌다. 경멸과 증오심이 한데 차올라 숨 쉬기가 힘들었다.

일이 절대 원하지 않았던 방향으로 흘러가고 있다는 사실을 자각하자 참담해진 심정이 목을 조여 왔다. 결국 그녀 자신으로 인해 한준이 상처 입게 되고 말았다. 어쩌면 상처 수준이 아닌 인생이 송두리째 화를 입게 될지도 모른다.

"사실 친자가 아니라는 게 별일 아닐 수도 있어요. 하지만 대기업 회장의 가족이 삼십 년이 넘도록 대중을 속였다는 점에선 도의적인 비난을 받을 거예요. 그렇게 되면 회사의 이미지나 주가가 한순간에 떨어지게 되죠."

재완은 한숨을 한 번 쉬고 말을 계속했다.

"그런데 한준이 녀석, 내일 기자회견을 하겠대요. 자신의 출생에 대해서 솔직하게 발표할 모양이에요. 그게 문 회장의 협박을 따돌릴 수 있는 유일한 방법이기도 하구요."

재완은 차분하고 침착하게 말을 이었다. 유림은 재완에 의해 속속들이 알게 된 것들이 두렵고 겁이 났다. 한준이 이 두렵고 겁이 나는 막막한 상황과 정면으로 맞서고 있다고 여기니 가슴이 너덜

너덜하게 찢기는 것 같았다.

"유림 씨한테 뭘 어떻게 해 달라는 건 아니에요. 한준이는 결심을 한 일에 대해선 무슨 일이 있어도 밀어붙이는 성격이고요. 제가 여기에 온 건 한준인 이 모든 과정을 유림 씨가 몰랐으면 좋겠다고 말했지만, 난 유림 씨도 알았으면 해서요. 두 사람 서로 좋아하잖아요. 사랑하는 사람들은, 그래야 하는 거 아닌가요?"

가슴이 바스러졌다. 하나도 남지 않고 모두 가라앉은 듯했다. 모든 것을 혼자서 감당하고 있을 그의 생각에 자꾸만 코끝이 아려왔다. 뜨거워지는 눈가를 아닌 척 손가락으로 매만진 후 애써 시선을 들었다.

"말해 줘서 고마워요, 재완 씨."

낮게 갈라진 목소리는 젖어 있었다. 그가 보고 싶어 울렁대는 목울대가 아파 왔다. 침묵이 찾아왔다. 차라리 침묵이 반가운 듯 유림은 오만가지 감정의 늪에서 허우적대기 시작했다. 가장 절박한 건 한준에 대한 그리움이었다.

재완이 돌아간 후 유림은 방 안 경대 앞에 앉아 있었다. 그가 남기고 간 명함을 뚫어져라 들여다보았다. 문 회장의 구체적인 계획을 모두 알게 된 지금, 한준이 왜 이 명함을 놓고 갔는지 그 이유가 뚜렷해졌다.

'내일 당신이 창립식에 참석해서 당신이 김미현 작가의 딸이라는 것을 사람들에게 알리는 거야. 물론 당신의 발언은 언론을 통

해서 대중들에게도 알려질 거야.'

그것은 엄마를 이용하려던 게 아니라 그녀를 위해서였던 것이
다. 문 회장이 옭아매고 있던 악연의 사슬을 끊어 낼 최선이자 유
일한 방법이었던 것이다.

그 생각을 하자 가슴이 북받쳐 볼로 투명한 눈물이 흘렀다. 그
녀를 위해 홀로 싸우고 있는 한준이 애달파 소리 내어 울 수도 없
었다.

유림은 핸드폰을 집어 들었다. 한준을 만난 이후 억지로 연락을
끊었던 수진의 번호를 더듬더듬 눌렀다. 눈물이 시야를 가린 탓에
숫자가 가물가물했다.

— 여보세요.

반가운 음성이 들리자 유림의 어깨가 더욱 격렬하게 들썩거렸
다. 누구에게라도 이 터질 것 같은 마음을 털어놓아야 했다. 핸드
폰을 바꾸었으니 당연히 그녀인 줄 모를 수진이 다시 말했다.

— 여보세요? 누구세요?

유림 쪽에서 계속 대답이 없자 수진이 전화를 끊으려 했다. 유
림은 가까스로 입을 열었다.

"……수진아."

— 뭐야, 유림이니? 어? 유림이 맞아?

그때부터 유림은 통곡하듯 울기 시작했다. 그녀와 그를 둘러싼
상황들이 버거워서, 그리고 결국엔 그를 힘들게 하고야 말았다는

자책에 무너지는 심경을 견뎌 내기가 힘들었다.

그녀의 울음소리를 핸드폰 너머 수진은 묵묵히 듣고만 있었다. 어떤 것도 물어 오지 않고 왜 우는 거냐고 닦달하지 않는 친구가 고마웠다. 그렇게 유림은 속에 들어찬 것들을 죄다 게워 낼 때까지 오랜 시간을 울었다.

다시 명함을 들여다본 건 수진과의 통화를 끝내고 난 후였다. 울음은 그쳤고 대신 낯에는 서늘한 빛이 서려 있었다.

— 네. 예술과 사랑 편집장 정미진입니다.

"안녕하세요. 저는 김유림이라고 합니다. [스타]를 그리신 김미현 작가님에 대해서 인터뷰를 하고 싶습니다. 저는…… 그분의 딸입니다."

통화 전 떨렸던 마음과는 다르게 목소리는 또렷하기 그지없었다. 유림은 그 어느 때보다도 침착함을 유지하고 있었다.

☆ ★ ☆

어떻게 흘러갔는지도 모르게 하루의 해가 저물었다. 한준은 지친 얼굴로 빌라의 승강기에 오르고 있었다. 버튼을 누르는 표정은 무거웠다. 승강기 벽에 등을 기대고 핸드폰을 들었다. 유림의 번호를 누르고 신호를 기다리는데 그녀에게선 대답이 없었다.

다시 누르고, 다시 눌렀다. 대답이 없는 핸드폰을 하염없이 귀에 갖다 대면서 유림의 목소리를 기다리기를 얼마쯤, 승강기의 문이 열리자 낙담한 발걸음을 밖으로 옮겼다.

오늘 하루 내내 재완과 함께 내일 있을 기자회견을 준비했다. 초대 기자 명단을 작성하고 일일이 연락을 취하고, 회견 장소를 정하고 내용을 마련했다. 내일 아침엔 집에 들러 부모님을 만나야 했다.

준비를 하는 동안, 이따금 내가 잘 가고 있는지 뒤돌아보고 반문하곤 했다. 그가 살아온 인생이 하루아침에 뒤바뀌게 될 기로에 서 있는 지금, 가능하다면 아무도 상처받지 않고 무사히 끝나기를 바라고 있었다.

결국 오늘 별장에 가겠다는 유림과의 약속을 지키지 못했다. 그를 기다리며 저녁밥을 굶고 있을 유림이 눈에 잡히는 듯했다. 닿을 수 없는 거리가 못내 안타까웠다.

발길이 무거운 건 그래서였다. 그녀를 마음껏 안을 수 없는 현실이 괴롭도록 실감되어서였다. 하지만 느리게 끌리던 그의 발길은, 현관문을 열자 깜빡거리는 센서 조명 아래 낯익은 단화 한 켤레를 발견한 순간 멈추어졌다.

한준은 고개를 들었다.

"왔어요?"

유림이 앞치마를 한 채 환한 얼굴로 주방에서 나오고 있었다. 그녀가 위험하게도 별장을 벗어났다는 불안감보다, 함께일 수 있다는 사실이 그를 기쁘게 했다.

하루 내내 굳어 있던 만면이 조금씩 근육을 움직였다. 가방이 바닥으로 내려앉고, 한준은 성큼성큼 걸어 유림에게 다가갔다.

"겁도 없어."

유림의 허리를 끌어당겨 안으며 속삭였다. 고개를 틀자 코끝으로 그녀의 향이 짙게 스친다. 으스러지도록 껴안으니 유림이 캑캑거렸다. 가슴팍으로 여체가 선명하게 느껴진다. 유림이 웃으며 대꾸했다.

"아무도 모르게 다니는 건 이제 잘해요. 누구 잔소리 덕분에."

"내가 가겠다고 했을 텐데."

"올 시간도 없었으면서. 상관없어요. 내가 왔으니까 됐어요. 우리 저녁 먹어요."

"밥보다 다른 걸 먼저 먹으면 안 될까."

한준이 짓궂게 웃으며 귓불에 댄 입술을 차츰 아래로 내렸다. 목덜미에 짙게 누른 후 목걸이 선을 따라 별 모양의 다이아몬드에 입술을 댄다.

그의 입술로 인해 유림의 고개가 완전하게 뒤로 젖혀졌다. 절로 신음이 터지게 만드는 그의 애무는 집요하고 강했지만, 그것보다 더 중요한 것이 있었다.

유림은 애써 고개를 내렸다. 그러자 한준도 그녀의 목선에서 입술을 떼어 낸다. 조금은 거칠어진 호흡을 차분하게 정리한 후 유림이 조심스럽게 입을 떼었다.

"왜…… 말하지 않았어요?"

진심을 감추고 웃어 봤자 얼마 못 가 그에게 들켜 버리고 말 것이다. 오늘 하루 그가 기자회견 준비로 바빴다면, 그녀는 별장을 떠날 계획을 세우느라 바빴다. 그러니 시간이 없는 건 오히려 유림 쪽이었다.

"재완이 이 녀석……."

한준은 고개를 들고 저를 쳐다보는 유림을 마주했다. 덤덤한 척했지만 눈동자가 흔들리고 있는 것을 그녀도 알 것이다. 유림이 알게 하고 싶지 않았는데.

독감이라던 재완이 결국 유림으로 하여금 위험한 여정을 감수한 채 이곳으로 오게 만든 것이다. 한준은 유림의 얼굴을 두 손으로 감싸 쥐었다.

"너한테 말하면 넌 걱정하겠지. 반대를 했을지도 모르고 울었을지도 모르지. 너하고 있을 때만큼은 하루 종일 웃고 싶다."

"반대 안 하고 울지 않아요. 그동안은 어떻게 하면 잘 도망치나, 어떻게 하면 잘 피해 다니나, 그 생각만 하면서 살아왔는데요. 누군가를 위해서 한 발짝 앞으로 나아가는 게 어떤 건지 이제 알겠어요. 당신이 하는 만큼 나도 하고 싶어져요. 이렇게 무언가에 욕심이 난 건, 의대 공부할 때 이후로 처음이에요."

유림이 온기 넘치는 얼굴에 미소를 곁들였다. 처음 만났을 때의, 날이 잔뜩 선 채 경계를 하던 여자는 온 데 간 데 없다.

"김유림."

"네."

"내일부터 나는 조금 바빠질 거야. 만나기는커녕 자주 연락도 못 할지도 몰라. 많은 게 변하는 과정이라 시간이 필요할 테지."

"알아요. 내 걱정은 조금도 하지 마요."

"넌 항상 나한테 걱정거리라……. 그런데 이상하지? 걱정거리가 분명한데 네 걱정을 하는 시간이 제일 행복하니."

"그런 말도 할 줄 알고. 많이 컸어, 류 전무."

유림이 까르르 웃으며 한준의 머리를 쓰다듬는 시늉을 하자 그가 장난스럽게 눈을 가늘게 떴다. 그녀의 웃음소리가 사그라진 건 그 후였다.

"별장을 떠날 거예요. 당신한테로 오기 전에 함께 살던 친구가 있었는데 그 친구네 집 근처로 가게 될 것 같아요."

한준은 대답을 하지 않았다. 미소가 공허해졌다. 그녀가 어떤 마음인지 선명하게 느껴졌다.

"어딘지는 말 안 할래요. 내가 어디에 살고 있는지 알면 찾아오고 싶을 거 아니에요?"

"나에 대해 잘 아네."

유림은 그를 곱게 째려보곤 고개를 끄덕였다. 기자회견 이후로 뒤숭숭해질 그의 주변, 회사, 사람들, 집안. 그 모든 것들을 수습하고 정리하려면 그에게 엄청난 시간과 노력이 필요할 것이다.

그 와중에 여자나 만나고 다닌다는 소문이 나거나 알려지기라도 한다면, 가뜩이나 흉흉한 상황에 사람들의 시선마저 곱지 않을 터. 유림도 그 정도의 상황 판단은 할 수 있었다. 그에게 오롯이 그만의 시간을 주어야 한다고 생각했다.

"그래도요…… 가끔, 아주 가끔 내가 보고 싶다면…… 전화 정도는 해 줘요. 나 당신 목소리 오랫동안 못 들으면 죽을 것 같을 거야."

한준의 얼굴 위에 서려 있던 미소가 차츰 사라져 갔다. 여자는 가슴팍에 얼굴을 묻은 채 웅얼거렸지만 발음도 정확하지 않은 그 말이 뚜렷하게 귀에 울렸다.

이별이 아닌데도 이별하는 것처럼, 가슴이 서걱거렸다. 이런 감정이 사랑인가 보다. 나 자신도 어쩌지 못하는 늪 속에 휘말려 몸과 마음이 행복하거나 아프거나…….

한준은 유림의 턱을 쥐고 들어 올렸다. 다가서는 입술은 애달피 그녀를 갈망했다. 채근하지도 들뜨지도 않은 체온은 적당한 온도로 여자의 입술을 감싸고 들었다.

차마 더 깊이 맞물리지 못하고 언저리만 배회하는 입술. 그러자 여자는 발뒤꿈치를 올려 그의 목을 끌어안는다.

미적지근하던 체온이 달아오른 건 순식간이었다. 한준은 입술을 맞댄 채 그녀와 함께 주춤주춤 발길을 옮겼다. 결코 서두르지 않는 손길로 옷을 한 겹씩 벗겨 나갔고 마침내 닿은 소파에 함께 널브러졌다.

살결을 훑는 남자의 입술은 부드러웠으며 또한 다정했다. 여자가 그에게 주었던 온기처럼, 이제는 남자도 제 안에 눌러두기만 했던 온기를 꺼내어 여자에게 들이부을 줄도 알게 되었다.

보드라운 젖가슴 사이로 흘러내린 목걸이에 얼굴을 묻었다가 점차 아래로 내려, 세운 무릎 사이를 파고들었다. 그 때문에 유림은 훅 밀려든 감각에 콧잔등을 찡그리며 어쩔 줄을 몰라 했다.

아래를 탐하는 남자의 입술은 지독하게 뜨거웠다. 갈라진 그곳에서 새어 나오는 끈적끈적한 물기를 혀끝으로 적셔 가며 농밀한 애무를 이어 갔다. 유림은 미칠 것 같았다. 허리가 뒤틀렸고 발끝이 저릿할 정도로 힘이 들어갔다.

이미 달아오른 여체는 물기를 연달아 쏟아내며 그를 자극했다. 한준은 그를 위해 피어난 그녀의 안 곳곳을 혀로 문질러 대었다. 그러곤 딱딱할 정도로 경직된 그녀의 사타구니를 부드럽게 이완시키기 위해 입을 맞추었다.

그녀의 다리 사이에서 그가 고개를 들었다. 달뜬 그녀의 얼굴이 금세 눈에 들어왔다. 욕망이 뒤섞인 숨결, 도톰하게 솟아 있는 유방과 잘록한 허리가 한눈에 들어왔다. 이제 그의 갈증을 풀어낼 차례였다.

한준은 허리를 폈다. 그녀의 늘씬한 다리를 들어 올려 제 어깨에 걸쳤다. 그러곤 유림이 붉어진 눈빛으로 아래를 내려다보자마자, 허리를 천천히 찔러 넣었다. 유림의 고개가 다시 시트로 떨어졌다. 자세 때문인지 더욱 날카롭게 찌르는 듯한 느낌에 그녀는 제대로 숨을 쉴 수가 없었다.

한준은 쾌감에 잠긴 그녀의 표정을 만족스럽게 내려다보며 다시 한 번 몸을 밀어 넣었다. 그녀에게서 흘러나오는 신음에 욕망이 부풀었다. 그의 것을 가득 물고 조이는 여자로 인해 남자의 머릿속이 까마득해졌다.

허리를 박아 넣는 움직임이 빨라질수록 희열에 들떠 거칠게 토해지는 숨결. 거세지는 숨결에 따라 그를 지배하고 있던 아픈 현실의 껍데기가 모두 벗겨졌다. 한준은 제 몸을 밀어붙이며 끝없이 치달았다.

살결이 부딪치며 질퍽한 소리를 냈다. 자극적인 소리에 유림의 다리가 떨렸다. 그러자 더 벌어진 사타구니 사이로 그가 쉴 새 없이 드나들었다. 의도하지 않았음에도 불구하고 그녀는 계속하여 그를 조였다가 푸는 것을 반복했다.

유림은 그가 야만적으로 밀고 들어올 때마다 음란한 신음을 터뜨렸다. 그는 살짝 빠져나가는가 싶으면 이내 거칠게 밀고 들어왔다. 땀과 신음이 뒤엉켰다. 유림은 차츰 빠른 속도로 제 몸을 짓눌러 오는 한준으로 인해 쾌감으로 몸부림쳤다. 한준은 무서운 속도로 허리를 튕겼다. 숨이 멎을 정도로 짙은 절정이 찾아오는 것을 직감한 순간, 유림은 그와 눈을 마주했다.

생각을 뺏어 버리는 남자의 강렬한 눈빛이 여자를 끝 간 데 없이 몰아붙였다. 그 밤, 남자는 여자의 몸에 몇 번이고 저를 새겨 넣었다.

눈을 뜨기 전, 한준은 옆자리가 비어 있음을 직감했다. 베개에 묻은 고개를 천천히 돌려보았다. 텅 빈 유림의 자리에 쪽지가 한 장 놓여 있었다. 한준은 몸을 움직여 똑바로 누운 채 쪽지를 집어 왔다.

핸드폰 항상 켜 둘게요.

잘 견뎌요. 나도 잘 견딜 테니까.

사랑해요.

쪽지를 집은 손을 이마에 얹고 눈을 감았다. 아직 그녀의 감각이 남아 있는 가슴을 온통 날카로운 것이 헤집어 놓은 느낌이었다.

이런 감정도 있다니. 이렇게 아프고 몸이 찢겨질 것 같은 고통도 있다니. 다시 만날 것을 아는데도 휑해진 마음을 어쩔 수 없었다. 팔을 옆으로 뻗어 아직 남아 있을 그녀의 온기를 찾아 더듬거렸다. 그래도 갈증이 채워지지 않았다.

그녀를 사랑하고 있다. 이제야 인정하게 된 그는 미로 속에서 유림만을 찾아다니고 있었다.

경비원들의 적극적인 만류를 뿌리치고 유림은 기어이 문 회장이 있는 회장실 앞까지 도착했다. 아침에 한준의 빌라를 떠난 후 우체국에 들러 짐을 모두 수진에게로 부쳤다. 그리고 그녀가 마지막으로 향한 곳이 이곳이었다.

수진은 꼭 문 회장까지 만날 필요가 있냐고 말했지만, 그가 한준을 궁지로 몰아넣은 이상, 확실한 언질을 해야 할 것 같았다.

노크도 없이 비서실의 문부터 덜컥 연 그녀의 앞에 전 실장이 입을 떡 벌린 채로 나타났다. 그는 그렇게 찾아다닌 장본인이 눈앞에 제 발로 왔다는 사실에 얼마쯤 말을 잇지 못하고 있다가 다소 떨리는 손길로 회장실의 문을 열어 주었다.

어떻게 된 상황인지 파악하는 전 실장의 눈길이 분주했다. 어쩌

면 한준과 이미 만난 후 얘기가 된 상황인지도 모른다고 생각했
다.

전 실장보다 더 놀란 얼굴을 하고 있는 건 문 회장이었다. 그렇
지 않아도 이틀 전 한준과의 만남 때문에 내내 전전긍긍하던 차였
다.

한준에게 미끼를 던지긴 했지만 돌아온 낚싯대에는 이렇다 할
성과물이 아무것도 걸려 있지 않는 것 같았기 때문이었다. 차후
돌아가는 상황을 보면서 한준과 더 대화를 해 봐야겠다고 나름대
로 결론을 내리고 있던 중이었다.

문 회장은 소스라치게 놀라며 자리에서 벌떡 일어나 유림을 맞
이했다. 이 아이가 제 발로 제게 왔다는 사실이 처음엔 믿기지 않
아 몇 번이고 눈을 껌뻑거렸다. 그러다가 자신도 모르게 마음이
조급해져선 편치 않는 호흡을 이어 가며 유림에게 다가갔다.

"네가 드디어 왔구나. 그것도 제 발로 말이지."

유림의 텅 빈 눈동자가 생물학적 부친 앞에서 점차 노기를 띠어
갔다. 문 회장은 엉거주춤 유림을 데리고 소파로 이끌며, 전 실장
을 향해 어서 차를 내어 오지 않고 뭐하고 있냐고 불호령을 내렸
다.

생각지도 못한 횡재수에 문 회장의 만면에 안도의 미소가 번졌
다. 유림은 말없이 문 회장이 내어 준 소파에 앉았다.

"그래, 잘 생각했다. 네 어미를 닮아서 너도 고집만 피우는 아이
일 줄 알았는데 이리도 현명한 판단을 내렸구나. 그래, 그동안 혼

자 사느라 힘들었지?"

답지 않은 인자한 얼굴로 문 회장이 물어 왔다. 가식과 위선이 머리끝부터 발끝까지 느껴져 유림은 가만히 문 회장의 얼굴만 쳐다보고 있었다.

문 회장은 그저 어쩔 줄 몰라 하고 있었다. 넝쿨째 굴러 들어온 호박 앞에서 표정 관리가 되지 않아, 히죽 웃다가도 위엄을 갖추는 척 근엄하게 앉아 있기도 했다.

문득 돌아가신 엄마가 떠올랐다. 그래도 사랑했던 남자라는 이유로 한 번이라도 자신을 찾아와 주기를 기다리며 쓸쓸하게 죽어 갔던 여자. 엄마는 이 탐욕스러운 사람을 왜 그리도 사랑했던 걸까.

유림은 너무도 많은 것을 알아 버린 지금에 와서야 엄마를 위해 진심으로 눈물을 흘릴 수 있을 것 같았다.

"저를 데리고 가장 먼저 뭘 하고 싶으세요?"

유림이 무덤덤하게 물었다. 처음 뵙겠습니다, 내지는 안녕하세요, 같은 간단한 인사치레조차 모두 생략한 채였다.

무덤덤하다곤 했지만 북받치는 가슴을 애써 억누르고 있는 중이었고 나가는 말투까지 강약을 조절하고 있었다. 무척, 참고 있는 중이었다.

유림의 질문을 예상하지 못했던지 문 회장이 다소 당혹스러워하였다. 주먹을 살짝 쥐었다가 펴기도 하고 입술을 축이기도 했다.

"으, 응? 그, 글쎄다. 가장 먼저 너를 내 호적에 올려야겠지?"

"그 다음엔요?"

"너 하는 공부 계속 하도록 적극 지원해야지."

"그 다음엔요?"

"음…… 결혼도 해야지. 나이가 있으니까 말이다."

문 회장은 어딘가 서두르고 있었다. 최대한 유림의 심사에 거슬리지 않도록 부드러운 어조로 일관하고 있었지만 언제 태도를 돌변할지 모른다. 하지만 유림의 질문은 거기서 그치지 않았다.

"저에 대해서 사람들한테는 뭐라고 하실 참이세요?"

"으, 응? 아…… 그건 뭐 차차 얘기하기로 하자꾸나."

"회장님의 사생아인 저를 친딸로 둔갑시키고 나서, 그리고 나서 회장님께 이익이 되는 방향으로 저를 강제로 결혼이라도 시키시게 요?"

낮지만 분명한 어투가 문 회장의 심기를 건드렸다. 문 회장의 턱이 파들파들 떨렸다.

유림이 자신의 계획을 어떻게 다 알고 있는가, 에서부터 시작된 의문은 유림의 단호한 표정과 진지한 낯빛에 차츰 알 수 없는 불안감으로 변하고 있었다.

심장에 통증이 찾아와 문 회장은 기침과 함께 가슴을 손바닥으로 툭툭 치며 물었다.

"……뭐?"

"저를 굳이 찾아내어 그런 쓰레기통 같은 집안의 혈육으로 만들어야겠다면, 그래요. 얼마든지 할 수 있어요. 그런데 회장님도 한

411

가지 정돈 저한테 양보하셔야겠네요. 그동안 저를 미행하고 쫓아다니고 괴롭히신 거, 경찰서에 가서서 모두 진술하고 죗값 받으세요. 그러실 수 있어요?"

"너…… 너……."

"저를 처음 만나셨는데도 한 번도 엄마에 대해선 묻지 않으시네요."

괴롭게 쑤셔 대는 가슴을 쥐어짜며 격양된 목소리로 말을 더듬는 문 회장에게, 유림은 톤을 한층 낮추어 말했다. 문 회장의 눈빛이 좀 전과는 완벽하게 달라져, 이젠 유림을 노려보고 있었다.

"네 엄마한테는…… 내가 할 수 있는 최선의 것을 다했어. 난 너한테 그런 소리 들을 의무 없다."

"맞아요. 이미 남남이 되었는데 지난 일을 파고들어 봐야 무슨 소용이겠어요. 구차하기만 하죠."

"내 말 잘 들어. 넌 우리 집에 들어와야 한다. 네가 내 말을 안 들으면 서승그룹……."

"어제 예술 잡지 편집장과 인터뷰를 했어요. [스타]에 아주 관심이 많으시더군요. 물론 [스타]를 그린 김미현 작가의 친딸 자격으로 했어요. 아마도 다음 달에 잡지가 발간되겠죠. 제 얼굴이 한 페이지 가득 실리게 될 거구요."

너무도 건조해서 섬뜩하기까지 한 유림의 말이 문 회장의 폐부를 날카롭게 찔러 댔다. 유림은 인상이 점점 험악해져 가고 있는 문 회장을 쳐다보며 말을 이었다.

"그러니 당신이 저를 가지고 부리려던 술수는 헛짓이 될 거예요. 더 이상 저를 건드리지 마세요. 이제부터는 증거를 모아서 경찰서에 갈 생각이에요. 당신이 당신 자신을 지키고 싶듯이, 나도 이제부턴 나를 지켜야겠어요. 아시겠어요?"

어차피 대답은 기대하지 않았다는 듯 유림은 몸을 일으켰다. 돌아서 나가려는데 뒤에서 풀썩 소리가 난다. 문 회장이 그녀를 잡기 위해 일어섰다가 다시 주저앉은 모양이다. 지켜보던 전 실장이 유림이 아니라 문 회장을 향해 달려가고 있었다.

"이미 알고 계실 테지만 엄마는 암으로 돌아가셨어요. 그리고…… 당신을 꽤 보고 싶어 하셨어요."

굳이 하지 않아도 될 말이었지만, 문 회장의 양심에 대고 마지막으로 하고 싶었던 말이었다. 그가 쓸쓸하게 죽어 간 엄마만큼 아파하기를 바라면서.

문영그룹 건물을 나선 유림은 시큰거리는 눈가를 매만지며 눈을 꾹 감았다. 그들은 더 이상 그녀를 쫓아오지 않았다. 가슴이 허무하게 아려 오는 가운데, 그리운 건 한준의 얼굴뿐이었다.

점심시간. 한준은 미리 예약해 둔 한정식 집에 들렀다. 회사에서 10여 분 거리에 있는 그곳은 예약제로 운영되었으며 한준의 가족이 자주 이용하는 곳이기도 했다. 기자회견을 두 시간 앞둔 시점이라 한준은 다소 굳어 있었다.

어쩌면 부모님에게 처음으로 깊은 심려를 끼치게 될 일인지도 모른다. 두 분의 가슴에 구멍을 내게 될지도 모르겠다.

두 분이 그를 어떤 심정으로 키워 오셨는지 너무 잘 알기에 한준은 이 결정이 과연 최선이었는가에 대해 몇 번이나 숙고를 했었다. 하지만 굳이 유림 때문이 아니라도, 더는 감추어야 할 진실 앞에서 나약해지고 비굴해지고 싶지 않았다.

모른 척 살아가다 어느 순간 깊은 후회가 밀려들지도 모른다. 그 순간이 오게 되면, 그는 회한으로 얼룩진 삶을 뒤돌아보다가 자존감마저 잃게 될 것이다.

그렇게 살고 싶지 않았다. 그의 생의 출발점이 어떠하였든, 현재의 그는 부모님의 아들이며 서승그룹의 전무이며, 훗날 서승그룹을 책임지게 될 사람이라는 점을 단단히 자신하였다.

그러니 오늘 이 자리는 부모님의 동의를 구하는 자리가 아니라 아들로서의 생각을 전하는 자리가 될 것이다.

"앉거라."

가야금 연주가 작게 흐르는 룸 안에서, 창수와 은희는 나란히 앉아 조금 뒤늦게 도착한 한준을 맞이했다. 갑자기 왜 한준이 이 시간에 두 사람을 함께 불러냈는지 의아해하고 있는 중이었다.

한준이 자리를 하자 미리 준비된 음식이 나오기 시작했다. 창수가 한준의 잔에 둥굴레차를 따라 주었다. 그러곤 궁금한 얼굴로 물었다.

"오후에 기자회견을 한다는 말이 있던데 내부 회의도 거치지 않은 사항이냐. 무슨 중차대한 일이기에 기자회견까지 해?"

한준이 수저를 들기도 전에 창수가 본론으로 나아가 버렸다. 옆에서 은희가 고개를 갸웃거렸다.

"응? 기자회견이라뇨? 한준이 네가 하는 거야? 무슨 일인데?"

오랜만에 본 아들의 얼굴 앞에서 반가워하는 기색도 잠시, 은희가 한준을 보며 물었다. 저를 보고 있는 두 분의 눈빛은 언제나 그렇듯 따뜻하다. 어떤 허물이라도 품에 감싸 안아 줄 수 있을 정도로 넉넉한 가슴이 절로 느껴지는 눈빛이었다.

한준은 한참 동안 입을 떼지 못했다. 무거운 납덩이가 가슴 끝에 매달린 양 한숨만 하염없이 흘렀다. 그런 그의 침묵을, 창수와 은희는 채근하지 않고 기다려 주었다.

아무리 친아들이 아닐지라도 자식에 대한 부모의 촉이 작용하였는지, 그들의 얼굴은 점점 한준을 걱정하는 표정으로 변해 가고 있었다.

"아버지, 어머니. 어떻게 말씀을 드려야 할지 모르겠습니다. 하지만 제가 아버지와 어머니를 항상 존경하고 감사해하고 있다는 거, 잊지 말아 주십시오."

"한준아. 무슨 얘긴데 그러니……. 엄마 불안해."

"사람 참. 한준이 얘기 좀 하게 두지."

창수와 은희가 투덕거리자 한준이 나직이 웃었다. 룸에 들어서서 짓는 첫 웃음이었다.

"제가 두 분의 친아들이 아니라는 사실은 이미 알고 있습니다. 고등학교 때 우연히 두 분의 대화를 들은 적이 있어요. 그때 알게 됐습니다."

한준은 더없이 침착하고 부드러운 어조로 대화의 물꼬를 텄다. 그는 침착했지만 창수와 은희는 그때부터 당혹해하고 있었다.

특히 은희는 눈에 띄게 당황하며 테이블에 올려놓은 손을 어쩌지 못하고 떨고 있었다. 한준은 그런 은희의 손을 가만히 잡아 주었다.

"아마도 그때부터 부모님을 위해 살겠다고 각오를 한 것 같습니다. 제가 말하는 것과 생각하는 것, 먹는 것, 입는 것, 일하는 것까지. 모든 것들을 부모님을 위해 해 왔습니다. 지금도 그렇습니다."

한준은 미소까지 곁들여 가며 차분하게 말을 이어 갔다. 최근 유림에 관련된 일과 문 회장의 일까지 모두 두 사람에게 털어놓으며, 오늘 기자회견을 하게 된 이유를 솔직하게 고백했다.

길게 이어진 한준의 말을 다 듣고서, 창수는 이미 오래전에 끊은 담배가 간절하게 고파졌다. 아내는 옆에서 기어이 눈물을 흘렸고, 아들은 그런 어미를 달래느라 진을 뺐다.

창수가 가장 가슴이 아팠던 건 한준이 지금까지 부모를 위해 살아왔다는 사실이었다. 키워 준 은혜에 보답하고자 그 자신이 아니라 부모를 위해 살아온 아들은 어느새 웃음을 잃어버린 냉혹한 사업가가 되어 있었다.

그랬다. 아비가 이제야 자세히 뜯어본 아들은 온기 없는 사람이 되어 있었다.

"한준아."

오랜 생각의 끝에 창수가 그를 불렀다. 그러자 은희를 안고 달래고 있던 한준이 대답한다.

"네, 아버지."

"기자회견, 하거라. 우리한테 얼마나 많은 화살이 쏟아질지 몰라도 다 막아 내어 보자. 그리 오래 걸리진 않을 거야. 그리고 이제부터는 네 자신을 위해 살아. 넌 그래도 돼."

진작 비밀을 털어놓을 걸 하는 후회가 창수의 한숨에 흘러들었다. 그랬다면 한준이 마음의 무게 때문에 온기를 잃어버린 사람이 되어 있진 않았을 터였다.

사랑한다는 한 마디보다 더 그윽한 위로가 창수의 눈빛에 스며들었다. 한준이 내민 손을 잡으면서, 아내와 내가 아이 하난 참 잘 골랐다는 생각을 뜬금없이 하고 있었다.

한정식 집에서 부모님과 헤어진 한준은 서둘러 회사로 향했다. 회사 로비가 기자회견 장소라 로비에는 기자들로 북적거렸다. 저마다 오늘 기자회견의 내용을 추측하는 선(先) 기사들을 쏟아 내기 시작했고 카메라맨들은 분주히 장치를 재확인하고 있었다.

프레스가 설치되고 재완이 단상 앞으로 가서 마이크 볼륨을 조율한 후 질문은 받지 않는다는 사전 브리핑을 했다. 단상에서 내려온 재완은 한준이 대기하고 있는 휴게실로 자리를 옮겼다. 한준은 자신이 직접 써 놓은 원고를 읽고 있었다.

"준비되셨습니까, 전무님?"

재완이 전에 없이 깍듯하게 예의를 차리자 한준이 원고에서 시선을 떼지 않은 채 실소했다.

"하던 대로 해. 매력 없어."

"그래? 그럼 뭐."

머리를 긁적이며 재완이 슬그머니 물었다. 이제는 더 이상 마음이 무겁지 않았다. 한준의 의도를 십분 이해하고 납득하고 있으며 친구로서 언제든지 그를 응원할 생각이었다.

"나가야 할 것 같군."

한준이 원고를 재완에게 내밀자 재완이 그것을 받아 들었다.

망설임 없이 옮겨지는 발걸음 사이에 유림의 얼굴이 스쳤다. 모두 그녀에게 가기 위한 과정이다. 그녀를 제게 오게 하기 위한 과정이다. 뼈가 시리도록 그리움이 일었다.

어디에선가 유림이 그에게 별을 건넬 것만 같다. 그리고 만지지 않고서는 배겨 내지 못할 그 환한 얼굴로 이렇게 말해 줄 것이다.

'오늘, 당신에게 좋은 일이 생길 거예요.' 라고.

☆ ★ ☆

퇴근하고 갤러리를 나온 영은은 잠시 주변을 두리번거렸다. 고개를 쭉 빼내어 멀리 큰길까지 내다본다. 그러다 이내 아쉬운 표정이 가득한 채로 두꺼운 머플러를 휙 둘렀다. 따각따각 하이힐 소리가 그녀의 모난 심정을 알려 주는 듯했다.

늘 이 시간이면 갤러리 앞에서 그녀를 기다리곤 했던 재완이 오

늘은 보이지 않는다. 지난여름, 처음 이곳에서 그녀를 기다린 이후
로 재완은 하루도 빠지지 않고 이곳에 서 있었다.

영은이 퇴근을 하고 나가면 재완을 찾는 것이 습관이 될 정도였
다.

하지만 영은은 재완에게 어떤 말도 걸지 않았다. 재완은 휘파람
을 불며 그녀의 뒤만 따라왔고, 영은은 곧장 차에 올라타 그곳을
벗어나기 일쑤였다. 그렇게 냉랭한 대접을 받으면서도 재완의 등
장은 하루도 빠지지 않았던 것이다.

그랬는데 오늘은 그가 없다. 계절은 11월의 한복판에 들어섰고
서른셋 인생 아직도 남자 하나 없고, 그래서 하다못해 갤러리 앞
을 지키는 남자라도 그 자리에 있길 바랐건만, 남의 속도 모르고
대체 오늘은 왜 없는 거냐고.

하긴 따지고 보면 이렇게 불쾌할 이유도 없다. 재완이 제발 사
귀자고 애걸복걸 매달린 것도 아니고, 석 달 동안 퇴근길에 갤러
리 앞에 있었다는 사실 외엔 아무것도 없다.

따로 만난 적도 없고, 그녀는 주차장으로 그는 다시 제 갈 길을
갔을 뿐이었다.

"그럼 대체 왜 매일 기다린 거냐구!"

차 문을 열기 전, 영은은 포효하듯 발을 동동 구르고 차체를 손
바닥으로 철썩 때려 버렸다. 재완의 음성이 등으로 불쑥 날아들기
전까지, 차체는 애꿎은 그녀의 스매싱을 맞고만 있었다.

"세상에. 나 없다고 서운해하는 것 좀 봐."

"헉!"

영은은 저도 모르게 소리가 난 쪽으로 돌아섰다. 두꺼운 점퍼를 입은 재완이 입을 떡 벌린 채 서 있었다.

"게다가 이분 폭력성도 장난 아니셔."

"이봐요, 윤재완 씨! 지금 무슨 소릴 하는 거예요?"

행여 좀 전에 했던 말을 그가 들었을까 봐 완벽하게 시치미를 뗀 표정으로 꼬아 보니 재완이 한 발짝 더 다가왔다.

"내가 이맘때면 항상 독감에 걸리거든요. 오늘은 안 오려다가 영은 씨가 이렇게 차에다가 화풀이 할까 봐 왔네. 차는 뭔 죄야, 대체. 어휴. 놀랐지?"

재완이 능청스럽게 차를 슬슬 어루만지자 영은이 발끈했다.

"차에 뭐가 묻어 있어서 털어 낸 것뿐이에요. 오해하지 마요. 안녕히 가세요, 그럼."

"헐. 이렇게 아픈 몸으로 왔는데 하다못해 유자차라도 한잔 사 줘야지. 와아. 인정머리 없는 거 봐라, 진짜. 따라와요."

영은은 눈에 쌍심지를 켜고 그를 보았다. 재완은 주차장을 벗어나 바로 맞은편에 있는 커피숍으로 들어갔다. 뭐 저런……. 아연해하던 그녀는 절로 이끌리는 발길을 어쩌지 못하고 재완이 있는 곳으로 들어갔댜.

영은이 자리에 앉자 재완은 이미 유자차 두 잔을 주문했다고 말했다. 턱을 치켜들며 도도한 표정으로 물을 머금던 영은은 재완이 연신 입을 틀어막고 재채기를 하는 것을 보곤 살짝 머쓱해졌다.

그러고 보니 안색이 좀 창백한 것 같기도 하다. 재완을 보며 영은은 갑자기 생각이 난 듯 가방에서 잡지책 한 권을 꺼내었다. 펼쳐서 재완의 앞에 가져다 놓았다.

"이 여자 말이에요. 지난번 한준 씨 갤러리 창립일 때 왔던 여자 같은데. 혹시 기억나요?"

재완은 눈을 가늘게 뜨고 잡지책을 내려다보았다. 예술과 사랑. 영은이 펼친 페이지에는 유림의 얼굴이 한 면 가득 실려 있었다. 선풍적인 인기를 끌고 있는 [스타]의 작가 고 김미현의 딸이라는 부제와 함께 말이다.

이제 이걸로 유림과 문영그룹의 관계는 백지가 되었다.

"네. 맞는 것 같네요."

"아아, 이 여자가 김미현 작가님의 딸이었구나. 이 여자 분이랑 한준 씨랑 만나는 거 맞죠? 갤러리에서 보니 두 사람 사이에 뭔가가 있던 것 같은데요?"

"눈치도 빠르네. 그걸 또 어떻게 아셨을까. 맞아요. 둘이 뭔가 있는 사이예요."

"연애하나 보네요."

"지금은 안 만나요."

"지금은 안 만나요? 그럼 연애하는 게 아니에요?"

"아뇨. 연애는 해요. 그런데 지금은 안 만나요."

"그게 대체 무슨 말이람."

"오늘 한준이가 이러던데요? '빌어먹을! 보고 싶어서 도저히 안 되겠어.' 라고."

영은은 미간을 구겼다. 재완이 도통 무슨 말을 하고 있는지 알 수가 없다. 영은이 불만스럽게 구시렁거리고 있는데 재완이 모른 척 잡지책을 흘긋 보며 말했다.

"그런데 그건 9월 달 잡지책인데 참 빨리도 읽네요. 영은 씨."

"가을 기획전 때문에 바빴어요. 이제야 시간이 나서 지난 것들 보고 있는 중이에요. 별걸 다."

영은이 쏘아붙이자 재완이 빙긋 웃었다. 그 웃음은 영은과 시선 이 마주치면서 일부러 감추었지만 말이다.

이제야 이 여자가 습관 하나를 만들게 되었다. 이제 영은은 매 일 저녁 갤러리 앞을 관찰할 거고 오늘처럼 자신이 와 있지 않는 날엔 자기도 모르게 짜증을 낼 것이다. 그리고 아닌 척 짜잔, 하고 나타나면 내심 기뻐하겠지. 길들인다는 것이 이런 거였구나.

재완은 마침 직원이 내온 유자차를 한 모금 머금었다. 조용한 커피숍 안에 음악이 흐른다. 남자인지 여자인지 모를 애매한 목소 리가 기타 반주에 맞춰 열심히 사랑을 말하고 있다. 이런 여유가 무척 오랜만이었다.

회사는 이제 안정을 되찾아 가기 시작했다. 한준의 기자회견 직 후 문영그룹 회장은 의식을 잃고 쓰러져서 아직까지 일어나지 못 하고 있다. 세간에선 이대로 영영 회복하기 힘들 거라는 의견이 대세였다.

한때 바닥까지 내려갔던 서승그룹의 주가는 류 갤러리의 성황으로 인해 지난달부터 다시 회복세로 돌아섰다. 워낙 기반이 탄탄한 기업인지라 한준에 대한 스캔들은 어렵지 않게 무마시킬 수가 있었다.

그간 각종 미디어로 인해 몸살을 앓았던 한준은 쏟아지는 인터뷰 요청과 자기 식대로 해석한 언론기사들, 미디어의 비평에서부터 완전하게 등을 돌린 채 일에만 매진했다.

유림이 보고 싶지 않느냐는 질문을 하는 것도 미안할 정도로 한준은 정신없이 살아왔다. 그 결과 석 달이 지난 지금은 어느 정도 언론의 호감을 다시 사게 되었다.

한준의 집안에서도 일대 혼란이 있었던 것 같다. 하지만 그 어느 누구도 쉽게 한준을 공격할 수 없다. 지금껏 회사에서 한준이 쌓아 올린 성과물이 너무도 많았기 때문이었다.

그렇게 하나씩 정리가 되어 가는 듯했다. 일을 하는 틈틈이 보이던 어두운 표정도 최근에는 많이 사라졌다.

그러던 한준이 오늘은 폭발을 하고야 말았다. 유림이 보고 싶어서 견딜 수가 없다고 말한 것이다. 내일이 토요일이니 아마도 새벽부터 유림이 있는 곳으로 출발할 것이다. 두 사람은 이틀간 그간 만나지 못해 쌓인 그리움을 나눌 것이다.

재완은 무엇보다 한준이 사람답게 살기 시작한 것이 가장 마음에 들었다.

"우리 친구 해요."

"예?"

영은이 갑자기 기습 공격을 해 오자 재완이 물었다. 영은이 어깨를 으쓱한다.

"친구하자구요. 친구 정돈 해 줄게요."

"나 영은 씨랑 친구 안 할 건데요."

"그 이상은 안 돼요. 난 아직 누굴 사귀고 싶은 마음이 전혀 없거든요."

"난 영은 씨랑 사귀지 않을 거예요."

영은이 잘못 들었나 싶어 귀를 후볐다. 그러곤 다시 묻는다.

"뭐라구요? 그럼 왜 날마다 날 보러 오는 거예요?"

"그냥. 습관이 됐어요. 안 가면 입안에 가시가 돋는 달까."

재완의 표정은 정말로 영은과의 연애에는 관심이 없다는 듯 건조했다. 영은은 어이가 없어 맥주를 마시듯 유자차를 들이켰다. 이 남자 대체 뭐지?

재완은 씩씩대며 창밖만 보는 영은의 옆얼굴을 뚫어지게 보다가 차분하게 찻잔을 들어 올렸다. 절대 웃지 않고 냉정함을 유지했다.

저 여자는 지금 자신의 마수에 걸려든 줄도 모르고 애만 태우고 있다. 그 모습이 만족스러워서, 재완은 별다른 노력을 들이지 않고도 여유를 가질 수 있었다. 머지않아 영은이 먼저 제 발로 그에게 찾아올 것이다.

커피숍 창밖으로 깔린 까만 어둠이 겨울을 재촉하는 바람을 몰고 오고 있었다.

☆ ★ ☆

책상 정리를 하다 말고 유림은 창문을 열어 보았다. 새벽부터 조짐이 심상치 않더니 급기야 하늘이 몽글몽글 눈송이를 떨어뜨리기 시작하고 있었다. 아직은 손톱만한 크기지만 언제 크기가 부풀어질지 알 수 없었다.

이번 달 들어 벌써 두 번째 눈이었다.

강원도의 겨울은 일찍도 찾아왔다. 11월 중순인데도 한겨울의 중심에 서 있는 것 같다. 유림은 한기에 어깨를 오들오들 떨며 창문을 다시 닫고는 숙직실의 보일러 온도를 조금 더 높였다.

짠돌이 원장님이 잔소리하면 까짓 월급에서 까라고 그럴 거다. 이제는 건강을 챙겨야 할 나이라는 수진의 조언도 있었고 말이다.

한준의 별장을 나온 이후 유림에게도 많은 변화가 있었다. 유림은 수진이 살고 있는 원주 시내의 작은 병원에서 보조로 일하고 있었다. 나이가 팔십 줄에 접어든 원장에게 겨우 부탁하여 얻은 일자리였다.

민성대학병원의 심장내과 과장에게서 내년 3월쯤에 티오가 날 것 같으니 돌아오란 연락이 왔으니 그때까지만 여기서 버틸 심산이었다.

몸과 마음이 모두 힘들고 고통스러운 와중에도 이렇게 버틸 수 있는 이유는 간간이 이루어지는 한준과의 통화 때문이었다. 그의 낮은 목소리에서 그리움을 눌러 담은 것이 선연하게 느껴지곤 했다. 몸은 이곳에 있지만 마음은 그의 곁에 두고 왔기 때문에 늘 그가 곁에 있는 것만 같았다.

유림이 내년 3월에 다시 대학병원으로 갈 수 있게 됐다는 소식에 그는 누구보다 기뻐해 주었다. 하지만 레지던트 1년 차부터 다시 시작해야 한다는 말에, '복습 열심히 해.'라며 놀리듯 격려를 담아 다독여 주었다.

그는 이제 어느 정도 안정을 찾아가고 있는 것 같았다. 헤어지는 순간에 심장을 도려낼 듯 아팠던 고통은 아직도 선명하여, 한준도 그녀도 그 일에 대해선 아무 말을 하지 않았다.

하지만 보고 싶다. 간절하게. 전화 통화로도 해갈할 수 없는 진득한 감정이 그리움에 눌어붙었다. 떼어 내기 쉽지 않은 접착력이었다. 그의 얼굴을 보아야만 스르르 풀릴 것 같았다.

"뭐 하냐, 친구."

유림이 별 목걸이를 매만지며 한준을 생각하고 있는데, 수진이 불쑥 숙직실로 들어왔다. 손에는 귤이 든 비닐 봉투가 들려 있었다. 아닌 척 다시 책들을 정리한다.

"숙직실 정리. 원장님이 또 트집 잡고 숙직실에서 방 빼라 그러면 어떡해."

"어휴. 그러니까 우리 집에서 같이 지내자니까. 내 방 넓어, 친구야."

"됐어. 난 프라이버시 침해는 안 해."

수진은 단호하게 자르는 유림을 믿지 않게 흘겨보고는 귤이 든 봉투를 바닥에 내려놓았다. 좌르르 부어선 그중 하나를 덥석 집는다.

껍질을 까면서 수진은 유림의 목에서 흔들리는 목걸이를 보았다. 유림은 그것이 그 남자의 선물이라 했었다.

"그 사람은 안 올 거래?"

유림이 그 사람을 얼마나 그리워하고 있는지 잘 알았다. 그 사람이 누구인지도, 지금 왜 만나지 못하고 있는지도. 참으로 이상한 사랑이라고 생각했다. 감정을 꾹꾹 누르고 참는 사랑. 그런 사랑도 있나.

"안 오면 내가 가면 되지, 뭐가 걱정이야."

유림은 그렇게 간단히 대답하곤 수진을 돌아보았다.

"다음 주 면접이나 준비하세요. 프렌드."

수진은 지난달에 공무원 필기시험에 합격을 했고 다음 주에 면접을 앞두고 있었다. 조금은 긴장할 법도 한데, 늘 이곳에 와서 노닥거리기 일쑤다.

수진의 말로는 긴장 완화를 위한 힐링이라고 말했지만 유림에겐 불청객이나 마찬가지였다. 원장보다 더 많고 다양한 잔소리를 쏟아 내기 때문이다.

"선생님!"

숙직실의 문이 빠끔 열리며 1층 매점 아주머니가 얼굴을 드러내었다. 잔소리쟁이 3호여서 유림은 일순 긴장하여 벌떡 일어났다.

"네! 아주머니 오셨어요?"

"아래에 누가 왔어요. 이걸 전해 달라던데요? 어찌나 키도 훤칠하고 잘생겼던지."

어쩌면 그때부터 예감을 한 건지도 몰랐다. 소녀로 돌아간 듯한 아주머니의 설렌 표정에서, 아주머니가 건넨 커다란 봉투에서, 유림은 이미 한준을 느끼고 있었다.

봉투 안에는 서울—스페인 간 비행기 티켓 두 장과 '빌바오 구겐하임' 미술관 관람 티켓 두 장이 한꺼번에 들어 있었다.

'뭔데?'라고 묻는 수진을 두고 유림은 정신없이 신발에 발을 꿰었다. 타닥타닥 복도 바닥을 타고 울리는 발소리는 다급하기 그지없었다.

계단을 뛰어 내려가고 마침내 도착한 1층에서, 유림은 입구에 서 있는 실루엣을 발견하고 걸음을 멈추었다.

하프코트를 입고 머플러를 두른 채 선 키 큰 남자가 그녀를 바라보고 있었다. 하얀 입김과 쌀쌀한 바람에 남자의 머플러가 일순 날린다. 남자는 예전처럼 두 팔을 가득 벌려 주었다.

오랜 기다림이 다하여 그가 그녀에게 왔다. 달리기 시작하는 유림의 두 발이 남자의 가슴에도 쿵쿵 발자국을 남겼다.

빌라 현관에 들어선 유림은 어둠에 잠긴 거실을 두리번거리며 구두를 벗었다. 밤 12시 전에는 들어가겠다고 약속했지만 대규모 교통사고로 인해 응급환자들이 연이어 들어와 새벽 3시가 넘어서야 겨우 병원을 나설 수 있었다.

지난 3월에 레지던트 1년 차로 다시 복귀한 입장인지라, 먼저 퇴근하겠다고 발을 뺄 수가 없었다.

거실에 올라선 유림은 벽을 더듬어 스위치를 켰다. 환하게 불이 켜진 거실은 소리 한 점, 기척 하나 없이 조용하고 적막했다.

한준의 방과 욕실을 차례대로 들여다보았지만 그의 흔적은 없다. 허탈한 얼굴로 어깨를 늘어뜨린 유림은 어느새 등을 덮을 정도로 길어진 머리칼을 쓸어 올리며 중얼거렸다.

"뭐야. 나한텐 12시 전에 오라고 해 놓고선."

한준은 어제 아침, 내일이 그들이 다시 만난 지 1년째 되는 날이라며 반드시 기념을 하고 넘어가겠다는 각오를 내비쳤다.

어제가 바로 빌바오 구겐하임 티켓과 스페인행 비행기 티켓을 건네던 그 하얗게 내리던 눈 속에 서 있던 그를 다시 만난 지 1년째 되는 날이었던 것이다.

유림은 병원 때문에 병원 근처 기숙사에서 지내고 있었고, 한준과는 일주일에 한 번 정도 겨우 만날 수 있었다.

하지만 지난주엔 수술이 연달아 잡혀 있어 얼굴을 못 봤기 때문에 한준의 인내가 극에 달해 있다는 것을 알고 있었다. 그래서 어떻게든 이번 약속은 지키고 싶었지만 또다시 어기고 말았다.

늦긴 했지만 잠이 쏟아지는 것을 참으며 한 시간을 운전해서 왔더니, 얼굴도 안 보여 주고 숨어 버렸다.

유림은 코트와 백을 내려놓은 후 핸드폰을 꺼내었다. 피곤에 지쳐 관자놀이를 한쪽 손가락으로 문질러 가며 한준의 번호를 누르려는데, 현관문이 딸깍 열리는 소리가 들려왔다.

유림이 홱 고개를 돌리니 한준이 의외라는 얼굴로 그녀를 보고 있었다.

"어떻게 된 거예요?"

거실에 올라서고 있는 한준에게 유림이 다가가 물었다. 한준은 이제 막 퇴근한 사람의 차림이었다. 손에는 가방이 들려 있었고 정장 차림 그대로였다. 한준은 가방을 아무렇게나 내려놓은 후 다가온 유림의 허리를 껴안았다.

"12시쯤에 핸드폰으로 전화했더니 안 받기에 병원으로 연락을 했지. 응급 상황이 발생했다더군. 오늘도 못 만나나 싶어 회사에서 나머지 일을 보고 왔어. 바빠서 안 올 줄 알았더니 예쁜 짓을 했네?"

"다 퇴근하고 없는 텅 빈 회사에서 혼자 일을 했단 말이에요?"

"집에 와도 텅 빈 건 마찬가지잖아."

한준의 입꼬리가 옅은 미소로 끌려 올라갔다. 한준은 코끝이 맞닿을 정도로 가까운 거리에서 그녀의 입술로 제 입술을 가까이 가져갔다.

유림은 그의 키스를 받아들이면서 좀 전에 보았던 그의 희미한 미소를 떠올렸다. 어찌 된 일인지 너무도 쓸쓸해 보이는 미소였다.

입술을 떼어 낸 한준이 그녀의 귓불과 목덜미를 따라 자잘한 키스를 뿌려 내려갔다. 그러고는 살결에 입술을 댄 채 속삭였다.

"피곤할 텐데 괜찮겠어?"

"피곤한 건 당신도 마찬가지잖아요."

유림은 그의 목에 팔을 두르며 적극적으로 매달렸다. 아무리 피곤해도 그와 사랑을 나누는 일은 즐겁다. 그와 호흡이 얽혀 들며 제 안으로 가득 파고드는 그 느낌도 좋았고, 그의 손길 아래에서 절정에 오르는 순간을 만끽하는 것도 즐거웠다.

그런데 지금은 그 즐거움 뒤로 어딘가 마음이 무거워지는 것을 감출 수가 없었다. 여기도 텅 빈 건 마찬가지라며 그가 지어 보인 쓸쓸한 미소 때문이었다.

사실 한준은 유림이 레지던트로 다시 복귀했던 지난 3월에 정식으로 프러포즈를 한 적이 있었다. 하지만 그와의 결혼이라는 행복한 명제 앞에서 왜인지 자꾸만 뒷걸음질 치게 되었다.

엄마의 인생이 어떠했는지 어려서부터 모두 보아 온 유림에게 결혼이라는 건 다가갈 수 없는 먼 세상의 일이었고 생경한 글자였다. 그리고 그 시기에 문 회장이 죽음을 맞이함으로써, 유림은 더욱 힘겨운 감정의 늪에 빠졌었다.

청혼을 해 오는 그에게 유림은 자신의 감정을 낱낱이 밝히면서 조금만 더 기다려 달라고 했다. 한준은 고개를 끄덕이며 언제든 기다리겠다고 했다.

서승그룹의 회장님 내외, 즉 한준의 부모님조차도 쌍수 들고 환영하는 결혼인데, 어째서 그녀 자신만 마음이 무거운지 모를 일이었다.

마음은 그를 간절하게 원하고 있으면서, 결혼하자고 대답만 하면 되는 일인데 한 발자국 내딛기까지가 왜 이렇게 힘든지 알 수 없었다. 그렇게 몇 개월. 유림은 요 근래에 자꾸만 눈에 밟히는 한준의 쓸쓸함이 못내 마음이 아팠다.

한준의 손길에 의해 두 사람의 옷가지와 속옷이 모두 벗겨졌다. 겹쳐진 몸이 함께 소파로 널브러지고 한준은 그간 그녀를 안지 못해 한껏 나 있던 갈증을 모두 풀어 버리려는 듯 다소 거칠게 그녀에게 키스했다.

쇄골과 가슴선을 따라 내려가는 입술의 거친 입맞춤과는 달리, 허리와 엉덩이의 곡선을 어루만지는 손길은 부드럽기 그지없었다.

그를 위해 만개한 여체는 이미 활짝 벌어져 조금씩 젖어 들고 있었으며, 늘씬한 다리로 그의 허리를 감았다. 그가 수도 없이 물고 빨아 대었던 젖꼭지 역시 남자의 거친 애무에 이미 단단하게 솟아올랐다.

은밀한 부위가 마찰되어 까칠한 느낌이 났다. 그의 혓바닥이 쓸고 간 자리마다 타액이 번들번들하게 묻어 있었다.

흠씬 젖어 들어 물컹한 여체의 중심을, 그의 몸 끝이 조금씩 가르며 밀고 들어왔다. 한준의 이마에 아찔한 쾌감의 주름이 서렸고 유림 역시 교성을 지르며 그의 허리를 감은 다리에 더욱 힘을 주었다.

이미 몇 번이나 그가 들락거렸던 길이건만, 진입할 때마다 그를 조이는 어마어마한 쾌감은 번번이 한준을 정신을 차릴 수 없는 쾌락으로 빠지게 했다.

한준은 제 아래에서 몸을 비틀며 희열에 잠겨 있는 유림의 얼굴을 보는 것이 좋았다. 그가 찌르고 들어갈 때마다 몸서리치는 그녀의 표정은 하체에 더욱 힘이 들어가게 만들었다.

수차례의 거친 담금질로 미친 듯이 질벽을 긁어 대었다. 그가 내지르는 짐승 같은 신음과 유림의 교성이 수도 없이 엇갈리고 반복되기를 몇 번, 절정의 순간에서 파정한 한준은 유림의 몸 위로 쓰러지듯 널브러지며 몸을 부르르 떨었다.

흐트러진 숨결이 서로 한데 엉겨 붙었다. 한준은 그녀의 달아오른 귓불에 입술을 대며 아직도 남아 있는 쾌감의 잔재를 만끽했다. 손바닥에 한가득 감겨드는 젖가슴을 부드럽게 주물러 대다가 그녀의 볼을 어루만졌다.

점차 잦아드는 숨소리. 잠시의 시간이 지난 후 유림은 잠이 들었다.

한준은 그녀의 나신을 안아 들고 방으로 들어갔다. 시트에 닿기가 무섭게 유림은 더욱 깊은 잠에 빠진 듯했다.

그녀의 옆자리에 몸을 뉘인 채 한준은 한 손으로 머리를 받치고 그녀를 쳐다보았다. 그러다가 얼굴에 감겨 있는 긴 머리칼을 조심스럽게 걷어 내어 주었다. 다시금 여자를 바라보는 눈빛이 고요해졌다.

아직은 견딜 만했다. 유림이 어떤 이유로 결혼을 두려워하고 있는지 잘 알기에, 그는 열심히 기다리기로 했다. 기다리는 건 어렵지 않다. 그의 가슴이 이 여자로 충만해 있고 언제나 한 몸이라는 것을 늘 인지하고 있기 때문에 정서적인 빈곤함은 전혀 없었다.

다만 오늘처럼, 그녀의 피곤함과 일로 인한 고달픔을 가까이에서 어루만져 줄 수 없다는 것이 안타까웠다. 시간이 되면 헤어져야 하고 언제 다시 만날지 기약할 수 없는 기다림의 시간을 보내야 한다는 것도 힘겨웠다.

"결혼만 해 봐, 김유림."

비장한 미소가 남자의 얼굴에 스쳤다. 결혼만 하게 되면 그녀를 한시도 가만두지 않을 작정이다.

그간 그의 애를 태웠던 시간만큼, 그녀를 괴롭힐 생각이었다. 침대에서, 소파에서, 주방에서, 차 안에서, 베란다에서, 욕실에서. 어디에서든 그녀를 탐할 것이고 자신의 애정을 왕창 쏟아 낼 것이다. 그는 모든 준비가 되어 있었다.

한준은 이불 속으로 파고 들어가 유림의 몸을 스르르 돌려 품에 안았다. 목에 걸려 있는 별 목걸이가 옆으로 스르르 흘러내린다.

깊은 잠에 빠진 여자는 그가 이끄는 대로 움직여 주었다. 젖가슴에서부터 옆구리와 허리를 타고 내려가 검은 수풀로 가득한 음부를 만졌다. 그의 몸은 금세 다시 불기둥처럼 일어났지만 지쳐 있는 제 여자를 위해 제어를 했다.

그날 밤, 한준은 한숨도 자지 못하고 유림의 옆에서 애만 태워야 했다.

다음 날 아침, 잠에서 깬 유림은 습관처럼 시간을 확인하곤 깊은 숨을 내쉬었다. 깊어지는 가을의 햇빛이 창을 파고 들어왔다. 이제 슬슬 준비를 하고 출근을 해야 할 시간이었다.

옆자리는 비어 있었다. 손바닥을 더듬거려 보았지만 한기만 느껴졌다. 그가 오래전에 일어나 침실을 나갔다는 뜻이었다. 유림은 벌떡 몸을 일으켰다.

옷을 대충 주워 입은 후 방을 나선 유림은 식욕을 자극하는 음식 냄새에 고개를 갸웃거리며 주방으로 향했다. 당연히 아주머니가 있을 거라고 생각했던 유림은, 한준의 생소한 모습에 눈을 껌뻑거렸다.

그가 등을 보인 채 서툰 칼질을 하고 있었기 때문이다. 보글보글 끓어 대는 냄비와 이미 완성된 작품으로 식탁에 올라가 있는 각종 반찬들, 가지런히 놓인 수저. 그는 아침 식탁을 준비하고 있었다.

그의 색다른 모습에 얼마쯤 당황하여 아무 말도 못하고 있던 유림은 넓은 그의 등을 보았다. 아직 그녀가 주방에 와 있는지 기척을 느끼지 못한 한준은 서툰 칼질에 열심이다.

갑자기 그의 등이 또다시 외로워 보였다. 그녀 없이 아침 식사를 하고 출근 준비를 하고 퇴근을 하고, 역시 혼자서 식탁에 앉는 한준의 모습이 상상되었다.

사랑한다고 말하면서도 그를 항상 혼자 두는 게 아닌가 싶어 마음이 저려 왔다. 자꾸만 한준의 외로움이 눈에 보이는 것 같아 견딜 수가 없어진 유림은 빠르게 걸어가 그의 등을 와락 껴안았다. 놀란 한준이 고개를 뒤쪽으로 틀었다.

"언제 일어났어?"

"방금요. 뭐 하고 있는 거예요? 설마, 아침 준비?"

유림이 고개를 삐죽 내밀고 한준이 준비하고 있는 것들을 보며 묻자, 그가 자랑스럽게 대답했다.

"설마라니. 이걸 다 보고서도 설마라고 의심하는 거야, 지금?"

436

"에이. 아주머니가 다 해 놓고 가신 걸, 당신이 조금 손만 보고 있는 거 아니에요?"

"흐음. 여길 봐."

한준은 몸을 돌려 유림을 마주 보곤, 손가락으로 주방의 벽을 가리켰다. 그곳에는 종이가 붙어 있었는데 반찬이나 국의 레시피가 빼곡하게 적혀 있었다. 유림의 눈이 커졌다.

"아주머니가 적어 주신 거고 난 지금 그 레시피대로 음식을 하고 있는 거고."

"믿을 수가 없네요. 당신이 주방에서 요리를 하는 모습이라니. 이거 방송으로 실시간 중계 감인데."

한준은 국을 한 숟가락 떠 유림에게 권했다. 맛을 보라는 의미였다. 유림은 반신반의하며 수저를 입안에 넣었다. 맛을 음미하던 유림은 한준에게 정중하게 찬사를 보내었다.

"셰프님."

유림의 칭찬 한 마디에 한준의 얼굴에 오만한 미소가 퍼졌다. 음식을 모두 차린 후 마주 앉아 식사를 했다. 유림은 그가 그녀를 위해 만들었다는 반찬을 모두 맛보았다. 먹는 도중에도 힐끔힐끔 그의 얼굴을 쳐다보았다.

그에게서 느껴지던 쓸쓸함이 이제야 조금은 덜어진 듯했다. 행복하다. 주체할 수 없을 정도로.

이제 정말, 결혼을 할 때가 된 건가.

본사에 있다가 오후에 갤러리에 들른 한준은 1층 홀을 가로지르다 문득 [스타] 앞에 서서 그림을 한참 동안 바라보았다. 한준에겐 갤러리에 엄청난 수익을 가져다 준 그림이기 이전에, 늘 유림을 떠올리게 하는 물건이란 의미가 더 컸다.

유림과 만난 이후 지금까지 엄청난 파란을 겪으면서 그를 더욱 단단하게 다지게 하는 일종의 징표와도 같은 거였다.

이제 유림이 문영그룹과 관계가 있는 사람이라는 사실은 영원히 묻힐 것이다. 문 회장의 죽음 이후, 그의 아내였던 주현은 이름 모를 시골로 내려갔고 전 실장은 고향으로 돌아갔다고 한다. 문영그룹은 겨우 명맥을 유지하고 있지만 앞으로 어떻게 될지는 알 수 없는 일이었다.

어쩌면 김미현 작가가 말했다는 '좋은 일'의 이면에는 그런 상처가 수반되어야 하는 건지도 모른다.

"오셨습니까, 전무님?"

한참을 [스타]만 응시하고 있는 한준에게 재완이 다가왔다. 한준은 가볍게 재완을 일별하곤 다시 그림으로 시선을 돌렸다.

"요즘 얼굴 보기 힘든 것 같은데, 윤 비서?"

"하아. 저도 내년 봄엔 장가를 가야 하지 않겠어요? 열심히 공들이고 있으니 조만간 좋은 소식을 알려다 드리지요."

이번엔 제법 오래 재완을 쳐다보았다. 영은과 재완이 자신도 모르는 사이에 미묘한 관계가 되었다는 건 알고 있었지만 장가라는 단어까지 언급할 정도로 발전이 있었는지는 모르고 있었다.

"영은이? 두 사람 정식으로 교제하는 거야?"

"교제는 무슨. 이제 그 여자가 나한테 쩔쩔매고 있지. 얼마 지나지 않아서 항복할 거야. 어제도 봐라, 여기 앞에서 나 기다리고 있던 거. 밀당은 그렇게 하는 거야, 전무님아. 전무님처럼 다 퍼다주고 무작정 기다리기만 하는 순정은 안 먹혀요."

한준은 실소했다. 그동안 영은을 향한 재완의 술수가 어땠는지 알기 때문이었다. 처음 몇 개월은 재완이 영은의 갤러리 앞에 무턱대고 진을 치고 있었다.

그에 영은이 재완에게 차츰 신경을 쓰기 시작했고 혹여 재완이 갤러리 앞에 오지 않는 날은 궁금해하기도 했다고 한다.

그 여세를 몰아 재완은 얼마 전부터는 아예 영은의 갤러리에 발을 끊어 버렸다. 그러고 나니 이제는 영은이 아예 제 발로 재완을 찾아와 퇴근길마다 이곳에서 기다리고 있는 것이다.

재완의 내공은 강호의 고수다웠다. 재완과 영은의 조합이 너무도 상상 밖이라 쉽게 적응되지 않았던 초반과는 달리, 한준도 이제 두 사람의 만남에 어느 정도 익숙해지게 되었다.

"퇴근하고 유림이한테 갈 거니까 다른 일정 잡지 마."

"넵. 그런데 전무님."

"왜?"

"아, 아닙니다. 아무것도."

재완은 고개를 저었다. 유림이 여전히 결혼에 대해서 말이 없느냐고 물으려다가 관두었다. 한준은 다시 한 번 그림을 스윽 보고는 홀을 가로질러 갔다.

유림 때문에 고민일 텐데도 하는 행동 하나하나가 여전히 군더더기 없었다. 재완은 그런 한준을 보며 혀를 찼다.

"불쌍한 놈. 저러다 연애만 하고 영영 독거노인으로 사는 거 아닌가 몰라. 내가 거둬야 하나."

'또 그림이야?'

'또냐니? 엄마의 24시간은 전체가 다 그림인데?'

학교를 다녀온 후 유림은 미현의 작업실에 들어갔다. 반지하라 햇빛이 그다지 강하게 들이치지 않는 어두운 공간. 미현은 이젤과 함께 작업실 한복판에 앉아 있었다.

옆에 있는 작은 책상에는 항암 약이 든 봉투가 있다. 유림은 학교에 다녀오면 늘 그랬듯 미현의 안색부터 살폈다.

엄마가 아프다는 걸 알면서도 단 한 번도 엄마의 부재를 생각해 본 적이 없었다. 몇 개월 남지 않았다는 의사의 말을 들었으면서도 엄마가 자신을 두고 먼저 갈 거라고 생각해 본 적이 한 번도 없었다.

그저 지금처럼, 학교에 다녀오면 언제나 엄마는 스케치를 들여다보고 있을 거라고만 생각했다.

교복치마에 먼지가 묻을 것 같았지만, 유림은 개의치 않고 미현의 옆자리에 앉았다. 도화지에는 남자의 얼굴이 그려져 있었고 눈 속에는 커다란 별이 박혀 있다.

'징그러워. 왜 눈에 별이야?'

'다 이유가 있지. 좋은 일이 생길 거라는 일종의 주문 같은 거야.'

'좋은 일은 무슨, 만날 아프기만 하면서. 아프기만 하면 또 말을 안 해요. 그 집 사람들 찾아오면 만날 울기만 하잖아. 도대체 엄마 인생에서 좋은 일이 있긴 했어?'

유림이 쏘아대듯 묻자 미현은 말없이 그림을 보면서 웃기만 했다. 별을 다 그린 후에야 입을 연다.

'사랑했으니까 후회는 없어.'

'뭐? 사랑? 누굴?'

'네 아버지.'

유림은 미현의 말을 믿을 수 없다는 듯 고개를 가로저었다. 사랑 타령이나 하는 엄마가 일순 한심하기까지 했지만, 그 마음을 겉으로 표현하지는 않았다. 미현은 그런 유림의 마음까지도 모두 안다는 듯 미소와 함께 읊조렸다.

'엄마 인생에 나쁜 일만 있지는 않았어. 그 사람을 사랑한 건, 좋은 일이야.'

그 말에 유림은 재차 미현을 쳐다보았다. 무슨 이유에선지 그 순간만큼은 엄마가 행복해 보였다.

유림은 그런 생각이 든다는 사실이 신기했다. 그 순간만큼은 병에 시달리는 엄마도 아니고, 그 사람들한테 시달리는 엄마도 아니었다. 사랑을 했던 한 여자로서의 엄마만 있을 뿐이었다.

"헉!"

유림은 퍼뜩 눈을 떴다. 천장의 불빛이 따가웠다. 생경한 꿈이 현실처럼 실감이 되었다. 엄마가 죽은 후로 처음 꾼 엄마의 꿈이었다. 한참 동안 가슴이 들썩이다가 천천히 호흡이 제자리를 찾아갔다.

조금 전에 꾸었던 꿈은 실제로 그녀가 고등학교 1학년 때의 어느 날의 기억이었다. 세월이 지나면서 망각하고 있었던, 아니 그런 일이 있었는지조차 까맣게 잊고 있었던, 그런 기억이었다.

유림은 주섬주섬 상체를 일으켰다. 밤 8시. 4시간이 걸렸던 수술 후 저녁 회진을 돌고 의국에 들어와서 잠시 눈을 붙인다는 것이 벌써 30분이 지나 있었다.

빨리 오늘 담당인 중환자실로 내려가야 하는데 몸이 쉽사리 움직여지지 않았다. 꿈 때문인지 갑자기 한준에 대한 그리움이 치솟아 그녀는 신발을 신는 대신 핸드폰을 먼저 집어 들었다.

하지만 핸드폰은 그녀가 전화를 걸기도 전에 응급실에서 걸려온 전화로 시끄럽게 울어 댔다. 응급환자가 발생한 모양이다. 유림은 하는 수 없이 신발을 신고 의국을 나갔다.

응급실로 향하는 복도를 뛰어가는데 응급실 담당 간호사가 유림의 팔을 붙잡았다.

"어? 김쌤, 여기 계셨네요. 좀 전에 누가 찾아왔었어요. 김쌤 안보인다고 하니 나가시던데요?"

"예? 누가요?"

"남자분이시던데, 키도 완전 크고 엄청 잘생겼어요. 근데 얼굴이 많이 낯이 익었어요. 누구지? 연예인인가?"

간호사는 고개를 갸웃거리며 미지의 남자에 대해서 추측하기에 바빴다. 미지의 남자가 누구인지 너무 잘 아는 유림은 다급히 간호사에게 부탁했다.

"죄송하지만 정민우 쌤한테 응급실 콜 좀 해주세요. 저 잠시만 나갔다 올게요. 금방 올 거예요."

말이 끝나자마자 유림의 발은 이미 복도를 지나 병원 밖으로 향했다.

어둠 속에 있는 주차장으로 뛰면서 한준을 찾았다.

저만치 차량의 행렬 끝에 차를 향해 걸어가는 그의 뒷모습이 보였다.

유림은 걸음을 멈추었다.

또다시 그의 등에서 느껴지는 외로움.

결코 나쁜 일만 있었던 게 아니었다는 조금 전 엄마의 꿈이 생각났다. 그럼에도 불구하고 사랑했기 때문에 행복했다는 엄마의 미소도 함께 떠올랐다.

고통으로 점철되었다고 기억하고 있었던 엄마의 인생은 사실 그게 아니었던 것이다. 까맣게 잊고 있었던 엄마의 행복이 그제야 그녀의 가슴을 뒤흔들었다.

유림은 천천히 달려가 한준의 등을 안았다. 그가 걸음을 멈추고 돌아섰다. 찬바람에 붉어진 유림의 뺨을 손바닥으로 감싸 쥐었다.

"어떻게 알고 나왔어?"

"전화라도 하고 오지 그랬어요. 이렇게 돌아갈 거였어요?"

"수술 중이거나 진료 중이거나, 네가 전화를 받지 못할 상황일수도 있으니까."

여전히 그의 눈빛은 따뜻했다. 처음부터 따뜻한 사람이었던 것처럼.

"나 30분만 드라이브시켜 줘요."

"그래도 괜찮아?"

"30분만 당신하고 있을래요."

한준이 픽 웃는다. 유림은 조수석의 문을 열어 주는 그에게 스쳐 지나가듯 말했다.

"우리 결혼해요."

그야말로 스치듯 지나가는 말이었다. 한준이 잘 듣지 못했는지다시 되물었다.

"응? 뭐라고?"

"결혼하자구요."

"……뭐?"

"결혼해요, 우리."

"……뭐? 너……."

"결혼해요, 류한준 씨!"

그들의 또 다른 시간이, 슬그머니 움트기 시작한 저녁이었다.

—*The end*

작가 후기

　이 글은 지난 3월에 로망띠끄에서 3회까지 연재했다가 중단했
던 소설입니다. 당시 오랜만의 연재로 스트레스를 많이 받았던지
갑자기 몸이 안 좋아져서 부득이 그만두게 되었어요. 아예 포기했
던 글이었는데 얼마 전부터 이 아이들이 자꾸만 눈에 어른거려서
뒤늦게 파일을 열었어요.

　자칫 묻혔을지도 모를 글이었는데 이렇게 빛을 보게 되어 어찌
됐든 감개무량하네요.

　혹시 그때 당시 3회까지 읽으신 독자님들 계시면…… 정말 죄
송하단 말씀을 드리고 싶어요. 연재 울렁증이 있어서 몇 년 동안
연재를 못하고 있었는데 그땐 어떻게 뻴을 받았는지 모를 일입니
다. 그렇지만 연재 시도는 계속 해 볼 생각이에요. ^^;;;

글을 완성하고 수정까지 모두 끝낸 지금도 한준과 유림이 제 머릿속에 남아 있습니다. 올해 초부터 시작하여 굉장히 오랜 시간을 함께해 온 아이들이라 한동안은 계속 남아 있을 듯하네요.

저와 처음 작업하시면서 정말 고생이 많으셨을 다향의 안리라 팀장님, 너무 감사하고 수고하셨어요. 사랑하는 남편과 우리 두 아들들, 항상 고마워요. 특히 매일 골골대는 마누라 데리고 산이며 들이며 운동하러 가자고 끌고 다니는 우리 남편, 내가 정말 사랑합니다. 그런데 날씨가 추울 땐 좀 자제를…… 하아…….

12월 어느 날부터 연재를 하려고 계획 중에 있습니다. 그저 무사히 무탈하게 완결할 수 있기만 바라고 있네요. 그때 뵙겠습니다. 날씨가 추워졌어요. 다들 월동 준비 잘 하시기를.

반해 드림.

그대는 별

초판 1쇄 찍음 2015년 11월 30일
초판 1쇄 펴냄 2015년 12월 4일

지은이 | 반 해
펴낸이 | 정 필
펴낸곳 | **(주)뿔미디어**

기획 · 편집 | 안리라

출판등록 | 2002년 9월 11일 (제1081-1-132호)
주소 | 경기도 부천시 원미구 소향로 17, 303(두성프라자)
전화 | 032)651-6513 / 팩스 | 032)651-6094
E-mail | dahyangs@naver.com
블로그 | http://blog.naver.com/dahyangs
홈페이지 | http://bbulmedia.com

값 9,000원

ISBN 979-11-315-6904-7 03810

www.bbulmedia.com